Esther Chiclana.

CISNE

**Biblioteca de**

# SUZANNE FORSTER

# SUZANNE FORSTER

## Cita a medianoche

Traducción de
**Guillermo Martínez**

COLECCION CISNE

Título original: *Come Midnight*
Ilustración de la portada: Antonio Muñoz

Primera edición: abril, 1997

© 1995, Suzanne Forster
Publicado por acuerdo con Berkley Publishing Group, una
    división de Putnam Berkley Group, Inc.
© de la traducción, Guillermo Martínez y Jonio González
© 1997, Plaza & Janés Editores, S. A.
Enric Granados, 86-88. 08008 Barcelona

Printed in Spain – Impreso en España

ISBN: 84-01-51601-3 (vol. 22/2)
Depósito legal: B. 11.995 - 1997

Fotocomposición: Fort, S. A.

Impreso en Litografía Rosés, S. A.
Progrés, 54-60. Gavà (Barcelona)

M 516013

# 1

Leigh Rappaport estaba siendo acechada. Una sombra cruzó la pared del derruido aparcamiento y el rumor de unos pasos le advirtió que alguien estaba siguiéndola. Rebuscó en su bolso las llaves del coche, pero el compartimiento con cierre donde siempre guardaba el llavero de bronce estaba vacío.

El sonido de una navaja automática la hizo saltar. Se volvió, aterrorizada, y vio a un hombre que surgía de la penumbra de una cabina cercana, alto y amenazador. Sus gafas espejadas reflejaban la luz; un pañuelo rojo envolvía su pelo azabache, que se enroscaba en mechones contra el cuello, como serpientes de una Medusa. Mientras avanzaba hacia ella, su arrogancia salvaje parecía proclamar lo que era: un dios de los bajos fondos.

Iba a violarla.

Ése fue el primer pensamiento de Leigh. Su único pensamiento. Si lo hubiera visto antes, habría podido correr hasta su coche. Pero lo había dejado en un nivel superior del aparcamiento, y ahora estaba atrapada en un laberinto de muros de cemento, sin salida.

Los pensamientos de Leigh se atropellaron mientras su asaltante se detenía a unos veinte pasos. Se dio cuenta de que no iba a darle oportunidad de escapar. Él también sabía que no había hacia dónde huir. Lo más probable era que de prolongar su terror estuviera obteniendo un placer adicional. Llevaba unos tejanos tajeados, y el pañuelo rojo tal vez representara los colores de su banda, pero su ropa no estaba abotonada hasta arriba ni era holgada como en el estilo habitual de las pandillas de Los Ángeles. Llevaba la camisa abierta, revelando una camiseta manchada de sudor, la piel ambarina del cuello y unos músculos brillantes. En la muñeca llevaba una pulsera de plata en forma de cobra. Miembro de una banda o no, era claramente peligroso.

Sin duda, Leigh estaba en el vecindario equivocado. Seguramente se había equivocado al doblar en la calle Salerno. Había entrado en ese aparcamiento con la idea de pedirle a alguien que la orientara, pero nunca debió apearse y mucho menos alejarse de la protección de su coche, en ese lugar abandonado de la mano de Dios. Había aceptado hacer una evaluación de un acusado en un reciente caso de homicidio. Le habían dicho que el hombre había quedado libre después de pagar una fianza de un millón de dólares, pero si ella hubiera sabido que la entrevista tendría lugar en los barrios bajos de Los Ángeles, nunca se habría arriesgado a hacer el viaje sola. Se suponía que alguien de las oficinas del fiscal debía escoltarla, pero no había aparecido.

Su asaltante se subió las gafas espejadas sobre la frente y avanzó hacia ella. Los ojos brillaron como dos brasas cuando le dirigió una mirada de aprobación. Leigh se llevó involuntariamente las manos al pecho. Retrocedió un paso. Era demasiado corpulento como para intentar luchar con él, y no tenía ninguna posibilidad de escapar corriendo.

Grita, se dijo. Abrió la boca, pero de su garganta agarrotada no salió sonido alguno. Antes de que pudiera tomar aliento estuvo sobre ella con aterradora rapidez y le tapó la boca con una mano mientras la forzaba a retroceder hacia la pared de cemento. Su otra mano buscó su cuello en un simulacro de caricia.

—Finge que te gusta —susurró con aspereza—, o date por muerta.

El regusto acre del miedo llenó su garganta. Leigh trató de empujarlo, pero él la envió otra vez contra la pared con una violencia que venció su resistencia. Sintió la fría y rugosa superficie de la pared a través de la ropa, lastimándole la espalda y arañando sus nalgas. Unas manos calientes comenzaron a recorrer su cuerpo, quitándole el último resto de aliento.

Un sonido agudo hirió sus oídos. Las paredes empezaron a girar vertiginosamente. Leigh sintió que caía y se aferró ciegamente a las ropas del hombre. Y entonces, tan inesperadamente como la había capturado, él la soltó. Se sostuvo en pie a duras penas, pero antes de que pudiera hablar o pensar siquiera en decir algo, él la alzó con brusquedad y la obligó a volverse hacia los dos pandilleros que habían estado siguiéndola.

—La putita es mía —les advirtió con un susurro sibilante. Hundió la mano en la melena rubia de Leigh y recogiendo el pelo en un puño la atrajo hacia él.

Los otros dos vacilaron, inmóviles como hienas. Cada uno tenía una insignia brutal tatuada en la cara. Si no podían hacerse con la presa, tal vez pudiesen mirar y compartir después los despojos.

El gemido de protesta de Leigh fue cortado de cuajo cuando su agresor la obligó a hundir la cara en el hueco de su hombro, apretándola contra la tela áspera de la camisa.

—Tócame —susurró, respirándole en el pelo.

Leigh reaccionó instintivamente y le tocó el brazo musculoso.

—Ahí, no. Tócame como si quisieras follar. —La empujó con la pierna y Leigh se estremeció y dejó caer la mano, deslizándola por los músculos de piedra de su muslo—. Hay cosas peores —murmuró él—. Como estar muerta.

Los pandilleros avanzaron un paso con gesto de ansiedad.

El agresor de Leigh extrajo un cuchillo largo y delgado como un estilete de una funda que colgaba del cinturón de sus tejanos. La hoja desnuda destelló en la oscuridad, captando las miradas de todos. El aire se cargó con olor a miedo y sudor.

—Esto no es para probar y después contar, tíos —gruñó a los hombres—. Iros al infierno. Fuera de aquí —agregó en español.

Uno de los hombres escupió como una serpiente. Pero los dos retrocedieron, de mala gana, sin dejar de mirar a Leigh mientras desaparecían detrás de la misma pared que ella había creído infranqueable. Oyó el silbido hidráulico de una puerta que conducía a las escaleras y se dio cuenta entonces que cuán cerca había estado de escapar. Si en vez de volverse hubiera seguido corriendo, en ese momento podría estar dentro de su coche, rumbo a su casa.

Tragó con dificultad cuando él la soltó abruptamente. Temblaba tan violentamente que casi se desliza por la pared hasta el suelo.

—Gracias —susurró, mirando al hombre que había acudido en su ayuda. Las palabras murieron en su garganta. En los ojos de él, ardientes, maravillosos, había una expresión de odio. La cara era toda sombras llameantes y relieves sensuales. Era sin duda uno de los hombres más atractivos que había visto en su vida.

—Piérdete, chica —dijo suavemente en español—. Vete de aquí.

¿Estaba diciéndole que se fuera? ¿Después de haber arriesgado su vida por ella? Leigh vaciló. Sentía que debía hacer algo, decir algo, pero ¿qué? ¿Y qué estaba esperando? ¿Que él fuera la clase de hombre al que le importase su gratitud? ¿Un héroe, si esta palabra aún tenía algún sentido? Había esperado, ingenuamente quizá, un signo de compasión. Pero lo que fuera que había esperado, no era eso, ese silencio colérico, esos ojos llameantes y malignos.

Confusa, todavía rígida a causa del miedo, se apartó de él y empezó a correr hacia la puerta de salida. El húmedo hueco de la escalera parecía desierto y se lanzó ciegamente hacia arriba, en dirección al nivel donde había aparcado su coche. Los pulmones le quemaban y las piernas le dolían a cada paso, pero no se detuvo hasta que estuvo otra vez dentro de su brillante Acura Blanco.


La salsa roja de serpiente estaba caliente en exceso, el pequeño y exclusivo restaurante Santa Mónica se hallaba demasiado concurrido y el ventilador que giraba en el techo condensaba gotas de humedad que caían sobre el cuello de Leigh. Para empeorar las cosas, el camarero se había esfumado justo cuando ella necesitaba agua con hielo. Sintió que le ardía la boca y cogió el vaso de su novio, que desbordaba cerveza Corona, para apagar el fuego.

Consiguió aplacar su sed y arrancó una sonrisa a Dawson Reed.

—Te lo advertí —se burló él, señalando la tortilla rezumante de guacamole que había en su propio plato—. Debiste pedir quesadilla de pato.

—Lo que debería haber pedido es una cerveza —dijo Leigh, tomando otro trago de la de él. El vaso estaba algo resbaladizo; cuando él trató de recobrarlo, ella fingió que no se lo devolvería.

—¡Oh, perdón! —exclamó, mientras la cerveza salpicaba los flamantes pantalones de su novio.

Ya he hecho una de las mías, pensó Leigh.

Dawson maldijo en voz baja y cogió una servilleta para secar la mancha. Leigh lo miró y se preguntó por qué siempre se sentía tan torpe al lado de él. Aun irritado como se le veía, tenía cierto control y elegancia en sus modales que ella envidiaba. Era uno de esos seres afortunados que poseían una gracia natural. Tenía también un cuerpo que parecía hecho especialmente para diseñadores de ropa y sus gafas redondas daban un perfecto contrapunto a una cara cincelada, de mandíbulas cuadradas, que de otro modo habría sido demasiado hermosa. Por fortuna, a ella le gustaban los hombres inteligentes y elegantes. Dawson ciertamente cumplía ambos requisitos.

—¿Has considerado lo que te propuse? —preguntó él, hundiendo la punta de la servilleta en un vaso de agua y frotando luego la mancha.

—No recuerdo que me hayas propuesto nada —dijo Leigh, con tono de sinceridad.

Él la miró de soslayo.

—El juicio por asesinato al que se enfrenta Montera.

—Ah, eso.

Leigh ya le había explicado que no quería verse envuelta en un caso tan espectacular. El acusado era un fotógrafo, y Dawson parecía creer que su experiencia en terapias artísticas, así como la técnica de diagnóstico que ella había contribuido a desarrollar durante su beca en Stanford, hacían de ella un testigo pericial ideal para la fiscalía. Leigh no estaba de acuerdo, pero Dawson no por nada era el fiscal general de distrito en Los Ángeles. Para él, un «no» no era una respuesta, sino un incentivo.

—¿Qué otra persona tiene tu experiencia, Leigh? —argumentó él, abandonando sus esfuerzos de limpieza. Ahora se concentraba en su juego predilecto—. Tú eres una psicóloga especializada en terapia artística. Has trabajado ya con muchas clases de pacientes, convictos incluidos. Has desarrollado un test que revela los niveles de agresión latentes. Nunca encontraré a nadie con tus antecedentes.

—Puedo darte media docena de nombres sin consultar siquiera la guía de la Asociación —le aseguró ella con una sonrisa.

El *maître,* un hombre mayor con una coleta gris y cantidades de alhajas indias, eligió aquel momento para sentar a otra pareja al lado de Leigh y Dawson, en una mesa que estaba a menos de medio metro de distancia. Leigh habría querido darle las gracias por la inesperada distracción, pero no era tan fácil hacer desistir a Dawson. Él sencillamente bajó el tono de voz y siguió con su argumentación.

—¿Hay entre esa media docena alguna mujer joven, de menos de treinta años, cuyo nombre esté en la boca de todos los psiquiatras de la ciudad? ¿Hay alguna que esté escribiendo un libro definitivo sobre tests de diagnóstico en casos de conducta violenta? Sabes que quiero que mi experto sea una mujer, Leigh. Montera se cargó a una mujer.

—Está acusado de haber matado a su novia —le recordó Leigh—. Y, a menos que lo hayas olvidado, casi acaban conmigo cuando ayer intenté asistir a la entrevista. Evidentemente, tu asistente no se dio cuenta de que el estudio de Nick Montera está en medio del barrio.

—Uno de sus estudios. El otro está en Coldwater Canyon. Ése fue nuestro error —admitió Dawson galantemente, evitando recordarle a Leigh que ella había decidido hacer el viaje sin escolta—. Arreglaré que en el futuro Montera vaya a tu despacho.

Leigh se mantuvo firme.

—No pienso aceptarlo, Dawson. No tengo experiencia como testigo pericial, y el hecho de que estemos comprometidos disminuiría mi credibilidad en el estrado.

En realidad, Leigh no era tan inexperta como aducía. Su mentor, Carl Johnson, el hombre con el que había desarrollado el Informe Johnson-Rappaport sobre arte y perturbación mental, había usado varias veces el método en testimonios periciales, y a través de él Leigh tenía un razonable conocimiento sobre esa clase de procesos.

—Tú eres la que inició la técnica de diagnóstico. Eso te dará suficiente credibilidad. Vamos. Leigh. —Señaló la media botella de cerveza que quedaba—. Incluso te daré el resto de mi Corona.

Leigh echó una mirada a la pareja que acababa de sentarse, una mujer morena de pechos exuberantes entrada en la cincuentena cuya forma de vestir parecía influenciada por demasiadas películas de Jane Russell, y un hombre bastante más joven, bronceado y con suficientes músculos en el cuello como para hacerle un chaleco antibalas a Dawson. Aunque ninguno de los dos miraba en su dirección, estaban claramente interesados en la pequeña discusión que mantenían.

—Dawson, no estás escuchándome —dijo Leigh en voz baja, pero tan enfáticamente como pudo—. Ya te he dicho que no quiero coger este caso. Tienes que aprender a respetar mis negativas, Dawson.

Dawson acabó la botella de cerveza y rió suavemente. Dio un golpecito con un dedo en la punta de la nariz de Leigh.

—Las respeto, Leigh. Tienes una de las narices más encantadoras que haya visto nunca... Bien, bien, si no quieres cooperar, lo acepto. Buscaré otro perito, uno de esos reducidores de cabeza que la oficina del fiscal ha estado usando por años.

Leigh sonrió, agradecida, pero aún con cautela.

Aunque adoraba a Dawson, últimamente había empezado a advertir que él tenía mucho en común con su propia madre. Ambos eran de personalidad dominante, y conseguían imponer su voluntad con tal sutileza y disimulo que uno apenas se daba cuenta de que estaba siendo «manejado». Y raramente desistían hasta conseguir lo que querían. Años atrás Leigh había logrado establecer una tregua con su madre y no quería tener que dar otra batalla por su independencia. Y si estaba algo sorprendida de que su novio se hubiese resignado tan fácilmente, eso no dejaba de aliviarla. Quizá significase que después de todo no estaba a punto de casarse con su madre.

El *maître* hizo otra aparición para acudir a la mesa vecina a tomar el pedido de la nueva pareja. Leigh estuvo tentada de aconsejarles que se abstuvieran de los frijoles con salsa de serpiente. Pero no fue necesario.

—Quesadilla de pato para los dos —dijo el hombre bronceado—. Sin guacamole, por favor.


—Nunca he conocido a nadie como él. El sexo... ¡era sobrenatural!

Frunciendo el entrecejo, Leigh levantó la vista del artículo científico que leía mientras pedaleaba en su bicicleta estática. Había dejado encendido el televisor; en el telediario de las cinco estaban entrevistando a una pelirroja espectacular. Leigh había tratado de concentrarse en el artículo. Era una investigación crucial para su libro, un estudio sobre las fantasías de agresión en adolescentes varones, pero no podía competir con el sexo sobrenatural. Evidentemente, la pelirroja estaba recordando a un antiguo novio.

Con curiosidad, Leigh se quitó un mechón de pelo húmedo de la frente y se esforzó por oír sobre el ruido que producían los pedales de la bicicleta.

—Por supuesto, no creo que haya matado a nadie —insistía la mujer—. De alguna manera es un hombre maligno... de la mejor manera, si usted quiere saber mi opinión, y supongo que sí la quiere, o no estaría entrevistándome. Pero no es un asesino. Apostaría mi vida a que no lo hizo.

Leigh disminuyó el pedaleo y se enjugó una gota de sudor suspendida en la ceja. Podía sentir que la invadía una especie de quietud, la calma que le sobrevenía cuando algo despertaba su imaginación. Había dedicado tantos años de su carrera a desarrollar un test proyectivo que pusiera a la ciencia por encima de la subjetividad, que casi había renunciado a confiar en sus propias reacciones intuitivas. Pero ahora algo las despertaba. Esa mujer era la causa.

—¿Sintió miedo de él alguna vez? —preguntó el periodista, y acercó el micrófono a los labios como melocotones de la mujer.

—¡Siempre! —Los ojos azules reían.

—¿Por qué? ¿Qué hacía él?

—Diga mejor qué no hacía. Tiene un don. Si no me hubiera escapado, habría muerto de agotamiento, en éxtasis. —Guiñó un ojo, como si quisiera hacer ver que en parte era un chiste. Los brazaletes dorados que llevaba en la muñeca sonaron unos contra otros mientras devolvía el tirante de un sujetador negro a los confines de su jersey color pastel.

—Ahora, en serio —continuó—. Produce en mí el efecto más increíble. En ocasiones sentía como si me estuviera hipnotizando, como si se apoderase de mi voluntad, ¿sabe? ¿No suena estúpido? Lo quería con locura, pero tuve que dejarlo. Estaba perdiendo todo control sobre mi vida...

Los pedales de la bicicleta estática de Leigh giraron en el vacío. Leigh había dejado de pedalear. La revista cayó de su mano al suelo cuando la imagen de Nick

Montera apareció en la pantalla. La mirada ardiente y el relieve sensual de los huesos era inconfundible. Era el mismo hombre que en el aparcamiento había acudido en su ayuda.

«Tócame como si quisieras follar.»

Leigh aún podía recordar la excitación que había sentido al pasar la mano por aquel muslo. Su vida estaba en peligro, y aun así había experimentado una brusca e intensa carga sexual. No sabía de qué otra forma describirlo. De modo que *aquello,* pensó, mientras miraba la imagen oscura que se desvanecía en la pantalla, era Nick Montera.

## 2

Alec Satterfield era ampliamente conocido en California como el vampiro de los abogados criminalistas. Se decía que era capaz de estimar los miedos y vacilaciones de un testigo por el modo en que le latían las venas de las sienes. Y era creencia, bien alimentada por sus compañeros en Gluck & Satterfield, el prestigioso estudio de abogados de la ciudad de Century, que se inclinaba sobre las gargantas de sus oponentes con una sonrisa melancólica y los colmillos bellamente al descubierto. Su piel mortecina, su elegante cabello negro y su preferencia por los jerseys negros de cuello cisne contribuían sin duda a su imagen macabra tanto como el reguero de adversarios destruidos que dejaba a su paso. Era famoso, además, por no tomar otra cosa que no fuera vodka helado. Y Bloody Marys, por supuesto.

Satterfield había cimentado su fama a fuerza de defender prominentes criminales de cuello blanco, como negociantes de bonos falsos, financieros internacionales, políticos corruptos enredados en grandes fraudes. Pero también era famoso por tomar los casos de asesinato más controvertidos y espectaculares.

En ese momento estaba completamente fascinado con su último cliente, el hombre que había declinado sentarse al entrar en su despacho segundos antes, y que ahora se apoyaba con negligencia —aunque no sin felina elegancia— en la repisa de mármol italiano del hogar, con las manos despreocupadamente hundidas en los bolsillos de sus pantalones de seda.

Nick Montera era uno de los personajes más fríos y letales con que había topado Alec Satterfield en sus veinte años de profesión. Alec se preciaba de ser capaz de juzgar la psicopatología de sus clientes casi al instante y con la mayor precisión, pero Montera seguía siendo para él un enigma impenetrable. De acuerdo con su legajo, había crecido en un barrio infestado de droga, había perdido a su madre a los diez años en un ajuste de cuentas entre bandas y a los diecisiete se había visto envuelto en un caso de violación y homicidio.

Y sin embargo, a pesar de todo Montera se había sobrepuesto a su pasado, se había convertido en un fotógrafo «artístico» y en una celebridad de la costa Oeste. Un programa de becas en el instituto le había permitido tomar clases de fotografía y la prensa le había dado a su carrera un primer impulso al compararlo con una especie de hechicero sexual, aunque no por su vida amorosa, de la que sólo recientemente se conocía algo. La reputación que le habían otorgado los medios surgía de los íntimos e inquietantes retratos de mujeres y el modo en que sus modelos parecían ansiar con voracidad abandonarse a la fuerza magnética de su cámara. La notoriedad de sus trabajos lo habían convertido rápidamente en un personaje de culto.

Alec sonrió. Mujeres. Detrás de aquel infame hijo de puta siempre había habido mujeres. La madre de Montera había sido anglosajona, posiblemente de extracción irlandesa, pero la oscura sensualidad en sus rasgos era el legado de la sangre latina de su padre. Tenía el aspecto indómito y malhumorado de una estrella de cine, pero ni con una cara bonita nunca podría haberse ganado la vida como actor o modelo: sus ojos eran demasiado inquietantes. Azules, helados, impenetrables.

Pero las metáforas de hielo y fuego eran maneras deplorables de describirlo, pensó Alec. Montera era, en todo caso, un glaciar que contenía una carga de TNT. Una combinación mortal, tal vez la combinación perfecta para el crimen del que lo acusaban, el asesinato premeditado de una de sus últimas modelos. El asesino había llegado incluso a disponer el hermoso cuerpo sin vida de la modelo en una pose idéntica a la que en una ocasión Montera había elegido para fotografiarla.

Alec, por supuesto, había encontrado el caso irresistible. Se levantó de su silla, rodeó su escritorio y se sentó en el borde.

—Me parece que está usted hundido hasta el cuello, señor Montera —dijo con expresión pensativa.

Montera levantó la vista de la alfombra que estaba contemplando.

—Por eso precisamente lo he contratado, Satterfield. Para que me saque del pozo. Compre una pala, si es necesario.

—Necesitaríamos una excavadora. Ni siquiera tiene usted una coartada.

—Y ellos no tienen testigos —señaló Montera—. Nadie me vio matarla, ¿no es cierto?

—En realidad... alguien lo vio.

—¿Cómo? ¿Qué dice?

Alec estaba complacido. Por lo menos había captado toda su atención. Su cliente aún no se había apartado de la repisa del hogar, pero los ojos de acetileno se habían encendido súbitamente. Espera hasta escuchar el resto, pensó Alec. Tal vez incluso saques las manos de los bolsillos.

—Veo que le interesa enterarse... como me interesó a mí, señor Montera. Uno de los vecinos que estaba sentado en el porche asegura haberlo visto entrar en el apartamento de esa mujer alrededor de las seis de la tarde, el día del asesinato. Disculpe mi curiosidad... —Alec bajó la voz para causar un pequeño efecto—. ¿Por qué no me dijo que esa noche estuvo usted en el apartamento de Jennifer Taryn?

La leve sonrisa de Montera no descongeló su mirada glacial.

—Es bastante obvio, ¿no? No quería que usted, ni nadie, se enterara.

Alec advirtió que le costaba mantener su legendaria sangre fría. Estaba acostumbrado a que sus clientes lo respetasen, a que lo reverenciasen, incluso. Ellos eran los que estaban en el agua y él era el salvavidas. Era una relación elemental, basada en el miedo, la clase de relación que él prefería, pero Montera no parecía entender aún esa dinámica.

La pena de muerte se había restaurado en California, lo que significaba que la vida de aquel hombre estaba en juego y, sin embargo, no había conseguido que se le moviera un pelo. En ese momento Montera debería estar jurando que no era culpable e implorándole que le creyera. Alec sabía que el fotógrafo podía cambiar de expresión y volverse encantador cuando quería; lo había visto entre mujeres, había visto el efecto que causaba en ellas. No era nada demasiado obvio, sólo una mirada de aquellos ojos azules, y las mujeres parecían perder el habla.

—¿Tengo que darle la consabida charla sobre la confianza debida al abogado, señor Montera? —preguntó Alec, que apenas podía disimular su irritación—. ¿La charla en que se explica que usted tiene que decírmelo todo, que no puedo representarlo a menos que lo sepa *todo*?

—¿Confiar en usted, Satterfield? —Montera sacó la mano del bolsillo, con un fajo de billetes entre los dedos—. Esto es en lo único en que confío. —Sostuvo en alto un billete de cien dólares—. Estuve en la corte criminal antes, estoy íntimamente familiarizado con la justicia. Es una puta cara, pero afortunadamente esta vez puedo pagar. —Con un chasquido de los dedos hizo planear el billete en el aire hacia Alec—. Creo que los dos sabemos de precios, Satterfield.

El billete cayó en la brillante superficie del suelo, entre ellos. Alec sintió un calor húmedo en la base del cuello. ¿Cólera? No podía recordar la última vez que se había acalorado con un cliente. En los últimos tiempos sencillamente no le había ocurrido; sus clientes generalmente tenían modales impecables.

—Usted es un animal —susurró entre dientes—. Un maldito animal. Debería llamar a los guardias para que lo saquen a patadas de aquí.

Montera se encogió de hombros.

—Eso es lo que haría yo. Pero no lo que hará usted. Este caso es un gran negocio, incluso para usted. Es exactamente la clase de mierda en la que adora meter la nariz y enterrar sus delicadas manitas, Satterfield. Los medios van a arrojarse sobre este caso. El bombardeo ya empezó, y a diferencia de mí, a usted no hay nada que le guste más que las lucecitas de los flashes. Usted es un exhibicionista, Satterfield. Le encanta salir en primera plana.

Alec se quitó una mota de pelusa de la manga de su chaqueta. Era un traje de Armani. Enderezó el puño con un ademán preciso.

—Se equivoca, señor Montera. Está tristemente equivocado. Ya he tenido gloria suficiente. Mi carrera no necesita de su espaldarazo, gracias.

Aquello era absurdo. ¡Una farsa! La imagen de Satterfield podía ser inmaculada, pero su corazón oscilaba como las líneas horizontales de un televisor averiado. Peor, se sentía como una adolescente que juega a hacerse la remilgada.

—Y sin embargo, le interesa, ¿no es cierto, Satterfield? —Montera le hacía sentir su posición ventajosa—. Se le nota en la voz. Reconozca que este caso lo excita. Y por eso no llamará a nadie para echarme. Porque hace mucho tiempo que un caso no hace que se sienta así.

Alec soltó un suspiro rápido, amargo. Era cierto. Defender la causa de políticos corruptos ya no lo excitaba, si alguna vez lo había hecho. De vez en cuando necesitaba una sacudida, apretar en su puño una serpiente, pararse en el borde de un precipicio y dejarse tentar por la idea de arrojarse al vacío. Era por eso que no hacía echar a patadas a Nick Montera. Pero por Dios que el tipo se lo merecía.

—¿Qué me dice del cardenal en la garganta de ella? —volvió a golpear—. La oficina del forense dice que fue provocado por la presión de un anillo, un anillo con la figura de una cabeza de serpiente. La huella es tan clara que incluso se distingue la maldita lengua bífida.

Alec se quedó contemplando la pulsera con la figura de una serpiente que usaba Montera. Era una joya bella e impresionante. Una serpiente de plata que ceñía la muñeca poderosa, con la cola hundida en la brillante cabeza.

—¿Dónde está su anillo, Montera? El que hace juego con la pulsera. En el informe de la policía dice usted que se lo robaron.

—Porque me lo robaron.

—Sí, pero ¿cuándo? ¿Cómo? Necesito más detalles. Necesito algo firme sobre lo que montar una defensa.

—No tengo detalles. Me di cuenta de que no lo tenía la misma semana en que asesinaron a Jennifer. Desconozco la fecha exacta, pero por la noche siempre dejo mis cosas, el reloj, las pulseras, las monedas, sobre una cómoda. Cuando desperté a la mañana, el anillo no estaba.

—¿Se lo robaron antes de que la asesinasen, o después?

—Antes... quizá unos dos días antes.

Alec había leído detenidamente el informe policial. Montera les había dicho a los oficiales que lo arrestaron que la noche del robo se había dado una ducha caliente, había tomado un par de copas de vino y se había quedado dormido en el sofá. No había visto nada, no había escuchado a nadie.

—¿No faltaba nada más? —preguntó Alec, tratando de agotar todas las posibilidades—. ¿Sólo el anillo? ¿Existe alguna posibilidad de que alguien quiera incriminarlo? Es una línea de defensa endeble, pero puede ser la única que nos quede por ahora. ¿Tiene enemigos?

Montera se frotó la mandíbula, luego alzó una mano.

—¿Quién no? Un marido celoso, quizá. Mis fotografías suelen ser muy íntimas. He tenido problemas con los esposos de algunas de mis modelos, con los novios también.

—¿Se las folla? ¿A las modelos casadas?

—Dije que las fotografías suelen ser íntimas.

—¿De modo que no se las folla? —Alec hizo chasquear la lengua—. Nadie va a creer eso, no con su reputación.

—No hablemos de mi reputación, sino de mí —dijo Montera.

Alec hizo girar el anillo de sello de oro en su dedo meñique, dejándolo ligeramente torcido. Al parecer su cliente había dejado de jugar, pero estaba claro que sabía cómo manipular a la gente. Sobre todo cuando se trataba de mujeres. Tal vez sus manipulaciones no habían dado resultado con Jennifer y había acudido a una solución extrema. También era posible que sólo hubiese querido asustarla y que las cosas se le hubieran escapado de las manos.

—Todavía no me ha dicho qué ocurrió esa noche —dijo Alec, mirándolo fijamente—. Usted dijo que hacía varias semanas que no veía a Jennifer, pero ese vecino asegura que lo vio entrar en su apartamento y la policía encontró sus huellas por todos lados. Huellas frescas.

Montera pisó el billete que todavía estaba en el suelo y caminó hacia la ventana desde la que se veía todo Century. El sol de la tarde formaba un aura plateada alrededor de su cabeza y sus hombros y cuando se volvió hizo resaltar su cara en sombras. Alec no era un fotógrafo, y aun así se dio cuenta de que la escena daría un magnífico retrato.

—Ella telefoneó y me pidió que fuese a verla —admitió Montera—. Había estado bebiendo cuando llegué. Discutimos y me fui.

—¿Discutieron? ¿Sobre qué?

—Nuestra relación.

—Pensé que usted había dicho que no había tal relación.

—Y no la había, pero ella quería que la hubiese.

—Dios, usted sabe cómo reconstruirán la escena ¿no? Una pelea de amantes que acaba de manera violenta. Sólo que la invertirán, harán que parezca que fue ella quien lo rechazó a usted. Tratarán de establecer que usted la mató y luego le dejó su marca.

—Pero no ocurrió así.

—¿Cómo ocurrió? El informe del laboratorio confirma que la piel que se encontró bajo las uñas es de usted. El pelo en la ropa de ella es suyo. Había evidencias de una lucha...

—Ella trató de detenerme cuando me fui. Estaba borracha.

—Por Dios, esto apesta, Montera. No tiene una maldita coartada, lo vieron en el escenario del crimen. Usted «discutió» con una mujer que poco después fue estrangulada. Y el cadáver tiene la marca de su anillo en la garganta.

Alec se detuvo, dándole tiempo a Montera para digerir las malas noticias. En ese momento el cliente debía jurar que no lo había hecho. Alec había obligado a ponerse de rodillas a algunos de los hombres más prominentes del estado: distinguidos senadores acusados de aceptar sobornos, ricos financieros acusados de ofrecerlos. Ahora era el turno de Nick Montera. Suplícame de rodillas, Valentino. Júrame que no te cargaste a la estúpida putita.

Pero Montera no mordió el anzuelo; ni siquiera pestañeó más de la cuenta.

Alec se habría sentido enormemente satisfecho si hubiera visto humillarse a su cliente, pero tuvo que admitir con involuntaria admiración que Montera no cedía a la presión. El corazón del abogado había empezado a latir con mayor fuerza, casi violentamente. Acababan de negarle el placer de ver arrodillarse a un hombre y, sin embargo, estaba secretamente complacido. Las apasionadas declaraciones de inocencia nunca lo habían convencido de nada, sino de la desesperación del cliente. Cuando tomaba un caso, el que el sospechoso fuese inocente o culpable era lo que menos le importaba. Los abogados jóvenes soñaban a veces con abrir nuevos caminos en los fueros legales, establecer precedentes; otras veces querían ser héroes. Alec hacía mucho tiempo que había dejado atrás todo afán de heroísmo. Prefería jugar a ser una divinidad: Dios, o el diablo, no importaba cuál, con tal de poder obrar sus milagros en la corte.

Se bajó del borde del escritorio y lo rodeó lentamente, dando a entender con su actitud que la entrevista había terminado.

—Confío en que no tenga objeciones a que incluya una mujer en el equipo —dijo al tiempo que echaba un vistazo al calendario que había sobre su escritorio para establecer el encuentro siguiente—. Ayudará a desechar la idea de una guerra entre sexos.

Montera desvió la vista con un silencio que de algún modo parecía agresivo.

—No me preocupa que incluya un marciano, si es necesario. Pero estoy pagando una fortuna por *sus* servicios.

—Yo estaré allí cuando haga falta —dijo Alec, tranquilizándolo con un rápido gesto—. Mientras tanto, procuraremos que haya la mayor cantidad posible de mujeres en el jurado. Cuantas más tengamos, mejor, siempre que no sean rompepelotas feministas.

—Con suerte, tendremos un piquete de la Organización Nacional de Mujeres.

Alec lo miró, furioso.

—¿Cómo puedo hacerle entender que está con la mierda hasta el cuello? Podría ser candidato a la pena de muerte. Y hablando de suerte, ¿tiene idea de lo afortunado que es por estar suelto? No existe la fianza cuando el cargo es de homicidio en primer grado con circunstancias agravantes. Si no hubiera convencido al juez de que hiciese una excepción en su caso, ahora estaría usted en la cárcel. De modo que, señor Montera, si realmente quiere ayudar, hay tres cosas que puede hacer: manténgase lejos de cualquier problema, use un traje azul en la corte. Y, por el amor de Dios, córtese el pelo.

Montera salió del ángulo de oscuridad que le cubría la frente.

—No trate de confundir las cosas, Satterfield —advirtió suavemente—. El juez hizo una excepción por mi trabajo con los niños del barrio. Además, en este país de cada cuatro personas acusadas de asesinato sólo una es condenada, y los que llegan a la cárcel están otra vez fuera en menos de doce meses.

Alec apretó las yemas de los dedos sobre la superficie del escritorio y se inclinó.

—¿De dónde diablos sacó esa clase de información?

—Desde ahora esas cosas también son parte de mi negocio.

—Entonces, quizá debería representarse a sí mismo.

—Si pudiera, lo haría. Mientras tanto, en vez de tratar de convencerme de que van a freírme, ¿por qué no empieza a ganarse su dinero? Nuestras probabilidades son de cuatro contra una, de modo que prácticamente cualquier abogado de chulos podría salvarme el pellejo, incluso usted.

Alec miró estupefacto cómo su cliente se dirigía hacia la puerta para marcharse. Montera mantuvo la puerta abierta por un instante.

—Ah —dijo, volviéndose—. En caso de que se lo esté preguntando: yo no lo hice.

Dios, pensó Satterfield mientras la puerta se cerraba. Acababan de follarlo sin siquiera darle un beso. Y no muy gentilmente.

# 3

El Consejo de las Artes de la Corporación Marina Oeste estaba celebrando su Carnaval de Invierno, una subasta anual con fines caritativos que con el tiempo se había convertido en el acontecimiento destacado de la temporada. En la suave tarde de enero, el gran salón de baile del Ritz Carlton estaba colmado con la *créme* de la sociedad de Southland.

Leigh Rappaport llevaba años colaborando presionada por su madre, cuyos poderes de persuasión eran legendarios. Kate Rappaport era artista, anfitriona y coordinadora de la espectacular velada, y esa noche, moviéndose entre la multitud de rigurosa etiqueta, cautivando a los invitados con su ingenio y sus encantadoras excentricidades, también era, innegablemente, la reina absoluta de la velada.

Había muchas mujeres hermosas en el salón, incluyendo a la propia Leigh, pero ninguna llamaba la atención como Kate. Su paso hacía que la gente volviese la cabeza hacia ella y levantaba murmullos de admiración, y si algunos de los comentarios femeninos tenían un tono de envidia y se concentraban sobre todo en «qué bien llevaba Kate sus cincuenta y tres años», los comentarios de los hombres contenían un franco interés erótico, sin que les importase su edad. Leigh reconocía pertenecer al grupo de las admiradoras con reservas; de pie con la fría copa de champán que presionaba contra el calor de su mejilla, miraba la actuación sin defectos de su madre y se preguntaba cómo la magnífica Kate había dado a luz a una hija de temperamento tan opuesto. Adoraba a su madre, como casi todos los que la conocían, pero había aprendido hacía mucho tiempo a que no reparasen en ella cuando Kate estaba en la misma habitación.

Esa noche, Leigh llevaba su larga melena rubia recogida en un moño bastante severo, apenas si se había aplicado maquillaje, y sobre el vestido negro de satén —diseño de Ann Taylor— llevaba una túnica de cachemira y calzaba botas negras acordonadas de ante. El conjunto era impactante, pero quedaba eclipsado al lado del vestido violeta que ostentaba Kate, diseñado por De la Renta.

No es que Leigh fuera exactamente tímida. Reservada, quizá. Contemplativa. Si bien a su modo era apasionada, no acostumbraba poner de manifiesto toda su energía. Leigh era «un profundo pozo de agua iluminado por la luna, mucho más inaccesible y misteriosa que su radiante madre», como la habían definido una vez en una revista. Kate se lo había tomado a pecho. «¿Realmente creen que yo no soy misteriosa? —se había preguntado al leer el artículo mientras desayunaba—. Eso sí que es curioso.»

Ahora Leigh observaba divertida cómo su madre se acercaba a Dawson, que se hallaba rodeado por un grupo de jóvenes abogados, y le enderezaba con afectación la pajarita del esmoquin para enviarlo inmediatamente a buscarle zumo de arándano y Perrier, lo más fuerte que tomaba. Leigh casi pudo ver cómo sobresalían las venas en las sienes de Dawson mientras se disculpaba con sus *protégés* e iba a cumplir con el encargo de su futura suegra. Ninguna otra persona en el estado de California se atrevería a tratar a Dawson como un niño de los recados. Era una de las razones por las que Leigh amaba a su madre.

Y que él no la soportara también era uno de los motivos por los que amaba a Dawson. Él y Kate eran demasiado parecidos para llevarse bien. Una grata consecuencia de ello era que nunca habían podido confabularse para lograr que Leigh se volviera más sociable. Los dos la consideraban demasiado obsesiva con su trabajo.

—Kate se siente a sus anchas esta noche —gruñó Dawson momentos después, cuando se reunió con Leigh en el fondo del salón, desde donde ella contemplaba a la concurrencia tomar asiento para la subasta. Leigh había sido siempre más una observadora que una participante. Su vida profesional había contribuido a volverla algo distante, hasta hacía pocos días, cuando un hombre a quien nunca había visto la había arrinconado y le había hecho sentir violentamente sus manos y le había ordenado que fingiera que ardía en deseos de follar.

Leigh sonrió seductoramente y alzó su copa de champán.

—¿Qué harías si te tocase la pajarita y te enviara a buscarme un poco más de champán?

Dawson se ruborizó, pues captó el doble sentido de la frase.

—Te pondría sobre mis rodillas y te atizaría.

Leigh se ruborizó también, algo que no le costaba mucho.

—Si ése es el castigo, puedo hacerte algo peor.

—¡Rápido! ¡Alguien que compre este bello desnudo! —El subastador gritaba desde el podio—. O voy a colgarlo en la pared del vestuario de mi club de tenis.

Había empezado la venta y el presentador, un comediante bastante conocido que se había iniciado en la televisión con los pronósticos del tiempo, trataba de tentar al público con un desnudo reclinado de proporciones propias de Rubens.

—Haría juego en mi taquilla con el cartel de Bud Lite, ¿no creen?

No pasó mucho tiempo antes de que la gente empezara a murmurar y abuchear los chistes del comediante, que parecía ignorar el valor de los objetos que mostraba. Pero nadie dejaba de pujar, lo que tranquilizaba a Leigh. Tanto su madre como Dawson trabajaban activamente en la dirección del Consejo Municipal de las Artes y Kate había estado involucrada en cuerpo y alma en la campaña de recaudación de fondos, que ese año era más que una excusa para la reunión de gala. Los fondos comunales habían sido drásticamente recortados y los programas de becas a las escuelas en áreas relegadas corrían el peligro de ser cancelados.

La mayor parte de las donaciones provenían de exitosos artistas locales, pero algunos coleccionistas prominentes, incluyendo a Dawson, habían donado piezas valiosas de sus colecciones privadas, lo que hacía que la puja fuese excitante y reñida. El humor irreverente del comediante contribuía al ambiente festivo y aun cuando las cantidades ocasionalmente se disparaban hasta alcanzar sumas de seis cifras, todos gritaban sus ofertas y protestaban con grandes gestos cuando debían resignarse; no había discretos gestos de manos o sutiles señales con plumas de plata de Tiffany en esa cara subasta.

—Bien, bien, ¿qué tenemos aquí? —El subastador sostenía una fotografía en tonos sepias de un hombre y una mujer en una llamativa pose erótica. Los dos estaban completamente vestidos, pero era la naturaleza del contacto lo que hacía que la foto fuese tan turbadora. La mano del hombre rodeaba el cuello de la mujer en una lenta caricia de una sensualidad casi intolerable, mientras con el muslo separaba insinuantemente sus piernas.

—Es una fotografía de Nick Montera —anunció, levantando la pieza con su gran marco bien alto sobre la cabeza—. Sólo esperen a que lea el título. Aquí vamos: ¿cuánto me pagarán por *Ven a medianoche*?

Leigh se volvió sorprendida hacia su madre y Dawson. Apenas pudo evitar que la voz le temblase al preguntar:

—¿Cómo llegó una de las fotos de Montera a la subasta?

—Debe de ser la idea que tiene de un chiste ese maldito estúpido —dijo Dawson.

—Nada de eso —terció Kate—. Montera es uno de los artistas que más ha contribuido a nuestro programa de becas este año. Se ofreció voluntariamente a enseñar fotografía a los estudiantes del barrio y donó algunas de sus obras a nuestro comité hace más de un mes, antes de que todo empezara. De modo que pensé, bueno, ya que es una *cause célèbre* en estos días...

—*Cause célèbre?* Mamá, está acusado de asesinar a una de sus propias modelos. De estrangularla. —Leigh advirtió con un escalofrío que el hombre que aparecía en la foto se parecía al propio Montera.

—¿Sí? ¿De veras? —Kate estudió la foto que el subastador aún sostenía en alto—. Oh, qué fastidio.

—Vamos, esas manos —urgía el subastador—. Empezaremos con una base de cinco mil, por una fotografía que vale diez veces eso. Y mañana, puede valer todavía más.

—Cinco mil y quinientos —se oyó una voz.

—¡Y seiscientos! —respondió otra de inmediato.

El precio subió rápidamente. Los ofertadores parecían víctimas de un extraño frenesí, y muchos se acercaban para mirar mejor la foto. Pero Leigh advirtió una contracorriente, un murmullo subterráneo de gente disgustada que apenas podía creer lo que veía. Algunos de ellos estaban directamente horrorizados, y presintió que se avecinaba una tormenta.

Su madre, afortunadamente, también pareció darse cuenta y se dirigió apresuradamente al podio.

—Oh, deberán disculparnos; discúlpennos por favor —gimió—. Ha habido un error lamentable.

El subastador le cedió, no sin resistencia, el micrófono, y Kate dijo con voz de pesadumbre:

—Lo siento, lo siento de veras. La fotografía de Montera ha sido puesta a la venta por error. Es muy bella y estoy segura de que se convertirá en un objeto valioso, pero no es la política de nuestro Consejo sacar partido de las desgracias ajenas. Si tienen un poco de paciencia en un instante iremos al próximo ítem.

Mientras su madre y el subastador trataban de reagrupar fuerzas, Leigh escuchó los murmullos entre la concurrencia.

—Si esa fotografía se exhibe como evidencia —farfulló un hombre cerca de ella—, Montera acabará en la silla eléctrica.

—El jurado ni siquiera tendría que deliberar —agregó otro.

El subastador había dejado la fotografía con la cara contra la pared, pero la imagen aún quemaba en la retina de Leigh. Era como si ya hubiese visto esa foto antes en una forma más primitiva, un sueño o un destello subliminal en las profundidades de un océano subconsciente. Se había sentido acosada por incontrolables pensamientos eróticos a partir de un incidente de su infancia, un encuentro con uno de los jóvenes protegidos de su madre, que la había dejado confusa sobre sus deseos y asustada de sus impulsos sexuales. Pero ahora era diferente, más bien como una fantasía oscura largamente reprimida que buscaba expresarse.

—Después de todo, quizá sea mejor que no evalúes a Montera —dijo Dawson, tomando su mano con un gesto protector—. Está enfermo y es demasiado perverso. —Entrelazó su índice con el de ella del mismo modo que lo había hecho cientos de veces en los tres años que llevaban juntos. Era más que un gesto de afecto. Se había convertido en un símbolo de solidaridad entre ellos. Su vínculo.

Y sin embargo, en vez de tranquilizarla, ver los dedos entrelazados hizo que Leigh sintiese pánico. Habría separado la mano de inmediato, pero por alguna razón no pudo hacerlo.

—He cambiado de idea, Dawson —dijo con tono de resolución.

—¿Has cambiado de idea acerca de qué?

—Acerca de Nick Montera. Quiero hacer las entrevistas. Voy a tomar el caso.


Leigh no estaba lista para ver a Nick Montera. Había dejado que su asistente fijara una entrevista para esa mañana, y aunque él llegaría en unos momentos, todavía no había recibido los expedientes que había solicitado al departamento de policía de Los Ángeles. No tenía en mente prestar demasiada atención a los informes policiales, pero le intranquilizaba no haber echado siquiera una ojeada a esa información básica. Su plan era hacerle una entrevista exhaustiva y someterlo a una serie de tests, incluyendo, por supuesto, el test proyectivo que había desarrollado en Stanford con el doctor Johnson. No quería sentirse influida por el jurado ni por Montera. Intentaría hacer su trabajo con la profesionalidad más absoluta, y hasta las últimas consecuencias. Si era necesario, echaría mano de todas las técnicas de entrevistas y de cada una de las teorías de diagnóstico que hubieran aparecido en la historia de la psicoterapia. En su trato con los pacientes, uno de sus objetivos era conseguir una relación de confianza e intimidad que acortara las distancias, pero Montera, debía recordarlo, no estaba buscando su consejo profesional. Era el estado de California el que lo buscaba, para de ese modo reunir pruebas contra él.

Miró su reloj, enfadada consigo misma por no emplear mejor el tiempo libre que le estaba dejando el retraso de Montera. Indudablemente era el recuerdo del primer encuentro con él lo que la ponía nerviosa. Él se había arriesgado para intervenir en lo que habría podido ser un asalto brutal; probablemente le había salvado la vida. Ella debería sentirse agradecida y no tan vulnerable y a la defensiva. Sobrecompensación, se dijo. Estaba tratando con demasiado empeño de recobrarse de un primer asalto en un juego de poderes que él había ganado de cabo a rabo. Respira hondo, Leigh, se dijo. Relájate, como siempre les dices a tus pacientes.

Su despacho estaba en un décimo piso; en un extremo del balcón que daba a la costa de Santa Mónica había un gran terrario de vidrio, el hogar de dos pequeñas tortugas. Recién salida de la universidad, cuando Leigh se ocupaba en terapias artísticas con niños, la clínica en que trabajaba usaba tortugas como un modo de inducir juegos interactivos. Leigh se había encariñado tanto con la lenta y parpadeante dulzura de estas criaturas que había convencido a su supervisor de que la dejara quedarse con las dos cuando la clínica había cerrado por falta de ayuda gubernamental.

Se puso de pie y caminó hacia el terrario. *Sig,* que se llamaba así en honor al descubridor de la envidia al pene, estaba durmiendo una siesta al sol. *Frau Emmy,* que debía su nombre a una de las pacientes de Freud, estaba apoltronada en su trozo de cojín. Leigh recorrió con un dedo el duro caparazón de *Emmy* y sintió algo de envidia por la formidable armadura de la tortuga. Pero a pesar de toda su apariencia invulnerable, *Emmy* tenía una debilidad fatal: sólo poseía ese recurso, una única defensa. El caparazón en que confiaba para que protegiera su blando vientre era un ardid inflexible y primitivo. Si se encontraba con un animal inteligente, uno que supiera cómo darle la vuelta, quedaba completamente expuesta, incapaz de oponer resistencia.

Leigh había aprendido con la práctica que lo que las armaduras más rígidas protegían era el corazón blando y frágil de la bestia. Casi cualquiera era vulnerable, si uno encontraba el modo de darles la vuelta. *Sig* la miró con sus grandes ojos tristes, pero cuando Leigh trató de tocarle la cabeza, inmediatamente desapareció. Niño astuto, pensó.

El interfono sonó varias veces, lo que significaba que Nancy Mahoney, su asistente, estaba impaciente o con problemas.

—El señor Montera está aquí —anunció Nancy con voz ronca. Como siempre, parecía a punto de perder el aliento.

Leigh vaciló por un instante antes de volver a su escritorio y presionar a su vez el botón del interfono.

—¿Han llegado los expedientes que había pedido al departamento de policía?

—Todavía no. ¿Quiere que telefonee otra vez?

—Sí, por favor. Y dile a Montera que pase.

Leigh suspiró y echó un vistazo al reloj. Debería empezar sin los expedientes. El departamento de policía se cagaba otra vez en ella. Tendría que hablar con Dawson acerca de eso.

Leigh raramente se sentaba detrás de su escritorio para atender a sus pacientes, pero ese día había resuelto hacerlo. Quería estar sentada y ocupada en algo cuando Montera entrara... quizá demasiado ocupada para darse cuenta inmediatamente de que él estaba ahí.

Escuchó el ruido del pestillo y el *click* de la puerta que se abría. Se puso a examinar un artículo, un estudio en el que se había aplicado su test para medir el comportamiento agresivo de los delincuentes juveniles. Se habían encontrado evidencias que sustentaban una de las tempranas teorías de Leigh sobre la relación inversamente proporcional entre fantasías de agresión y comportamiento agresivo. Al parecer, los adolescentes que tenían fantasías agresivas más intensas eran los que menos probabilidades tenían de actuar según esos impulsos. Interesante, murmuró Leigh.

Estaba esperando inconcientemente el segundo *click* del pestillo, la señal de que la puerta se había cerrado, pero el sonido no llegó. Había un lápiz cerca de su mano. Lo cogió e hizo un par de anotaciones en un bloc amarillo; luego se golpeó el mentón con el extremo del lápiz, con calma y compuso una expresión pensativa.

El silencio la sorprendía. ¿Por qué Montera no decía nada? Era posible que la hubiera reconocido como a la mujer a quien probablemente había salvado la vida, y la sorpresa tal vez lo hacía vacilar. También era posible que sencillamente tratara de echar un pulso con ella, como si intuyese que el que hablara primero cedería algo de poder. Un hombre con capacidad de seducción debía estar prevenido sobre esos pequeños duelos, quizá por simple intuición.

¿Qué clase de juego es el suyo, Montera?, pensó.

Continuó haciendo anotaciones, presionando cada vez con mayor fuerza el papel. Abajo, el murmullo apagado del tráfico era puntuado por el sonido ocasional de una bocina o el súbito chirrido de un coche al frenar.

Leigh se sobresaltó cuando una sombra se proyectó en su escritorio, oscureciendo por un instante su brazo.

Un segundo antes de que reaccionara, varias posibilidades, una más terrorífica que la otra, cruzaron por su mente. ¿Había algo en la ventana?

—¡Dios! —Se levantó de la silla tan precipitadamente que a punto estuvo de caer hacia atrás—. ¿Qué está haciendo?

Él estaba allí, separado por el escritorio, inclinado sobre ella. Sus cejas oscuras y expresivas se curvaron mientras seguía estudiándola, no sabía si con expresión de sospecha o confusión. Su corazón latía tan aceleradamente que apenas podía pensar, pero de algo se dio cuenta mientras lo contemplaba a su vez. Ya no parecía el temible delincuente de los suburbios. Esta vez no llevaba armas a la vista ni estaba vestido con las ropas de las bandas. Era alto y extraordinariamente atractivo, y sus ojos podrían haber atravesado como la llama azul de un soplete una lámina de acero reforzado. No era de extrañar que las mujeres se rindieran a sus pies.

Llevaba un impermeable muy holgado que habría tocado el suelo en un hombre más bajo. Era gris perla y flotaba casi hasta el dobladillo de sus tejanos. La camiseta negra de cuello en pico que dejaba ver el impermeable abierto revelaba un cuello poderoso y una extensión de vello oscuro, como un costado oculto de su corazón. Más arriba, la abundante cabellera estaba recogida en una coleta que le golpeaba la espalda.

—¿Nick Montera? —Fue la pregunta más innecesaria que Leigh había hecho en su vida.

—¿Existe algún problema? —quiso saber él—. Su asistente me dijo que estaba usted esperándome.

—Ningún problema, sólo... que no lo oí entrar. Por favor, tome asiento —dijo al tiempo que señalaba una de las sillas delante de su escritorio.

Él asintió, pero permaneció donde estaba. Leigh tamborileó con los dedos sobre el escritorio, consciente de que el juego no hacía más que comenzar. Él no iba a sentarse antes de que ella lo hiciera. ¿Se trataba de eso? Estaba esperando a que ella hiciera el primer movimiento, del mismo modo que un ave de presa espera pacientemente a que su víctima eche a correr.

No cometería ese error, resolvió. Nunca.

Él intensificó su mirada, que la penetraba cruelmente, y con cada segundo que Leigh dejaba pasar, el aire en la habitación parecía volverse cada vez más denso, hasta tornarse irrespirable. Ese hombre podía mirarla hasta hacerla caer de rodillas, pensó.

—De modo que es usted la doctora Rappaport —dijo él con indiferencia, observando el despacho alrededor, deteniéndose a leer su nombre en la placa de bronce de su escritorio—. Y nos hemos encontrado antes, ¿no es cierto?

Sabes perfectamente que sí, Montera.

—Sí, recuerdo su amable sugerencia de que me esfumara cuanto antes.

Algo cruzó su rostro, la sombra de una sonrisa, quizá, o el instantáneo relámpago de un recuerdo sexual, como si él estuviera pensando en la intimidad a que la había forzado para protegerla de sus atacantes.

—Pero usted no siguió mi consejo, ¿no es cierto?

No se refería a su primer encuentro sino al de ese día, pero antes de que Leigh atinase a dar una respuesta, él empujó hacia atrás una silla y estiró las piernas.

—Gracias. —Hizo una mueca irónica—. Creo que voy a sentarme. ¿Y tú? —Se echó con indolencia hacia atrás, a pesar de que su metro noventa de estatura hacía que la silla pareciera de juguete, y clavó la mirada apreciativamente en su formal traje de chaqueta, como si pudiera detectar los latidos de su corazón bajo el bolsillo de la pechera.

Con un rápido movimiento de su muñeca, Leigh atrajo su silla, se sentó y abrió el expediente que Nancy le había preparado. Técnicamente había ganado. Y entonces, ¿por qué se sentía como si él igualmente se hubiera burlado?

—Generalmente, dejo que mi asistente se haga cargo de tomar los datos de rutina —explicó con voz algo más aguda de lo habitual—. En este caso, he pensado que lo más apropiado era que lo entrevistara yo misma desde el principio.

—Perfecto —dijo él—. Servicio personalizado... ¿con una sonrisa?

Leigh no sonrió.

—¿Fecha de nacimiento, señor Montera?

La rápida sucesión de preguntas le confirmaron a Leigh que Nick Montera tenía treinta y siete años, era nativo de California, y que nunca había estado casado ni había vivido en pareja. A Leigh no le parecía demasiado sorprendente, porque Dawson ya le había contado que Montera había crecido en uno de los barrios del este de Los Ángeles y que de joven había estado en prisión. Aun así, había esperado al menos una relación seria en algún momento de su vida.

—¿Sexo? —preguntó sin pensar. Era el casillero que seguía.

Él dejó que la pregunta quedara suspendida en el aire hasta que Leigh alzó la vista.

—¿Aquí... ya? —preguntó él.

Ella sintió que el labio superior se le humedecía.

—Creo que podemos decir con un alto porcentaje de probabilidades que masculino. —Hizo un grueso tilde en la casilla marcada con M.

—Eres buena en esto, parece. —El tono divertido había dado a la voz de él un inesperado atractivo. Miraba sus diplomas, los certificados de congresos y las distinciones en la pared, al lado de su escritorio—. Debe de haberte tomado años de entrenamiento.

—Años, sí —reconoció ella—. Y soy muy buena en esto.

Los dos ensayaban ahora sonrisas cautas, y Leigh se dio cuenta de que él la había desarmado con destreza en pocos segundos. Le había dado la vuelta a una situación tensa tan hábilmente que apenas advirtió cómo lo había logrado. Cuando de sus ojos desaparecía aquella expresión gélida, tomaban el color de un verano polar, un azul facetado y tan puro que su belleza hería.

A pesar de sus resistencias, Leigh se dio cuenta de algo que a la vez la sorprendía y la perturbaba. Le gustaba más de lo conveniente ese enemigo del pueblo, ese peligroso hombre sin ley que podía sacar de la manga un sarcasmo o una sonrisa. Y su sonrisa era increíblemente sensual. Quería verla otra vez. Sentir cómo podían fundirse sus ojos. Se sentía de pronto atraída hacia él, irresistiblemente atraída. No había sido una decisión consciente, sino mera intuición, pero eso no lo hacía menos inapropiado.

Consultó los formularios legales, consciente de una especie de excitación que la obligó a apretar el lápiz con mayor firmeza. Su mano parecía dispuesta a flotar como un globo. También su estómago. ¿Era ése el efecto que producía Montera en las mujeres? ¿Hacerlas desear desesperadamente conocerlo mejor? De pronto se dio cuenta de que su encanto era intermitente. Como si dijese: Déjalas que esperen, manténlas pendientes de ti, dales sólo lo justo para que vuelvan por más. Era una de las técnicas de inducción más poderosas conocidas por las ciencias del comportamiento. Sonrió. Pregunten a cualquier rata blanca.

—Tengo entendido que tuvo usted ciertos... problemas en su juventud —dijo—. Pasó un tiempo en la prisión de Chino. ¿Quiere hablar sobre ello?

Una sombra cruzó su rostro, pero Leigh no estuvo segura de qué significaba. ¿Dolor? ¿Arrepentimiento?

—No hay demasiado que contar —dijo él—. Tenía

diecisiete años, pero me trataron como si fuera un adulto y me dieron cinco años. Cumplí tres.

—¿Cómo murió el hombre? —Ya conocía algunos detalles, pero quería escuchar la historia de su boca. Si él estaba mintiendo (o si se mentía a sí mismo) sería crucial interpretar correctamente el lenguaje gestual.

—Rápido. Con dolor, espero.

Leigh sintió que un escalofrío descendía por sus brazos. Él había querido que muriera. Eso, por lo menos, era obvio.

—Fue en defensa propia —explicó—. Pero desgraciadamente el jurado no estuvo de acuerdo. Recibió media docena de puñaladas, un par más de las necesarias, aparentemente.

—¿Fue él el agresor?

—Me saltó encima con un cuchillo —dijo Montera sin emoción—. Eso me puso de mala leche.

Leigh evitó cuidadosamente expresar sorpresa o cualquier otra emoción. Los pacientes siempre trataban de arrancar pistas de su terapeuta, señales que les dijeran si era seguro o no revelar sus secretos más oscuros a un extraño. En general ponían a prueba al terapeuta como hacen los niños con los padres, tratando de descubrir cuánto era capaz de aceptar antes de censurarlo. En el caso de Montera, ella sabía que una prueba así podía ser peligrosa.

—Usted era muy joven —siguió—. Sólo diecisiete años. ¿Cómo se sintió... matando a un hombre?

—Sentí que había hecho lo necesario; se trataba de él o yo.

Leigh había pensado que podía haber cierto remordimiento bajo la superficie, quizá incluso que podría descubrir el origen de la sombra que instantes antes había cruzado por su rostro, pero había sido demasiado optimista. Él estaba contemplándola con lo que parecía un interés distraído, pero su mirada se había endurecido.

—No te gusta, doctora, ¿no es cierto? —dijo—. A ti te han enseñado a pensar que todo puede reducirse a elecciones racionales: matar o no matar. Pero eso es absurdo; en el barrio no hay elección. A menos que seas rápido, eres hombre muerto.

Estaba tratando de excusarse, decidió Leigh.

—Todos tienen la posibilidad de elegir.

El rostro de Montera se ensombreció.

—¿Qué elección habrías tenido si yo no hubiese aparecido en el aparcamiento? —El silencio de ella lo hizo impacientar—. Dímelo, doctora, ¿qué habrías hecho si yo no hubiera estado allí?

Leigh dejó su lápiz sobre el escritorio de una manera deliberadamente lenta. Tenía la espalda tensa y le pesaban los brazos. Se sobrepuso y se sintió como si hubiese obtenido una pequeña victoria.

—Habría intentado hablar con ellos, convencerlos de que me dejaran ir —dijo.

—¿Hablar? —Montera soltó una carcajada fría y burlona—. ¿Como hablaste conmigo? No habrías tenido tiempo ni de abrir la boca. Esos tipos se habrían arrojado sobre ti como animales.

—¿Igual que usted? —Leigh no se dio cuenta hasta después de un instante de lo que había dicho. Había formulado la pregunta inconscientemente, como si se tratase de una acusación—. Señor Montera —trató de corregirse con rapidez—, no crea que no aprecio lo que hizo por mí, pero he trabajado con gente violenta antes. Y sé perfectamente cómo manejar una situación peligrosa. Podría haberlo hecho.

—En un despacho policial o en un hospital, tal vez. Pero no en el barrio. No te habrían dado la menor oportunidad, nena.

Aun si su tono tajante no hubiese resultado provocativo, aquella última palabra habría sido suficiente.

—Trabajé en prisiones con convictos peligrosos —insistió ella, enfadada.

—¿Rodeada de cuántos guardias y ametralladoras? ¿Por qué carajo no quieres admitir que estuviste en peligro?

—¡Nunca he dicho que no estuviese en peligro! —Leigh estaba sorprendida por la fuerza de su voz. Montera estaba irritado, pero dentro de sí había una tensión controlada. Exquisitamente controlada, como un mecanismo diseñado para medir fuerzas—. Soy consciente de que podrían haberme hecho daño.

—Podrían haberte violado, doctora. Y asesinado.

Las rueditas del sillón giratorio de Leigh hicieron un chirrido que sonó como un gemido de auxilio. El corazón le latía violentamente, y tuvo que esforzarse para volver a respirar tranquilamente. Pero una parte de ella aún era la de una psicóloga, y su mente clínica registró que era cuando menos curioso que un hombre acusado de matar a una mujer mostrara tanta preocupación por la integridad de otra. Por supuesto, el término operativo seguía siendo «acusado», como ella siempre se lo recordaba a todo el mundo.

—Traté de darle las gracias aquel día —dijo—. Pero usted no me dejó.

—Yo no quería que me dieses las gracias, yo... —Se interrumpió, con una palabra violenta en los labios.

—¿Qué? —preguntó Leigh.

—Nada, olvídalo.

Pero Leigh estaba casi paralizada por la súbita expresión de cólera que había llameado en su mirada. Había sido sólo un instante, pero el mensaje fue tan quemante como el día en que la había rescatado. Podría haberlo dicho: Quería follarte, puta. Acababa de sentir la misma mezcla de ansias y oscura pasión que aquel día en el aparcamiento. La había sentido arder y atravesarla. La había mirado como si ya la conociera, como si la desease y despreciara al mismo tiempo. Pero ¿por qué? ¿Por qué la miraba así?

Uno de sus diplomas estaba algo torcido. Ese detalle bastante infrecuente captó por un instante su atención al alzar la vista hacia la pared que había recubierto con los hitos de su carrera y sus logros académicos. No era nada —sólo un diploma torcido— pero por alguna razón le pareció imperioso enderezarlo. Se levantó abruptamente de la silla y se dirigió hacia la pared.

Esa pared simbolizaba para ella una parte importante de lo que había logrado en su vida. Es verdad que era sólo un aspecto, y que probablemente le daba demasiada importancia a esas cosas, pero aun así, eran para ella un motivo de orgullo y placer. En cierto modo eran los hitos de su realización, mostraban quién era.

Mientras se estiraba para ajustar el diploma algo la hizo vacilar y echarse hacia atrás. Escuchó un sordo silbido y un impacto en la pared. Retrocediendo un paso vio la hoja todavía vibrante de una navaja clavada a menos de medio metro del diploma.

Se volvió, temerosa de que Montera estuviera viniendo hacia ella para atacarla.

—¿Está loco? —exclamó—. ¿Qué quiere hacer?

Montera estaba sentado en la silla, echado hacia atrás como si nunca se hubiera movido, impasible, mirándola con indiferencia. Parecía decirle: A qué tanto escándalo, todos los días arrojo cuchillos, fue sólo un poco de diversión, mi sesión de tiro al blanco. Pero si su actitud era indolente, su voz en cambio era áspera.

—Tú no sabes nada acerca del peligro —le dijo quedamente—. Ni de mí.

Leigh hizo acopio de todas sus fuerzas y regresó a su escritorio, pero se detuvo sobresaltada cuando él se puso de pie.

—No, por favor —imploró—. Quédate donde estás.

Petrificada en su lugar, vio que él se acercaba a ella, y se sintió temblar cuando se detuvo a mirarla. La recorrió con la mirada y luego volvió la cabeza y caminó hacia donde había quedado clavada la navaja. La hoja hizo un sonido enervante al salir y él volvió a guardarla en una funda de cuero cosida en los bajos de sus tejanos.

—Relájate —le dijo—. Si te hubiera apuntado no dudes que la tendrías clavada. Sólo quería, digamos, argumentar un punto.

¿Relajarse? Leigh se sentía como si hubiera sobrevivido a un terremoto. Cada fibra de su ser temblaba y era todavía incapaz de asimilar lo que acababa de ocurrir. A duras penas podía mantenerse en pie.

—¿Qué dices ahora, doctora? —le preguntó él—. ¿Has tenido alguna elección?

Ella no respondió. No sabía cómo podía reaccionar Montera ni quería averiguarlo. Ni que le diese otra lección como aquélla, claro. Tenía que concentrarse en cómo conseguir que saliese de su despacho, pero entretanto había un problema más acuciante. Él se estaba moviendo detrás de ella.

—Tengo curiosidad por saber algo, doctora —le dijo—. Sólo curiosidad. ¿Pudiste ver los ojos de esos dos en el aparcamiento?

—¿Qué quiere decir?

—¿Viste cómo les brillaban los ojos? ¿La ansiedad por follar?

—No, no los vi —mintió ella. Él estaba rodeándola, como si estuviera decidiendo por qué flanco atacarla, cómo y cuándo convertirla en su próxima víctima.

—Y querían follarte a ti —dijo lentamente—. Nosotros los *pachucos* sentimos algo especial por las rubitas como tú, ¿no lo sabías? Tú eres el sueño húmedo de cualquier adolescente del barrio.

—Basta ya, por favor.

Él soltó una risa sofocada.

—Pero si es cierto, doctora. Tú eres la primera cosa en la que ese pobre e iluso *vato* piensa cuando despierta por la mañana. Y la última cosa en que piensa al acostarse. Las fantasías sobre ti lo comen vivo, doctora. Lo hacen dar vueltas en la cama y sudar y masturbarse.

El largo impermeable se abrió; Montera se había desplazado y su sombra se proyectaba ahora contra la pared del fondo creando una gran silueta demoníaca. Leigh rezó para que se marchase, pero había un brillo de fiera en sus ojos que le decía que el tormento sólo había empezado, que él estaba alimentándose de su terror, y que había esperado toda una vida por un momento como ése.

—Y en sus fantasías, doctora, cuando ese chico abandonado de la calle se envuelve en su poncho de colores y sueña sus patéticos sueños de pobre, es una piel blanca como la tuya la que suspira por tocar...

Leigh no se atrevía a mirarlo ni a moverse. Trató de bloquear mentalmente esa voz, pero no podía. Sonaba despreciativa, pero a la vez mordaz y dolorosa. Leigh se dio cuenta de lo que estaba ocurriendo y el corazón le dio un vuelco. Hasta la reciente acusación de asesinato, Nick Montera había tenido casi cualquier mujer que se hubiera propuesto. Pero eso no siempre había sido así. No estaba hablando de cualquier chico del barrio, estaba hablando de él mismo, y una parte de sí detestaba lo que las Leigh Rappaport de este mundo representaban.

Tristemente, otra parte de él deseaba todo lo que ella era, quizá por la misma razón que la odiaba... porque había crecido creyendo que nunca podría tenerla.

—Sus fantasías están llenas de pechos blancos y duros, con pezones rosados, doctora. Sueña con acariciarlos y besarlos.

Leigh se estremeció. Podía sentir los ojos de él recorrer su cuerpo mientras completaba el círculo. Su voz tenía una cualidad táctil, como una funda de terciopelo que le hacía sentir cuán ceñida era la chaqueta de su traje. Sintió calor y se dio cuenta de que sus muslos y sus axilas estaban húmedos.

—Tú eres la chica de oro —dijo él—, el premio mayor. Tú eres todo lo que él siempre quiso. Pero él no puede tenerte, ¿no es cierto, doctora? ¿Puede?

La última pregunta sonó como un latigazo, pero ella no se atrevió a mirarlo. No podía soportar la carga de deseo en aquellos ojos.

—El chico del barrio tuvo la desgracia de haber nacido en el vecindario equivocado. En un gueto. En tu mundo sólo existe, quizá, como un objeto de compasión. Es lo bastante bueno para mostrarse caritativo con él, para darle una limosna, pero no para...

Leigh sacudió la cabeza, ya no podía soportar aquello.

—Basta —dijo, casi rogando—. Vuelva a su sitio, siéntese. Podemos hablar sobre todo esto...

Él la miró fijamente, sus ojos parecían dos navajas afiladas.

—¿Hablar de qué? ¿De cómo hacen daño los sueños? ¿De cómo te enseñan a herir en respuesta?

Ella sacudió la cabeza.

—No sé de quién está hablando, señor Montera, pero no soy yo. ¡No soy yo! No soy la muchacha de oro que usted describe, y no merezco que me trate así.

Él volvió la cabeza y la miró de reojo, con expresión de ardiente desprecio. No quería ceder terreno, pero quizá ella lo hubiese sorprendido un poco, hasta el punto de que pensase en ella no de una manera abstracta, sino en concreto. Por fin, dio un paso atrás, dejándole lugar para que pasara.

Leigh volvió a su escritorio y, tratando de controlar su temblor, se hundió en su silla. Las ruedas volvieron a chirriar con el mismo sonido quejumbroso. Hizo acopio de todas sus fuerzas juntando las manos y presionando con los codos los costados de su cuerpo. Debía encontrar una manera de salir sola de aquella pesadilla. Esa vez Nick Montera no iría en su rescate: él era el asaltante.

—Por favor, siéntese —le dijo finalmente, mirándolo con firmeza a la cara. Parecía el único modo de proceder, hacerle creer que la sesión continuaba. Eso le daría algún tiempo para decidir qué hacer a continuación.

Él la miró por encima del hombro, apartándose de lo que fuera que había atraído su atención en la ventana.

—No hay problema —dijo con un tono sardónico—. Podemos jugar de acuerdo con las reglas que usted quiera.

—En este despacho sólo hay una regla, señor Montera. Nada de armas. No se le ocurra traer esa navaja aquí otra vez. Si portar armas no es una violación a su libertad bajo fianza, debería serlo, y no dudaré en informar a las autoridades.

Se produjo un momento de silencio mientras Leigh extendía los brazos y juntaba las manos sobre el escritorio. Todavía temblaba, pero empezaba a creer que tal vez hubiera una pequeña esperanza de recuperar el control de la situación. Si Nick Montera hacía lo que le pedía, si se sentaba y se comportaba de manera civilizada, podría considerar la posibilidad de continuar con la entrevista. En caso contrario, llamaría a los guardias de seguridad del edificio, lo haría salir del despacho, y le diría a Dawson que podía empezar a buscar otro testigo pericial.

—Continuemos entonces —propuso.

Montera cruzó la habitación hacia donde ella se encontraba, inclinándose para recoger algo en el camino. Leigh lo miró, alerta y a la vez con curiosidad, mientras él se detenía al lado de su escritorio. Su mirada se había posado en sus notas y luego subió a su rostro.

—¿Qué clase de juego estás jugando? —preguntó.

Leigh se llevó la mano al cuello, instintivamente.

—¿Qué quiere decir?

—Está ahí, en ese bloc. —Señaló el bloc amarillo donde ella había estado garabateando mientras él entraba.

Ella miró, confusa, y vio la pregunta que no recordaba haber escrito. Pero allí estaba: «¿Qué clase de juego es el suyo, Montera?» Se sintió al descubierto, expuesta, y su reacción fue instantánea. Se puso de pie, furiosa.

—¿Va a sentarse, señor Montera? ¿O debo dar por terminada la entrevista?

—Se te ha caído esto. —Montera sostenía su lápiz automático, probablemente lo que había recogido del suelo.

Leigh miró con incredulidad sobre su escritorio. ¿Cómo podía haberlo dejado caer? Creía haberlo dejado sobre uno de los expedientes. Pero no estaba allí. El maldito lápiz estaba en la mano de Montera.

—Evidentemente, se ha caído. —Sus dedos tocaron brevemente los de él cuando lo recogió de su mano—. Gracias.

—De nada —dijo él, la mirada todavía fija en el lápiz—. Tienes las manos heladas, doctora. ¿Por qué?

—Maldito hijo de puta —susurró ella—. ¡Basta ya de tratar de intimidarme!

Él sonrió, como si por fin ella hubiera dicho algo que tenía algún sentido.

El único pensamiento de Leigh fue aferrarse a esa pequeña porción de autoridad que había reconquistado temporalmente. Pero él era más grande que ella, tanto más grande que ese enfrentamiento cara a cara sólo parecía acentuar la diferencia de tamaño. Empezó a sentirse algo ridícula al tratar de imponerle su mirada, y esa sensación fue en aumento cuando vio que el rostro de él se ensombrecía. A Montera no lo intimidaba una psicóloga enfadada. En todo caso, parecía ligeramente divertido.

—Sólo iba a sentarme, con tu permiso.

—Perfectamente.

Hubo un contacto tentativo de miradas y el pie de Leigh golpeó la pata de la silla. Se dio cuenta de que trataba de retroceder. Él estaba a menos de un metro de distancia, y eso le parecía demasiado cerca. El miedo aún no la había abandonado, pero ahora también se sentía irritada, y la combinación había creado una excitación tensa y vibrante que parecía a punto de provocar un cortocircuito en su mente.

Todavía no se había repuesto de la impresión, pensó. Sus nervios estaban aguzados al punto de que se sentía ultrasensible, vibrante como una antena. Incluso le parecía captar el olor de la tela de su impermeable, de la loción de afeitar... Y sus ojos. Acababa de comprender a qué le recordaban. Eran como esa imposible combinación de azul y blanco que abre en el cielo un rayo antes de caer a la tierra.

—¿Ocurre algo? —le preguntó él, estudiándola—. Estás sudando.

El pie de Leigh intentó otra vez hacer retroceder la silla, pero se trabó con el frío metal sin conseguirlo. Sintió el contacto áspero de la pata en el tobillo, el blando cuero presionando sus muslos, pero no conseguía moverse, ni mover la silla. Parecía como si esa silla que ella misma había elegido revelara de pronto una cualidad maligna y no la dejase escapar.

Algo cálido tocaba la parte interior de su brazo. No tuvo fuerzas para mirar, pero sabía que era él. Estaba tocándola. Estaba dándole un masaje en la muñeca.

—Tu pulso se ha disparado —dijo él, inclinándose

sobre ella. Sus labios se curvaron en una sonrisa y una llama palpitó en el fondo de sus ojos. Miraba su boca, un rastro húmedo en su labio superior, dejado allí por el rápido paso de la lengua—. ¿Te sientes bien? —preguntó.

Leigh no se había sentido jamás tan sensible. Podía sentir cada centímetro de su piel, cada una de sus pestañas al parpadear, cada rincón caliente de su cuerpo. Si la sensación fuera sonido, su cuerpo ahora estaría entonando himnos. ¿Bien?, pensó, mientras sentía la garganta seca y su corazón parecía debilitarse. ¿Bien? Se sentía estupendamente.

## 4

—Señor Montera, realmente creo que usted debería... —Leigh sintió que su voz enronquecía, delatándola.

—Sí, supongo que debería —aceptó él.

Leigh aferró con fuerza el borde del escritorio mientras Montera la escrutaba. No había duda de que ella debía tratar de detenerlo e impedir que hiciese lo que fuera que pensase hacer, pero no parecía capaz de reunir las fuerzas suficientes. Estaba demasiado cautivada por la tensión del momento como para reaccionar y, al mismo tiempo, se sentía absolutamente fascinada por lo que estaba ocurriendo, como psicóloga y como mujer. No entendía por qué respondía tan intensamente al contacto de sus dedos, especialmente después del susto que le había dado al arrojar la navaja. ¿Cómo había logrado Montera reducirla en cuestión de minutos a un montón de nervios a flor de piel?

El costado analítico de su personalidad se preguntaba si ése era el modo en que seducía a sus modelos, asustándolas hasta dejarlas medio muertas de miedo para después sacar ventaja del estado de debilidad en que las sumía. El miedo a veces derivaba en otra clase de excitación, de signo sexual. Pero al lado puramente femenino de Leigh honestamente le importaba un bledo cómo lo había logrado, con tal de que no se detuviera. Sentía el estómago ligero como el aire y los pechos inflamados, tensos. Podía sentir cada pulgada de seda de las copas de su sujetador. La tela delicada ceñía sus senos pero parecía incapaz de confinarlos por completo.

Dios, si a ella la había puesto así, no se atrevía ni a imaginar lo que podría hacerle a una modelo ansiosa que no estuviera sobre aviso.

—Siéntese, señor Montera —dijo, infundiéndole a su voz una resolución inflexible—. Ahora.

Montera esbozó una sonrisa mientras un mechón de pelo negro caía sobre su frente.

—Pensé que no había reglas, doctora, excepto contra las armas.

Su expresión le decía que iba a ponerla a prueba como nadie lo había hecho. Y sus ojos, tan extraños y ardientes, parecían duros como el diamante. Se estremeció; parecía un demonio.

—No —rogó ella mientras Montera avanzaba un paso, como si fuera a alzarse sobre el escritorio.

Desvió la silla, pensando que él intentaría un despropósito, quizá besarla. Pero aun antes de que hubiera recuperado el control sobre sí misma, se dio cuenta de que todo lo que había hecho él era sentarse tranquilamente en el borde del escritorio.

—Lo que mi doctora ordene —dijo—. Tú me pediste que me sentara, ya estoy sentado.

—En su silla, quise decir.

—En ese caso...

—¿Qué está haciendo? —Leigh miró con incredulidad mientras él se inclinaba hacia ella y deslizaba una mano en el estrecho espacio entre su brazo y su pecho. Se había acercado tanto que parecía a punto de abrazarla.

—Tomo prestado su lápiz. ¿Hay alguna regla contra eso?

—Sí —dijo ella, casi sin aliento—. Hay una, acabo de implantarla. —El corazón comenzó a latirle nuevamente con violencia. Su cerebro casi gritaba que hiciera algo, pero, tal como le había ocurrido antes, no pudo hacer nada para detenerlo. En vez de eso, observó en guardia cómo él se hacía otra vez con el lápiz, cogía su bloc y trazaba un círculo alrededor de la pregunta que ella había escrito. Podía ser, se consoló ella, una buena oportunidad para estudiarlo.

Leigh no podía figurarse qué estaba dibujando, pero le intrigaban sus rápidos trazos. Cuando terminó, él introdujo el lápiz en el bolsillo de la pechera de su chaqueta y dejó otra vez el bloc sobre el escritorio. Leigh echó un vistazo. «¿Qué clase de juego está jugando, Montera?» Había dibujado una serpiente que rodeaba su frase. Al principio creyó detectar en ello una amenaza, o algo aún peor —el mal absoluto—, pero reprimió el impulso de analizar lo que había visto. Estudiaría el dibujo más tarde.

—El juego es la vida, doctora. Los dos estamos jugándolo.

Leigh alzó la mirada al escuchar su voz, no sin reparar antes en que la serpiente que había dibujado era una réplica exacta del brazalete que llevaba en la muñeca. Estaba al corriente de los detalles del asesinato y sabía que la mujer había sido encontrada con una marca en el cuello con la forma de una cabeza de serpiente. Lo que no alcanzaba a entender era por qué Montera quería que lo asociaran abiertamente con ese símbolo. Todavía estaba usando ese brazalete. ¿Por qué? ¿Era un desafío? ¿Una manera de hacer alarde contra la sociedad? ¿O sería Nick Montera miembro de alguna sociedad secreta de adoradores del mal?

Tenía pocas dudas de que él era capaz de matar llevado por el impulso de la pasión. La mayoría de las personas eran capaces de matar si se daban las condiciones adecuadas. Pero ¿tenía acaso la sangre fría necesaria para disponer después el cuerpo de la manera exacta en que la había fotografiado? Era una posibilidad escalofriante.

Para cuando Montera volvió a sentarse y quedó frente a ella, Leigh estaba en guerra consigo misma. El sentido común le decía que debía dar por terminada la entrevista de inmediato y considerar seriamente renunciar al caso. Era un hombre peligroso e impredecible, que parecía alimentar una hostilidad de raíces oscuras contra ella. Aún así, algo le impedía actuar de acuerdo con los buenos consejos de su razón. Se dio cuenta de que era la curiosidad. Él había excitado su naturaleza profundamente curiosa. Más aún: la había galvanizado. Ahora quería saber acerca de la «chica de oro» que lo había herido cuando era un *vato* del barrio. Quería saber sobre las mujeres que fotografiaba, sobre la serpiente que era su insignia. Y sobre todo, quería saber si era realmente un criminal.

—Vi a una mujer en la televisión la otra noche —dijo, determinada a dar por concluida así la entrevista—. Contó que había tenido una relación con usted. Más allá de lo profesional.

Él miró hacia afuera por la ventana, y la luz pareció endurecer sus facciones. De perfil, su estructura ósea angulosa sobresalía nítidamente, como un eco remoto de los rasgos de halcón de sus antepasados españoles. Sólo los ojos azules, que las cejas oscuras realzaban, suavizaban un poco sus facciones.

Leigh raramente pensaba en un hombre en términos de belleza, pero era difícil eludir esa palabra al mirar a Montera. Tenía una gracia siniestra que obligaba a mirarlo una y otra vez, en un intento por descubrir dónde residía su atractivo.

—Paula Cooper no tiene nada que ver con todo esto —dijo.

—Quizá no, pero habló en defensa de usted. Me gustaría saber más sobre ella, sobre ella y usted.

—No se me ocurre nada que valga la pena decir.

—Señor Montera, ¿necesito recordarle que trabajo para la fiscalía del distrito, y que podría ser beneficioso para usted que intentara cooperar?

Soltó una áspera carcajada.

—¿Realmente importa la impresión que yo te cause, doctora? Tu fiscal quiere que me enjaulen y a ti te pagan para que lo consigas. ¿O no es tu trabajo hacerme aparecer como un asesino?

—A mí me pagan para evaluarlo. Y mi intención es hacerlo como corresponde a la práctica profesional: con absoluta prescindencia de toda pasión. Ésa es la razón por la que le pediré que haga unos dibujos y lo someteré a algunos tests psicológicos. Esto es lo que me permitirá ser objetiva... aun cuando personalmente pueda resultarme difícil.

Él se mantuvo quieto, con su gabardina abierta y su mano derecha apoyada en la pierna.

—Ningún test te dirá quién soy, doctora. Si quieres conocerme, tendrás que venir a mí, entrar en mi mundo. Atrévete a hacerlo.

Afortunadamente para ella, Leigh no necesitaba aceptar ese desafío.

—Usted está en mi mundo ahora —dijo—. Y así es como tiene que ser. Ninguno de los dos tiene la clase de libertad que podríamos desear en esta situación, pero hay razones...

—¿Razones de seguridad? —preguntó él—. ¿Tu seguridad?

—Yo trabajo aquí —dijo ella, evasivamente—. Mis herramientas están en este lugar. Como las suyas están en su estudio.

—¿Qué clase de herramientas pueden decirte si un hombre mató con premeditación? ¿Hay alguna que abra mágicamente el corazón y mire dentro? ¿Hay alguna capaz de diseccionar el cerebro?

Leigh no tenía respuesta a eso. Todo lo que pudo sentir fue una especie de amarga sorpresa. Él había alzado la cabeza como si esperase una respuesta, y le dirigió una mirada interrogativa. Pero Leigh tenía las manos vacías. No; no había tests que pudieran mirar dentro del corazón de un hombre. Se echó hacia atrás en la silla, consciente de que él había dejado al descubierto la grieta más profunda de su trabajo, la naturaleza abstracta, impersonal, de los tests a que lo sometería. Esos tests lo reducirían a números y porcentajes. Peor aún, si los resultados eran mal interpretados podían estamparle para siempre una terrible etiqueta.

Él se puso de pie, se alisó los tejanos y dijo sin preámbulos:

Si yo hubiera matado a esa mujer, ¿por qué lo habría anunciado a los cuatro vientos dejando el cuerpo exactamente en la misma posición que en una de mis fotografías?

Leigh se quedó meditando sobre esa pregunta hasta mucho después de que Montera se hubiera ido. No parecía haber respuestas rápidas ni obvias. Por alguna curiosa razón, eso la alegraba. Para su sorpresa, se dio cuenta de que prefería pensar que él no lo había hecho, aunque su comportamiento agresivo debería inclinarla en sentido contrario. Finalmente dio con una razón que podría haber tentado los instintos maquiavélicos de un sociópata. Nick Montera era un fotógrafo, y el precio de sus trabajos se había disparado hasta alcanzar sumas astronómicas desde que lo habían acusado de asesinato, y todo indicaba que seguirían en aumento mientras durase el juicio. La naturaleza del crimen en sí había atraído una atención enorme sobre su trabajo, e indudablemente iba a convertirse en un millonario antes de que el juicio terminara. Un verdadero sociópata no habría podido resistirse a ese golpe publicitario, especialmente si estaba totalmente convencido de que podía sacarse la soga del cuello.

«¿Por qué lo anunciaría a los cuatro vientos...?»

Era una buena pregunta.


—Muy bien, niños, ya podéis exteriorizar vuestras emociones. La próxima clase de papá está esperando con la respiración contenida.

Un clamor general estalló en el taller de teatro Burbank mientras algo más de veinte estudiantes de todas las edades, credos y colores se apresuraban a guardar los guiones para llegar a tiempo a las clases de danza o las audiciones que habían fijado para el resto de la mañana. El instructor canoso y de voz áspera y sonora era Gil Chambers, el legendario ex actor de Broadway, y ahora gurú de la técnica de «resistencia», la última de una serie, al parecer interminable, de técnicas actorales para triunfar en Hollywood desde los días del método Stanislavsky.

Paulie Cooper también cerró el guión con el que habían estado trabajando y lo arrojó dentro de su mochila, haciendo un gesto de contrariedad al darse cuenta de que acababa de aplastar las galletas con Camembert que constituían su almuerzo.

—¡El ojo es promiscuo, la oreja es virgen! —exclamó Gil a sus devotos en fuga—. Mantened encendidos esos magnetófonos. Quiero que cacéis a vuestros padres, hermanos y amantes en el momento en que son más reales y la próxima clase me traigáis algunos diálogos brillantes.

—¿El ojo es promiscuo? ¿Qué quiso decir con eso, Paula?

Paulie se volvió al escuchar la voz ansiosa de Jobeth Turner, su curvilínea compañera de clase. Jobeth tenía el pelo castaño oscuro y una figura estupenda. Era un trasplante del interior y aún después de tres años en Los Ángeles, estaba todavía un poco perpleja por la continua teatralidad de Hollywood. Paula siempre había pensado que ése era el secreto del encanto de su amiga. Aún podía sorprenderse como una adolescente.

—Significa que ya lo hemos visto todo, Jo —dijo—. Lo hemos visto y probablemente también lo hemos hecho.

—Ah... fabuloso.

Jobeth cogió por la correa su gran bolso de lona, lo cargó sobre la espalda y se levantó, lista para seguir a los otros que se agolpaban para salir delante del pequeño escenario del teatro.

Unos momentos después las dos amigas paseaban por las calles llenas de gente en esa brillante neblina que en Southland se tiene por un día de sol. Lo que ninguna de las dos notó mientras caminaban y conversaban es que un sedán de dos puertas, sin matrícula, las seguía lentamente y aparcaba en el primer lugar libre.

—Pero ¿no es ilegal eso? —preguntó Jo a Paulie, como si no hubieran interrumpido la conversación.

—¿Qué?

—Grabar las conversaciones de la gente sin que lo sepan, sin pedirle permiso.

—Probablemente —admitió Paulie—. Pero yo lo hago todo el tiempo. Es divertido, te da una sensación de poder, especialmente con los varones. —Rió alegremente—. Todo lo que te dicen puedes usarlo en su contra.

—Sí, sí —se entusiasmó Jo, imaginándoselo—. Todas esas promesas mentirosas que te hacen cuando están calientes.

—Exactamente —dijo Paulie.

—¿Tienes tiempo para tomar un café? —preguntó Jo—. El profesor de dicción avisó de que no vendría, así que me queda toda una hora libre.

Jo estaba tratando de perder su acento del Medio Oeste.

—No, lo siento —dijo Paulie, y suspiró con cierta exageración—. Tengo una reunión con la gente del champú sobre esa sesión fotográfica en el club náutico. —Dio un leve tirón hacia arriba a las hombreras doradas de su cárdigan azul marino, luego se quitó la boina, dejando que su pelo rojizo cayera en una seductora cascada—. ¿Qué crees? ¿Estoy bien?

—Dios, sí que eres afortunada —suspiró con envidia—. Un pelo fabuloso y un anuncio de champú.

Paulie pasó las dos manos entre las gruesas trenzas rojas, separando un espeso mechón de su cara.

—¿Afortunada yo? Si tuviera tu cuerpo, podría conseguir trabajo aunque fuese coja.

Las dos mujeres habían aprendido el valor de los atributos físicos en una cultura obsesionada por la belleza. Jobeth tenía pechos grandes y pagaba sus clases de actuación trabajando como doble de cuerpo en la televisión y en algunas películas. Paulie tenía un éxito razonable como modelo de fotógrafos. Pero las dos estaban acercándose a la treintena y sentían el aguijón de la indiferencia eterna que la industria del cine reservaba para las mujeres maduras.

—¿Puedes acercarme hasta mi coche? —preguntó Jo cuando llegaron al polvoriento descapotable rojo de Paulie—. Tuve que aparcarlo a más de un kilómetro de aquí.

—Buen ejercicio —dijo Paulie con un guiño—. Ayúdame a descorrer el techo.

Una vez que lograron ajustar el pesado techo corredizo, arrojaron los bolsos en el asiento trasero y se acomodaron en el estrecho interior. Con el sol en los ojos y los pensamientos puestos en el futuro, ninguna de las dos reparó en el sedán marrón que arrancaba al tiempo que lo hacían ellas y seguía al descapotable de Paulie.

—¡Eso es soberbio! Tiéndete y arquea ese cuerpo. Sí, adelante, así está muy bien... tiéndete para mí, amor. Arquea para mí ese lomo, abre bien las piernas. Oh, sí, sí —dijo Nick, riendo—. Así, hazme daño, aráñame.

Nick raramente trabajaba con color y nunca hacía esa clase de fotografías, pero esta vez no había podido resistirse. Marilyn, una modelo ocasional, estaba en uno de sus raros momentos en que se le daba por cooperar. Era una hembra esbelta y sensual y acababa de inspirarle una composición increíblemente sencilla, pero con una claridad de líneas y un color más puros que nada que hubiera hecho antes.

Había recortado en madera contrachapada un paisaje que hacía recordar unas montañas. Lo había iluminado por detrás y había ubicado a la modelo en una pose lánguida de modo que sus curvas se alinearan en un contrapunto sinuoso con las laderas de las montañas. El *tour de force* era el intenso resplandor del crepúsculo, creado por una iluminación de tungsteno contra una esfera pintada.

La cálida luz esfumaba sus miembros, creando profundas hondonadas de sombra y misterio. El desnudo integral raramente inspiraba a Nick. Lo encontraba falto de sutileza. Y sin embargo, en esta ocasión había hecho una excepción. Recostada sobre uno de sus lados, Marilyn había sido un momento atrás una esfinge, el símbolo de lo inescrutable. Y ahora, tendida de espaldas, parecía una criatura lujuriosa, un delicado juguete sexual.

Nick se movió alrededor de ella, hechizado por su cuerpo delgado, largo y elástico. Amaba que sus modelos se le resistieran al principio, que sólo cedieran después de que él las convenciera de que eran extraordinarias, un imán irresistible para su visión creativa. El resto venía naturalmente. Con murmullos, incitándolas suavemente, él podía derribar sus defensas, penetrar como un amante, haciéndola participar en el juego, en su propia seducción.

Pero el momento de mayor satisfacción para él llegaba cuando la modelo por fin se rendía, como una esclava a la que hacía mover con el látigo del flash. A veces se preguntaba si no era ése el motivo por el que se había hecho fotógrafo, sentir el poder que ejercía sobre su modelo, la sutil esclavitud que imponía a la cámara.

Ahora Marilyn lo miraba en silencio, fijamente, con una expresión de curiosidad en sus felinos ojos verdes, y Nick se dio cuenta de que había dejado de tomar fotos.

—Vuélvete, rueda sobre ti —le dijo en un susurro—. Despacio ahora, con calma. Dame la espalda... vamos, déjame ver por un segundo ese hermoso culo. Bien, bien, bien... un poco más... sólo un poco más. Sigue acercándote... sigue. ¡Así!

Se puso de rodillas para buscar un ángulo diferente e hizo girar la lente para ajustar el foco, accionando rápidamente el disparador, capturándola antes de que pudiera respirar, inmovilizándola con una andanada de flashes cuando ella asumía la pose que él quería, con la espalda totalmente arqueada y el culo prácticamente sobre su cara.

—Oh, Dios —dijo—. Quédate así. Te quiero exactamente así...

Pero Marilyn se sentía cada vez más nerviosa. Un estremecimiento erizó la delicada línea de su espina dorsal y sus ojos brillaron como si algo la hubiese distraído de pronto.

Nick volvió rápidamente a programar la velocidad, consciente de que no le quedaba mucho tiempo.

—Quédate conmigo, preciosa —dijo, hablándole con rápidos susurros mientras ella rodaba sobre su vientre—. Quédate —rogó suavemente. Tenía una idea para otra foto, pero ya era tarde. Marilyn se había sentado y miraba atentamente hacia otra parte. Evidentemente la había distraído un parpadeo luminoso en uno de los rincones del estudio—. ¡Quieta ahí! —gritó Nick.

Pero su modelo había perdido interés en los frívolos pasatiempos de los humanos y sus juguetes luminosos. Había entrevisto algo, una criatura rojiza de cuatro patas, y tenía toda la intención de convertirla en su cena. Si conseguía atraparla.

En un relámpago de su pelaje rubio, Marilyn saltó del escenario que Nick había creado especialmente para ella, cruzó corriendo el estudio como un pequeño gue pardo y se abalanzó sobre el ratón de felpa que él había comprado en una tienda de animales para distraerla. Lo había apresado por la cabeza y lo sacudía con furia.

Nick rió y dejó la cámara sobre el trípode de aluminio. Debía estar conforme de que ella hubiera cooperado aunque sólo fuera por pocos minutos. Sabía que era una cazadora incansable. La gata había aparecido un día que él regresaba tarde al estudio. Supuso que habría entrado por una claraboya, y por el modo en que tomó posesión de su cesto para la ropa sucia siempre desbordante y lo convirtió en su dormitorio, Nick no pudo por menos que convencerse de que había venido para quedarse.

Él nunca había visto antes una gata con ese pelaje tan rubio, pero fue por la manera en que ronroneaba —sin aliento y con sensualidad, como si estuviera algo asmática— que decidió llamarla *Marilyn*. Había intentado por todos los medios no sangrientos de deshacerse de ella. Había preguntado por el vecindario, había puesto un anuncio en la prensa, pero nadie la había reclamado ni querido. Y de ese modo Nick Montera se había convertido en el orgulloso dueño de aquella magnífica rubia con asma incipiente y un pelín cruel.

El ratón de felpa giró a través del brillante parqué mientras *Marilyn* lo hostigaba con sus patas. Nick lo recogió y lo sostuvo en el aire, impresionado por la excitación febril de la gata, que se contorsionaba en el aire para arrebatárselo. Había amusgado las orejas, los ojos le brillaban como antorchas y no paraba de mover la cola.

Algo en su actitud agresiva le hizo pensar a Nick en la situación en que se encontraba él. *Marilyn* estaba sedienta de sangre. Sólo que nadie lo llamaba asesinato en el reino animal. Lo llamaban supervivencia del más apto. La ley de la selva. Pero el mundo de Nick, la selva humana, estaba regido por las reglas de una sociedad civilizada y «racional», dictadas por gente como la doctora Rappaport. No era matar o morir. Cuando juzgaban a un hombre por asesinato y lo hallaban culpable, podían elegir tomar su vida, pero también su libertad. Ya habían tomado la suya una vez, cuando tenía diecisiete años.

Sólo quedaba una cosa.

Sintió un tirón en la muñeca y se dio cuenta de que *Marilyn* había atrapado finalmente al ratón. Tironeó hasta arrancárselo de los dedos y ahora estaba otra vez girando en el suelo, atacándolo con dientes y uñas.

Nick se puso de pie de un salto y fue por la cámara. Sintió sus dedos torpes mientras la ponía en foco, y debió de tocar involuntariamente el disparador automático, porque su Canon 35 mm empezó a lanzar flashes al aire antes de que pudiera enfocar a la gata. *Marilyn* vaciló en su gloriosa y salvaje cacería y lo contempló por un instante, con curiosidad. ¿Qué está haciendo ahora este hombre?, parecía preguntar. ¿Por qué no va a buscar su propio ratón?

Nick dejó la cámara de lado. Incluso un fotógrafo mediocre sabía cuándo había pasado el momento. Estaba en cuclillas cerca de uno de los focos de tungsteno que había usado para su composición del crepúsculo. El escenario de *Marilyn* sólo ocupaba una esquina del estudio. El resto de la cavernosa habitación estaba ocupado por una serie de espejos de parques de atracciones y superficies reflectantes para una composición futura que había tenido que archivar a causa del juicio que se avecinaba.

Esa era la primera vez que tenía de nuevo una cámara en las manos desde la noche en que la policía lo había arrestado y lo había llevado a declarar. Y últimamente, si no estaba inclinado sobre sus libros de derecho en busca de una salida para su caso, se encontraba luchando con los terribles dolores de cabeza que sufría desde la infancia, desde que una banda del vecindario, que habían tomado a mal sus ojos de gringo, le abrió el cráneo a golpes y lo dejó tendido por muerto.

Habría sido reconfortante dejarse ir con la cámara otra vez. Sin estúpidas leyes, sin el intolerable dolor.

Escuchó un ronco maullido y miró hacia abajo.

*Marilyn* había despanzurrado al ratón y se acercaba a él con orgullo, con la mitad del cuerpo de la criatura en la boca y la larga cola colgando de las mandíbulas. Trepó por su cuerpo y dejó caer el ratón a sus pies, como un regalo.

—Cuidado con lo que haces —le advirtió Nick con seriedad—, o empezarán a llamarte asesina.

# 5

¿Habrá quedado algo de helado de menta en la nevera?

Leigh levantó la vista del escritorio con ese pensamiento urgente en la cabeza. Estaba estudiando el dibujo que Nick Montera había hecho en su bloc, pero un deseo repentino de tomar su helado favorito la había decidido a tomarse un descanso.

Era tarde, las dos de la madrugada de acuerdo con el reloj de pared en su casa-oficina. No tenía hambre, pero su súbito deseo de tomar helado era tan imperioso, que lo atribuyó a un mensaje del inconsciente que trataba de distraerla de la siniestra atracción del dibujo de Montera. El helado de menta era el único vicio para el que tenía tiempo en esos días. Estaba acostumbrada a concederse gratificaciones para animarse cuando su ánimo decaía, pero ahora no necesitaba ningún revitalizante. Una extraña y persistente sensación recorría su cuerpo, penetrándola como la lluvia, que golpea ligeramente al principio pero que aumenta poco a poco hasta convertirse en un intenso aguacero.

No estaba segura del momento en que había empezado a experimentar esa sensación, probablemente aun antes de que el calor la hubiera arrancado de su cama para bajar por las escaleras a oscuras y confinarse voluntariamente detrás de su escritorio. No había sido capaz de dormir por la crudeza de las imágenes que cruzaban su mente, de modo que había decidido desistir de luchar para sofocar esa energía nerviosa y tratar al menos de sacarle algún provecho.

Tocó ligeramente con el dedo la línea del dibujo. La serpiente parecía viva, como si pudiera desenroscarse de pronto y saltar desde la hoja de papel sobre ella. Había toneladas de energía psíquica atrapadas en ese símbolo, advirtió. Tal como le ocurría al hombre que lo había dibujado. No tenía dudas de que Nick Montera sería uno de los casos más intrigantes que le había tocado analizar.

Se llevó la mano a la boca, sofocando un suspiro. Sus manos estaban congeladas. ¿Sería también a causa de su nerviosismo? ¿O la repetición de los escalofríos que sufría desde que era niña? Recordaba que a veces eran tan agudos que tenía que acurrucarse junto a la estufa de su cuarto para entrar en calor. Sus pies también estaban helados, y aunque hacía tiempo que había decidido que se debía a que sufría de mala circulación, a menudo seguía sorprendiéndola el perfecto correlato que existía entre ese síntoma físico y la falta de calor afectivo en su vida, especialmente de parte de su propia madre.

En los momentos de terror de su infancia, Leigh se imaginaba como un ser extraterrestre, y temía que por sus venas no corriera la sangre roja y caliente del resto de los mortales. En una ocasión había cometido el error de confesarle ese temor a su madre. La respuesta de Kate había sido típica de ella: «Oh, ¿no te lo había dicho? Te tuve con los hombres-lagarto. Pórtate bien o te devolveré a ellos.»

Leigh sonrió a su pesar mientras se frotaba las manos, presionando los huesos y los nudillos y disfrutando de la sensación de la carne que se abandonaba al calor y se distendía. Podía sonreír ahora, pero en aquel tiempo sólo tenía cuatro años, demasiado pocos para apreciar el sentido del humor de su madre.

Se forzó a levantarse y moverse alrededor del escritorio para entrar en calor. El suelo de parqué crujió suavemente mientras ella caminaba descalza. Su sombra se extendía, proyectada por la luz de la lámpara verde que había sobre su escritorio. Su despacho había sido antes un dormitorio, hasta que ella había abierto ventanas en el techo y lo había transformado en un solárium. La cálida y brillante luminosidad la había decidido a poner un escritorio y realizar a veces su trabajo allí. Pero esa estancia acogedora en que se sentía tan a gusto durante el día se volvía algo siniestra por la noche. Quedaba demasiado expuesta al exterior.

Y oscuridad. Demasiada oscuridad, también.

Cruzó los brazos fuertemente sobre los pechos y hundió las manos en el calor de la piel de los costados. Debió de haberse puesto su bata más gruesa pero, sin reparar en la temperatura, había bajado vestida únicamente con el camisón.

Su sombra cruzaba y desaparecía en la negra profundidad de los ventanales mientras se paseaba por la habitación, preguntándose qué significado tendría la serpiente para el hombre que la había dibujado. Sus libros de referencia decían que el reptil era desde antiguo un símbolo primordial, y generalmente se lo asociaba con la idea del mal. En el jardín del Edén, la serpiente era la encarnación del diablo, y el instrumento de la seducción de Eva.

Pero en religiones aún más antiguas, la serpiente era también un símbolo de renovación. La serpiente mudando su piel o devorando su cola representaba el eterno retorno. Y el poderoso deseo de hacer del cuerpo y la mente una sola cosa, no por la fuerza sino por imperio de la voluntad. Imperio del espíritu. Así era como se mencionaba en uno de los libros el amor romántico, el vínculo en que los amantes son arrastrados por su propio deseo a sacrificarse juntos como prueba de su devoción.

Un olor familiar llegó a ella y le hizo alzar la mirada. Una ventana debía de estar abierta, porque una brisa corrió suavemente por la estancia. Reconoció, desconcertada, una débil esencia de menta. Se volvió, sobresaltada por su propio reflejo en los cristales oscuros. Con la luz que brillaba intensamente detrás de ella, podía ver la línea de su cuerpo a través del camisón. La silueta pálidamente iluminada hacía que pareciese una figura angélica y al mismo tiempo carnal, un ángel desnudo protegido por las gasas de su propia pureza. La lámpara hacía que su melena rubia semejase un aura dorada, y por un breve instante se permitió recordar aquel incidente de su adolescencia. Casi podía imaginar la presencia de alguien de pie al otro lado de los cristales, contemplándola.

¿Era algo así lo que ese hombre había visto?

Sintió que sus sienes palpitaban mientras absorbía la carga erótica que parecía irradiar su propia imagen. El olor de las gualterias le llegó otra vez, inundándola con los recuerdos de aquel día. Ella era mucho más joven entonces, casi una niña...

Leigh se obligó a recordar, pues sabía que no podría eludir la ola de sensualidad que desencadenaría el pensar en ello. Aquel recuerdo nunca desaparecería. Ella habría preferido creer que se trataba de una ilusión de los demás, pero le habían dicho, muchas veces, que era deseable. Dawson también, y aun así nunca había logrado sentirse atractiva. En la adolescencia había tenido esa clase de belleza impecable de toda reina de fin de curso, desgraciadamente mezclada con una atroz falta de confianza en su atractivo. Ella siempre lo había atribuido a la personalidad dominante de su madre, pero quizá había quedado más profundamente afectada de lo que creía por aquel hombre joven, aquel día extraño...

Siguió contemplando las ventanas, hipnotizada por el contraste de luces y sombras. Poco a poco su memoria formó esa figura fulgurante del pasado y le hizo revivir aquella sobrecogedora noche de enero. Los pensamientos se arremolinaron en su mente como hojas que el viento arrastra, un pequeño huracán que los hizo girar en redondo para depositarlos formando otra figura. Su mente siempre trabajaba de ese modo cuando una idea empezaba a cobrar forma. El entendimiento se imponía al caos. Pero en ese caso era más una corazonada que un plan de acción y no tenía nada que ver con ella ni con su ausencia o no de atractivo. La corazonada era sobre Nick Montera.

El brazalete en forma de serpiente ejercía sobre ella una fascinación claramente sexual, pero quizá tuviera otro significado para él, más profundo.

Sus pensamientos se disolvieron en una corriente de fuegos blancos mientras se volvía hacia el moderno teléfono que había sobre su escritorio. Se daba cuenta de que no podía esperar hasta la mañana siguiente para entrar en acción. Si no lo resolvía ahora, no podría dormir. Raramente usaba el contestador automático para grabar mensajes, pero esa noche pulsó la tecla de grabación y a continuación seleccionó en el panel la tecla que abría la comunicación con el contestador automático en su oficina. El teléfono sonó dos veces antes de que escuchara la voz grabada de su secretaria.

—Nancy. —Las uñas de Leigh tamborilearon en la tapa de plástico del teléfono—. Si no has acordado ya otra entrevista con Nick Montera, ¿podrías hacerlo ahora mismo, por favor? Me gustaría verlo otra vez en el despacho tan pronto como sea posible. Gracias. Nos veremos mañana.

Finalizada la operación, volvió del revés el bloc con el dibujo de la serpiente y fue en busca de su helado.

Una bomba parecía a punto de estallar en la sala de reuniones. La reunión convocada por Dawson para discutir la estrategia a seguir había llegado a un agotador punto muerto. La mitad de los seis integrantes del equipo de la fiscalía se fulminaban unos a otros con la mirada a través de la superficie color castaño de la mesa. La otra mitad jugaba inquietamente con los capuchones de sus estilográficas, con los botones de la ropa, o con lo que tuvieran a mano, como si esperasen la detonación final.

Incluso el sistema de calefacción del despacho parecía a punto de explotar. Los ruidos intermitentes que escapaban a través de los conductos de ventilación en las paredes parecían el vapor que despide una olla a presión.

Dawson se levantó y se dirigió al lavabo. Tiró hacia abajo de un cilindro para hacerse de un pequeño vaso de papel, lo llenó con agua del grifo, bebió de un trago el líquido algo tibio y volvió a llenar el vaso. No tenía sed y detestaba esos vasitos quebradizos. Apenas podía sostenerlos en la mano sin estrujarlos. Pero quería poner alguna distancia respecto de la batalla en el seno de su equipo. Encontrar otro punto de vista.

No estaba preocupado por esa tormenta interna. Por el contrario, le daba una oportunidad para observar a algunos de los miembros nuevos en situaciones de tensión y apreciar de primera mano cómo se desempeñaban. Raramente asignaba casos comprometidos a abogados jóvenes en ascenso, pero el presente caso tenía algunos aspectos únicos que requerían algo de flexibilidad. Era por eso que no había intervenido en toda la mañana, a la espera de ver quién ponía a prueba sus músculos para vencer. En realidad, no se trataba de una cuestión de músculos: su equipo todavía no lo sabía, pero ya había decidido que quería que el caso lo tomara una mujer. La pregunta era cuál de ellas.

Se enjuagó la boca y tragó el agua con una sonrisa, mientras volvía a la sala silenciosa y amenazadora.

—En la audiencia preliminar la defensa probablemente pida un cambio de jurisdicción —dijo al tiempo que aplastaba con el puño el vasito y lo arrojaba a la papelera desbordante—. Dirán que en Los Ángeles Montera no puede obtener un juicio libre de presiones. El caso se ha hecho demasiado famoso. ¿Opiniones? —preguntó, esperando a ver quién mordía el anzuelo.

Maynard Keynes, un joven y agresivo abogado recién salido de Yale, fue el primero en saltar.

—Y tendrán razón —dijo—. Pero Montera se ha convertido en una figura de culto de alcance nacional. De hecho, el caso ha tomado tanta notoriedad que no se podría garantizar un juicio sin presiones en ningún lado. De modo que lo mismo da que se lo juzgue aquí.

Dawson ignoró las risas burlonas del resto del equipo.

—¿Y si la defensa quiere negociar? ¿Estamos abiertos a una súplica para que se reduzcan los cargos?

Había dirigido la pregunta a Carla Sánchez, una mujer alta y hermosa aficionada a las chaquetas rojas, que estaba trabajando en el despacho desde hacía algo más de un año. Aún no había demostrado suficiente habilidad en la corte, pero a Dawson le gustaba la seguridad en sí misma que demostraba. Sus piernas tampoco estaban mal.

—¿Por qué no? —respondió fríamente—. Asesinato en primer grado requiere que probemos que hubo alevosía y premeditación. Aun si Jennifer Taryn jodió a Montera cuando declaró contra él, eso ocurrió hace veinte años. No creo que podamos convencer al jurado de que alguien es capaz de mantener vivo hasta ese extremo y por veinte años un rencor.

Hubo ruidos de papeles que se movían y algunos chirridos de las patas de las sillas al correrse, una clara indicación de disenso. Otra vez fue Maynard Keynes el primero en hablar claro.

—No tenemos que probar que mantuvo vivo el rencor —argumentó—. Lo único que tenemos que probar es que se le presentó la oportunidad de hacerlo. Montera no estaba planeando ninguna venganza. Sencillamente ocurrió que ella volvió a aparecer en su vida, reabrió las heridas y le regaló la oportunidad perfecta para que se cobrase una vieja deuda.

Carla cruzó sus largas piernas y se echó hacia atrás en la silla.

—¿Estás sugiriendo que antes de eso él no tenía intención de hacerle daño? ¿Quién va a creerse algo así, Maynard? Pero, además, ¿por qué poner en peligro nuestro caso apuntando tan alto? Homicidio sin premeditación o aun asesinato en segundo grado sería coser y cantar, pero ¿qué jurado estará dispuesto a firmar una sentencia de muerte para un hombre de treinta y siete años reincidente?

—¡Ya estuvo en la cárcel por homicidio!

Maynard estaba poniéndose nervioso, y Dawson compartía en parte su sentimiento. Sánchez sonaba como la voz de la razón, tanto que sus palabras casi podían ser interpretadas como benévolas respecto de la situación de Montera. Es una pena, pensó Dawson, imaginando la figura en rojo de una joven y apasionada hispana, tan indignada por ese crimen contra todas las mujeres que estaba dispuesta a todo para que se hiciera justicia, aun cuando eso significase procesar a uno de su propia y perjudicada raza, aun cuando significara enviarlo a la cámara de gas.

Habría sido perfecto, pero desgraciadamente ella no había mostrado el ardor necesario. Y no era la primera vez que Dawson se cuestionaba en privado su firmeza. Un buen fiscal debía poseer una ambición implacable, no para impulsar su carrera, sino para ganar cada caso, lo que finalmente arrojaba el mismo resultado. Debía tener el instinto de un cazador, y Dawson no había visto muchas evidencias de esto en Carla Sánchez.

Se consoló pensando que sería un buen apoyo en la mesa de la fiscalía durante el juicio. Sabía que incluirla por su ascendencia hispana era una jugada tan obvia como peligrosa, pero estaba dispuesto a afrontar todas las acusaciones de incorrección política con tal de ganar el caso. Necesitaba ese caso. Ese año había elecciones y debía contar con un buen número de victorias si quería evitar unas primarias reñidas. Pero mucho más importante aun, ganar ese caso sería una forma de evitar que el secreto que guardaba desde hacía veinte años saliese a la luz. Se había visto involucrado de un modo indirecto en el primer juicio de Montera, aunque ni siquiera los más viejos en la fiscalía lo sabían. Y se proponía que las cosas siguieran así.

—¿Tal vez Carla es una admiradora de la obra del señor Montera? —sugirió otra de las abogadas. Las risas estallaron en el pequeño salón.

Sánchez enrojeció.

—Personalmente me parece que sus trabajos son ofensivos. Sus modelos siempre parecen víctimas, Bellas Durmientes y Cenicientas ansiando ser liberadas. Y ésa con la mano del hombre en la garganta de la mujer, ¿cómo se llama? *¿Ven a medianoche?* No se sabe si es un beso o una de esas perversiones sexuales extravagantes, como autoasfixia. Esa sola foto bastaría para encerrarlo.

—¿Encerrarlo, señorita Sánchez? —la interrumpió

Dawson—. Nick Montera fue visto entrando en la casa de la víctima la noche en que ésta murió, tenemos sus huellas dactilares, tenemos piel y muestras de su pelo, y él no tiene la menor coartada. No quiero encerrar su jodido culo. Quiero la pena de muerte y no me conformaré con menos. ¿Alguna pregunta?

Carla Sánchez enmudeció, asustada; tragó saliva y sacudió la cabeza. Ninguna pregunta. Ninguna en absoluto.

Dawson reprimió una sonrisa. Si Carla Sánchez no era ambiciosa, al menos era maleable. Era un buen comienzo. Cuando acabara su adiestramiento, la haría saltar con un cuchillo sobre la garganta de Montera.


—¡Caramba! ¿Qué es esa música tan rara que estás escuchando? ¿Y por qué estás desnudo?

Nick Montera salió de su ensueño para encontrarse a la mujer que se encargaba de limpiar su casa, de pie bajo la arcada morisca de su cocina, contemplándolo con horror. Lo había pescado en uno de sus momentos de concentración, inclinado hacia una de las paredes, en calzoncillos y con una toalla colgada al cuello. No estaba, por lo tanto, desnudo, pero sí lo bastante cerca de la idea que parecía tener de la desnudez María Estela Inconsolata Torres.

Nick no estaba sorprendido. Estela, como ella prefería que la llamaran, era una refugiada de América Central que había estado disfrutando en grande de vivir en el país de la libertad durante los últimos años. No entendía en absoluto el cinismo de Nick ni sus embrollos con el sexo opuesto. Era una devota ferviente de la fe de sus padres y creía a pie juntillas en el mal de ojo y en la importancia del chile en sus salsas. No era de extrañar que desaprobara casi todo lo que Nick Montera hacía y había hecho por años.

—Mujeres, mujeres, siempre mujeres —protestaba cuando miraba sus fotografías—. ¿Por qué no tomas fotos de la naturaleza?

—Las mujeres son naturaleza —intentaba explicarle él. Pero ella seguía en sus trece. Nunca habían hablado de los cargos que se le imputaban, pero a él no le habría sorprendido que ella creyera en lo más profundo de su corazón dos veces consagrado que él ya había matado con idéntica saña a varias de sus modelos. Y sin embargo, regresaba todas las semanas, fiel como la salida del sol, dispuesta a limpiar la casa.

Su salsa hacía resucitar a los muertos y era una ama de casa magistral, pero Montera no deseaba verla sentada en el estrado durante su juicio.

La cocina y el comedor de su estudio constituían una sola estancia decorada con grandes palmas, geranios de un rojo brillante, vasijas mexicanas y arcones españoles labrados. Influencias moriscas y portuguesas eran también evidentes en algunos muebles de caña. Nick era aficionado a la música y en la sala había un impresionante equipo estereofónico que estaba atronando con la *Sinfonía del Nuevo Mundo,* de Dvorak. Nick quería sentirse rodeado de sonido.

Estela se llevó las manos a los oídos, fue a paso firme hasta el equipo y manipuló todos los botones y perillas como si estuviera enfrentándose a un instrumento del infierno. La santísima madre de Dios, murmuró mientras daba con el control del volumen y lo hacía girar salvajemente. La música murió y el estudio quedó en un silencio ominoso, excepto por la exhalación de satisfacción de Estela.

—¿A qué viene esta música grandilocuente? —preguntó mientras se volvía hacia Nick—. Yo creía que te gustaba el jazz.

—Sí —dijo él—, pero por una vez quería algo diferente.

En parte era cierto, pero cuando había encendido el equipo sabía exactamente qué quería oír y por qué.

Estela parecía desconcertada por su actitud contemplativa.

—¿Y piensas... quedarte ahí de pie mucho tiempo? —Cogió un plumero y puso los brazos en jarras—. ¿Cómo haré para limpiar contigo ahí de pie? ¡Por qué no quitas tu peludo trasero de una vez!

Nick se volvió para ver a qué pelos se refería. Vio piernas y muslos peludos, y había también una buena cantidad de vello sobre su abdomen y su pecho, pero no recordaba que su trasero fuera peludo, a lo sumo una fina pelusa según lo que siempre había creído.

Estela no devolvió su lenta sonrisa.

—Muy bien, sólo para ti, señora bonita —dijo él con una sonrisa que ella no correspondió—. Sólo por ti voy a quitar mi peludo trasero de tu vista.

—¡Bueno! —resopló ella—. Muy bien. ¿Dónde irás?

—Voy a encerrarme en el cuarto oscuro a lamentarme a solas. Luego tal vez revele algunas fotos.

Ella abrió sus ojos oscuros y expresivos.

—Fotos de mujeres, apostaría.

—Y ganarías. —Nick estaba a mitad de camino, ya fuera de la cocina, pero deslizó la toalla de los hombros y la arrojó sobre una de las sillas de caña que había junto al mostrador donde desayunaba. Lo menos que podía hacer era brindarle a Estela una visión completa de su espalda.

Su largo y sufriente suspiro lo hizo sonreír. Inconsolata había elegido bien su nombre.

En el vestíbulo de su estudio había dispuesto una pequeña sala de exposiciones con paredes blancas, caoba y una cúpula de vidrio. Más allá se extendía su zona de trabajo, una habitación cavernosa con sofisticados equipos de fotografía, que usaba sobre todo para las fotos comerciales, un par de vestidores, un cuarto oscuro, una galería cerrada con luz natural y una terraza para las fotografías de exterior.

Las exhibiciones formales de su obra se efectuaban en galerías, pero había notado que era ventajoso tener un espacio en su estudio donde los clientes pudieran ver expuestos algunos de sus trabajos. Y no es que estuvieran haciendo cola en la puerta, pero se había enterado de que las galerías estaban agotando sus fotografías desde que el asesinato se había convertido en noticia. Nada como un escándalo para reavivar el interés. Lo único más favorable que un escándalo era la muerte. Eso garantizaba fama instantánea.

Aun para Jennifer...

Se detuvo un momento, mirando el espacio vacío en la pared, donde había estado colgada su fotografía. Los detectives de homicidios la habían confiscado, pero Nick no necesitaba la fotografía para recordarla. La hermosa Jennifer. Perturbada, desesperadamente infeliz. Su rostro sereno y su cuerpo sin vida había vuelto a morir en las pantallas de televisión y en las portadas de los principales periódicos durante días, semanas incluso. Ella siempre decía que un día el mundo por fin repararía en su persona. Lo había logrado.

Nick deseó haber llevado consigo la toalla, pues en el estudio hacía frío, y su cuello estaba húmedo a causa del calor y la ducha que había tomado. Estela prefería apagar la calefacción cuando trabajaba, y a menos que él tuviera una sesión fotográfica con modelos, también tendía a mantener su estudio más bien frío. La carne de gallina era casi una gratificación si uno había crecido en una casucha de estuco medio derruida en el este de Los Ángeles, con las ventanas rotas. Afortunadamente, guardaba algunos jerséis de algodón en uno de los vestidores, para los días en que debía salir entre dos sesiones fotográficas. Detrás de la puerta de uno de los vestidores encontró un pantalón frisado de chandal y una vieja camiseta negra. «Si esta víbora te pica no hay antídoto en la botica.» La inscripción de la camiseta era graciosa, y no pudo evitar repetirla mientras pasaba la delgada tela de algodón por su cabeza.

Raramente se había permitido pensar en Jennifer desde que los medios se habían apoderado del caso. Existía un límite entre la pasión y la obsesión, y ella lo había cruzado demasiado a menudo. Si lamentaba su muerte, era sobre todo porque la había visto brillar dentro de ella. La profesión de modelo estaba llena de inseguridad y narcisismo, pero Jennifer había sido un caso extremo. Había estado morbosamente fascinada por los sufrimientos del amor, y quizá aun por la idea de morir por ellos. Buscaba convertirse en una víctima, para de ese modo ser a la vez santa y puta, una muñeca perfecta y fatalmente defectuosa. Finalmente había logrado que él la despreciara. Dios, sí, lamentaba su muerte... pero no estaba dispuesto a ir a la cámara de gas por ella.

El cuarto de revelado estaba silencioso como un confesionario.

Nick cerró la puerta. La densa oscuridad del interior cedió a la débil luz roja de la lámpara de seguridad. Unos minutos después pudo observar su último trabajo que se materializaba en la solución de revelado. La mujer que tomaba forma delante de sus ojos era muy diferente a Jennifer. Algunos atributos físicos concordaban, quizá, las dos eran delgadas y de estatura similar, pero los colores eran muy distintos. El cabello de esta mujer era rubio como la miel y estaba recogido en una cola de caballo. Unos delicados pendientes de oro brillaban en los lóbulos de sus orejas. Aunque se veía hermosa, era sobre todo su actitud pensativa lo que más destacaba en ella. Parecía sobrellevar el rastro frágil de un daño emocional, y él encontraba aquello irresistible en una mujer. También parecía solitaria. Eso era obvio por el modo en que había parado su bicicleta para mirar a través del escaparate de una tienda que vendía animales. Seis gatitos jugaban en una especie de gran pecera, pero uno más pequeño, gris y blanco, de grandes ojos, estaba aparte de los otros, y parecía abandonado y temeroso. La mujer había apoyado su frente contra el cristal, compadecida. Nick se dio cuenta de que aquella criatura aislada había tocado su corazón, y un día sin duda se lo rompería.

Comenzó a revelar el negativo siguiente, una foto de la mujer alejándose del escaparate hacia su bicicleta, sin el gatito.

Cuando terminó, tenía una docena de fotos colgadas, secándose. Normalmente habría utilizado un secador para las copias, pero le gustaba mantener los viejos métodos del cuarto oscuro casero cuando estaba revelando por motivos personales. Le recordaba la sensación milagrosa que sentía de niño cuando daba la primera mirada al trozo de vida que había atrapado en la película. Latidos del corazón, los habría llamado entonces. Su última foto mostraba a la mujer de pie en un largo muelle, contemplando el horizonte, con un cono de helado derritiéndose en la mano. Había atrapado un latido. El de ella.

Cuando al cabo de un rato Nick dejó el cuarto de revelado y volvió a la cocina, sintió el aire impregnado del dulce y acre aroma del chile y la cebolla. Una gran olla hervía en el fogón más grande de su cocina. Nick levantó la tapa e inhaló con un suspiro que casi sonaba sensual. Estela había decidido favorecerlo con sus famosos frijoles salvadoreños. Evidentemente, su trasero estaba algo demasiado huesudo para ella.

Nick miró hacia atrás para asegurarse de que no sería descubierto, hundió uno de los dedos en la salsa caliente y se lo llevó a la boca. Madre de Dios, pensó.

Apenas esa mujer entrase en la cocina le propondría que se casase con él. La salsa picante le había inflamado la lengua y los sentidos. Podía escuchar cerca el gruñido eléctrico de un aspirador, pero afortunadamente para la virtud de Estela, no había signos visibles de ella. Evidentemente, se había ido a liberar otras áreas del estudio de su no muy pulcra ocupación.

La parpadeante luz roja del contestador automático le advirtió que alguien había telefoneado mientras él estaba en el cuarto de revelado. O bien Estela no había escuchado el teléfono por el ruido del aspirador, o bien simplemente había rehusado a contestar, como hacía a menudo. Nunca había aprobado que lo llamaran «siempre mujeres».

Un pequeño quejido ronco atrajo la atención de Nick. *Marilyn* había subido al mostrador y se restregaba contra él mientras se disponía a escuchar el mensaje del contestador. Nick la dejó hacer por un momento, acariciándola con expresión ausente mientras la cinta se rebobinaba. La gata se apretó más fuertemente contra su mano, demandándole toda su atención.

El primer mensaje era de una mujer que parecía a punto de perder el aliento.

—¿Señor Montera? Le habla Nancy, del despacho de la doctora Rappaport. La doctora quisiera verlo una vez más. ¿Podría por favor llamar al despacho tan pronto como le sea posible?

Dejó de lado a *Marilyn* para contestar el mensaje e ignoró la suave queja de la gata. Había estado esperando esa llamada. Imaginaba que la mayoría de los acusados de asesinato debían de ser reluctantes a entrevistarse con un testigo pericial de la fiscalía, sobre todo si podía ser alguien capaz de penetrar su psique y desnudar sus demonios. Pero él quería la mayor cantidad de tiempo posible con la doctora Leigh Rappaport. No le interesaban en absoluto sus tests y sus presuntuosas técnicas de diagnóstico. Sabía que finalmente la convencería de su inocencia, no importaba qué resultados arrojaran sus pruebas. Todo lo que necesitaba era tiempo y una oportunidad. Como siempre. Tiempo, y un resquicio.

Un pequeño ronroneo acudió a la garganta de *Marilyn*. Nick la vio hundir la cabeza en la curva de su hombro y luego arquearse a lo largo de su pecho, para volverse un instante después rozándole la cara con su larga cola. Nick sonrió y cogió a la gata entre sus brazos, apretándola con suavidad pero firmemente mientras pasaba los nudillos por la piel de su pescuezo.

—Zorra —murmuró.

Mientras la gata se restregaba en busca de sus caricias, Nick le dio unos golpecitos en las aterciopeladas orejas con la punta de los dedos y le movió el mentón con el pulgar. Los gemidos de placer que le arrancaba eran tan lánguidos que casi lo contagiaban. Su garganta vibraba bajo sus dedos con un latido trémulo que tenía una sensualidad cautivante. *Marilyn* se le entregaba. Ahora eres mía, pensó Nick, sonriendo. Siempre había envidiado la manera en que los animales se abandonaban al placer sin temor a mostrarse débiles. En alguna etapa en el proceso de evolución, los humanos habían perdido esa habilidad. La mirada estática de *Marilyn* le confirmó que ella lo consideraba su dueño sexual. Ella era de él, para que le hiciese lo que quisiera. Una esclava que aguardaba con ansiedad el placer que él pudiera darle. Nick sintió un tirón de ese mismo placer recorriendo su espalda. Evidentemente, no había perdido del todo su habilidad. Ahí tenía otra hembrita hipnotizada por la sensualidad de la serpiente... inerme bajo el viejo hechizo.

Según su experiencia, las mujeres siempre respondían si se daba con el estímulo adecuado. Sólo era necesario tener la paciencia de descubrir qué las enloquecía.

Demasiado a menudo los hombres asumían que sus esposas y sus amantes estaban sintiendo lo que ellos sentían, y que compartían el mismo mundo sexual. Casi nunca se molestaban en averiguar si algo estaba faltando, qué era lo que ella más ansiaba, o temía.

Pero él siempre sabía lo que faltaba, y sabía qué temían.

Mucho tiempo atrás se había dado cuenta de que las mujeres tenían un talento especial para dar, como un don de nacimiento. Que controlaban su mundo con actos maternales, o de asistencia. Lo que las asustaba era el acto pasivo de recepción, el recibir. Conocían los riesgos de abrirse al placer, de confiar en un hombre. Al dar libre acceso a un hombre podían perderlo todo. Y sin embargo, una vez que se convencían de que en las manos de él estaban seguras, de que todo lo que él quería era lo que había perdido, sus facultades de sentir, de reír, de llorar, era fácil hacerlas dar el primer paso. Y una vez que una mujer se acostumbraba a experimentar placer con un hombre, tanto físico como emocional, estaba atrapada como un pez en un anzuelo. Sólo quería más, y cada vez más.

Quitó la mano de la garganta de *Marilyn* y observó cómo despertaba de su ensueño. Escuchó su profundo y gutural gemido de ansiedad. Leigh Rappaport no tenía nada que temer de él, pero sí de ella misma. Nick sabía qué le gustaba a aquella mujer. Sabía qué necesitaba.

# 6

Generalmente, cuando Leigh quería saber algo sobre la vida sexual de un paciente, sencillamente lo preguntaba. Pero ese día, por algún motivo, aquél no parecía ser el enfoque correcto. A Nick Montera se lo conocía como el «hechicero sexual», pero si ella lo obligaba a ponerse a la defensiva, era probable que se sintiera obligado a defender el mito, o justificarlo. De cualquiera de las dos maneras, nunca encontraría la verdad.

El sonido de una leve tos la trajo de nuevo a la realidad. Apartó abruptamente la mano de la cara, consciente de que había estado jugueteando con uno de sus pendientes de oro, tal como solía hacer siempre que estaba nerviosa o preocupada. Tenía para ella el efecto tranquilizador de un amuleto.

—¿Qué haremos hoy, doctora? —preguntó Montera con suavidad—. ¿Tendré que bizquear delante de grandes y misteriosos manchones de tinta? ¿O me afeitarás la cabeza y me conectarás a unos bonitos electrodos? He traído un trozo de madera para morder.

Leigh tomó nota de la sonrisa oscura y relampagueante y de su actitud indolente, que era el único modo en que se le ocurriría describir cómo había ocupado la silla del despacho con su cuerpo demasiado largo. Tenía uno de los brazos apoyado en el respaldo y rascaba distraídamente la tela con la mano, moviendo rítmicamente el pulgar. Las piernas estaban totalmente extendidas hacia adelante, abiertas en una forma que podía ser tomada por provocativa, dependiendo de la posición en que uno se encontrara, y la de Leigh era excelente.

Quizá él lo había planeado de este modo.

Ella hizo un esfuerzo por levantar la vista. Su sonrisa, debía admitirlo, era mucho más sutil. Aparecía casi a traición, susurrante y provocativa. Leigh habría sonreído también de no haber sido por los ojos de Nick. Eran gélidos, y tan azules como el jersey de cuello en pico que llevaba prolijamente dentro de los ceñidísimos tejanos.

Su pelo era negro y brillante, sus piernas, largas, y su sonrisa... diabólica. Era un sospechoso de asesinato increíblemente atractivo. Uno casi podía pasar por alto su afición a las navajas y los cuchillos.

—Usted no es un candidato para el electrochoque —le dijo Leigh—. Es demasiado... impertinente.

—Impertinente... vaya palabra. Habría preferido hermoso, arrogante, devastador.

—Lo sé. —Leigh estrajo su bloc de notas, lo puso frente a sí y cogió un lápiz—. Ahora vayamos al grano, si le parece bien. ¿Por qué no me cuenta algo de usted?

Él echó la cabeza hacia atrás, estudiándola a través de pestañas, que eran casi tan sedosas y largas como las de ella.

—Muy bien, he aquí un profundo y oscuro secreto, doctora. Soy un fotógrafo y mi negocio incluye saber de colores. El gris no es para ti.

Leigh tocó la manga del cardigan gris que llevaba sobre una blusa de seda. Nunca se había creído una experta en modas, pero esa mañana se había tomado su tiempo, más del que solía invertir en su aspecto, para combinar su atuendo, que incluía unos pantalones grises y unos tirantes de ante.

—¿Qué tiene de malo? —preguntó.

—Necesitas más... vibración. El azul habría sido mejor. Habría hecho resaltar los contrastes de tu cutis y la luz de reflejo de tus ojos.

—¿Luz de reflejo? —Leigh empezó a sentir una presión inusual en el puente de la nariz, como si las gafas de concha que llevaba le apretasen demasiado. Las levantó con un toque de su índice. No necesitaba gafas más que para leer, pero evidentemente había olvidado quitárselas.

—La luz que proviene de la fuente y se refleja en la pupila —dijo él—. Los fotógrafos que buscan captar la belleza se concentran en esas luces. Por supuesto, —añadió—, si pudiese ver tus ojos sería mejor.

Ella se echó hacia atrás en la silla, cruzó los brazos y le dirigió una mirada fría.

—Señor Montera, cuando quiera una consulta sobre mi atuendo iré a Nordstrom's, gracias.

—¿Para que te atienda una dependienta frustrada que te recomiende chaquetas de hombre y pantalones? ¿Es eso lo que quieres? ¿Vestirte como un hombre?

—¡Lo que quiero es que me ahorre su masturbación mental y conteste a mi pregunta!

Él se echó ligeramente hacia atrás, como si estuviera gozando con ese pequeño desacuerdo.

—Así no llegaremos a nada, doctora.

—¿Así cómo?

—Esas contestaciones tan duras. No va con tu estilo. Y no te conviene. Tu fuerza reside en tu suavidad. Tú eres una mujer.

El modo en que su voz puso el énfasis en la última palabra hizo que Leigh deseara mirar hacia otro lado, fijar su vista en cualquier otra cosa que no fueran sus ojos. Sintió que una ola cálida recorría su cuerpo, inundándolo. Se inclinó para quitarse las gafas, pero desistió en el último momento. No iba a alterar su comportamiento a causa de él. El que ella fuese una mujer era irrelevante. Ante todo era una profesional y se proponía comportarse como tal.

Lo intentaré una vez más, pensó. Si no contesta la maldita pregunta inmediatamente, daré por terminada la entrevista.

—¿Cómo empezó con esto de la fotografía? —preguntó.

Él la miró por un momento, como si estuviera aceptando el hecho de que no iba a controlar la entrevista. Era, probablemente, una experiencia nueva para él, imaginó Leigh. No era un paciente, de modo que la empatía no era el objetivo que ella buscaba, pero Leigh se preguntaba si habría conseguido compenetrarse con él en el caso de que lo hubiera sido. A pesar de su aparente indolencia, tenía una personalidad poderosamente dominante. Y ella estaba demasiado en guardia para permitir que controlase la suya propia.

—Fue por una mujer —accedió a contestar.

—¿Perdón?

—La razón por la que me convertí en fotógrafo. Fue por una mujer.

De algún modo, eso no sorprendió a Leigh. Cruzó por su mente la imagen de una mujer hermosa sentada frente a una ventana. Iba vestida únicamente con una bata de hombre, que se cerraba flojamente a la altura de la cintura, exponiendo a la cámara sus largas piernas desnudas. La mujer podría haber estado mirando hacia afuera, pero le resultaba imposible, porque tenía los ojos vendados con el cinturón de la bata. Tenía la cabeza echada hacia atrás en un ángulo exquisito, casi doloroso. Era la foto de Jennifer Taryn, viva y muerta.

—¿Era una mujer a la que quería hacerle una foto? —preguntó Leigh.

—Fue al revés: era ella quien quería que yo tomase fotos.

—Ah... ¿su madre?

Nick Montera dio un respingo, como si lo hubiera abofeteado. Sus dedos dejaron de golpear el respaldo de la silla. Pero casi al instante soltó una carcajada, librándose del recuerdo.

—No —dijo—, mi maestra de cuarto curso. Gestionó una beca a través del Consejo de las Artes. Ellos nos dieron las cámaras, un fotógrafo local nos enseñó cómo usarlas y luego la venerable señora Trini Maldonado nos dejó sueltos (treinta niños de diez años) armados y peligrosos.

—¿Qué fotografiaba?

—Casas que amenazaban ruina, con la ropa tendida en los patios y pilas de cubos de la basura en el frente. Varios perros durmiendo al lado de un borracho para darle calor. Drogadictos en los callejones. Nunca me había dado cuenta de lo horrible que era mi vecindario hasta que lo enfoqué con esa cámara. No había nada hermoso en San Ramone, nada, ni siquiera los geranios rosados y rojos que mi madre luchaba por hacer crecer en los escalones de la entrada, y que se manchaban de humo y alquitrán.

—¿Cómo lo hacía sentir eso?

Él la miró como si ella hubiera perdido al nacer una parte vital del cerebro.

—¿Cómo crees que podía sentirme? Detestaba aquel lugar. Mi padre bebía. Mi madre lloraba. Era la típica escena de barrio, excepto que Faith Montera era anglosajona. Mi madre nunca encajó. Tampoco yo, el hijo mestizo.

—¿Esa fealdad fue un incentivo para salir del barrio?

Otra vez la mirada, que parecía decir: ¿Eres realmente tan estúpida, mujer?

Él se enderezó en la silla y se inclinó hacia adelante, contemplándola como si se hubiera convertido en un desafío hacerle entender algo tan sencillo a alguien tan ingenuo.

—Nadie necesita un incentivo para querer irse. Yo no podía irme. Tenía diez años.

—¿Qué hizo entonces?

—Lo que hacen todos. Seguí viviendo, a la espera de que algo ocurriera. Algunos de los otros chavales del barrio empezaron a frecuentar la calle y yo me uní al fin, más por protección que por amistad. Los *cholos* no nos querían, así que formamos nuestra propia banda, los Thunderbirds. Nuestro símbolo era la serpiente emplumada, uno de los dioses aztecas.

—¿Dejó de tomar fotos?

—Por un tiempo. Pero entonces encontré algo para fotografiar que ni siquiera el barrio podía destruir.

Las mujeres, pensó ella.

—La luz. —Miró hacia afuera por la ventana del despacho, la luz del mediodía que hacía brillar el cielo en la distancia—. Descubrí la luz. La luz del sol, la luz de las lámparas, la luz de las llamas en la hoguera de un pordiosero. El resplandor cansado en los ojos de un hombre viejo y desdentado y la luz de la luna haciendo resaltar el parachoques cromado de un coche abandonado en la calle Serano. Tomé fotos del sol atravesando las gotas de lluvia después de una tormenta.

Su voz se había suavizado, pero la renuncia persistía, una actitud de alerta, afilada como una navaja. ¿Por qué a Leigh se le ocurría que tal vez fuese pasión? ¿O nostalgia? Algún sentimiento determinante. De pronto, Leigh estaba ansiosa por no perder ninguna palabra.

—Me gustaría ver algunas de esas fotos —se escuchó decir.

Pero él continuó, como si no hubiese oído el comentario de la doctora.

—Había una lámpara en la habitación de mi madre. Una pantalla con volantes blancos, algo estropeada, y borlas que empezaban a amarillear. La tenía desde su infancia, creo. Una o dos veces la atrapé bajo la luz de esa lámpara, soñando con algo. Se la veía tan hermosa en esos momentos...

Si quieres saber acerca de un hombre, pregúntale sobre su madre, pensó Leigh. No era nada que hubiera aprendido en la universidad. Era una de las cosas que solía decir su propia madre. Y Kate Rappaport no era estúpida, aunque a menudo Leigh hubiera deseado poder despachar a su madre con esa palabra.

Levantó la vista y advirtió, sorprendida, que algo había cambiado. Montera se había puesto de pie y estaba al lado de la ventana. No lo había visto levantarse. Se forzó a permanecer donde estaba y observarlo desde los confines razonablemente seguros de su escritorio. ¿Estaría molesto? ¿Acaso le había revelado más de lo que se proponía? Su instinto profesional estaba en alerta, advirtiéndole que no cediera a la curiosidad personal. Él se había abierto a ella voluntariamente, pero si hacía demasiadas preguntas, podía volver a encerrarse en su caparazón.

—Sólo había una clase de luz que no fotografiaba —dijo él con tono de confidencia.

—¿Cuál era?

—La luz de la mañana —dijo después de un largo silencio—. La salida del sol. Ridículo, ¿eh? No podía mirar cómo amanecía sin sentirme... No sé cómo llamarlo... enfermo, supongo. Había algo en ese resplandor rosado, en el modo en que prometía que todo iba a ir bien. Y aún más que bien: perfecto, como en los sueños.

—Es bueno soñar. Los niños necesitan de los sueños.

Él sacudió la cabeza.

—Los sueños nunca se vuelven realidad en San Ramone. Las pesadillas, quizá. El amanecer significa otro día en la calle, haciendo pequeños robos o mendigando por unos centavos. Por diversión espiábamos a los adictos inyectarse metadona en los callejones. Si queríamos emociones más fuertes, cruzábamos las calles esquivando las balas de los *cholos*. Yo prefería quedarme despierto toda la noche y dormir durante el día, sólo para no tener que ver la salida del sol.

Aunque Nick apenas si alzó los hombros, Leigh advirtió que había inspirado algo más hondo, y sintió el dolor de aquel hombre.

—¿Y la escuela? —preguntó—. ¿No tenía que levantarse temprano para ir a la escuela? —Quería que la conversación no muriera. Repitió la pregunta, pero él no contestó.

Se levantó entonces, cediendo a un impulso irresistible. Se quitó las gafas, las dejó sobre el escritorio, y cruzó la estancia hacia él. Nick estaba de espaldas a ella y su inmovilidad la asustaba un poco. O quizá fuese la visión de su cuello poderoso y sus grandes hombros lo que hacía que se sintiese alarmada. Ella medía un metro sesenta y ocho de estatura. Él debía de medir más de un metro ochenta y cinco y debía de pesar el doble que ella. Habría infundido temor incluso a un terapeuta varón. Y ahora su silencio acentuaba ese temor, como un momento antes, cuando todavía estaba sentado y ella había mencionado a su madre.

—¿Nick? —¿Lo había llamado alguna vez por su nombre de pila?

Él no contestó y ella alzó una mano para tocarlo. Sintió la sensibilidad de sus propios dedos al posarlos sobre su jersey. La lana era suave, y aun así, ella sintió que su mano se erizaba al contacto, y que el calor de los músculos de su hombro traspasaban el tejido, haciendo que todos sus sentidos reaccionasen. Sintió un olor a menta que le resultó familiar. ¿Era su colonia? ¿Un tónico para la boca? El olor le hizo recordar ese extraño incidente cuando era niña. Se dio cuenta, vagamente, de que él estaba haciendo un sonido. Antes de que pudiera determinar qué era, Nick se volvió, la levantó con ambas manos y la arrojó a un lado. Leigh no atinó a darse cuenta de qué ocurría. Una sensación de mareo y dolor la invadió mientras daba tumbos sin control como si estuviera cayendo por una escalera, como si la arrastrara un huracán. Pero aun cuando no podía determinar qué le estaba pasando, sabía que no podía detenerlo.

Cayó de rodillas sobre la alfombra, con un golpe sordo, y de su garganta escapó un gemido de dolor. El mundo era un remolino enloquecedor que trataba de succionarla en un vértice negro. Pero de pronto todo había acabado. La sensación de pesadilla se esfumó. Estaba en el suelo de su despacho, poniéndose de pie con dificultad, y todavía aferrada en su caída al jersey de Nick Montera.

—¡Basta! —gritó, cuando él la empujó hacia atrás. La tenía cogida por las muñecas, y se las apretaba brutalmente. Su fuerza era tan terrible que ella no podía hacer otra cosa que temblar. No le quedaba ya ninguna voluntad de resistencia.

—No me gusta que me toquen sin avisarme —susurró él; la voz le temblaba salvajemente. Sus ojos eran dos ascuas incandescentes y emanaba de él la misma clase de violencia que el día en que la había salvado de ser asaltada. Leigh sentía que su cuerpo se deslizaba entre las manos de aquel hombre y todo su cuerpo parecía reverberar. Se estremeció involuntariamente, pero por un instante se sintió fascinada por el poder salvaje que había desatado, profundamente impresionada por aquel asombroso estallido.

Se dio cuenta de que la violencia tenía su propia clase de poética, su propia belleza. Nick temblaba a través de ella como un dulce e irresistible retumbo. Los más oscuros y perturbadores ritmos de la naturaleza humana. Le había hecho recordar lo que había sentido el día en que la había salvado, un alivio y un gozo distintos de todo cuanto había conocido antes... o desde entonces. El hombre que la había rescatado podía haberla matado con la misma facilidad con que ahora la había hecho volar por los aires.

—Me haces daño —dijo ella con voz entrecortada.

Hubo un relámpago de luz en los ojos de Nick, un brillo triunfal, y luego frunció el entrecejo, como si acabara de advertir que ella no era un demonio desconocido. La miró fijamente, como si tratase de recordar dónde estaba y qué había pasado. La conciencia volvía lentamente a sus ojos. Miró los hombros de ella, sus propios puños apretados, con una expresión de incredulidad. Abrió lentamente las manos.

Leigh se acurrucó en el suelo, reducida a la condición de una niña temblorosa. Dios, ¿qué había pasado? Lo había tocado y él había reaccionado como una bestia salvaje.

—Nunca toques a un hombre de ese modo —dijo—. ¡Nunca!

Ella movió la cabeza, sin alzar la mirada.

—¡Pero si apenas lo he tocado!

—Sin hacer ruido y por la espalda. Creía que habías trabajado con convictos. Creía que habías estado en una prisión.

La rabia y el miedo explotaron en ella.

—¡Esto no es una prisión, por el amor de Dios! —Las lágrimas inundaron sus ojos, quemándola como fuego. No podía detenerlas con un parpadeo. Un cardenal empezaba a formarse en una de sus muñecas. La frotó con la otra mano y maldijo entre dientes.

—Cristo —dijo él, al ver lo que le había hecho, como si sintiese asco de sí mismo. Parecía vacilante ahora, como si quisiera acudir en su rescate otra vez. Pero en vez de ello, dijo:

—¿Qué tratabas de hacer? ¿Cómo se te ha ocurrido correr un riesgo así?

Leigh no podía entender ese odio. Ni tampoco sus preguntas.

—¿Cómo podía saber que estaba corriendo un riesgo?

Un silencio se extendió entre ellos, sólo interrumpido por los ruidos del tráfico, abajo, en la calle. Esos ruidos le hicieron recordar a Leigh que había un mundo más allá de la pesadilla en que se había deslizado.

—¿Estás bien? —preguntó él finalmente.

Atemorizada de que tratase de ayudarla, Leigh hizo un esfuerzo para levantarse sola, pero perdió el equilibrio.

—¡Oh! —Para no caer se había apoyado en la mano dolorida. Se echó hacia atrás, y se llevó la mano al pecho. Sus ojos estaban húmedos cuando lo miró otra vez.

También había dolor en la mirada de Nick. Cerró un puño y respiró hondo cuando la vio impotente en el suelo.

Leigh no sabía qué estaba fallando en él. Parecía atrapado entre impulsos opuestos, como si no estuviera seguro de si quería ayudarla o hacerle más daño. Ella todavía estaba asustada, pero la mirada de Nick pedía a gritos compasión. Algo se había abierto en él por un momento, como si se hubiera levantado el borde de una cicatriz. Y entonces, tan inesperadamente como había aparecido, la mirada que pedía compasión desapareció.

Él se echó hacia atrás el pelo oscuro, apartando un mechón rebelde de la cara. En el espacio de una inhalación profunda, había recuperado el control, y otra vez era Nick Montera, frío como el acero, un hombre con total dominio de su destino, por equivocado o terriblemente desviado que éste fuese.

Leigh se preguntó si no habría imaginado la expresión anterior, si la impresión que había sufrido no la había llevado a ver un pedido de compasión en la mirada de Nick. Pero nunca habría imaginado la fiereza con que apretaba las mandíbulas, ni el color de sus ojos. Los iris eran tan agudamente azules que dolía mirarlos.

—¿Qué le ocurre? —preguntó. Deseaba que se explicase, pero él pareció no registrar la pregunta. Igualmente, se echó hacia atrás, dejándole espacio para que se pusiera de pie. Leigh vio pocas posibilidades de recobrar su dignidad profesional, pero pudo al menos levantarse sola, poner en orden su ropa y volver a ocupar su lugar detrás del escritorio. Cuando volvió a levantar la cabeza, él estaba inmóvil, de pie, como antes.

—¿Estás bien? —le preguntó Nick otra vez. Pero ahora su voz era firme, controlada.

—Quiero que se vaya —dijo ella. Parecía la única opción. Nick Montera estaba claramente dominado por impulsos destructivos, y ella estaba demasiado impresionada como para ayudarlo. Había perdido todas las esperanzas de manejar la situación en un nivel profesional cuando él la había empujado al suelo, pero aun cuando hubiese sabido qué hacer, no se sentía con derecho a intentar nada, porque no era su terapeuta. Había sido contratada sólo como testigo pericial de la fiscalía.

—Si te he hecho daño. —El pecho de él se ensanchó al pronunciar las palabras.

—No, estoy bien... Sólo le pido que... se vaya.

Él no hizo otro intento por disculparse. Quizá entendió, como había entendido ella, que ninguno de los dos podía agregar nada más. Se volvió, y cuando ella alzó la vista le pareció advertir una sombra de arrepentimiento en los ojos azules que buscaban la puerta.

Una terrible tristeza cayó sobre Leigh cuando lo vio abandonar el despacho, con ese perturbador modo de andar. Cuando él cerró la puerta, ella se llevó la mano a la muñeca, donde los dedos de él le habían quemado la piel. Nick Montera, pensó, ¿qué has hecho? Sé de ti muy poco más que antes, excepto que eres un hombre violento... y deberé decírselo a ellos.

Probablemente no tendría que preocuparse más por los amaneceres, pensó. No tendría muchos amaneceres de luz rosada en la prisión, y su testimonio seguramente ayudaría a encerrarlo. Juntó las manos sobre el escritorio y echó la cabeza hacia atrás. Sintió un escalofrío. Estaba helada, helada hasta los huesos.

# 7

Leigh no advirtió que estaba acariciándose hasta que un chirrido de neumáticos sobre el asfalto la arrancó de sus pensamientos. Mientras se deslizaba hacia adelante, contra el cinturón de seguridad del coche, se dio cuenta de dos cosas: su novio había aparcado frente a su edificio de Manhattan Beach y estaba contemplándola con una expresión que parecía preguntar si le pasaba algo malo. Dawson había trabado uno de sus brazos en el volante y adelantaba la cabeza inquisitivamente.

—¿Qué pasa? —preguntó Leigh antes que él, con tono de despreocupación.

—¿Has perdido algo... ahí? —Dawson miraba el cuello entreabierto de su blusa negra de satén, dentro de la cual ella había deslizado sus dedos.

—¿Dónde? —Leigh miró hacia abajo y se sonrojó. La doctora Leigh Rappaport había sido sorprendida in fraganti exactamente en la clase de autoestimulación erótica que los psicólogos adoran analizar. Había estado acariciando distraídamente con el dedo uno de los pezones, que ahora se destacaba nítidamente bajo su sujetador. Recordaba vagamente que había empezado como un hormigueo cuyo origen había sentido la necesidad de investigar, pero evidentemente no se había detenido una vez que el cosquilleo había cesado.

—Ah, ¿esto? —dijo, como si no fuese nada. Y no era nada, un acto de autoestimulación perfectamente normal. Si uno de sus pacientes se hubiese encontrado en un aprieto así, ella lo habría urgido a decir la verdad. Le habría aconsejado que no diese explicaciones, ni se defendiera, ni se justificara. Admite que te sientes un poco tonta, se dijo. Comparte tus emociones con la persona que más te importa. Contribuirá a estrechar los vínculos de intimidad.

De modo que Leigh se sorprendió al encontrarse de pronto mintiendo escandalosamente.

—Tengo las manos completamente heladas —dijo—. Ya sabes que soy muy friolera. —Sacó nerviosamente la mano del interior de la blusa y empezó a frotarse los dedos tibios como si los tuviera agarrotados a causa del frío.

—Yo puedo hacer que entres en calor.

—Gracias, Dawson, eres un amor. Pero ha sido un día agotador.

Habían pasado la tarde presenciando un partido de polo «de celebridades», organizado por la Liga Nacional de Beneficencia, y la noche en una fiesta celebrada para recaudar fondos para la misma organización, y a pesar de los nombres famosos en la lista de invitados, a Leigh la velada se le había hecho interminable. Empezaba a encontrar agotador el torbellino social al que estaba sometida como prometida de Dawson. Siempre había estado más o menos involucrada con el Consejo de las Artes a causa de su madre, pero la nominación de Dawson para la reelección como fiscal de Los Ángeles parecía haberlos puesto a los dos en el punto de mira de la alta sociedad de Southland.

—¿Te he dicho que me encanta cómo vas vestida hoy? —preguntó Dawson. Empezó a juguetear con el borde de la ceñida falda negra, levantándolo unos centímetros con la punta de los dedos.

—Sí, creo que sí... —Leigh advirtió que la pierna cada vez quedaba más al descubierto. Estaba secretamente complacida de lo esbelta que se veía su pantorrilla enfundada en su media negra de seda. Sus rodillas tampoco estaban mal. Se preguntó si ese espectáculo excitaría a Dawson, porque estaba produciendo un efecto interesante en ella. Sentía que los músculos de sus muslos se tensaban, expectantes, y que su vientre se estremecía con un ligero cosquilleo. Dejó escapar un breve y extraño gemido mientras los dedos de Dawson tocaban su pierna, jugando sobre la sensitiva articulación de la rodilla y avanzando sobre su muslo. Dawson sonrió y siguió avanzando, como si se sintiera alentado. No había sido la intención de Leigh; ella había querido protestar, pero había sonado más bien como un gemido de placer.

—Dawson, creo que será mejor dejarlo para mañana, ¿no crees...? Dawson, ¿qué estás haciendo?

—Sólo trato de ayudarte con tu problema de circulación.

—Creo que mi circulación está en su máximo nivel de actividad.

—Te apuesto a que podemos conseguir que marche un poco más rápido.

Había empezado a trazar lánguidos círculos sobre su muslo, tan suaves como un roce de plumas sobre la piel desnuda. La sensación era fantásticamente estimulante y —para desazón de Leigh— su cuerpo respondía involuntariamente. Sus nalgas se estremecieron y todas las terminaciones nerviosas de su piel empezaron a vibrar.

—Debes saber —dijo él con la voz enronquecida— que no estás tan fría esta noche, Leigh. Incluso diría que estás bastante... caliente.

—Gracias, pero...

—Ese partido de polo te excitó, ¿verdad? Hombres sudorosos y caballos piafando. Las mujeres adoran esa clase de cosas.

—¿Sí? —La voz de Leigh sonó alterada también—. Más bien era cómico, tantos hermosos caballos desperdiciados.

Los hombres en esos pantalones ceñidos, revelando el contorno de sus genitales; toda esa testosterona... Quizá fuese ésa la razón por la que había empezado a tocarse.

Dawson siguió acariciando su pierna hasta que los bordes de las medias quedaron al descubierto. Los dos bajaron la vista a la larga línea que iba del tobillo a la rodilla, donde se desviaba para subir en una suave pendiente hacia la redonda perfección de la cadera.

Un suspiro escapó de los labios de Dawson, y Leigh vio cómo se humedecía los labios con la lengua. Era un hombre hambriento que había puesto los ojos sobre una cesta de picnic. Cuando miró a la cara de Leigh, sus ojos de un azul grisáceo estaban oscurecidos como ágatas.

—Estás cachonda —dijo—. Sin duda.

A Leigh todavía le quedaba suficiente objetividad profesional como para estudiar con curiosidad tanto sus reacciones como las de su novio. Su relación con Dawson no era ciertamente apasionada, ni jamás se habían comportado así dentro del coche. ¿Por qué no?, se preguntaba ahora.

—Ven aquí —dijo él con un súbito ímpetu; le había puesto la mano debajo de sus nalgas y la alzó en dirección a él. Leigh cayó en sus brazos con un grito de incredulidad, y puso sus manos contra el pecho de él para apartarlo por un momento.

—¿Dawson? —preguntó.

—Shh. —Y él se echó sobre ella, apretándola contra

el asiento al tiempo que le daba un beso imperioso. Sus manos, que parecían arder, recorrieron su espalda y luego buscaron sus pechos.

Leigh estaba realmente sorprendida. Esa efusión turbulenta era como un ataque masivo y frontal a todos sus sentidos. Él nunca había estado tan violento antes y ella casi se dejó arrastrar por el mismo frenesí, pero se dio cuenta de que le ocurría algo muy extraño. Mientras Dawson la besaba apasionadamente, una escena se desenvolvía en su mente como una película en cámara lenta. Podía verse a sí misma y todo lo que le estaba pasando, los besos apasionados, los suspiros entrecortados. Pero algo era diferente en la cara de Dawson: se agrandaba y cambiaba, disolviéndose en los rasgos de otro hombre.

La imagen sobreimpuesta era más oscura, pero la mirada del hombre brillaba con una incandescencia inconfundible. Leigh supo de inmediato quién era y qué podía hacerle. A ella y a cualquier mujer que tocara. Podía oír la voz de él en su mente. Golpeaba sus nervios como un látigo de terciopelo, incitando su cuerpo y su imaginación. Podía casi sentir sus manos acariciándola con la misma dulce aspereza.

Una parte de ella quería resistirse, pero las imágenes eran atenazantes, seductoras, y sus pensamientos automáticamente se deslizaron a ese instante en su despacho en que ella había alzado la vista desde el suelo y Nick Montera había visto sus lágrimas. Por un instante una devastadora emoción había hecho fundir sus ojos de hielo transformándolos en ventanas vulnerables. Y ella había estado cerca de derretirse también al advertir esa transformación. La imagen era tan real ahora, tan vívida y palpitante que Leigh sólo quería retenerla, sujetarla en su memoria por un momento. Se inclinó y deslizó los dedos por la línea de su mandíbula; los mechones rizados que cubrían su cuello eran tan suaves al tacto como ella había imaginado. Él cogió su mano y la llevó hasta sus labios, encerrando uno de sus dedos entre los dientes. Y luego empezó a mordisquearlo; Leigh sintió un escalofrío que la hizo estremecerse.

—Ahh —gimió, sólo a medias consciente—. Quiero... Nick... oh...

—¿Qué? —dijo Dawson suavemente—. ¿Qué has dicho?

Leigh abrió los ojos. Miró boquiabierta el rostro encendido y jadeante de su novio.

—Por Dios, perdóname Dawson. No sé por qué he dicho eso. No significa nada, nada en absoluto. Pero es que he estado tan preocupada con...

Pero Dawson la cogió fuertemente por los hombros y la atrajo hacia él posesivamente.

—Tranquila, cariño, todo está bien.

—¿Sí? —preguntó ella, inquieta.

—Seguro, me encanta que hables así, de esa manera.

—¿De qué manera?

—Ya sabes, de ese modo, cuando te pones tan cachonda. —Le apartó el pelo de la cara, dejando al descubierto la curva vulnerable de su garganta y empezó a cubrirla con pequeños mordiscos—. Nunca habías usado esa palabra conmigo antes.

Ahora Leigh se sentía verdaderamente confusa.

—¿Qué palabra?

—Polla —gruñó Dawson contra su garganta, y volvió a alzar la cabeza en busca de aire—. Has dicho que querías mi polla,[1] ¿no es cierto?

—Tu po... —Leigh se ruborizó, incapaz de pronunciar aquella palabra.

—Haces que me excite, cariño. —Dawson rozó suavemente con los dedos las ardientes mejillas de Leigh an-

---

1. Juego de palabras intraducible entre el nombre Nick y la palabra *dick*, literalmente «polla». (*N. del T.*)

tes de alzarle el mentón—. ¿Cómo lo llaman a esto? ¿Arrebol sexual? Nunca te vi tan excitada.

Leigh estaba consternada. Se sentía arder, pero no por las razones que Dawson creía. No quería hacer el amor con él en esas circunstancias, no cuando el hombre que rondaba su cabeza era el sospechoso de asesinato que el propio Dawson le había pedido que evaluase.

Dawson empezó a desabotonar su blusa. Leigh estornudó súbitamente con violencia.

—¿Qué pasa? —preguntó él.

—Debo de estar por pillar un resfriado; ha refrescado mucho.

—No te preocupes; en un segundo te pondré más caliente que los fuegos artificiales del Cuatro de julio.

Leigh estornudó otra vez, explosivamente, y luego otra. Dawson se echó hacia atrás, evidentemente desalentado.

Leigh, Leigh, pensó ella, mira en lo que has caído. Fingiendo primero mala circulación y ahora estos estornudos. ¿Dos mentiras burdas en una sola noche? Aunque su nariz no hubiese aumentado de tamaño, aquél no era modo de llevar adelante una relación. Había puesto una gran cantidad de esfuerzo en entender sus propias debilidades y defectos. Todos sus estudios habían estado dedicados a cuantificar tipos humanos, con el objetivo de hacer que el comportamiento de los hombres resultase más predecible y fácil de explicar. Pero los seres humanos no eran ordenados ni claros en sus motivos, sino confusos e impulsivos. Ella había tenido la ilusión de imponer cierto orden, aunque fuese precario, a la condición humana, pero había errado en sus cálculos y ahora estaba aterrizando en medio de su propio embrollo. Lo peor era que nunca había simpatizado realmente con los pacientes que pasaban por aprietos como el suyo.

—Mejor será que me marche y que te metas en la cama —sugirió Dawson.

—Sí, será lo mejor —agradeció Leigh antes de estornudar de nuevo.

—Prepárate —le advirtió Nancy Mahoney en voz baja cuando a la mañana siguiente Leigh entró en el área de recepción de su despacho en Santa Mónica—. Tienes una sorpresa allí dentro.

Su secretaria, que había cubierto con la mano el auricular, se incorporó como si quisiera advertirle algo más antes de que entrara en su despacho.

Leigh sólo podía imaginar una sorpresa tan inesperada.

—¿Has alertado a seguridad? —le preguntó a Nancy.

—No, no; no es él. Es una de sus ex modelos, Paula Cooper. La pelirroja sexy que entrevistaron en la televisión.

—¿Qué está haciendo aquí?

—No lo sé, pero estaba totalmente decidida a hablar contigo. Traté de detenerla, pero se sirvió por su cuenta una taza de café y entró antes de que pudiese impedírselo. Parece una mujer interesante. Sabe apañárselas.

Leigh no estaba muy segura acerca de qué debía hacer. Hablar con otro posible testigo en el caso Montera parecía superar sus atribuciones como testigo pericial, pero la Cooper ya estaba en su despacho y Leigh tenía curiosidad por mirar de cerca a una de las ex modelos de Nick Montera. Si la mujer decía algo que pudiera afectar el informe sobre Montera, Leigh tendría que revelarlo en el juicio.

—Sírvete una taza de café —le sugirió Nancy—. Vas a necesitarlo.

La «esquina del café», como Nancy la llamaba, era un pequeño y simpático nicho cerca de la revistera, con una elegante cafetera europea y todos sus accesorios dispuestos sobre una mesa baja. Mientras servía el brebaje oscuro sintió el delicioso olor a nuez de macadamia y chocolate. Su secretaria adoraba ensayar diversas fórmulas para realzar el sabor del café, y normalmente Leigh disfrutaba con ello, pero esa mañana habría preferido su dosis de cafeína lo más fuerte y sencilla posible. Agregó crema y bastante azúcar al café, tomó el primer sorbo y cerró los ojos. Preparada o no, allá voy, se dijo.

Cuando Leigh se volvió, sorprendió a Nancy estudiando su atuendo.

—La chaqueta azul es muy elegante —comentó—. Los pantalones color caqui le dan un toque algo aristocrático, pero no está mal. De todos modos, es una pena que no lleves algo corto y ceñido. Y rojo. Allí dentro te espera una de esas mujeres que hacen que tus cromosomas X te parezcan endebles e insignificantes.

—No será la primera vez, en todo caso. —Leigh cogió su maletín, se lo puso bajo el brazo y entró en su despacho.

Afortunadamente tenía bien apretada la taza de café en la mano cuando abrió la puerta. No fue tan afortunada con el maletín, que se deslizó y cayó al suelo mientras ella se detenía, aturdida por la sorpresa.

—¿Qué está haciendo? —le preguntó a la mujer tendida en el suelo de su despacho.

Paula Cooper se sostenía con las manos y las rodillas, con la cabeza echada hacia atrás y una pierna extendida hacia atrás. La fragancia a XS inundaba la estancia. Su perfume, evidentemente.

—Oh, perdón —dijo, mirando a Leigh pero sin modificar su extravagante posición—. *Nalgas de acero*.

—¿Cómo?

—*Nalgas de acero*, el vídeo de aerobic. ¿No lo ha visto? —Miró a Leigh de arriba abajo y luego parpadeó maliciosamente—. No, creo que no.

Leigh sin duda se habría sentido ofendida si no hubiese sido porque en el rostro de su visitante se dibujó una cálida sonrisa. Leigh se encontró sonriendo a su vez. Se dio cuenta de que sería difícil no simpatizar con aquella mujer.

Para cuando Leigh recobró su maletín y se encaminó hacia su escritorio, Paula ya estaba de pie, alisándose la ropa, una exótica mezcla de leotardos negros, una bufanda Hermès y una ceñidísima minifalda de color azul eléctrico. Estaba en forma atlética de la cabeza a los pies; debía de medir —aun sin sus botas de ante— cerca de un metro ochenta de estatura, y aunque ya próxima a la treintena, todavía era el sueño de cualquier fotógrafo.

Con un último gesto teatral, echó hacia atrás la cabeza para que su cabello flotara y cayera sobre los hombros en una llamarada rojiza. Las uñas de las manos estaban pintadas con el mismo rojo intenso de sus labios. Buen día para ir a la peluquería, pensó Leigh. Era una buena excusa para pedirle a la mujer que se fuera. Pero Leigh había pasado de la curiosidad incipiente a un vívido deseo por saber más acerca de Paula Cooper. ¿Qué clase de relación había tenido con Nick Montera más allá del sexo?

Los límites de la responsabilidad de Leigh en el caso Montera eran vagos en situaciones como ésa. Estaba restringida a evaluar al acusado y dar un testimonio pericial sobre su estado mental y emocional, así como sobre su capacidad para cometer el crimen. Mantener entrevistas adicionales no formaba necesariamente parte de su obligación, pero Leigh no podía resistirse a la oportunidad con que le obsequiaba Paula Cooper.

—La señorita Cooper, ¿no es cierto? —preguntó Leigh.

—Por favor, ¡llámeme Paulie!

Leigh asintió, resistiéndose todavía a invitar a su visitante a tomar asiento.

—¿Usted es... bailarina? —preguntó.

—Bailarina, actriz, modelo... incluso puedo decir la buena fortuna. —Con una destelleante sonrisa, Paulie se acercó a la silla donde había dejado su bolso, un pequeño zurrón azul de ante con una cadena dorada que se colgó del hombro—. No tengo realmente una bola de cristal, pero hay algo que sí puedo hacer; una pequeña habilidad. Al parecer soy capaz de predecir el futuro concentrándome en una cara, así de sencillo. Déjeme ver... —Enarcó una ceja y escrutó detenidamente a Leigh—. Sí, sin duda. Está por llegarle.

—¿Llegarme... el qué?

—Algo grande. Yo diría que dentro de seis semanas, cuatro tal vez, o incluso antes. Un acontecimiento crucial.

—¿Debería ir a una compañía de seguros?

La ironía no pasó inadvertida para su visitante.

—Sólo si teme morir de excitación —replicó Paulie—. Pero si está pensando en seguros, yo de usted me aseguraría de no quedar embarazada. Ese acontecimiento involucra a un miembro del sexo opuesto.

Leigh sonrió y se sentó en su sillón giratorio. Para qué negarlo, estaba intrigada.

Paulie se sentó a su vez.

—El hombre que hay en su vida, ¿es alto, apuesto y extremadamente inteligente?

¿Extremadamente inteligente? ¿Se referiría a Dawson? Leigh se encogió ligeramente de hombros en gesto de confirmación.

Paulie hizo un gesto de certidumbre.

—Veo que las cosas están tan calientes que queman. Pero ¿puedo aconsejarle algo? Ocurra lo que ocurra, no confunda el sexo con el amor. Eso es siempre fatal para románticas como nosotras. Se lo digo por amarga experiencia.

Leigh se preguntó si Paula Cooper estaría hablando de su propia relación con Montera.

—¿Es ése el motivo de su visita?

Paulie suspiró dramáticamente.

—Hace días que estaba sin poder dormir, preguntándome si debía o no venir a hablar con usted. Es un riesgo calculado, supongo.

—¿Un riesgo? ¿Hablar conmigo?

—Creo que hay ciertas cosas que debería saber sobre el caso de Nick. Usted es la psicóloga que está evaluándolo, ¿no es cierto?

—Una de las psicólogas. La defensa llamará seguramente a su propio testigo pericial.

Paulie bajó la vista, súbitamente pensativa.

—Nunca llegarán a descubrir la verdad. Ninguno de ellos, ni siquiera usted. Nadie conoce a Nick Montera como yo. —Las largas pestañas se alzaron lentamente, dejando ver una mirada nublada—. Y ni siquiera yo lo conozco.

—Señorita Cooper, escúcheme. Éste es un caso de asesinato, y yo he sido requerida por el estado para testificar contra el señor Montera. ¿No le parece que debería ir a hablar con su abogado defensor?

—¿Alec Satterfield? Lo he intentado, pero no quiso escucharme. Me había visto en la televisión y dijo que yo le haría más daño que beneficio a su cliente. Doctora Rappaport, por favor, escúcheme hasta el final. Sé lo que debe de pensar de mí, primero aparezco en la televisión, ahora vengo a verla, pero no soy una de esas admiradoras chaladas de Nick Montera, y tampoco estoy haciendo esto para llamar la atención. Tengo que hablar con alguien. —Vaciló, como si esperase que Leigh la interrumpiera, y luego se apresuró a añadir—: Nick no se parece a nadie que haya conocido antes. Se lo aseguro. Hay cosas que debería saber sobre él, cosas importantes. Hay otras facetas de él que nadie más ha visto.

Leigh sintió el escozor de algo irresistible. Tomó un trago de su café con la esperanza de que el tibio brebaje la distendiera, pero se sentía ansiosa como un crío atraído por la música y las luces de un parque de atracciones.

—¿Qué quiere decir?

—Sé que esto le sonará una locura, pero Nick es mucho más que un fotógrafo de talento. Creo que ejerce una clase de poder subliminal sobre la gente. Cuando contesté su anuncio pidiendo una modelo, me presenté en su estudio con la ropa más sexy que pueda usted imaginar. Él me dirigió una sola mirada, se disculpó por haberme hecho hacer el viaje y me cerró la puerta en las narices. Tal como se lo digo. ¡Me cerró la puerta en las narices! ¿Puede imaginárselo? Yo estaba desconsolada. Necesitaba el trabajo, de modo que volví a telefonearle, varias veces. Finalmente accedió a concederme otra entrevista, pero sólo en sus términos. —Su bolso azul reposaba en su regazo y Paula Cooper empezó a deslizar la cadena dorada entre los dedos como si los eslabones fueran cuentas de un rosario—. Cuando vengas a mi estudio, me dijo, ven desnuda. Deja tu ropa de los sábados y el maquillaje en casa. No tienes ni idea de quién eres, Paulie, de lo que puedes ser. Yo puedo ayudarte a descubrir quién es Paulie Cooper, pero si no confías en mí, no podemos trabajar juntos. —Se detuvo para tomar aliento, obviamente turbada—. Eso es lo que me dijo, sus palabras exactas. Bueno, yo estaba muerta de miedo, pero fui.

—¿Y qué pasó?

—Él se dio cuenta de inmediato que yo estaba nerviosa, y eso pareció complacerlo. No pierdas ese miedo, me dijo, el miedo es real. Se arrodilló a mi lado y comenzó a hablarme como si fuera una niña. Bueno, me desmoroné, me desmoroné por completo. Pronto estaba tartamudeando y llorando y contándole cosas que no me habría atrevido a confesarle ni a mi propia madre. A partir de ese momento él se hizo con el control de todo, hasta del menor detalle. Sabía exactamente qué quería y no dejó que su maquilladora me tocara. Lo hizo todo él, mi pelo, el maquillaje. Incluso me vistió.

—¿La vistió?

—Sí, me puso uno de sus jerseys, uno de cachemira gris con cuello en pico. Me iba enorme. Yo nadaba en él, por supuesto, pero eso era lo que él quería.

—¿Una foto erótica? —preguntó Leigh.

—¡No, no! Nada de eso —respondió Paulie—. Parecía una huérfana, una cría asustada encogida dentro de un jersey gris. Era desgarrador, realmente. Me sentí como si me hubiera fotografiado desnuda, no física, sino emocionalmente. —Abrió el bolso y de un compartimiento sacó una copia de la foto. Cuando la dejó sobre el escritorio Leigh se puso de pie para observarla.

—No la habría reconocido —dijo, con total honestidad.

La modelo no parecía llevar maquillaje y su pelo rojizo estaba descuidadamente echado hacia atrás. Parecía tener unos quince años y el dulce desvalimiento de los rasgos era conmovedor. Pero había algo innegablemente erótico en el hecho de que estuviera desnuda debajo del jersey. Uno no podía evitar preguntarse qué había hecho para quedar reducida a ese estado, y toda clase de imágenes irrefrenables acudían a la mente: un juego sexual desinhibido que se había salido violentamente de cauce, o una tempestuosa pelea de amantes. O alguien había abusado de ella de algún modo.

—Eso es lo que él hace —dijo Paulie—. Hace que te preguntes qué les ha ocurrido a las mujeres de sus fotos.

Hace que sientas que las conoces. Y las conoces, porque estás mirando tus propios temores, tus propios deseos secretos. Tu propia caída.

Leigh ya no tenía dudas de que quería toda la información que pudiera darle Paulie Cooper. Todas las respuestas.

—Cuénteme sobre ese poder que dice que tiene.

—No sé cómo llamarlo, es algo casi físico —dijo Paulie—. Supongo que se debe a que Nick es un hombre tan *físico*. Es muy natural, muy viril. Yo he estado con muchos hombres a lo largo de mi vida, pero no recuerdo a ninguno que pueda comparársele en términos de masculinidad. —Se detuvo, como si quisiera darle a Leigh una oportunidad de poner en duda ese comentario. Leigh no se proponía discutirlo.

—Ese poder, ¿cómo lo usa? —preguntó.

—Dios, desearía saberlo. No es nada obvio, pero hace que te sientas como si fueras el centro de su mundo. Sólo tú. Crea un campo de energía psíquica que actúa como una fuerza de gravedad. Todo lo que sé es que si estás cerca de él el tiempo suficiente, acaba absorbiéndote. No puedo imaginar a ninguna mujer capaz de resistírsele una vez que él le ha puesto encima los ojos.

La cadena de su bolso volvió a sonar al chocar contra sus uñas.

—Lo retrata como si fuese uno de esos fanáticos carismáticos con un rebaño de seguidores devotos —observó Leigh—. Un Jimmy Swaggart, o aun un Charlie Manson. ¿Es de la clase de hombre que puede influir en los pensamientos de las personas y lavarles el cerebro para que lo sigan ciegamente?

—Sí, algo así. Sólo que Nick se concentra en las mujeres, en sus modelos. Para mí, estar con él fue un viaje increíble, mejor que el alcohol o las drogas. Se convierte en una adicción, yo perdí todo control.

—¿Cómo? ¿Sexualmente?

—Eso era una parte. Pero había más. Era la manera en que él asumió el mando. Finalmente yo estaba condicionada por completo, atada al sonido de su voz. Todo lo que tenía que hacer era hablarme con esa voz sensual que usaba y yo estaba perdida, rogando que viniera a mí, deseando que me tocara. Era el paraíso y el infierno al mismo tiempo. Me sentía como si me hubiese sumido en un trance sexual y no pudiera librarme de él. —Vaciló, estremecida—. A veces era aterrador.

—¿Y cómo salió? —preguntó Leigh.

Paulie no pareció haber oído la pregunta.

—¿Ha reparado en sus ojos?

—Por supuesto.

—Pero ¿los ha mirado realmente? A veces el azul es tan frío y cristalino que te sientes como si tuvieras una visión del infinito, ya sabe, uno de esos efectos que se consiguen con los espejos enfrentados, la imagen que se multiplica al infinito. En ocasiones yo pensaba que Nick era en realidad mi bola de cristal, que podía leer en sus ojos y adivinar el futuro.

La mujer estaba claramente obsesionada, según ella misma admitía, pero Leigh no pudo evitar recordar su propia reacción ante aquella mirada azul.

—Es hispano —siguió Paulie—. Un hispano de ojos azules. ¿No le parece interesante?

—Creo que su madre era anglosajona.

—Sí. Murió cuando él era pequeño. Yo no lo conocía entonces, por supuesto, pero creo que esa pérdida debe de haberlo destrozado. Lleva encima mucha tristeza, y eso es lo que lo hace amargo. Puede ser muy cruel. Su crueldad se manifiesta muy fácilmente.

—¿De qué manera?

—Él conocía mis secretos... y a veces los usaba en mi contra. Sabía que me aterra la oscuridad, y en una ocasión me dejó encerrada en el sótano, hasta que empecé a llorar y suplicarle que me sacara de allí. Tuve un ataque de nervios, me desmoroné en sus brazos y él me juró que había sido un accidente, que la puerta se había cerrado sola.

—¿Y había sido un accidente?

—No lo sé; nunca lo sabré. El sexo también se convirtió en un juego peligroso. Él sabía lo que más me excitaba y a veces me atormentaba con eso, la clase más gloriosa de tortura, por supuesto. Una sobredosis de éxtasis. Ah, estaba muerta, muerta por él; habría hecho cualquier cosa que me hubiese pedido, incluso convertirme en prostituta si él hubiese querido. En ese punto fue cuando decidí que tenía que dejarlo. Estaba lastimándome. No era algo que él se propusiera, pero así ocurría. Y yo lo ansiaba. Había llegado a un estado desesperante; quería cualquier cosa que él pudiera darme, aun dolor.

—Todavía no lo ha olvidado, ¿verdad?

—Creo que no, pero jamás volvería a su lado.

Leigh había empezado a juguetear con uno de sus pendientes. Dios, si su corazón se calmara sólo un momento. Esperaba que Paulie no percibiera cómo temblaba su voz.

—¿Por qué ha venido aquí, Paulie? —preguntó—. ¿Para decirme que Nick Montera mató a Jennifer Taryn?

El bolso de Paulie cayó al suelo.

—¡No! Vine a decirle que él no la mató. Nick no podría matar a nadie. Es capaz de muchas cosas, pero no de un asesinato a sangre fría.

—Lo siento, pero está muy equivocada. Nick Montera ya mató a alguien cuando tenía diecisiete años. Mató al líder de una banda de Chicago y cumplió una condena de tres años por homicidio.

Si Leigh esperaba que Paulie se mostrase sorprendida o incrédula, debió de sufrir una decepción. Paulie Cooper permaneció inmutable, como si ya estuviera perfectamente al corriente.

—Eso fue diferente —dijo—. Nick se enamoró de la novia de aquel jefe mafioso. Ella era joven, blanca, la hija descarriada de una buena familia. El tipo los encontró juntos y se arrojó sobre Nick armado con un cuchillo. Fue en defensa propia, doctora. Eso fue exactamente lo que ocurrió, pero Nick no pudo evitar que lo acusasen de violación. El juicio estaba amañado.

—¿Qué quiere decir?

—Jennifer Taryn testificó contra Nick. Si se lo hubieran ordenado, también le habría clavado un cuchillo. Lo acusó de violarla y de atacar a su novio. Evidentemente, temía las posibles represalias de la banda.

La sorpresa tuvo sobre Leigh el efecto de un cubo de agua helada. Cruzó nerviosamente los brazos.

—¿Jennifer Taryn era la novia del jefe de esa banda? ¿La misma Jennifer Taryn que Nick supuestamente ha asesinado? ¿Su ex modelo?

—Por supucsto, ¿no lo sabía?

No, no lo sabía. Pero si Jennifer Taryn era la misma mujer que había traicionado a Nick Montera, Paulie estaba proporcionando también un móvil para el crimen.

—¿Quién más lo sabe?

Paulie pareció desconcertada.

—Yo creía que todo el mundo lo sabía. Tiene que estar en su expediente. Sé que todo el asunto pinta mal para él, pero eso no significa que lo haya hecho. —Se puso de pie en un impulso por hacerle comprender a Leigh—. Él no la mató, doctora. Tiene que creerme. No pudo haberla matado porque yo sé quién lo hizo.

—De modo que usted lo sabe. —Leigh se echó hacia atrás en su sillón. Todo aquello era demasiado, pero Paulie continuó, con el mismo ímpetu.

—Fue el novio de Jennifer —afirmó—. La estranguló y le endilgó el muerto a Nick.

—¿Cómo lo sabe?

—No tengo pruebas, pero Jack Taggart es un policía de homicidios y un hijo de puta. Un sádico. Jennifer lo había dejado hacía varios meses, y él enloqueció de odio, sobre todo cuando se enteró de que había vuelto con Nick.

—¿Había vuelto? ¿Después de testificar contra él? ¿Por qué hizo algo así?

—Porque nunca consiguió olvidarlo del todo, o porque se sentía culpable por lo que le había hecho. Un día se presentó en su casa suplicándole que la oyera. Le dijo que todo lo que quería era su perdón, pero Nick no estaba muy convencido de reanudar la relación con ella. La vio unas pocas veces, le hizo algunas fotos más, pero eso fue todo.

—Pero ¿cómo sabe usted qué pasó entre ellos?

—Nick y yo seguimos en contacto después de que nuestra relación terminó. Siempre me contaba sus cosas.

Leigh se puso de pie y fue hacia la ventana, con la esperanza de aclararse las ideas. El tráfico era denso y el aire estaba impregnado del humo de los escapes, pero un rayo de sol penetraba en el terrario bañando a las dos tortugas inertes en un calor tropical. Ninguna de ellas parecía dispuesta a hacer el menor movimiento. Leigh se había preguntado más de una vez si los caparazones no serían demasiado pesados para ellas. Inmovilidad, resignación. ¿Era ése el precio de la seguridad?

—Déjeme ver si entiendo todo. —Leigh permaneció delante del terrario absorbiendo el calor de ese único rayo de sol—. Usted cree que Taggart, en un acceso de celos, mató a Jennifer y dispuso su cuerpo como en una de las fotografías de Nick... de Montera —se corrigió.

—Sí, ¡por qué no! Si lo que trataba de hacer era que Nick pareciese el culpable.

Leigh se volvió, asombrada por el tono de furia de su visitante. Paulie estaba roja y sus ojos centelleaban. Había recogido el bolso del suelo y estaba otra vez tironeando la cadena con un vaivén de los dedos. A Leigh le sorprendía que todavía no se hubiese roto una uña.

—Señorita Cooper, ¿por qué ha venido a verme? —preguntó Leigh—. ¿Por qué quería hablar conmigo?

—Sólo intentaba convencerla de que Nick no ha matado a nadie. Pero tal vez su abogado tuviese razón. Quizá estoy haciendo más daño que otra cosa. ¿Es así? ¿He empeorado las cosas?

Leigh sacudió la cabeza.

—No lo sé, no sé qué ha hecho.

Leigh, impresionada por la expresión de desconsuelo de Paulie, se dio cuenta de que era una paradoja. Cuanto más sabía acerca de Nick Montera, menos capaz se sentía de comprenderlo. Había estado a punto de retirarse del caso después de la última entrevista que había mantenido con él, pero no había sido capaz de dar ese paso. Como un prisma que refracta la luz, su memoria había girado para detenerse en ese momento de vulnerabilidad cuando él se había arrodillado a su lado con la conciencia de haberle hecho daño. No podía retirarse del caso del mismo modo que no podía borrar ese instante en que había visto asomar el dolor en los ojos de aquel hombre.

Había decidido que limitaría su evaluación a entrevistarlo y hacerle los tests en su propio despacho, pero ahora tampoco estaba segura si eso sería suficiente. Él le había dicho una vez que si quería realmente saber quién era, debía ir adonde él vivía. A su estudio. Su vida era la fotografía. Incluso el asesinato del que estaba acusado reflejaba su trabajo de un modo macabro. Para entenderlo, para descifrarlo por completo, debería analizar sus fotografías. Debería observarlo trabajar.

Se puso de pie y se llevó la mano al pendiente, deslizando la yema del dedo por el pequeño óvalo. No se le pedía que diera su opinión acerca de si él había sido el asesino o no, sino, sencillamente, si de acuerdo con su perfil psicológico era o no capaz de cometer ese crimen. Ese nivel de certidumbre podía ser suficiente para el jurado, pero no para ella. Quería saber si Nick Montera era un frío asesino. Tenía que saberlo.

## 8

Las abruptas pendientes y las serpenteantes carreteras de Coldwater Canyon enmarcaban una singular variedad de formas de vida. La flora y la fauna del lugar coexistían con estrellas del rock, empresarios y productores cinematográficos, artistas de todas las raleas y aun un grupo ecológico llamado Gente de los Árboles. Casas de un millón de dólares se asomaban a los acantilados y en las laderas cortadas formando terrazas se alzaban hermosos chalés. Para un escritor en viaje el cañón podía parecer una mezcla absurda de humanidad y humus. Para un visitante desprevenido era como un laberinto terriblemente intrincado.

Leigh era uno de esos visitantes desprevenidos. Ya había dejado atrás muchos kilómetros de carretera serpenteante y había llegado a la conclusión de que el laberinto no tenía salidas cuando ubicó el acceso que llevaba al lugar donde vivía Nick Montera. Apenas divisó algo del estudio a través de un pequeño bosque de álamos mientras aparcaba en un claro cubierto de grava abierto entre los árboles.

La estructura cavernosa de una sola planta parecía estar formada en su mayor parte por ventanas, miradores y un rústico techo de tejas. No detectó actividad alguna dentro de la casa mientras aparcaba, pero había llegado intencionalmente media hora antes de lo que Nancy había acordado para la entrevista.

Apagó el motor, tomó aliento, y antes de abrir la portezuela del coche se inclinó para alisarse las medias de nailon. Raramente usaba falda con jersey, pero ese día llevaba un abrigado Dresden azul y un conjunto de Joan Vass, en un esfuerzo por no lucir como una niña rica. En lugar de recogerse el cabello con hebillas lo llevaba echado hacia un lado, con sólo unos pocos mechones sobre la frente.

Kate Rappaport habría aprobado su aspecto, pensó Leigh no sin cierta ironía. Y también Dawson, aunque seguramente no habría estado de acuerdo en que hiciera ese viaje sola. Leigh sabía que estaba arriesgándose, pero había decidido prescindir de los servicios de un escolta de la oficina del fiscal. No tendría posibilidad de establecer ninguna clase de compenetración con un guardaespaldas acechando por las ventanas. Alteraría la frágil relación y destruiría los últimos atisbos de confianza que pudieran quedar entre ella y Montera. Tampoco estaba segura de si el tribunal vería con buenos ojos esa «visita hogareña», pero si quería respuestas a todas las preguntas que la estaban asfixiando, tenía que tomarse ciertas libertades.

Con ese pensamiento en la mente, cogió su maletín y salió del coche.

La casa de Montera estaba circundada por una galería en la que crecían exuberantes buganvillas anaranjadas y moradas. La puerta principal estaba construida con ocho paneles de madera ricamente labrados. Leigh reconoció la antigua influencia azteca en las serpientes y las extrañas aves, pero las tallas predominantes eran un sol llameante y una serena luna nueva.

A modo de aldaba había una sobrecogedora máscara india de bronce que produjo un eco metálico, como de címbalos en un túnel. Nadie respondió, pero cuando

Leigh probó con el picaporte, la puerta cedió suavemente; franqueó el umbral y se encontró en una especie de vestíbulo circular. La luz del sol se filtraba a través de las cúpulas de vidrio del techo, iluminando las fotografías colgadas de las paredes.

El autor de aquellas fotografías era Nick Montera. Vio su firma al pie en todas. El motivo dominante eran mujeres en diversos estados de desnudez física y emocional, algunas angustiadas y expectantes, otras sofocadas de anhelos sexuales, pero todas difíciles de mirar a causa del tono apagado o melancólico que parecía caracterizar los trabajos de Montera.

Leigh dejó su maletín sobre una mesa que había cerca de la puerta y se puso a contemplar las fotografías. La que ocupaba el centro era un retrato en blanco y negro de una belleza tan extraña y cautivadora que Leigh se sintió instantáneamente atraída por él. La modelo, una mujer joven, estaba sentada, sola, en sombras, en una pose meditativa, las piernas recogidas, la mirada algo perdida. La sensación predominante era de desolación. Los tonos eran pálidos, y aun así, hermosos, y la fotografía parecía transmitir anhelos insatisfechos. Al contemplarla, Leigh no pudo evitar sentir una opresión en el pecho, una tristeza que la conmovió. Reaccionaba ante la fotografía como si fuera una imagen de sí misma. O de alguien a quien conociera profundamente.

No podía creer que un hombre capaz de producir un trabajo tan perfecto y que transmitía tanta sensibilidad pudiera quitarle la vida a una mujer. En aquella foto Montera había captado por completo, en un fogonazo, el espíritu de esa mujer. Leigh se llevó la mano inconscientemente al pendiente, pero se contuvo y pasó nerviosamente la mano por una de las hombreras bajo su jersey. Estaba asumiendo que los motivos de Montera eran artísticos, pero ¿y si él estaba obsesionado por algo más que desvelar y apropiarse del espíritu de sus modelos? ¿Y si lo que en realidad quería era poseerlas y adueñarse de sus vidas?

Los hombres patológicamente obsesionados por establecer relaciones de dominio a menudo reaccionaban violentamente o de maneras simbólicamente agresivas al ser rechazados por una mujer. No era imposible imaginar que él hubiera dispuesto el cuerpo sin vida de Jennifer en la misma pose vulnerable en que la había fotografiado, para crear la ilusión de que ella seguiría siendo suya para siempre.

Leigh se volvió de pronto, pues había creído oír algo. ¿Un llanto ahogado? Del vestíbulo partían varios pasillos. Uno de ellos, apenas iluminado, parecía conducir al estudio. Aunque se sentía cada vez más incómoda por pasearse por la casa, siguió hasta el final del pasillo, dolorosamente consciente del golpeteo de sus sandalias de tacón bajo sobre la brillante cerámica negra del suelo. El pasillo desembocaba en lo que semejaba la boca de una caverna, con un techo corredizo de cristal y suelo de parqué.

El lugar era todo luces y sombras, y se hacía difícil distinguir las formas, pero Leigh reconoció los focos y demás implementos fotográficos. La habitación parecía estar especialmente preparada para una toma, con espejos en prisma y distintas superficies de refracción. Alrededor del perímetro del estudio, unos paneles altos, forrados de nailon negro, creaban una atmósfera íntima, y por un hueco entre dos paneles pasaba una suave luz azulada. Al escuchar un murmullo de voces, Leigh se aproximó cautelosamente.

Nick Montera estaba dentro del círculo formado por los paneles. Desde el lugar donde Leigh se encontraba parecía estar agachado, con una rodilla tocando el suelo, pero ella no alcanzaba a ver qué estaba haciendo. Leigh se aproximó un poco más y su campo de visión se amplió para revelarle una escena de increíble intimidad. Sólo las mareantes luces blancas de los reflectores recordaban que era una sesión fotográfica lo que allí tenía lugar.

Nick estaba arrodillado al lado de un taburete bajo donde estaba sentada su modelo, una mujer joven descalza, envuelta en una bata de baño masculina que le iba muy holgada. La mujer estaba claramente desolada y él trataba de calmarla. Se dirigía a ella con una voz cálida, arrulladora, suave y paternal, y finalmente la atrajo hacia él y comenzó a enjugarle las lágrimas con una compasión genuinamente conmovedora.

Leigh raramente había visto esa clase de sensibilidad en un hombre, y en todo caso nunca había experimentado nada semejante. Su padre había dejado a su madre por otra mujer cuando Leigh tenía dos años. Ella conocía a Drew Rappaport por algunas fotografías y muy poco más. Su madre le había dicho sin rencor aparente que su padre era un hombre endiabladamente bien parecido, con demasiadas ansias de vagar por el mundo como para dejarse atrapar por la carga que suponía una niña recién nacida. Esto le había hecho pensar a Leigh que había sido ella la causa de que él se fuera. Quizá por ese motivo el sonido de los suaves sollozos de aquella mujer atravesaban ahora todas sus defensas. El súbito dolor que le atenazó la garganta le hacía difícil respirar.

Los ojos de la mujer brillaban todavía de lágrimas cuando Nick se puso de pie y se inclinó hacia ella, dándole un golpecito en el mentón y alzando su cara acongojada. Ella pronunció su nombre y tendió una mano hacia él con gesto de desesperación mientras Nick cogía una de sus cámaras fotográficas. Un segundo después estaba disparando ráfagas de fotos, sin parar de hablar con el mismo tono sedante.

—Muy bien, hermosa, quedas estupenda cuando lloras —lo oyó decir Leigh.

Retrocedió, aturdida. ¿Acaso había sido capaz de manipular a una mujer hasta llevarla a ese estado? La consternación hizo que sintiese un gusto salobre en la boca cuando salió en puntillas del estudio y volvió deprisa al vestíbulo, preguntándose si debía quedarse o marcharse de inmediato. Después de todo ya había cumplido con su cometido. Lo había visto trabajar.

Cuando aún estaba tratando de decidirse, sintió en los tobillos algo semejante al roce de unas plumas. Miró hacia abajo y descubrió una esbelta criatura rubia que la contemplaba con atención. La gata se volvió y cruzó con un pavoneo el vestíbulo para treparse a un armario morisco de madera labrada, como si fuese un asiento de primera fila.

—Bueno, ¿de dónde has salido tú? —preguntó Leigh.

—Ella probablemente querría hacerte la misma pregunta.

Leigh se volvió. Nick Montera estaba de pie en el comienzo del pasillo que acababa de dejar atrás. Leigh aún se sentía conmovida por la escena que acababa de presenciar, pero era demasiado tarde para excusarse. Tendría que enfrentarse a él.

—Sé que es algo temprano —admitió.

Él se encogió de hombros como para cortar sus disculpas. Leigh no había reparado antes en la ropa que él llevaba puesta, lo que no era sorprendente, dado que la escena la había impresionado demasiado. Pero ahora era imposible pasar por alto sus pies descalzos, sus pantalones grises de chándal y su vieja camiseta negra, a la que le había arrancado las mangas, y que le iba corta, revelando su vientre musculoso y el nacimiento de las caderas.

La camiseta tenía una inscripción en español, con una víbora enroscada encima de las letras, «Si esta víbora te pica no hay antídoto en la botica». Los conocimientos de español de Leigh eran algo precarios, pero le bastaron para descifrar una de las palabras: víbora.

—Si esta víbora te pica no hay antídoto en la botica —dijo él en español.

—¿Perdón?

Nick tradujo la frase al inglés y luego la repitió en un español fluido, haciendo rodar las vocales desde lo más profundo de la garganta, como si sintiera un placer sensual al pronunciarlas.

Leigh se pasó la lengua por los labios completamente secos.

Tal vez fuese el modo en que él había cruzado los brazos sobre el pecho y la estudiaba con indolencia, pero el efecto resultante era de una sensualidad tan feroz que Leigh deseó marcharse de aquella casa. Con su espesa cabellera negra y sus ojos azules. Nick Montera recordaba una serpiente mitológica, cruel y astuta. Un animal hermoso, y sin embargo letal. En todo caso, poseía sin duda esa clase de atractivo peligroso, depredador, que las mujeres parecen encontrar irresistible en un hombre.

Leigh lo encontraba, sobre todo, amenazante.

—Tu secretaria me informó que vendrías —dijo—. Pero olvidó mencionar para qué.

—Pensé que podría ser útil si viera algo de su trabajo.

—¿De veras? —Parecía menos intrigado que escéptico—. Tengo unas pocas fotos aquí. —Se adentró algo más en el vestíbulo y señaló con una mano mostrando las fotografías que ella ya había visto. Luego señaló la mesa que había cerca de la puerta—. Hay una serie sin terminar en esa carpeta, detrás de ti.

Leigh se volvió y vio la carpeta, que estaba abierta. Era otro estudio sobre feminidad, pero en esta ocasión el trabajo era claramente erótico. Una atmósfera victoriana, con un motivo acuático. Pétalos de rosa flotando en la superficie de fuentes donde distintas mujeres salían del agua o se bañaban desnudas. Cada una de ellas parecía inmersa en los temblores de un despertar interior. Las imágenes, en color sepia, poseían una aguda sensualidad. Pero era la melancolía que transmitían lo que conmovía a Leigh. La desnudez de aquellas mujeres era, otra vez, más emocional que física. ¿Qué les hace para que se abandonen de ese modo?, se preguntó.

Leigh se estremeció como si hubiese sido violada. De algún modo, ese hombre había golpeado en sus deseos más inexpresables, en sus más íntimos anhelos. Cosas sagradas, pensó. Cosas que ningún hombre debería saber de una mujer, porque la volvería demasiado vulnerable.

Volvió la página al sentir que él estaba detrás.

—Son hermosas —dijo.

—Gracias; de todos modos, tuve que abandonar el proyecto.

—¿Por qué? —La pregunta quedó sin respuesta, pues apenas volvió la página vio a una mujer muy joven con el agua a la altura de los tobillos en un estanque poco profundo. Estaba contemplando su propio reflejo en la superficie y se tocaba uno de los pechos con una expresión de exquisita sorpresa en el rostro. Pero era la otra mano la que captaba la atención del espectador, acariciaba el pubis, con los dedos abiertos y estirados en una búsqueda delicada e íntima.

Leigh retiró rápidamente la mano de la página.

—¿Por qué lo abandoné? —Él rió—. Porque las modelos que normalmente contrato se resisten a desnudarse para un fotógrafo al que se acusa de asesinato. Supongo que no puedo culparlas.

Nick se acercó a Leigh, quien se dio cuenta de que la estudiaba mientras ella miraba las fotos. La siguiente era una mujer apoyada sobre las rodillas y las manos, con la espalda arqueada, que miraba sobre el hombro algo detrás de ella. La mujer llevaba el camisón recogido, revelando su desnudez de un modo inequívocamente cargado de sugestión erótica.

—Si permanece así un segundo más —murmuró Montera—, alguien la montará por detrás.

Leigh contuvo el aliento y volvió el rostro, súbitamente furiosa.

—¿Cómo se atreve...?

Una bonita sonrisa se dibujó en el bello rostro de Nick.

—¿Cómo me atrevo a qué? ¿Acaso no te hace sentir que está esperando a que le hagan el amor? ¿Qué hay de malo en eso?

Por un segundo Leigh no pudo evitar sentirse aturdida. Él estaba tratando de confundirla a propósito.

—Me refería al comentario que acaba de hacer. Ha estado completamente fuera de lugar.

—Ahora no estamos en tu despacho, doctora. Éste es el lugar donde yo trabajo y afortunadamente tus reglas no se aplican aquí. Si se aplicaran nunca podría hacer nada; nada que valiera la pena.

—¿De qué modo podrían obstaculizarlo mis reglas?

—Tus reglas, o las de cualquier otro. Hace tiempo que dejó de preocuparme qué está fuera de lugar o no. No le hace ningún bien al buen arte. Ni al buen sexo. Ni a nada.

Leigh cerró bruscamente la carpeta.

—No vine aquí para hablar de buen sexo. Vine para mirar sus trabajos y, quizá, para observar cómo trabaja, si eso es posible.

—¿Qué hay de malo en el sexo, doctora, sea bueno o no? De eso trata todo mi trabajo, y una gran parte de mí. Y a menos que haya sido esterilizada como *Marilyn* —señaló con el pulgar hacia la gata, que los miró esperanzada al escuchar su nombre— también una gran parte de ti.

Si era un anzuelo para tentarla, Leigh estuvo peligrosamente cerca de morderlo. Le habría gustado decirle lo que realmente pensaba acerca de su actitud sobre el sexo como significado de la vida, que era adonde él estaba tratando de conducir su argumentación. Pero no estaba dispuesta a dejarse provocar y abandonar sus principios profesionales sólo porque él no creyera en ellos.

—En la superficie una parte de su trabajo quizá sea sobre el sexo —concedió—. Pero hay más que eso. —Caminó hacia la fotografía más próxima expuesta en la pared, la imagen de una mujer cuyo rostro mostraba una expresión tan tormentosa como el cielo detrás de ella—. Esta mujer es claramente desdichada y no creo que sea nada sexual lo que hay en su mente.

—No estés tan segura. —Él rió otra vez, suavemente—. Quizá acaban de follarla insatisfactoriamente.

Leigh dejó escapar un suspiro cargado de furia.

—Es usted un animal, señor Montera; en caso de que nunca se lo hayan dicho antes.

Con una mirada indolente, él deslizó una mano debajo de su camiseta y se rascó el vello oscuro que bajaba en espiral por su vientre.

—Me gustas más cuando te enfadas, doctora. Tus ojos despiden chispas.

Leigh estuvo tentada de marcharse. Nick era una bestia insolente, ¡y ahora se rascaba delante de ella! Pero Nick Montera la había hecho sentir una mojigata demasiadas veces. Y si antes sólo sentía curiosidad, ahora estaba firmemente decidida a enterarse de qué era lo que alimentaba las oscuras intenciones que ocultaban sus fotografías. Y si su intuición era correcta, el secreto estaba allí mismo, más cerca que nunca, en sus trabajos, en las fotos que colgaban en ese vestíbulo.

—¿Cómo se siente al fotografiar a esas mujeres? —le preguntó. Era una pregunta más aguda de lo que se había propuesto.

Él se acercó a la gata, que dormía, y empezó a acariciar suavemente su pelaje dorado con la punta de los dedos. *Marilyn* se estiró como una pequeña leona bajo el sol. El brazalete con la víbora brillaba en su brazo como un símbolo del lazo erótico primordial entre lo animal y lo humano.

El lánguido ronroneo de *Marilyn* podía oírse a través de la estancia. Leigh se movió con impaciencia. Finalmente Montera volvió a mirarla. Su expresión parecía decirle que ese contacto con su gata le resultaba mucho más gratificante que el contacto con ella, pero, siempre optimista, estaba listo para el siguiente asalto.

—¿Cómo me siento? Ésa es una pregunta tan general, doctora. ¿Puedes ser más específica?

—Bueno, sus modelos se sinceran con usted. Eso es claro al ver sus trabajos. Confían en usted. ¿Ha sentido alguna vez que obtenía alguna ventaja de esa confianza? ¿No ha sentido que en cierto modo las explotaba?

—Diablos, no; lo que hago es inmortalizarlas.

¿Del modo en que había inmortalizado a Jennifer Taryn?, pensó Leigh.

—¿Qué quiere decir?

Él seguía acariciando a la gata, hipnotizándola con la habilidad de un hechicero.

—Ellas —dijo suavemente— se revelan a sí mismas con una libertad que nunca antes habían alcanzado, ni alcanzarán después. Y yo les devuelvo ese momento único de la verdad desnuda. Lo fijo... para siempre.

Leigh guardó silencio por un instante, observando cómo Nick prodigaba sus caricias a la gata.

—¿Y ellas nunca se sienten expuestas? ¿O violentadas?

—No, si confían en mí. ¿Cómo podrían sentirse así?

Yo soy para ellas su padre, su madre, su pasado, su presente y su futuro. —La miró fijamente—. Soy su biógrafo.

¿Y su amante?, se preguntó ella.

—Pero ¿qué ocurre si no confían en usted?

—Pues que no trabajo con ellas. O aceptan por completo mis condiciones, o no hay trato.

—Ya veo.

—¿De verdad lo ves? —Acarició la sedosa concavidad de la garganta de *Marilyn*, pero su mirada estaba fija en la mano de Leigh, que había subido al lóbulo de la oreja para tocar el óvalo de su pendiente—. No creo que lo veas del todo —dijo.

Leigh levantó una de sus hombreras con un rápido toque de la mano.

—Hasta donde llego a entender, usted manipula a las mujeres para subyugarlas por completo. Usted siempre busca el control, un control absoluto.

—Subyugarlas... una palabra interesante. Yo no la habría elegido. Yo habría preferido... que se rindieran.

—¿Hay alguna diferencia?

—Una gran diferencia. Una implica coerción y resistencia. La otra implica un elección, una cautiva que por voluntad propia se entrega a la esclavitud... y encuentra placer en ello.

—Pero si están en cautiverio —señaló Leigh—, ¿no le parece una idea bastante deformada de lo que es una elección?

Él arqueó la espalda con un rápido movimiento y se sentó en el borde de la mesa, cerca de la gata. El maullido de queja que emitió *Marilyn* fue sofocado por unas lentas caricias que volvieron a someterla.

—Todos estamos en cautiverio, doctora —dijo—. Podemos fingir que no. Podemos agitar banderitas y gritar sobre la libertad, pero no hay nadie que sea verdaderamente dueño de su propio espíritu.

—¿Realmente cree eso? —Leigh se encontró mirándolo más largamente de lo debido, impresionada por el tono de seguridad de su voz. Los ojos de Nick poseían una cualidad hiriente y a la vez balsámica. Cuando se fijaba la vista en ellos el efecto era hipnótico. Leigh estaba tratando de encontrar un argumento en contra de su afirmación, pero no se le ocurría ninguno. Sus palabras habían pulsado una cuerda en su interior. Se resistía a coincidir con él, y sin embargo sabía que en sus palabras había, sin duda, una parte de verdad.

—Y eso es lo que usted le da a esas mujeres —dijo, tratando de poner en orden sus pensamientos—. Por ese único momento, ¿usted les devuelve su alma, o al menos una vislumbre de ella?

Él asintió lentamente.

—Sí... sí, eso es —dijo, y la miró como si por primera vez hubiera dicho algo que tenía sentido, algo que realmente tenía que ver con él. Una dulce vibración se dispersó en abanico desde el centro de Leigh, una reacción en cadena que escapaba a su control. Rogó que él no advirtiese que le temblaba la voz.

—Ya veo —dijo, y esta vez él no la corrigió.

—¿Lo has intentado alguna vez? —le preguntó en cambio—. ¿Te has rendido completamente a algo, a alguien?

—Todos lo hacemos, ¿verdad? En un momento u otro.

—No te lo preguntarías si realmente lo hubieras hecho. No hay nada comparable. Ninguna sensación parecida. Es el cielo, o lo más cercano que puedes tener aquí abajo. Es al mismo tiempo lo físico, lo emocional, lo sexual.

El ronco maullido de *Marilyn* pareció confirmar las palabras de Nick. La gata eligió ese momento para rodar y arquear la espalda, ofreciéndole su vientre rosado en un intento sin disimulos por recuperar su atención.

Él la acarició un poco y los breves y agudos gemidos de la gata proclamaron que sentía un placer inmenso.

—¿Por qué no me dejas que te haga una foto? —preguntó él de pronto, sin dejar de acariciar a *Marilyn*.

Por un instante, Leigh no estuvo segura de si se dirigía a ella o a la gata. Pero él se levantó del borde de la mesa, dejando a *Marilyn* sorprendida y confusa.

—No, eso no sería... —Estuvo a punto de decir «correcto».

Él siguió avanzando hacia ella.

—Te prometo que no va a dolerte. Y es el único modo en que podrás verme en acción; ya no tengo sesiones por lo que resta del día.

—Ni hablar.

—¿No quieres formar parte de mi colección de reflejos acuáticos? —Su mirada recorrió el cuerpo de Leigh, con la punzante luz interior de la apreciación masculina. La miraba de arriba abajo, registrándola por completo, como hombre al tiempo que como fotógrafo; la mirada artística y la sexual se superponían hasta que ella no pudo diferenciar una de la otra.

—Tal vez te guste posar desnuda —dijo—. Sé que a mí me gustaría.

—Bien, eso lo soluciona todo —dijo ella, y rió—. Usted posará y yo haré las fotos. —Su corazón estaba palpitando frenéticamente ahora. Interesante, pensó Leigh, él tenía en ese momento dos representantes desesperadas del género femenino: una por ganar su atención, la otra por evitarla.

No, Leigh no tenía la intención de posar, y sin embargo no podía evitar imaginarse en una de esas escenas lánguidamente iluminadas de la serie de desnudos... sumergida indolentemente en una de esas fuentes plateadas. Desnuda. Tocándose. Libre de descubrir... Apartó de sí aquellas imágenes, con la garganta seca y el cuello repentinamente húmedo. Nunca debería haber ido a ese sitio. Ese hombre era peligroso, y no era una amenaza a su vida lo que ella temía.

—Haz eso otra vez —lo oyó decir, la voz curiosamente alterada.

—¿Qué? —No sabía que hubiera hecho nada.

—Humedecerte los labios con la lengua.

Leigh quiso alegar que no había hecho nada, pero sintió que su labio superior estaba húmedo.

—Vamos, doctora —la incitó él—. Concédeme eso. No estoy pidiéndote que te desnudes. Sólo quiero que te pases otra vez la lengua por los labios como acabas de hacer.

Ella recordó haber comparado la voz ronca de Nick con un látigo de terciopelo. Ahora había también un aire levemente condescendiente en su tono, como si estuviera hablándole a una novia asustada que necesitaba que la llevasen a la cama de la mano. Leigh se resistía a aceptar ese tono.

—¿Así? —Y se humedeció rápidamente el labio superior con la lengua.

La sonrisa de él fue amplia y sardónica.

—Dios, sí —dijo—. Exactamente así.

Antes de que Leigh se diera cuenta de lo que estaba ocurriendo, él estaba a su lado, arreglándole el cabello, colocando una mitad detrás de la oreja y formando con la otra un bucle que dejó suelto. A Leigh le asombró que le permitiese hacerlo. Había algo extraordinariamente natural en el modo que Nick se hacía cargo de su cara, como si tuviera el derecho de tocarla de la forma que quisiera por la sencilla razón de que poseía un instinto especial para penetrar la psique femenina.

—Ábrete un poco más la blusa, así —dijo al tiempo que le desabrochaba un par de botones—. Todo en este mundo necesita respirar, incluso tú.

Leigh pensó que no estaba teniendo precisamente problemas de respiración. Si seguía así, pronto estaría hiperventilada.

A continuación, él tocó su pendiente, pasando el dedo por el óvalo brillante como si sintiera curiosidad por sus poderes ocultos. Sensible como estaba, Leigh sintió el roce del pulgar de Nick en el lóbulo de su oreja. Era un contacto mínimo, pero de algún modo puso en alerta cada nervio de su cuerpo. A duras penas contuvo un estremecimiento.

Finalmente él dio un paso atrás para estudiar su obra.

—Bien, bien... sí, muy bien. Ahora, recógete un poco la falda, doctora, deslízala hacia arriba por tu pierna como si estuvieras revisando si se te ha hecho una carrera en la media.

Leigh miró hacia abajo sorprendida, recordando involuntariamente el incidente en el coche de Dawson, el modo en que él le había subido la falda y que en ese momento ella había pensado en el hombre que ahora tenía delante. Pasó la palma hacia abajo por su falda ceñida, como si fuera a quitarle una arruga. Fue más un acto reflejo que una respuesta a lo que él le había pedido, pero nunca habría esperado la sensación que despertó en ella el contacto de su propia mano sobre el muslo. Se sintió arder; los músculos de su vientre temblaron, como si se formasen nudos en ellos. Los poros de su piel se humedecieron. La sensación se intensificó a través del nailon transparente de las medias cuando empezó a hacer lo que él le había pedido, a recogerse lentamente la falda. ¿Qué estaba haciendo? Un suave estremecimiento recorrió su cuerpo y le hizo cerrar los ojos. Sólo un segundo, se dijo, lo imprescindible para recobrar el aliento.

—Será una foto extraordinaria —dijo él.

Leigh imaginó el destello de los flashes, Nick moviéndose alrededor, disparando foto tras foto. Estaba viéndolo tan claramente que sintió vértigo.

—¡Ay! —exclamó. Abrió los ojos al sentir un violento dolor en el tobillo—. ¿Qué demonios...?

Nick la contemplaba estupefacto. Los dos miraron entonces al mismo tiempo hacia abajo. *Marilyn* caminaba alejándose gallardamente, meneando la cola y con un brillo de triunfo en los ojos.

Nick ahogó una risa.

—*Marilyn,* ¡debería darte vergüenza!

La comicidad del asunto se le escapaba a Leigh. La gata la había mordido. No había llegado a hacerla sangrar, pero el tobillo le ardía y ahora sí que tenía una carrera en la media. La odiosa criatura acababa de arruinarle unas Evan Picones de seis dólares.

—¿Estás bien? —Montera compuso una expresión de condolencia, pero sus ojos brillaban más divertidos que apiadados—. Es una pequeña ninfómana posesiva. Pero ella ya tuvo sus fotos.

—De todos modos, debo agradecerle algo —dijo Leigh ásperamente. Después de todo, la gata había puesto fin a esa imprevisible sesión fotográfica. Y afortunadamente, había sido una gata quien la había mordido. No una víbora.

# 9

—¿Un café etíope, mamá? —Leigh echó un vistazo a las mesas, con la esperanza de ver qué elegían los otros comensales. Con el suelo de mosaico y reservados en forma de tiendas turcas, el restaurante exudaba un punzante aroma a ajo, jengibre y otras muchas especias exóticas que Leigh nunca había olido en su vida.

—¿De verdad mamá que ya habías comido antes aquí?

—Por supuesto, querida. —Kate agitó su menú con un gesto confiado—. Kenji y yo estuvimos aquí la semana pasada. No pidas el guiso de camello; es demasiado salado. Pero el pescado al curry es maravilloso.

Kenji era el último descubrimiento de Kate, un artista japonés «multimedia» que fabricaba «móviles» con cables y chatarra y que necesitaba quien lo patrocinara tanto como Kate necesitaba a quién patrocinar. Leigh se había preguntado a menudo si esos vínculos de su madre tenían un interés sexual además de artístico, pero nunca había hablado de ello con su madre, probablemente por su costumbre de mantener una política de máxima discreción en lo profesional. Por su parte, Kate distaba mucho de ser tan respetuosa de la vida privada de Leigh, sin duda por su tendencia a inmiscuirse alegremente en todo.

—He pensado que podría ser divertido intentar algo distinto —le dijo—. Desde que tengo memoria hemos estado yendo al Ritz-Carlton cada jueves a las doce y media, y eso no está bien, querida. Es como ir sonámbulas por la vida. De vez en cuando una necesita arrancarse la rutina diaria como una vieja piel y sacudirle el polvo. Arrancársela con las dos manos, Leigh, y sacudirla bien fuerte.

Leigh asintió distraídamente a su madre acerca del menú.

—¿*Nyeleng*? —preguntó, tropezando con la pronunciación—. ¿Qué se supone que es? Algo con hinojo, seguro.

Leigh sabía que no tenía sentido discutir con su madre cuando sentaba alguna de sus tesis. Y en este caso, Kate tenía alguna razón. La vida de Leigh se había vuelto predecible. El año anterior había reducido drásticamente las horas que dedicaba a sus pacientes para dedicar más tiempo al manuscrito de su libro. En ocasiones deseaba tan intensamente acabar con ese libro que casi podía sentir el burbujeo del champán en la fiesta de presentación. Eso la preocupaba un poco. Si hubiese sido uno de sus pacientes, habría sugerido amablemente que esa ansiedad por ver su nombre en la portada de un libro no era más que otro intento de intentar separarse de una madre avasalladora.

—Creo que pediré el pastel relleno de sémola —dijo Kate.

—No hay bocadillos vegetales en el menú —observó Leigh mientras el camarero les traía el té de menta, dulce, fuerte, acompañado de unos panecillos humeantes en una cestilla de mimbre—. A Dawson esto no va a gustarle.

—¿Dawson? —dijo Kate—. No sabía que lo hubiese invitado. Creía que los jueves los reservábamos para nosotras dos.

Leigh intentó esbozar una sonrisa que no fuera demasiado compungida. El jueves era el día en que Kate reconstruía su semana mientras Leigh debía escuchar atentamente y aplaudir en los momentos exactos, lo que invariablemente hacía que Kate repitiera las mejores partes. Leigh se había dado cuenta mucho tiempo atrás de que su madre no lo hacía a propósito. Sencillamente había nacido para actuar y creía sinceramente que la vida era su escenario y que su obligación era hacer la mejor representación posible.

—Querida, ¿por qué lo has invitado?

—No lo he invitado —explicó Leigh—. Dawson ha estado dejando mensajes en el contestador automático. Necesita hablarme de algo, pero nos hemos desencontrado dos veces, de modo que Nancy le dijo dónde almorzaría hoy —Alzó los hombros en señal de disculpa—. Tal vez no venga.

—Vendrá. Dawson no se perdería una oportunidad de arruinar mi comida contigo.

—Mamá. —Leigh se dirigió a Kate con el mismo tono que reservaba su madre para los reproches—. ¿No crees que es mejor que vosotros dos intentéis llevaros un poco mejor? Dawson será parte de la familia.

—No hasta que ponga fin a esa costumbre de los bocadillos vegetales. Leigh, ese hombre no tiene ninguna imaginación. Y francamente, ¡tú tampoco! ¿Qué clase de matrimonio saldrá?

—Uno muy sólido, espero.

Kate se inclinó y dijo con tono conspirativo:

—Los hábitos alimentarios de un hombre son clave para su libido, mi querida hija psicóloga. Si Dawson nunca quiere probar nada nuevo, luego será lo mismo en la vida sexual. Tendrás una pareja totalmente predecible. Un hombre que no quiere educar su paladar se-

guro que es aburrido en la cama. ¿No lo sabías, querida? —Sus brazaletes tintinearon cuando se echó hacia
atrás el chal verde brillante que llevaba al cuello—. Tu
padre nunca se negó a una buena aventura culinaria.

—Mi padre se marchó con otra mujer —señaló
Leigh. A Kate le gustaba decir que su ex esposo tenía
los mismos ojos azul cielo y la misma mezcla étnica que
Paul Newman, pero le faltaba la famosa circunspección
del actor con respecto al sexo opuesto.

—Drew Rappapot tenía sus defectos —admitió Kate—. Pero te aseguro que no era aburrido en la cama.

—¿Qué quieres decir con eso? ¿Que es mejor tener
algo exclusivamente sexual con un hombre que una relación comprometida?

—No siempre es un problema de qué es mejor.
A veces es un problema de qué es lo que puede conseguirse. Puedes tener una relación «comprometida» hasta con un animalito doméstico. Pero buen sexo, es algo
bastante más difícil de encontrar.

Leigh dejó sobre la mesa el menú, su escudo. Su madre tenía una envidiable muñeca para torcer un argumento en su favor.

—Habrías sido un as de la política —concedió.

Kate quería seguir con esa conversación y probablemente lo hubiera hecho si Leigh no hubiera alzado la
mano para llamar a Dawson, que acababa de entrar y
cruzaba el local. Parecía agitado y algo fuera de lugar
con su traje impecable en medio de la concurrencia
bohemia del restaurante. Camareros negros en túnicas
coloridas se deslizaban con gracia de bailarines entre las
mesas, llevando bandejas de carnes rojas, arroces con
exóticas guarniciones de verduras y postres llameantes.

—¿Puede alguien decirme por qué los camareros
van vestidos de esa manera? —preguntó Dawson cuando finalmente llegó a la mesa.

—Para irritar tu sentido de la estética, Dawson

—dijo Kate, ásperamente—. Es su único propósito en esta vida.

—Bueno, pues funciona —replicó él mirando alrededor—. Para comida extraña ya tengo bastante con la cafetería de los juzgados. ¿Sirven tabletas contra la malaria aquí?

Leigh recogió los tres menúes.

—Voy a ordenar antes de que vosotros dos consigáis hacerme perder el apetito. El guiso de camello es muy salado —le informó a Dawson—. El pescado al curry es excelente.

—¿Tienen bocadillos vegetales? —preguntó Dawson.

Kate murmuró por lo bajo y Leigh trató rápidamente de cambiar de conversación.

—¿Para qué querías verme? —le preguntó a Dawson—. Nancy me ha dicho que era importante.

Su novio hizo un breve e infructuoso intento de detener a un camarero que pasaba.

—Necesitamos tu evaluación sobre Montera para cerrar nuestro caso —le dijo—. Ya tenemos los informes médicos y del laboratorio. Tenemos incluso a un vecino que vio a Montera en el lugar del crimen. Tu informe será el último clavo en el ataúd, la estaca para atravesarle el corazón.

Leigh no hizo caso de este último comentario. Formaba parte de la jerga a que estaba acostumbrada. Los fiscales criminalistas se encontraban con tantas truculencias y basura que a menudo adquirían la indiferencia morbosa de los cirujanos.

—Parece como si tú mismo estuvieras llevando el caso —observó ella—. Creía que se lo habías asignado a uno de tu equipo.

—Mantengo la vista atenta. Se aproximan las elecciones y los periódicos están saltando como pulgas sobre este caso. Eso hace que sea importante.

—Importante para las pulgas, quizá —murmuró Kate.

—Hay algo que necesito contarte, Dawson —dijo Leigh, y a continuación le habló de la visita de Paulie Cooper, incluyendo la apasionada afirmación de Paulie de que Montera era inocente—. Ella cree que fue un ex novio de Jennifer Taryn el que lo hizo: Jack Taggart. ¿Lo conoces? Se retiró hace nueve años de la policía de Los Ángeles. Trabajaba en homicidios, y, según me dijo Cooper, es un sádico.

Dawson golpeó involuntariamente con la rodilla la pata de la mesa y Leigh tuvo que sujetar su taza de té para que no cayera.

—Eso es absurdo, Leigh —dijo, con sorprendente pasión—. No tiene el menor sentido. Otra vez esa basura sobre la brutalidad que lo único que consigue es atar las manos de los buenos policías. Porque eso es lo que Taggart fue, un buen policía.

—Bueno, bueno, Dawson —dijo Kate—. Cuánta vehemencia.

Leigh también estaba desconcertada. Alzó su taza y volvió a dejarla sin llevársela siquiera a los labios. Las presiones de la campaña, pensó, estaban alterándolo.

—¿Cuánta credibilidad se supone que tengo que darle a una de las imbéciles ex modelos de Montera? —siguió él, incontenible—. Una mujer que evidentemente todavía está enredada con él no sería un testigo valioso ni para la defensa.

—Pero ¿ni siquiera vas a cotejar su teoría sobre Taggart? —preguntó Leigh—. Alguien debería interrogar a ese hombre. Yo lo he llamado por teléfono y he concertado una entrevista para...

—¿Que has concertado qué? —Dawson pareció a punto de levantarse de la silla.

—Una... entrevista.

—¿Con Jack Taggart? ¿Cómo mierda se te ha ocurrido algo así?

—Porque Paulie Cooper está convencida de que fue él, Dawson, y a mí me pareció convincente. ¿Nunca se te ha ocurrido que posiblemente estén acusando a un hombre equivocado?

—No es mi trabajo, y mucho menos el tuyo, decidir si Montera es culpable o inocente. Eso es cosa del jurado. Todo lo que quiero de ti, Leigh, es un testimonio pericial. Que nos digas si desde el punto de vista psicológico Montera es capaz o no de cometer un crimen así. Si lo es, que nos cuentes por qué retorcida razón dejó el cuerpo en esa postura. Danos el costado oscuro, los motivos ocultos.

—Eso es más fácil de decir que de hacer —se defendió Leigh—. No sé si es capaz. —No estaba siendo del todo honesta. Estaba virtualmente segura de que Montera era capaz de cometer aquel crimen. Lo único que no sabía era si efectivamente lo había cometido.

—¿Cuántas veces lo has visto? —preguntó Dawson.

—Dos, creo. Quizá tres.

—¿No estás segura? ¿Y le has hecho ya todos los tests?

Leigh negó con la cabeza, consciente de que empezaban a atraer las miradas de las mesas vecinas. Incluso su madre los contemplaba con expresión de alarma, en silencio por primera vez en sus almuerzos de los jueves.

—Ya veo —dijo Dawson con un tono de disgusto—. Lo has visto ya tres veces pero no le has hecho ni un maldito test ni te has formado ninguna opinión sobre su carácter. ¿Qué demonios has estado haciendo entonces? ¿Posando para uno de sus almanaques?

Ahora Leigh reaccionó indignada.

—No hace almanaques. ¿Y por qué la tomas conmigo? Todo lo que hice fue mencionarte el nombre de

Paulie Cooper. No entiendo por qué nadie quiere hablar con esa mujer. Los periodistas parecían perfectamente deseosos de escucharla.

Dawson recibió este último comentario con una mueca de desprecio.

—Masturbación mutua. Cooper sólo busca publicidad y le está dando a los chacales de los medios una porción de sexo a cambio de quince minutos de fama.

—Bueno, espero que tengas razón —dijo Leigh con un tono de advertencia en la voz—. Espero que eso sea todo, Dawson. Porque ya sabes sobre quién se echarán todos si te equivocas.

Dawson irguió la cabeza y se enderezó la corbata, como si quisiera calmarse.

—Si Paulie Cooper no mantiene la boca cerrada, acabará convertida en la próxima ex modelo muerta.

La mano de Leigh se detuvo en el aire. La había tendido para alcanzar la cesta de pan, con la intención de coger un panecillo mientras todavía estaba caliente.

—¿Qué quieres decir con eso, Dawson? —Había sonado casi como una amenaza personal, pero él debía de referirse a Montera—. Si quieres decir que Nick Montera podría matarla, sería una locura absoluta. ¿Por qué querría hacer algo así? Si ella está tratando de ayudarlo.

—Los psicópatas no necesitan razones. —Dawson cogió un panecillo mientras le ofrecía otro a Leigh—. Se supone que tú eres quien debería saber de motivos, sólo que pareces no tener ni idea.

Estupefacta por la agresividad de su novio, Leigh pasó a su vez la cesta a su madre. Eso ya era más que celo profesional. Dawson estaba comportándose como... ¿como qué? ¿Como un novio celoso? Nunca le había contado de los avances de Montera. Ni de su visita al estudio de Coldwater Canyon. Ahora se alegraba de no haberlo hecho.

El camarero llegó a tomar el pedido y Leigh notó

que su madre miraba a Dawson con renovado interés. Evidentemente, a Kate le había agradado esa repentina explosión a lo macho. Bueno, pues a Leigh no. Para nada. No sabía qué pensar de la exhibición de Dawson, pero por primera vez en años se detuvo a meditar sobre un consejo de su madre. «De vez en cuando una necesita arrancarse la rutina diaria como una vieja piel y sacudirle el polvo. Sacudirla bien fuerte, con las dos manos.»

Paulie Cooper tenía uno de los mejores días de su vida. Estaba estupendamente vestida, peinada como una diosa y le pagaban una pequeña fortuna para que luciera devastadoramente sexy. Pero lo mejor de todo era que acababa de atar a un hombre con sus medias de nailon.

—No te hago daño, ¿verdad? —le preguntó a Johnny Leighonder, el rubio musculoso al que le había atado las muñecas a la espalda.

—¿Mis dedos ya están azules? —preguntó Johnny sardónicamente—. Los siento entumecidos. ¿No puedes aflojar los nudos?

Paulie contempló sus largas uñas rojas recién pintadas e hizo un mohín, como si dudara.

—Acabo de salir de la manicura —se excusó con un suspiro de sincera compasión—. Perdóname.

—¿Tenéis para mucho más? —preguntó el fotógrafo, bajando impacientemente la cámara—. No estoy interrumpiendo nada, ¿verdad?

Paulie sonrió.

—Claro que no, Stan.

Stan Tidwell era un fotógrafo comercial de primera línea y un hombre más desagradable que un dolor de muelas, pero en todo caso una figura demasiado importante en la industria de la moda como para que Paulie se arriesgara a disentir con él. Había conseguido ese anuncio de medias sólo porque una tarde, cerca de Melrose, Stan la había atropellado con su Ferrari, afortunadamente sin consecuencias. Él tenía encima un par de tragos y se había mostrado ansioso por evitar a toda costa a la policía. Paulie también estaba ansiosa por ganarse unas vacaciones.

—¡Hay más de una manera de atrapar a un hombre con las medias Ambush! —Stan pronunció el eslogan del anuncio para recordarles a Paulie y a Johnny lo que se suponía que debían estar haciendo—. De modo que ata a tu hombre de una vez, Paulie. ¡Vamos!

Paulie se sentía a la vez halagada y alarmada. Tidwell parecía contar con que a ella se le ocurriera algo creativo. El anuncio consistía en una foto dentro de otra foto, en una reunión de etiqueta que —se suponía— transcurriría en una elegante mansión estilo georgiano. Para la foto de fondo a toda página, Paulie había usado una microminifalda de lamé dorado que dejaba al descubierto kilómetros de sus largas y esbeltas piernas; Johnny, vestido como un apuesto camarero, servía champán a los exclusivos invitados mientras desviaba la vista hacia las medias Ambush con destellos dorados de Paulie.

Habían pasado todo el día tratando de conseguir esa primera toma, un proceso exasperante que había llevado a todos al borde de la histeria, a excepción de Paulie, que había disfrutado con cada segundo de la sesión. Ahora, ubicados al lado de una suntuosa cama con dosel en lo que se suponía era el dormitorio de la mansión, estaban trabajando en una segunda foto. Paulie, todavía radiante como un ornamento de Navidad en lamé dorado y con el cabello sujeto por unos pasadores enjoyados, se suponía que había logrado atar a Johnny con sus medias con el único e inequívoco propósito de lanzarse sobre él. Pero la composición no acababa de funcionar. Stan no lograba conseguir la energía sexual que quería.

Paulie propuso la primera idea que se le ocurrió.

—¿Por qué no me pongo más dura con él? —sugirió—. Puedo pegarle un poco.

—¿Pegarme un poco? —A Johnny no pareció entusiasmarle la idea. Ya le habían arrancado la chaqueta, tenía la camisa abierta y lucía en la mejilla una intensa marca roja con la forma de los labios de Paulie.

—¿Pegarle? —repitió Stan.

—Claro, así. —Ignorando el obvio desacuerdo de Johnny, Paulie lo hizo girar para que quedara de espaldas a ella. Él ya tenía las manos atadas a la espalda con las medias, y ella cogió las puntas como si fuera Sheena de la Jungla imponiéndose a sus huestes y estiró tanto como le permitieron sus brazos. Cuando Johnny se inclinó hacia adelante por el tirón, ella le clavó el tacón de su bota en el trasero a modo de palanca.

—¡Bravo, dale duro ahora! ¡Vamos! —exclamó entusiasmada una de las ayudantes de Stan. Otra soltó un chiflido.

—¡Paulie! —exclamó Stan—. ¡Eso es fabuloso! ¿Johnny...? ¿Qué te pasa ahora?

—Me está haciendo daño —protestó Johnny con la voz tensa y temblorosa.

Stan apenas podía creerlo.

—¡Maldita sea, tío! Una pelirroja espectacular acaba de atarte para que enloquezcas de placer. Es un sueño húmedo convertido en realidad; ¡muestra un poco de entusiasmo!

—Se me están durmiendo los brazos —insistió Johnny con el mismo tono.

Si Paulie hubiera tenido una pistola, habría descargado todo el cargador sobre aquel maldito hijo de puta que no hacía más que quejarse. Le habría ahorrado el sufrimiento como se hace con un caballo al que se le ha roto una pata. ¡Que se quejase luego de sus deditos entumecidos! Pero no tenía una pistola, y como había pocas probabilidades de que alguien le pusiera una en la mano, debía resignarse, como siempre, a la mordacidad.

—Conozco un punto de acupuntura en el codo —sugirió suavemente, al tiempo que le daba un golpe en el brazo—. Hace desaparecer el dolor y redistribuye la energía *chakra*.

Johnny trató de volverse y la miró por encima del hombro.

—Yo conozco uno mejor entre los muslos.

—Vamos, adelante, Paulie —dijo Stan, que ya empezaba a hartarse—. Dale un buen golpe. En el codo, en los muslos, en donde sea. No me importa si le das una patada en las pelotas, pero por favor, terminemos de una vez.

Paulie apresó con cautela entre sus manos uno de los brazos atados.

—¡Ay! —protestó Johnny, poniéndose rígido cuando ella golpeó un nervio en la articulación del codo.

—Se supone que debe dolerte —protestó ella.

Johnny parecía querer escaparse. Liberó el brazo, lo que forzó a Paulie a hacer algo más contundente. Envolviéndolo otra vez con la media, tiró fuertemente hacia atrás, sólo que ahora, cuando hundió el tacón de la bota en sus nalgas, procuró hacerlo en un lugar más sensible.

A Johnny los ojos parecían salírsele de las órbitas.

—Ah, ah —dijo, casi elevando los pies del suelo y arqueándose de placer.

—¡Eso es! ¡Eso es! —gritaba Stan como si estuviera siendo testigo de un milagro. Empezó a disparar fotos frenéticamente, moviéndose alrededor de los dos, poseído por esa fiebre que devora a los fotógrafos cuando ven tomas perfectas una tras otra.

Johnny permanecía inmóvil, con una sonrisa torturada en el rostro y una gota de sudor suspendida de la ceja. Paulie podía ver su expresión en un espejo que había delante de los dos: parecía un cautivo encadenado, complacido, pero algo confuso. Su sonrisa reflejaba una especie de goce fanático. Había más de una manera de atrapar a un hombre con las medias Ambush. Ésa iba a ser la foto de su vida, pensó Stan. Todo el estudio parecía vibrar con una misma energía.

—Bueno, ¡lo hemos conseguido! —exclamó Stan mientras se arrodillaba a disparar la última foto—. Recoged todo y vayámonos de aquí.

Unos segundos después, mientras Paulie se cambiaba detrás de un gran biombo oriental, se contempló en el espejo de cuerpo entero, fascinada por el brillo que irradiaban sus ojos, que parecía extenderse transformando todo su ser. Nunca se había visto ni sentido tan sensual. No quería quitarse esa ropa maravillosa. Ni las joyas. No quería que los disparos del flash acabaran.

De mala gana bajó la cremallera del ceñidísimo vestido y lo dejó caer al suelo. Sólo con las bragas puestas y con los costosos ornamentos que la ayudante de Stan había elegido para las tomas —una gargantilla con diamantes engarzados, un brazalete a juego y los pasadores enjoyados—, siguió contemplándose durante largo rato en el espejo.

Finalmente reunió la fuerza de voluntad necesaria para quitarse el brazalete y los pasadores y los dejó sobre un pequeño tocador, donde alguien vendría a recogerlos luego. Hizo ondular la gargantilla entre sus dedos, contemplando su brillo incandescente con una sonrisa apenada. Su garganta palpitaba con un poderoso e imposible deseo de conservar la joya. Habría sido como llevarse a casa un recuerdo de ese día mágico y preservarlo para siempre. Mirando alrededor con disimulo, cedió de pronto al irresistible impulso y dejó caer la gargantilla en el interior de su bolso. Lo que Paulie no advirtió mientras se inclinaba rápidamente para cerrar el bolso fue el suave zumbido de una máquina de alta tecnología. Del otro lado de la estancia, oculto en las sombras de un pasillo que conducía a una salida de emergencia, un hombre en un anodino traje gris con una cámara de vídeo al hombro estaba registrando cada uno de sus movimientos.

—¿Quién puede haber cogido mis notas sobre Montera? —murmuró Leigh, a nadie en particular. Sola en su despacho, hizo otro rápido registro, recorriendo con la mirada los estantes y la superficie de los escritorios, levantando expedientes, libros y revistas especializadas. Esa mañana, algo más tarde, tenía una entrevista con Jack Taggart, que en un primer momento había pensado en cancelar, aunque sólo fuera para aplacar a Dawson. Sin embargo, cuando llamó al departamento de homicidios, Taggart mismo había contestado.

—Doctora Rappaport. —Su voz había sonado curiosamente cautelosa y tensa—. Si le queda alguna duda de que Nick Montera mató a Jennifer, estaré encantado de ayudarla a despejarla. Ese hombre es un monstruo. Puedo darle cada detalle de los juegos perversos que practica con las mujeres.

Después de aquel comienzo explosivo, Leigh sólo le había preguntado a Taggart si sería convocado como uno de los testigos por la fiscalía. Taggart admitió que probablemente no sería llamado al estrado.

—En la oficina del fiscal no quieren abrir un flanco conmigo —le dijo—. Todos parecen creer que yo estaba celoso porque piensan que Jennifer me dejó por Montera. Pero las cosas no fueron así, doctora. Él sólo follaba con la mente de ella.

Cuando la llamada concluyó, Leigh había decidido mantener la entrevista. Si Dawson se enteraba... bueno, ya se preocuparía por eso cuando sucediera. Dawson no parecía tener ningún problema en olvidarse de sus convicciones personales para dejar que un jurado decidiera si Nick Montera era culpable o inocente. Dawson probablemente hubiera argumentado que ése era el único modo de asegurar un juicio imparcial. Los abogados defienden o demandan. Pero dejan el veredicto en manos de un tribunal debidamente constituido. Si no era un sistema perfecto era lo mejor que hasta ahora se conocía.

Pero a diferencia de Dawson, Leigh tenía algunos problemas con este concepto de la justicia. ¿Cómo podía dar de buena fe un testimonio que podía contribuir a que el jurado diese un veredicto de culpabilidad si ella misma tenía dudas sobre esa culpabilidad?

De todos modos, ahora su problema eran las notas extraviadas. Ella y Nancy ya habían hecho una búsqueda minuciosa en los dos despachos. La única opción que le quedaba era reconstruir mentalmente los pasos que había dado. ¿Había sacado en algún momento el bloc de su despacho?

Cogió su bolso y extrajo las llaves del compartimiento con cremallera, con la esperanza de que el hecho arrojase alguna luz, por asociación de ideas. Afortunadamente, pensó, era un animal de costumbres. Siempre, invariablemente, recogía su bolso y su maletín cuando dejaba el despacho. ¿Su maletín? Una mirada al estante que había detrás de su escritorio la convenció de que el maletín también faltaba. Otro breve instante de reflexión le hizo llegar a la conclusión de que debió de haberlo dejado en el vestíbulo de la casa de Coldwater Canyon cuando se adentró a investigar los ruidos que provenían del estudio.

Las llaves entrechocaron con un tintineo mientras hacía girar la anilla del llavero en su mano. Podía pedirle a Nancy que telefonease, incluso enviarla a recogerlo. Pero si Montera no había descubierto todavía el maletín la llamada lo alertaría de que estaba allí, y Leigh no quería por nada del mundo que él leyera esas notas. Eran demasiado personales. Debería recogerlo ella misma en su camino a la entrevista con Taggart. Con suerte, quizá pudiera recuperarlo sin que Montera advirtiese siquiera que había estado todo el tiempo allí.

Un jeep Renegade se encontraba aparcado frente al estudio cuando Leigh llegó allí media hora después. Si era de Montera, sólo podía significar una cosa. Tal vez se hubiera ido por la mañana, pero definitivamente estaba en la casa ahora. ¡Maldición! Se miró en el espejo retrovisor para echar un vistazo a su maquillaje y arreglar unos mechones de pelo que se habían soltado de su coleta.

Sus ojos grises brillaban más que nunca. Dios, sólo de pensar que tendría que enfrentarse a él hacía que a su mente acudieran las respuestas femeninas más lamentables y previsibles. ¿Se estaba arreglando? ¡Era patético! Por lo menos llevaba puesto su uniforme, una americana azul y pantalones color caqui que había elegido para su encuentro con Taggart.

Esta vez no usó el llamador de bronce. Aún tenía la esperanza de lograr entrar inadvertidamente en el vestíbulo, recoger su maletín y desaparecer antes de que nadie la viera. Pero cuando abrió la puerta su mirada fue atraída de inmediato por la hermosa e inconsolable mujer en sepia. ¿Por qué sentía tanta empatía con aquella foto? La mujer no se parecía a ella, pero había algo. Algo...

Una cálida marea inundó su cuerpo, casi tan urgente como la primera vez que había visto la fotografía. Cierta clase de imaginería tiene el poder de evocar emociones, de hacer revivir recuerdos de goce y dolor casi tan intensamente como en el momento mismo de la experiencia, y el espectador puede conmoverse hasta las lágrimas o sentirse invadido por el loco frenesí de una esperanza, sin ninguna razón aparente. La fotografía tenía esa cualidad.

El suelo de mosaicos negros reflejó la imagen de Leigh bajo sus pies cuando se volvió hacia la mesa donde suponía que debía de estar su maletín. Pero alarmada, se dio cuenta de que el maletín no estaba en el vestíbulo. ¿Dónde podía haberlo llevado él? ¿A su estudio? ¿A alguna otra habitación de la casa? No quería adentrarse otra vez en el estudio, pero aquello parecía, con todo, más seguro que invadir sus habitaciones privadas.

Su bloc de notas fue lo primero que vio cuando se asomó a la cavernosa estancia. Todo se hallaba en penumbras a excepción de un único haz de luz sobre una mesa que, a manera de altar, había sido ubicada en el centro del estudio. Su bloc de notas reposaba abierto sobre la mesa, expuesto al enceguecedor círculo de un foco.

«¿Qué es esto?», se preguntó, sobrecogida por esa escena casi macabra. Era como si alguien se dispusiese a quemar sus notas en una especie de ritual pagano. Escudriñó la oscuridad tratando de detectar la presencia de Montera, los ojos luminosos de él estudiándola desde la penumbra. Pero la luz del foco permanecía en su retina y todo lo que pudo ver fue un punto blanco brillante en el ápice de un agujero negro.

Él había encontrado sus notas en el maletín. Las había leído y ahora la forzaría a aceptar las consecuencias. Temía tocar el bloc y a la vez sentía el impulso de cogerlo rápidamente y escapar corriendo. ¿Qué le ocurriría si invadía ese quemante círculo de luz? ¿Se dispararía una alarma? ¿Se cerraría quizá una puerta que la dejaría prisionera en el estudio?

Maldito sea, pensó, súbitamente furiosa. Montera era un maestro en esos juegos mentales y había logrado hacerla girar en círculos, pero después de todo no era más que eso, un juego. Harta de sus trucos cruzó con paso decidido la habitación hacia la mesa.

El bloc de notas ya estaba a su alcance; extendió la mano para recobrarlo cuando escuchó el sonido de goznes de una puerta al abrirse. Sus dedos se cerraron en el aire y su cabeza se alzó sobresaltada. Un terror cerval la invadió mientras trataba de ver por encima del enceguecedor foco blanco. De su anterior visita recordaba una serie de espejos, pero ahora no podía distinguir nada que no fuese sombra y penumbra. Una brisa fría subió en espiral por sus tobillos y sus sentidos aguzados detectaron un olor tenuemente acre.

Estaba retrocediendo fuera del círculo cuando lo vio. Bañado por una luz como un aura rojiza, parecía salir de una hoguera. Leigh notó que se le cerraba la garganta, incapaz de emitir sonido alguno. El corazón le latía con violencia. Lo que estaba viendo debía de ser un truco de luces. Debía de tratarse de la luz roja de su cuarto de revelado, pero la visión la había golpeado por un instante con el pavor de lo sobrenatural. Había creído ver alguna clase de monstruo sagrado, una encarnación del diablo.

—¿Nick? —preguntó, con la voz quebrada.

Él la miró fijamente, con los ojos inyectados en sangre, como los de un demonio. Dios, Dios, pensó, ¿quién era aquel hombre? ¿Quién era el verdadero Nick Montera? ¿Un frío psicópata? ¿Un asesino desequilibrado? Leigh trató de convencerse de que todo era efecto de esa extraña luz. Tenía que serlo. Lo que estaba contemplando era una ilusión óptica, un monstruo imaginario que existía sólo en los rincones oscuros de su propia conciencia.

Leigh se pasó la lengua por los labios resecos. Reprimió el impulso de echar a correr, de huir de aquella luz roja, cuando advirtió, con alivio, que Nick Montera daba un paso hacia ella y el aura rojiza quedaba atrás como una capa caída; el monstruo cobró otra vez forma humana.

Él arrojó sobre la mesa la toalla con que estaba secándose las manos, y preguntó:

—¿Otra visita sorpresa?

El tono irónico de su voz cortaba como un cuchillo e hizo que Leigh desechase brutalmente las aterradoras hipótesis de su imaginación.

—Veo que ha encontrado mi bloc de notas —replicó con aspereza—. Podría haberme telefoneado para avisarme.

—Podría, sí, pero en ese caso no habrías vuelto a recogerlo, ¿no es cierto?

El bloc seguía brillando impávidamente en el centro del círculo.

—Bien, pues he venido —dijo ella—, y voy a llevármelo. —Caminó hacia la mesa, cerró el bloc con una mano y lo alzó fuera del haz de luz, desafiándolo con la mirada a detenerla.

—De todos modos, ya es demasiado tarde —le informó él—. Leí cada palabra, «peligrosamente hipnótico», «sexualmente fascinante», «carisma animal»... ¿Debería sentirme halagado, doctora? ¿Son tus opiniones clínicas? ¿O es lo que verdaderamente sientes por mí?

—Por supuesto que son mis opiniones clínicas. Y siempre me refiero a su trabajo artístico, no a usted. —Retrocedió, tratando de orientarse mientras eludía la luz del foco. Si sólo pudiera acercarse a la puerta.

—Olvidas algo más, ¿no es cierto?

—¿Qué quiere decir?

Del cuello de Montera colgaba algo semejante a un cinturón de tela. Él lo tiró hacia abajo y juntó los extremos flojamente entre sus dedos. Leigh lo reconoció de inmediato como el cinturón de un impermeable de hombre. También, sabía, podía ser un arma: Jennifer Taryn había sido vendada con un cinturón como aquél en la fotografía de Montera, el cinturón de su propio impermeable.

—¿Qué es lo que estoy olvidándome? —insistió.

Él dejó que el cinturón oscilara hacia un objeto oscuro apoyado en la pata de la mesa.

—¿No quieres... aquello?

Se refería al maletín de Leigh. Ella iba a decir que sí, pero se dio cuenta de que estaba tendiéndole una trampa. Quería que ella entrara otra vez en el círculo para buscarlo.

—Apártese de la mesa —le dijo, con un tono de voz algo agudo.

Él se encogió de hombros, y retrocedió dejando un espacio que a Leigh no le pareció suficiente. Mientras lo miraba enrollar el cinturón en su puño se convencía de que él no tenía la intención de dejarla marchar con su maletín. Incluso era posible que no la dejase marchar ni siquiera sin él.

—Aléjese más de la mesa —pidió, apartándose a la vez en la dirección contraria. Había decidido abandonar el maletín pero no quería que él lo advirtiera. Si quería salir de allí, tenía que hacerlo cuanto antes. Retrocedió de espaldas y chocó contra algo sólido y en punta. Su zapato golpeó hacia atrás y un frío picaporte de metal le raspó la cadera. Los goznes dejaron escapar un fuerte quejido y la puerta se movió con su peso. Leigh se volvió en un intento desesperado por recuperar el equilibrio, pero era demasiado tarde. Había empujado por completo la puerta con el hombro hacia atrás y la había cerrado. Abrazó el bloc de notas contra su pecho; se había encerrado sola.

—¿Has cambiado de idea? —le preguntó Montera.

Leigh se apartó de la pared para enfrentarlo, dispuesta a defenderse. La adrenalina empezó a fluir por sus venas, pero su intuición le decía que no existía una amenaza inminente. Él había terminado de enrollar el cinto en su puño y la estudiaba con la atención que pone un hombre en una mujer que le interesa. Vestido deportivamente con tejanos y una camisa blanca de algodón, el cabello echado hacia atrás y recogido en una coleta, Nick Montera casi podía proponerse como el prototipo del hombre alto, moreno y bien parecido. Casi... Las sombras dominaban la estructura ósea de su cara, revelando el contorno de unas poderosas mandíbulas. No, no era bien parecido, pero era magníficamente siniestro, del modo en que los peligros más terribles pueden ser magníficos.

—¿Quieres que te lo alcance yo? —preguntó.

—No —respondió Leigh.

Él se encogió de hombros otra vez.

—Como quieras.

No había ningún sitio al que Leigh pudiera escapar después de coger el maletín, nada que pudiera hacer salvo vigilar el cinturón que ahora colgaba de la muñeca de él como algo viviente. Lo vio resbalar hacia abajo y rogó que él lo dejara caer al suelo. Había trabajado antes con criminales convictos; sabía, o había creído saber, cómo manejar una situación peligrosa, pero en esta ocasión la clase de peligro era distinta. Nunca se había encontrado con una amenaza dirigida tan directamente a sus temores más íntimos, a su feminidad, a sus impulsos más oscuros e ingobernables. Y eso, hasta ahora, la había excitado tanto como la asustaba.

Hasta ahora.

Se estremeció cuando él cogió el cinturón por la hebilla e hizo deslizar la tela por su mano. Con la meticulosidad de un verdugo profesional, estiró y reguló la longitud como si estuviera midiendo la circunferencia del cuello de Leigh.

—¿Qué va a hacer? —preguntó ella, aterrorizada.

El brillo en los ojos de Montera le reveló que él estaba gozando con su temor.

—Una pequeña prueba. ¿Te gustaría ser la ayudante del mago?

Ella miró fijamente cómo trenzaba el cinturón. Lo hacía tan rápidamente que parecía como si apenas tocara la tela, pero cuando terminó el cinturón se había convertido en una serie de nudos. Le tendió entonces el extremo suelto y le pidió que tirara fuertemente de él. Leigh obedeció y todos los nudos se soltaron en una graciosa onda de vibraciones.

—De modo que haces trucos, también —dijo él, irónicamente.

Leigh le devolvió el cinturón, pero esta vez, al cogerlo, él hizo ondular la punta lentamente sobre el torso de ella, rozando sus pechos.

—No dejaremos escapar todo esto —dijo él, envolviéndola diestramente por los hombros.

La cosa parecía tener movimiento propio y vibrar de energía. Leigh trató de quitárselo y observó que mientras tanto él había cogido el maletín.

—No puedo dejar que te marches sin esto —dijo.

—Tengo que irme —susurró ella. El corazón le latía tan alocadamente que apenas lograba concentrarse en lo que decía—. Tengo mucha prisa.

—Yo también, doctora, jamás he tenido tanta prisa en mi vida.

Para sorpresa de Leigh, Montera le entregó el maletín y retrocedió como si fuera a dejarla pasar. Ella vio su oportunidad de marcharse. Podía abrir la puerta y salir. Él la estaba dejando ir. Pero cometió el error de dudar, de mirarlo otra vez cuando debería haber salido corriendo.

Leigh se volvió hacia el lado equivocado, hacia él, a quien le bastó con dar un paso. Arrinconándola contra la puerta, puso una mano en su cuello y la obligó a subir su cara hacia la de él. Las bocas quedaron la una junto a la otra; Leigh percibió un aroma a café caliente y a menta que trajo a su mente antiguas imágenes eróticas. Podía sentir que la otra mano de él ataba el cinturón flojamente a su muñeca.

Su bloc y su maletín cayeron al suelo. Los segundos transcurrían, tensos. Segundos cargados de un deseo inconfesado, esperando a que él le atara la otra mano a la espalda. El cuerpo de Leigh reaccionaba de una manera asombrosa. Se sentía como si le hubiesen derramado por dentro un líquido luminoso que la recorría ciegamente. Se sintió débil, como si fuera a desvanecerse.

El pulgar de él rozó el cuello debajo de su mentón. Su aliento quemó sus labios.

—¿Qué te trajo aquí, doctora? —preguntó—. ¿Qué es lo que de verdad quieres?

—Vine a recoger mi bloc de notas. Pensé que podría cogerlo y marcharme sin necesidad de perturbarlo.

—Pero no fue así. Ya lo ves, me perturbas.

—¡Me iré ya mismo! ¡Por favor! Voy a abandonar su caso. Le asignarán otro doctor... Por favor.

—No quiero otro doctor; quiero...

—¿Qué?

El cuello de la blusa de seda de Leigh se había abierto y Montera lo había notado. Tocó la piel húmeda con el dorso de la mano, recorriendo con la punta de los dedos el arco de su cuello hasta el nacimiento de los pechos. La excitación la hizo temblar.

Leigh emitió un sonido inarticulado, que surgió del fondo de su garganta cargado de una vibración sexual. Debería haber sido un quejido de disgusto, pero había sonado inequívocamente sexual.

El placer oscureció los ojos de Montera al escucharla.

—Eso es —dijo roncamente—. Eso es todo lo que quería... Saber si esas frases las había escrito la doctora o la mujer.

# 10

Leigh todavía temblaba cuando entró en el café de Hill Street donde iba a encontrarse con Jack Taggart. El pequeño café-restaurante olía a beicon frito y a cebollas; unos seis clientes estaban encorvados sobre la barra de formica, dando cuenta de una comida alta en colesterol.

Taggart le había dicho a Leigh que lo buscara en un reservado cerca de la salida de emergencia. No le había dicho, en cambio, que tenía menos de cuarenta años y cabello color arena impecablemente cortado. Tal vez ella había esperado una especie de oso, un policía con las uñas comidas y el pelo cortado al rape, pero el hombre sentado en el reservado difícilmente parecía la clase de persona violenta que había descrito Paulie Cooper.

—¿Doctora Rappaport? —preguntó al tiempo que se ponía de pie cuando Leigh se acercó a la mesa—. Soy Jack Taggart.

Pareció un poco perplejo cuando Leigh le tendió la mano, pero su apretón fue firme y amistoso. Una vez que ella se hubo sentado, él le ofreció el menú.

—El atún a la parrilla no está mal —dijo.

Sólo de pensar en comer atún Leigh sintió náuseas. Todavía no se había repuesto del encuentro de esa mañana con Montera y la mezcla de aromas del restaurante estaba enfermándole el estómago.

—Por lo general almuerzo mucho más tarde —se excusó—. Sólo tomaré Evian. —Y se corrigió rápidamente cuando creyó advertir una expresión de desdén en el rostro de él—. Agua mineral —aclaró—. Sin hielo.

Taggart pidió un bocadillo de beicon, lechuga y tomate, patatas fritas y una Coca Cola. Para cuando la comida llegó, Leigh había llegado a la conclusión de que Taggart era bastante amable, aunque aún se lo veía algo formal. La conversación que habían comenzado languideció cuando él empezó a ocuparse de su almuerzo. Mientras bebía su agua a pequeños sorbos, Leigh lo vio alinear sus patatas en el plato como si fueran prisioneros enfrentándose a un pelotón de fusilamiento. Luego las atravesó exactamente por el medio con una línea horizontal de ketchup y procedió a comerlas una por una, metódicamente, comenzando por el extremo derecho. Parecía un ritual más que una costumbre y Leigh se preguntó si le produciría algún estímulo adicional a su sentido del gusto o si sólo se trataba de una reconfortante sensación de orden.

Cuando hubo dado cuenta de la última patata, y mientras vaciaba su vaso de Coca Cola, Taggart volvió a mirarla.

—Y bien, ¿qué piensa de Nick Montera, doctora? ¿Está loco?

—No es un problema de salud mental —explicó Leigh.

—No, claro que no —dijo Taggart, comprendiéndola de inmediato—. Si ese hombre está loco, yo soy Charlie Manson. Es una víbora, doctora. Una de esas largas boas constrictor. Envuelve a las mujeres como si sólo quisiera abrazarlas, pero no es así. Es su manera de empezar a matarlas. Antes de que se den cuenta ya están demasiado débiles para luchar, pero él sigue apretando hasta que finalmente las mata.

Leigh dejó su vaso sobre la mesa.

—Veo que usted está convencido de que es un hombre peligroso.

Taggart, los músculos de cuyo cuello se tensaron en el triángulo que dejaba al descubierto su camisa roja de franela, hizo su plato a un lado, con el bocadillo sin tocar.

—Más aún, estoy convencido de que es un asesino hijo de puta. Se alimenta de mujeres. Las succiona y les absorbe todo lo que hay de vital en ellas. Las mata tan lentamente que ni se enteran de lo que les está pasando.

—Pero no fue así como ocurrió con Jennifer —lo interrumpió Leigh—. Alguien la estranguló. Deliberadamente.

Una expresión de odio oscureció los ojos gris acero del policía.

—La felicito —masculló—. Fue deliberado, es cierto. Porque esta vez se trataba de una venganza. Quería que volviese a su lado. Estaba obsesionado con quitármela, pero tampoco la quería para sí, lo que quería era que ella pagase por lo que le había hecho cuando eran adolescentes.

—¿Se refiere a la condena por homicidio?

Taggart asintió y bebió otro trago, enfadado.

—A Jennifer le gustaba la bebida, por lo menos cuando la conocí. Una noche tuvo una borrachera y me confesó que había mentido en el estrado. Le dijo al fiscal que Montera la había violado y después había acuchillado a su novio. El cargo de violación fue desestimado, pero su testimonio envió a Montera a Chino por tres años.

—¿Significa eso que la mató por venganza?

La botella de coca-cola golpeó contra la superficie

de la mesa, vacilando sobre su gruesa base antes de quedar inmóvil.

Taggart se inclinó, descargando sobre los brazos todo el peso de su cuerpo, como si le resultase oprimente.

—No fue porque lo envió a prisión, doctora. Ningún hombre mataría a una mujer por eso. La mató porque estaba enamorado de ella. Él la quería, siempre la quiso. Pero ella no sentía lo mismo por él.

Leigh no pudo reprimir un estremecimiento. Taggart había hablado con tan agónica convicción que ahora se sentía incapaz de seguir presionándolo en esa dirección. El vaso de agua había dejado anillos húmedos sobre la mesa, y en el silencio que siguió Leigh cogió una servilleta y secó las manchas.

El policía volvió a enderezarse.

—Merece morir —dijo con voz cargada de odio—. Me gustaría volarle la cabeza. Mejor todavía, me gustaría ponerle las manos encima a alguna mujer por la que él sienta algo y volarle a ella la cabeza delante de él.

Leigh permaneció muda, más decidida que nunca a mantener la cautela. Finalmente dijo:

—Según usted, Jennifer no quería a Montera. Pero entonces... ¿por qué lo dejó a usted para volver con él?

—Estaba confusa, eso es todo. No podía perdonarse por lo que le había hecho. Pensó que podría conseguir que él la perdonara, pero compasión es la última cosa que alguien podría pedirle a un tipo como Montera. La acechó como a una gacela, la atrajo hasta su trampa y la mató.

—Sargento Taggart, ¿tiene usted alguna prueba de todo esto?

El policía hizo un esfuerzo por sonreír.

—No necesito ninguna prueba, doctora. La fiscalía tiene evidencias más que suficientes para encerrar a ese hijo de puta, y a su madre también, por engendrarlo.

Alguien había entrado en el estudio que poseía en el barrio para robarle. Nick reconoció algunos signos evidentes apenas aparcó su jeep delante de la destartalada casa de paredes estucadas. El marco de la puerta mostraba las huellas de la palanca con que habían intentado forzarla. El picaporte oxidado colgaba maltrechamente, una mitad todavía fija a la puerta.

Mierda, pensó Nick mientras bajaba del jeep, si pongo las manos sobre esos hijos de puta les cortaré las pelotas.

Pedazos de cristales rotos crujieron bajo sus botas mientras se abría paso a través de papeles arremolinados en el suelo y de los hierbajos que crecían en la entrada trasera de la casa. No habían conseguido entrar por el frente y evidentemente habían arrojado una piedra contra la ventana del único dormitorio de la casa, una habitación en forma de L que en un tiempo toda la familia había tenido que compartir por falta de espacio. Las bandas del vecindario habían estado asolando esas calles desde hacía algún tiempo en incursiones que se sucedían por lo menos una vez por semana y que dejaban un rastro de jeringuillas de heroína usadas y cartuchos de balas vacíos. De su estudio se llevaban todo el material fotográfico y los equipos, que luego vendían.

Nick no había podido poner fin a esas incursiones, pero había encontrado el modo de proteger sus equipos. Escondía los más valiosos en un espacio pequeño abierto entre dos paredes sin terminar y dejaba un par de cámaras baratas a la vista para aplacar a los potenciales ladrones. El truco había funcionado hasta ahora, pero sentía que había algo distinto en este robo en particular. Una banda no habría retrocedido por algo tan irrisorio como un cerrojo. Habrían arrancado la puerta de sus goznes.

Al acercarse a la puerta trasera, Nick advirtió que estaba entornada. Sacó de su cinturón el cuchillo y, como le ocurría siempre, el contacto del frío metal y el peso del arma en la mano le transmitieron una sensación de poder y despertaron en él instintos que nunca habían dormido del todo. Era una reacción que tenía que ver tanto con un odio alimentado a lo largo de toda una vida como con un sentido visceral de supervivencia. Era un placer extraño y terrible el que se derivaba de un acto sangriento de justicia. Ya de muy niño Nick había aprendido que todos nacemos asesinos. «Un hombre nacido en San Ramone está condenado a matar o a ser asesinado», le había dicho su padre cuando había cumplido seis años, y Nick había verificado la verdad de la profecía antes de llegar a los diecisiete. Era la terrible letanía, el canto fúnebre del barrio. Lo que su padre no le había dicho era que una vez que matas ya nada es igual. Nunca más vuelves a ser el mismo.

Con mucho sigilo, abrió algo más la puerta para pasar y entró en la pequeña cocina que había adaptado como cuarto de revelado. La casa estaba en penumbra, excepto por una franja de luz a través del pasillo, que provenía seguramente de la ventana rota. Evidentemente los vándalos ya habían tenido su fiesta y se habían ido, quizá días atrás. Pero Nick aún podía oler en el aire rastros de la visita. Sabía qué era lo que los azuzaba, la misma desesperación por la que él había huido de aquel agujero infernal que era el barrio apenas se le había abierto una vía de escape. Era probable que ellos hubiesen dejado de buscarla, pero eso a él no le importaba; si pillaba a uno de esos *fregados* lo primero que haría sería aliviarlo del peso de las pelotas. Eso para empezar.

Cruzó la cocina y se dirigió al dormitorio donde estaban escondidos sus equipos. La puerta estaba abierta y Nick vio desde el pasillo que no habían descubierto el escondite. Las cámaras que había dejado sobre un viejo mueble de mimbre habían desaparecido, pero lo más importante parecía estar a salvo.

Devolvió el cuchillo a su funda y entró en la habitación con cautela, asegurándose de que estaba solo antes de ponerse de rodillas para inspeccionar el panel. Los rateros habían estado tan ocupados llevándose el equipo de poca monta que habían pasado por alto el bueno. Le debía otro sacrificio ritual a los dioses tonantes, pensó con una fría sonrisa. Una vez más habían mordido el anzuelo.

Los pelillos de su nuca se erizaron como si hubieran detectado algo en el aire. Los años en la calle habían adiestrado sus sentidos de tal modo que podía percibir cualquier cambio en el ambiente por leve que fuese y aun advertir otra presencia humana aunque no hubiese signos sensoriales. Lo sentía como una especie de rigidez en el aire, una vacilación en el flujo normal de energía que algún sexto sentido lograba registrar.

Un débil crujido de tablas en el suelo confirmó su intuición. No estaba solo. El impulso de sacar su cuchillo fue inmediato, pero se contuvo. Nunca luches contra un fantasma.

—¡No hagas *fregadas*! —exclamó una voz curiosamente infantil.

Todavía de rodillas, Nick volvió y se encontró con los brazos extendidos de una Virgen María en miniatura. Antes de que pudiera reaccionar la estatuilla de la santa madre trazó un arco hacia atrás y se descargó como un ariete golpeándolo salvajemente en la frente. Fue como si un petardo estallara en su cráneo; una explosión de dolor le subió desde la base del cuello. Caminó dando tumbos hacia atrás y cayó pesadamente contra la pared.

A través de una lluvia de trocitos de yeso y el dolor

que lo mareaba, Nick luchó por enfocar a su atacante. Esperaba encontrarse con el cañón de un arma automática, pero las facciones del niño que lo acechaba le hicieron recordar más a un animal asustado que al miembro de una banda. Aquel niño, o lo que fuera, le había golpeado en la cabeza con una figura religiosa sin darse cuenta de que esparcería yeso alrededor. El pequeño dormitorio parecía una maldita postal del invierno en los Alpes.

El niño dejó caer las cámaras que estaba sujetando y se movió en la penumbra como si fuese a escapar, pero Nick se recobró, dio un salto y lo agarró por el cuello.

—¡No tan rápido, *pendejo*! —dijo, inmovilizándolo por la espalda. El dolor quemante que le provocaba cada esfuerzo le hacía saltar lágrimas de los ojos. Un profundo aguijón en la base del cuello le anunció que el peor dolor de cabeza que había tenido en su vida estaba a punto de comenzar. Su cráneo debía de estar rajado en más pedazos que la estatua.

—¡*Chíngate*! —bramó el niño, tratando de darle una patada para liberarse—. ¡Suéltame, mierda!

—¡Ayy! —Nick se dobló al recibir un rodillazo en la pelvis. El pequeño hijo de puta trataba ahora de castrarlo. Se rehizo y forcejeó otra vez con el niño hasta doblarle un brazo a la espalda.

—¿Cómo te llamas? —resopló subiéndole el brazo, sin conmoverse por los agudos gritos de dolor—. ¿Cuántos años tienes?

—¡Quince, hijo de puta!

Nick se sorprendió de la bravata del *pendejo*. No podía tener más de nueve o diez años. Excepto por los salvajes ojos pardos, era una comadreja: pura piel y huesos, bastante malolientes.

—¿Quince? Eso sí que es bueno. ¡El bandido notorio! Te tratarán como a un adulto y te enviarán de una patada en el culo a San Quintín.

—Bueno, basta, llama a la policía —gritó desafiante el niño—. ¿Qué mierda me importa? Mi hermano Jesús ya está en San Quintín. En el corredor de la muerte. —Alzó la cabeza con orgullo, como si fuera la más alta distinción a que alguien pudiera aspirar.

—Eso es fenomenal —dijo Nick sarcásticamente—. ¿Qué hizo? ¿Mató a un policía?

—¡Sí! ¿Cómo lo sabes? —El niño parecía sorprendido, y aun complacido—. ¿Has leído acerca de Jesús en los periódicos?

Nick lo soltó y lo empujó en dirección a un catre, el único mueble del dormitorio además de la destartalada cómoda de mimbre. El niño tropezó y detuvo su caída aferrándose del colchón, pero no se sentó en la cama. Se puso en cuclillas en el suelo y alzó los brazos como para protegerse de un golpe inminente.

—Tu hermano no es ningún héroe —le dijo Nick, sacudiéndose polvo de yeso de su pelo y espolvoreándolo sobre su camisa y sus tejanos—. Tu hermano ya es un apestoso cadáver, *pendejo*. Ya está muerto. Matas a un poli y ellos te convierten en un ejemplo.

El niño lo miró; no era odio lo que ardía en esos ojos de salvaje, sino una clase de brillo desafiante.

—No pueden hacer un ejemplo de Jesús —masculló—. ¡Él no fue! Le disparó a algunos *vatos locos* esa noche, pero no mató a ningún maldito poli.

—¿Y por qué está en el corredor de la muerte?

—Mierda, no lo sé. Los policías lo jodieron. Quizá querían verlo muerto. Jesús sí que es malo, el *mero chingón.*

Nick juró por lo bajo, más por frustración que por enfado. Las tácticas de intimidación parecían no afectar a los niños del barrio. Lo sabía por experiencia propia. Eran ratas hirsutas de los basurales, que crecían con un fatalismo que nadie ajeno al barrio podía entender. Había que nacer allí para conocer el vacío en el corazón.

Ni siquiera los niños de diez años tenían nada que perder. Nada. No tenían ningún futuro. Vivir significaba vivir fuera de la ley, traficando con droga, o robando, o pasando artículos de contrabando. La alternativa era un jornal mínimo o la asistencia social, y su extraño y retorcido sentido del honor personal era la única cosa que nadie podía quitarles.

Nick se arrodilló a recoger una de las cámaras que el niño había dejado.

—¿Qué ibas a hacer con esto? —preguntó mientras volvía a colocar la tapa de la lente—. ¿Venderla para comprar droga?

Nick alzó la mirada y notó que por primera vez la cara que tenía delante componía una expresión calculadora.

—El dinero es para mi abuelita —dijo el niño, fingiendo bastante mal una expresión inocente—. Está enferma.

—Sí, seguro; la abuelita enferma. Es la que vende armas, ¿verdad?

—Será la tuya, hijo de puta.

Nick se echó sobre él, incrustándole la cámara contra el pecho.

—¿Quieres salir de aquí? ¿Quieres irte bien lejos de San Ramone?

—Mierda, no. —El niño retrocedió en cuclillas y lo miró con una terquedad orgullosa—. Me gusta el barrio.

—¿Te gusta este pozo lleno de mierda, los coches hechos chatarra, las calles con olor a vino rancio y a gatos muertos?

—¿Y qué hay de malo si me gusta, cabrón?

—Tú eres un cabrón y seguirás siendo una rata de cloaca si no me escuchas. —Nick alzó la cámara y la empujó contra la cara del niño, forzándolo a mirarla—. Con esto no necesitas revólveres ni drogas. Ésta es tu arma. Un arma potente: puede sacarte de esta mierda. ¡Me sacó a mí!

El niño lo miró con desconfianza.

—¿Qué haces? ¿Estás dándome la cámara?

—Sí, estoy dándote esta cámara, con una condición. No la vendas, úsala.

—¿Qué dices? ¿Usarla para qué?

—Para hacer fotos. Tú haz fotos del barrio y yo te pagaré por ellas.

Los hombros del niño se sacudieron en una muda carcajada.

—¿Acabas de decir que es un pozo lleno de mierda y ahora quieres fotos? ¿Fotos de borrachos y gatos muertos? ¿Crees que soy estúpido?

Nick dejó la cámara en el suelo. Se incorporó y miró por la ventana de la habitación, contemplando a través de los fragmentos astillados del cristal las hileras deprimentes de casas de estuco, separadas unas de otras con cercas hechas con madera podrida y tela metálica. Ésa era la calle Salerno. El vecindario apestaba a legumbres podridas, a neumáticos quemados y a licor casero. Las razones para mantener la casa de sus padres no eran sentimentales. La edificación se estaba derrumbando, pero él se resistía a reparar nada. Lo quería así, derruido. Se había prometido que algún día fotografiaría aquel agujero en que había crecido: los coches despedazados y oxidados, los cadáveres dejados en las calles. La miseria de San Ramone se había convertido para él en un hábito al que apenas prestaba atención. Pero ellos sí que abrirían los ojos. También se había prometido eso. Un día les haría abrir los ojos soñolientos a sus satisfechos patrocinadores y les mostraría cómo vivía realmente la otra mitad. Y cómo moría.

—Sí —dijo finalmente—. Quiero fotos de este sitio.

Cuando se volvió el niño estaba contemplándolo con indisimulada curiosidad.

—Creo que te he visto antes —dijo, escudriñándolo—. Creo que te he visto en la tele. ¿No eres el hombre al que van a enviar a la cámara de gas? Por aquí se habla mucho de ti. Dicen que te cargaste a una mujer, a una chica hermosa. Y ahora irás también al corredor de la muerte, ¿eh?

Nick asintió.

—Sí, es probable.

—Eso es magnífico; serás un héroe, como mi hermano. ¿A ti también te han hecho trampa los polis?

Nick aspiró el aire con olor a moho de la habitación.

—Corta el rollo y desaparece de una vez, ¿lo has entendido?

El niño se puso de pie de un salto como un muñeco de resorte. Cogió la cámara del suelo y se deslizó hacia la puerta, calculando las posibilidades que tenía de escapar de allí.

Nick alzó la mano con gesto de impaciencia.

—Tráeme fotos —gruñó—. O volveré a buscarte, bandido. Puedes dejar los carretes que termines en la cocina. Te pagaré por las que me gusten. —Señaló con el pulgar la ventana del dormitorio—. Ya sabes cómo entrar.

El niño trató de sonreír, pero no lo hacía muy bien.

—Me llamo Manuel Ortega —dijo—. Me dicen Manny. Por parte de mi padre provengo de un linaje de hombres bravos. En mi familia somos revolucionarios, bandidos mexicanos, como Pancho Villa y Zapata.

Nick sintió un nudo en la garganta. Por primera vez el niño parecía casi desesperado. Nick lo había preferido desafiante. Buscando a tientas algo de qué enorgullecerse, algo que lo convirtiera en una cosa distinta de lo que era —una rata sarnosa de San Ramone—. En cierto modo Manny se disminuía a sí mismo. Nick sintió deseos de llorar.

—Largo de aquí —gritó.

El crío aferró la cámara y echó a correr.

Unos instantes después, cuando Nick se libró de la nostalgia que había hecho presa en él y miró la habitación, sintió otra vez una furia helada en el corazón, una cólera rabiosa. En el otro extremo de la L que formaba la estancia, sobre la cómoda, había un marco con forma de corazón y una foto de la boda de Armando y Faith Montera, sus padres. ¿Qué había salido mal?, se preguntó con amargura.

Los recuerdos familiares volvieron a él. Su padre había nacido en Veracruz, un puerto de mar en la costa caribeña de México. Armando Montera había sido un joven orgulloso, un profesor de la *raza,* la historia y la cultura mejicanos, cuando conoció a la maravillosa Faith. Era una secretaria *gringa,* de una naturaleza dulce y alegre, que había llegado a la ciudad para pasar unas vacaciones y pronto se enamoró de lo prohibido: una ciudad extranjera, un hispano apuesto y apasionado.

Faith sólo hablaba un español de turista y era virgen; se habían casado poco después de la primera noche de amor. Había sido un loco impulso, la llamarada de una gran pasión. Dios los había hecho completamente opuestos: la oscuridad y la luz, el fuego y la lluvia. Pero si se habían enamorado a pesar de sus diferencias, fueron justamente éstas las que acabaron matando ese amor.

Nick había nacido en Veracruz, durante el primer año del matrimonio. Pero Faith no podía vivir en México. Estaba enferma de nostalgia y Armando decidió desarraigarse y llevarla a Los Ángeles, pensando que de ese modo salvaría el matrimonio. En realidad, aquel viaje destruyó la vida de ambos. Él no pudo encontrar trabajo en las escuelas y era demasiado orgulloso para pedir ayuda. Finalmente terminaron en San Ramone,

donde Faith trabajaba como planchadora y Armando
hacía pequeñas chapuzas ocasionales. Su padre ya había
empezado a beber aun antes de la trágica muerte de su
mujer, pero después de eso todo empeoró. Consumido
por la amargura, violento, la emprendía contra todo,
especialmente contra su hijo, el símbolo viviente de su
fracaso. Nick había adorado a su padre durante los primeros años de su infancia, pero su cariño no pudo sobrevivir a los enloquecidos ataques, y se convirtió
pronto en temor y luego en desprecio.

Armando Montera había muerto de cirrosis hepáti-
ca hacía sólo dos años, pero Nick no había asistido al
funeral. Para entonces ya no odiaba a su padre; sencillamente no le importaba. Se había desprendido por completo de todo sentimiento hacia él cuando llegó a la
adolescencia.

Un fragmento de cristal en punta atrajo su atención.
Cediendo a un impulso lo cogió y empezó a trazar ga-
rabatos en el suelo de cemento. No había conseguido
escapar de aquel sitio. A la hora de la verdad, todas sus
pretenciosas fotografías y su estudio en Coldwater Canyon no valían una mierda. Como Manny, todavía era
una rata del basurero.

Una risa fría y furiosa le revolvió el estómago.

Nick Montera estaba haciendo realidad la profecía de su padre. Si lo condenaban por asesinato y lo enviaban a la cámara de gas la cumpliría por completo.
Como Jesús Ortega estaba cumpliendo su destino.
Como Manuel Ortega lo cumpliría más tarde. Pero
Nick Montera no iba a ir a prisión. Y mucho menos
pensaba morir. Mierda, eso sí que no iba a dejar que le
ocurriera.

Dibujaba marcando firmemente los trazos, obsesionado con los detalles de la figura, decidido a conseguir
una buena aproximación. Quería la curva de cisne de su
largo cuello y la fría perfección de la boca adorable.

Quería la belleza remota, la princesa que hechizaba a todos los hombres pero no cedía ante ninguno. Mientras marcaba el pliegue del lóbulo de su oreja donde el pendiente de oro penetraba en la carne, se sintió como si también él estuviera siendo penetrado.

Doctora Leigh Rappaport, pensó, contemplando su tosca creación. La niña de oro. La psicoterapeuta de la sociedad. Ahora era una mujer a la que él habría podido torturar a placer. Una mujer a la que podía odiar... o amar.

Su mano se cerró fuertemente apretando el trozo de vidrio y una punzada de dolor subió por su brazo. Lo dejó caer, con un grito gutural ahogado en la garganta. Mientras observaba la sangre que goteaba de su mano, se convenció de lo que tenía que hacer. Si no podía convencer al jurado de su inocencia, haría que creyese que algún otro era culpable. Y esa mujer, esa doctora hermosa e inaccesible, que se parecía a todas las otras mujeres que lo habían hecho sangrar, esa mujer iba a ayudarlo.

## 11

—¡Leigh! ¿Cómo marcha el libro? ¡Estamos todos tan entusiasmados aquí!

—Bien. —Leigh se aclaró discretamente la garganta, tratando de que su voz no sonara vacilante—. Marcha bien, Val. —Tenía la mano derecha ocupada con el auricular, de modo que intentó alzar su taza de café con la izquierda. Había estado esperando una llamada de Dawson; no sabía si atribuir a su buena suerte el que, en cambio, fuese su editora—. Todo va poniéndose en su sitio.

Sujetando como pudo la taza de café, Leigh presionó el asa con los dedos y trató al mismo tiempo de echar un vistazo a su reloj. ¿Qué hora era? Las siete de la tarde. Eso significaba que serían las diez en Nueva York. Val debía de estar telefoneando desde su casa.

—¡Fantástico! —exclamó Val—. Ya sabes que cuanto antes puedas enviarnos el manuscrito, tanto mejor. Ya tenemos *Impulsos prohibidos* programado para la primavera del año que viene. Y no veo la hora de leerlo.

—¡Oh, no!

—¿Qué ocurre, Leigh? ¡Leigh!

La taza de café se había derramado prácticamente

entera sobre el papel secante recién puesto en el escritorio. Todavía estaba rodando, mitad fuera y mitad dentro del borde cuando ella se inclinó a buscar la caja de Kleenex en uno de los cajones. Pero mantener el auricular en su sitio y extraer al mismo tiempo los pañuelos de papel de la ranura parecía una operación de logística imposible.

—¿Leigh? ¿Pasa algo malo?

—¡He volcado todo mi café! —dijo con desazón, tratando de secar la mancha—. ¡Soy tan terriblemente torpe!

El silencio al otro extremo de la línea hizo que el tono estridente de Leigh quedara aún más en evidencia. Debió de haber sonado, pensó, como si estuviera atacada por el síndrome premenstrual. Maldiciendo por lo bajo, arrojó al cesto el montón de papeles empapados en café.

Val carraspeó.

—Leigh, mi querida Leigh —dijo—. Esta llamada se supone que es para alentarte. Si ha surgido algún problema por tu parte, creo que deberíamos hablarlo. Estamos planeando para tu libro una campaña promocional orientada a las grandes superficies, y en todo esto el tiempo es fundamental. ¿Te parece que tendrás problemas con el envío del manuscrito? ¿Leigh...?

Leigh retiró el auricular de su oído y le sacó la lengua. ¿Mi querida Leigh? Si sabía perfectamente lo insensible que podía ser su editora. ¡Y su libro no sería esclavo de sus esquemas publicitarios!

La idea de montar una escena temperamental la hizo sonreír. Pero ella sólo era una terapeuta, una doctora en psicología que estaba escribiendo un libro sobre los métodos para desvelar los secretos de la psique a través del análisis de dibujos personales. Alguien con su formación profesional se suponía que debía dar un ejemplo de comportamiento adulto y responsable

184

—ése era al menos el papel que asignaba la sociedad— y en ningún caso ceder a esos impulsos prohibidos que estaba documentando. No era sorprendente que el sacar la lengua la hubiera hecho sentir tan bien. Debería probarlo más a menudo.

—¿Leigh? ¿Todavía estás ahí? ¿Se ha cortado la comunicación?

—Ha surgido un problema, Val —decidió admitir Leigh.

—Bien, dímelo, ¿qué es?

—El juicio a Montera. —Dio la vuelta a una segunda capa de pañuelos de papel húmedos para inspeccionar la mancha de café, y deseó no haberlo hecho. Nunca lograría quitar la aureola marrón de la cachemira y su oficina olía ahora como una cafetería—. Tengo la impresión de que estoy involucrándome demasiado. He estado pensando en retirarme del caso.

—Por Dios, Leigh, ¿qué dices? El país entero está completamente fascinado con Nick Montera y a ti te ha tocado en suerte evaluarlo. Es más que buena suerte: es casi un milagro. No debe de haber un solo psiquiatra forense en Los Ángeles que no desee estar en tu lugar. ¡Y parece hecho a la medida para un libro!

—Sí, supongo.

—¿Supones? Incluir a Montera en *Impulsos prohibidos* podría hacer que el libro pase de la categoría de libros de autoayuda directamente a las listas de bestsellers. Si quisieras, todo el libro podría girar alrededor de él. Puedes contar su vida, hablar de su infancia en el barrio. Créeme, Leigh, el público está esperando un libro así. Esto podría ser tan grande como el juicio Menéndez.

Leigh pensó en lo mucho que la habría reconfortado esa clase de estímulo sólo unas semanas atrás. Había pasado por épocas en que habría hecho cualquier cosa con tal de escapar de la sombra paralizadora de su madre. No se trataba de que quisiese emularla; no quería ni su fama ni su fortuna. Sencillamente quería poder separarse de ella de algún modo, y para lograrlo siempre le había parecido necesario conseguir éxitos propios. Su consejo a un paciente que se hubiese encontrado en su misma situación habría sido que buscase dentro de sí y que afianzara su autoestima en las pequeñas acciones cotidianas más que en la búsqueda de grandes logros. Lo habría instado a que se aceptara tal como era. Pero los doctores suelen ser los peores pacientes, y Leigh no era la excepción.

—Déjame que lo piense, Val, ¿está bien?

—¿Qué se supone que debes pensar?

Leigh se quitó las gafas de lectura y se restregó los ojos, que empezaban a arderle.

—Verás, me preocupa el aspecto ético del asunto. Sobre todo por el hecho de que es la vida de Montera lo que está en juego y fui requerida para servir a los intereses de la justicia, no para reunir material para un libro. Además, todavía no lo he examinado. Otras cosas se han... interpuesto.

—Pues ponte en movimiento de una vez. Vamos, vamos, hazle los tests y luego me llamas y me cuentas todas las perversiones y cada sórdido detalle de su vida sexual.

—Veo que te preocupa mucho mi dilema moral.

—Oh, Leigh, no puedes dejar de escribir ese libro. Es una oportunidad de oro. Inocente o culpable, todas las mujeres están fascinadas por él. Es tu obligación decirnos a qué se debe.

Creo que ya lo sé, pensó Leigh. Es hermoso, sensual y misterioso, y su sonrisa es como un relámpago. Y le teme a los amaneceres.

Con cierta reticencia, admitió que había otro aspecto a considerar en aquel asunto.

—Si es culpable, las mujeres deberían ser alertadas del modo de proceder de un hombre así, de la manera en que atrae a las víctimas hasta hacerlas caer en su red.

—¡Así se habla, Leigh! —exclamó Val.

—Por supuesto, deseo demorar esa parte del libro hasta que el juicio haya concluido, pero aun así no te prometo nada, Val.

Mientras su editora seguía infundiéndole ánimos, Leigh pensaba en otros asuntos aún más acuciantes que su ética profesional. Le molestaba que nadie, ni siquiera su novio, prestara atención a las sospechas de Paulie Cooper sobre Taggart. Pero sabía que no tenía sentido comentarle nada de eso a Val. Su editora quería un libro y no que se fuera por las ramas.

—Y bien, ¿por qué diferentes clases de mujeres tienen fantasías con ese hombre? —preguntó Val, interrumpiendo sus pensamientos—. Espero que lo expliques en el libro. ¿Puede hablarse de atracción por el peligro?

Leigh rió.

—¿Hablas de alguien que conocemos? Vamos, Val, confiesa... Ahora perdona, tengo que colgar. Alguien llama a la puerta.

En efecto, estaban llamando a la puerta, y parecía urgente. Leigh prometió a su editora que trataría de darse prisa con el libro, y luego de colgar el auricular fue al despacho delantero.

Al abrir la puerta se encontró, para su sorpresa, con la sonrisa ansiosa y un saludo de buenos días de Paulie Cooper.


Esa noche, Alec Satterfield había decidido dar rienda suelta a su costado hedonista. Envuelto en una bata de seda color púrpura y tendido en su sala como si de Calígula se tratase, se había rodeado de una bacanal para los sentidos: vodka helado, huevos revueltos y *rosti* con caviar Sevruga, suflé de limón, una sonata de Schubert sonando lánguidamente en el estéreo y un vídeo de Buñuel preparado por si no podía dormirse más tarde.

Sin embargo, no creía que dormir fuese un problema esa noche. La bebida de ciento veinte dólares ya estaba haciendo que se sintiese placenteramente soñoliento. Hundiendo su dedo en el cubo de plata con caviar, sacó un poco de la penetrante pasta negra y se lo llevó a la boca. Ambrosía, pensó, y dejó escapar un suave suspiro.

Era un hombre que disfrutaba de los placeres sibaríticos y lo único que probablemente habría añadido al menú de esa noche era un buen francés. Pero ya estaba demasiado relajado para ir en busca del teléfono. Aun el simple acto de telefonear a la agencia de acompañantes le parecía un esfuerzo, aunque la visita de alguno de aquellos muchachitos habría sido una interesante diversión.

Alec se consideraba afortunado de ser ecléctico en lo que a sus aficiones sexuales se refería. Era exigente en cuanto al aspecto físico de sus acompañantes, pero no a su sexo. Siempre que fueran negros, mulatos, o exóticos, podía pasarlo igualmente bien con hombres o mujeres.

—¿Quién anda ahí? —murmuró roncamente al advertir movimientos de una sombra cerca de la puerta de su dormitorio. Su ama de llaves, una mujer camboyana de unos cincuenta años y figura espectral, solía rondar de ese modo cuando quería llamar su atención.

—¿Interrumpo algo? —La voz era sarcástica e incuestionablemente masculina. Alec dio un respingo que lo arrancó de su tranquilo sopor y se incorporó, alarmado.

—¿Qué diablos está haciendo usted aquí? —masculló cuando su cliente más reciente entró en la sala.

Nick Montera era la encarnación de la peor pesadilla que pudiera soñar un ciudadano decente, apropiadamente blanco, anglosajón y protestante.

Así, salido de las sombras, parecía la vívida imagen del salvaje del barrio, listo para destripar al primer blanco que se cruzase en su camino sólo para sacarle la cartera. Llevaba la cabeza envuelta en un pañuelo a cuadros rojos, según la moda de las bandas callejeras. Los tejanos estaban hechos jirones, tajeados a la altura de las rodillas, y su camisa colgaba suelta y abierta, y una medalla de San Cristóbal brillaba en la penumbra destacando los músculos de su torso. Aún más amenazante era el cuchillo enfundado en su cinturón, que él dejó ver al meterse un pliegue de la camisa en los tejanos.

Si Alec hubiera tenido un revólver a mano, no habría vacilado en apuntarlo con él para que se fuera.

—¿Quién lo ha dejado entrar? —preguntó con voz algo temblorosa.

—Su ama de llaves.

—¿Con esa ropa? Me sorprende que no haya hecho sonar la alarma ni se haya puesto a gritar.

Por el rostro de Montera cruzó una sonrisa, tan oscura como su alma hispana.

—Por el contrario, creo que le gusto —dijo él—. Le he prometido que hablaría por ella con usted, abogado. Me ha dicho que no le aumenta el sueldo desde que empezó a trabajar aquí. He oído que el comité de la Asociación de Abogados no ve con buenos ojos que sus miembros empleen inmigrantes ilegales. He oído que han decidido reprobarlos públicamente.

Alec no pudo evitar enrojecer de furia. Su cliente tenía los modales de un animal. Si su instinto de autoconservación no hubiese sido tan agudo, habría intentado hacer sonar la alarma él mismo.

—No hablo de negocios en mi casa —lo interrumpió abruptamente—. Telefonee mañana a mi despacho y pida una entrevista. Y tenga la decencia de vestirse de un modo más civilizado.

La puerta del dormitorio se cerró violentamente cuando Montera entró de una zancada.

—Esto no llevará mucho tiempo.

Alec se puso de pie de un salto y se ajustó precipitadamente la bata.

—Fuera de aquí. Debí dejar que lo encerrasen hasta el juicio.

—Lo que debería hacer, abogado, es darme diez minutos de su tiempo. —Los ojos de Montera eran tan fríos y oscuros como las gafas de sol que asomaban del bolsillo de su camisa.

—¿Qué quiere decirme?

—Sé quién mató a Jennifer Taryn.

Alec no pudo reprimir un gesto irónico al oír aquello.

—¿Alguien distinto de usted?

—Fue su ex novio, Jack Taggart.

—¿Tiene alguna prueba?

—Taggart es un policía. De homicidios. Tenía el motivo y la capacidad, y tuvo la oportunidad.

Alec extrajo la botella de vodka del cubo de hielo y tomó un trago del explosivo líquido directamente del pico. Los ojos se le llenaron de lágrimas y a duras penas pudo hablar cuando miró otra vez a su cliente.

—¿De qué me está hablando, Montera? Explíquese; y espero que sea una explicación buena.

—¿Qué mejor que ser un policía de homicidios para cometer un crimen y fraguar las evidencias de modo que otro parezca el culpable?

—¿Está diciendo que Taggart quiso inculparlo a usted? ¿Que estranguló a Jennifer Taryn e hizo que pareciese que lo había hecho usted? ¿Por qué se tomaría tanto trabajo? Él, o cualquier otro.

Montera le contó brevemente la historia de su relación de adolescencia con Jennifer Taryn y cómo años después ella se había enredado con Taggart y finalmente lo había dejado para intentar que él la perdonase.

—Ella me dijo que en más de una ocasión él la había amenazado con matarla si lo dejaba —explicó—. Es un hijo de puta violento; le pegaba, abusaba de ella, y tenía unos celos enfermizos. Ella se sentía atraída por esa clase de hombres, hombres que la dominaran por completo.

—¿Eso lo incluye a usted? —Alec volvió a sumergir la botella en el cubo, tendió la mano en busca de una servilleta y secó una línea húmeda sobre el labio superior—. Son sus huellas, Montera, las que hallaron por todo el cuerpo. Y usted admitió que había tenido una relación sexual con esa mujer.

—Ya le he explicado que ella estaba borracha. No quería dejarme ir.

Alec señaló la pulsera con forma de serpiente de Montera.

—Esa pulsera hace juego con el anillo que según usted le robaron, ¿verdad? Me sorprende que la policía no la haya confiscado.

—Confiscaron la pulsera original. Me hice fabricar otra.

—¿Por qué?

—Tiene un significado especial.

—¿Era un recuerdo de familia? ¿Un regalo?

—No precisamente. El significado es simbólico.

Alec miró fijamente a su cliente.

—¿Qué pasó con ese anillo, Montera? Su declaración de que se lo robaron es algo endeble.

Montera se quitó el pañuelo de la cabeza y sacudió su mata de pelo negro, como si lo liberara. Los músculos de su mandíbula sobresalieron, cortantes.

—Le he dicho lo que ocurrió.

Su voz fue tan áspera que Alec se estremeció. Todo en ese hombre inspiraba, de alguna forma, temor. Era como un dique lleno de dinamita, a punto de explotar. Alec tiró del cinturón de su bata y volvió a atar un lazo incómodamente apretado mientras caminaba de nuevo hacia el cubo de hielo. Quería otro buen trago de vodka, pero al mismo tiempo sabía que necesitaba mantener alerta todos sus sentidos.

—Bien, déjeme ver si lo entiendo —dijo, evitando cuidadosamente la mirada impávida de Montera—. Al parecer, lo que usted quiere decir es que fue Taggart quien robó el anillo. Deliberadamente planeó estrangular a la Taryn, marcarla después con su anillo y, finalmente, disponer el cuerpo en el modo en que usted la fotografió en una ocasión.

Montera guardó el pañuelo rojo en uno de los bolsillos traseros de sus tejanos.

—Eso es.

Alec suspiró.

—¿Fue pura casualidad o también planeó asesinarla la misma noche en que usted y ella riñeron?

—Taggart es un policía. Estaba esperando a que llegara su oportunidad. Sabía que podía presentarse en cualquier momento.

—¿Lo sabía? ¿Sí? ¿Cómo podía saberlo?

—Conocía a Jennifer. Ella era emocionalmente inestable. Disentía y reñía por todo. Él sólo tuvo que hacer una discreta vigilancia. Seguirnos; mirarnos. Esperar.

—¿Y su móvil?

—Jennifer lo dejó por mí. El móvil es la venganza. Y ¿qué mejor venganza que matarla a ella y cargarme el cadáver a mí?

—Usted está describiendo el razonamiento de un psicópata.

—Estoy describiendo a Jack Taggart. He echado un

vistazo a su hoja de servicios. En un par de ocasiones lo han acusado de empleo indebido de violencia.

Alec paseó por la habitación, no muy feliz con todas esas informaciones. Estaba sopesando varias estrategias de defensa diferentes, incluyendo la posibilidad de que alguien hubiera querido inculpar a Montera, pero ésa no era la línea que prefería.

—¿Y por qué no me contó toda esta historia antes? —preguntó.

—Porque tenía la esperanza de que fuera usted el que atara cabos. He sido un estúpido, ¿verdad?

Alec se sentía cada vez más irritado.

—Realmente cree que puede hacer este trabajo mejor que yo, ¿no es cierto? ¿Cómo fue tan tonto como para contratarme si pensaba que yo era un imbécil?

Una expresión de desprecio hizo brillar los ojos de Montera.

—Usted no es un imbécil, Satterfield. Ocurre, sencillamente, que no está motivado. Pero yo sí. Es mi vida lo que está en juego. Quiero que me defienda como si la suya también lo estuviera. ¿Me entiende?

Alec se pasó la lengua por los labios y miró hacia el cubo con la botella de vodka. El hijo de puta haría que acabase borracho.

—Tengo algunas ideas —dijo—. Responsabilidad reducida, por ejemplo. Podemos argumentar que usted no era responsable de lo que hacía, que había estado bebiendo y que ella lo provocó en el transcurso de una discusión y...

—¡Por el amor de Dios! —estalló Montera—. ¿Para qué molestarse en ir al juzgado? ¿Por qué no me pone ahora mismo las esposas? ¡Responsabilidad reducida es admitir que lo hice yo, gilipollas!

—¡Tranquilícese! —Alec alzó una mano—. He dicho que era una posibilidad. Tengo otras.

—¿Cuáles?

—Destruir la evidencia que presenten, desacreditar a sus testigos...

—A los forenses —lo interrumpió Montera—. Muéstrele al testigo pericial la fotografía ampliada del cuello de una mujer con la marca de la cabeza de serpiente. Pregúntele si podría ser la misma marca que apareció en el cuello de Jennifer. Cuando diga que sí, revele cómo se hizo esa marca: con una gargantilla azteca labrada a mano, similar a los que solía usar Jennifer.

Alec lo contempló con estupor.

—No está mal —admitió con un gesto de asentimiento.

—Claro que no está mal. Al menos es mejor que esa mierda de responsabilidad reducida. Y en adelante, no se le ocurra dar ningún paso sin consultarme. Si me consulta nos llevaremos bien.

Montera fue hacia el cubo. La botella salió de las profundidades del hielo, pero no volvió a su sitio. La última vez que Alec la vio estaba en la mano de Montera, que hacía un saludo desafiante.

Cuando Montera se hubo marchado, Alec miró otra vez, todavía incrédulo. Al cerrarse la puerta, se acercó al cubo vacío. ¡Se la había robado! Recogió algo de escarcha en la mano y se la llevó a la boca reseca. Masticando los trocitos de hielo examinó con desconsuelo los restos de su cena.

La treta de Montera para desacreditar al testigo pericial era verdaderamente ingeniosa. Pero ¿por qué diablos el hijo de puta insistía en que el verdadero culpable era un policía? Idear una estrategia de defensa en torno a esa posibilidad sería digno de un episodio de *Misión imposible*. Caería sobre él la furia conjunta de todas las fuerzas legales y policiales, el Departamento de Policía de Los Ángeles, las más altas instancias gubernamentales... Incluso, quizá, el mismísimo gobernador. Además, los motivos de Taggart no eran convincentes, a menos que el policía estuviera loco de remate.

Alec sentía la furia crecer en su interior a medida que estudiaba las implicaciones del plan de Montera. No era la salud mental de Jack Taggart lo que debía preocuparlo. Estaba llegando a la conclusión de que o bien su propio cliente necesitaba una camisa de fuerza, o bien era culpable sin atenuantes. Posiblemente, ambas cosas a la vez.

## 12

—Ah... Hola. —Leigh saludó con cierta reticencia.
De pie en el umbral de la puerta, trató, vacilante, de
pensar en una manera educada de librarse de su visitante—. Paulie Cooper, ¿verdad? ¿Se trata de algo urgente? Me disponía a marcharme a casa.

Paulie bajó la vista a su reloj y los grandes números
negros sobre el verde luminoso de la esfera le confirmaron que eran pasadas las siete.

—Es tarde, ¿verdad? —se apresuró a reconocer—.
Pero me alegra que aún no se haya ido. Estaba cenando
en un pequeño restaurante italiano, cerca de aquí. ¿Ha
ido allí alguna vez? Tiene que probar el *minestrone* con
mejillones y azafrán, ¡es magnífico! —Rió y extrajo
mágicamente una servilleta de papel del bolsillo de su
chaleco dorado, para tocarse las comisuras de los labios
en una graciosa imitación de un consumado *gourmet*—.
En fin, cuando salía vi luz en la ventana de su despacho
y he pensado que aún estaría aquí.

Leigh sonrió a su pesar. Paulie Cooper, pensó,
siempre lograba desarmarla, pero esta vez estaba decidida a no dejarse enredar en otra conversación sobre
Nick Montera.

—Mala sincronización —se disculpó—. Acabo de
dar por concluida mi jornada laboral. He tenido mucho
trabajo hoy.

—Comprendo. —Paulie cerró sobre la servilleta sus delicados dedos, como si estuviera a punto de tirarla—. De lo contrario, ¿por qué se habría quedado hasta tan tarde? En realidad, yo sólo quería saber si ha seguido la pista sobre lo que le conté acerca de Jack Taggart.

Leigh advirtió que había algo diferente en Paulie Cooper, pero no podía decidir qué era. Su chaleco dorado, sus pantalones de corte masculino y una corbata flojamente anudada hacían un contraste perfecto con su abundante cabellera rojiza, que caía seductoramente sobre sus ojos intensamente azules. En todo caso, se la veía aún más hermosa que la vez anterior, pero Leigh tenía un ojo experto para los detalles... y algo había ocurrido.

—He hablado con una persona de la oficina del fiscal acerca de ello —dijo Leigh, confiando en que esa respuesta fuese suficiente.

—Sí... ¿y?

—Nada por el momento. He transmitido la información que usted me dio. Eso es todo lo que puedo hacer. Son ellos los que deben actuar en un sentido o en otro.

—Pero no se moverán en ningún sentido, doctora. Taggart es policía, y los policías forman una especie de hermandad. Usted sabe cómo se protegen mutuamente. —La servilleta se agitó en su puño, como si no quisiese ser estrujada—. ¿Con quién ha hablado?

—No creo que sea algo que usted deba saber, Paulie. En realidad, no debería hablar más de este caso con usted. He hecho lo que he podido. —Era una frase que no le gustaba usar, pero no veía otra alternativa—. Lo único que nos queda por hacer es esperar a que la justicia siga su curso.

Se volvió para cerrar la puerta, pero Paulie la rodeó rápidamente y apoyó una mano en el marco.

—Doctora, no puede estar hablando en serio. Sabe perfectamente que Nick Montera es un ex convicto salido del barrio. Es un hispano acusado de asesinar a una mujer norteamericana blanca, la hija de una familia prominente. ¡Si dejamos esto en manos de la justicia, acabará en la cámara de gas!

—Lo siento, pero no hay nada más que yo pueda hacer.

—Sí que lo hay; usted es la novia del fiscal del distrito, ¿verdad? He leído en algún lado que están comprometidos.

—¿Dónde ha leído eso?

—En un periódico, el *Times,* creo. Ustedes dos fueron juntos a un partido de polo para alguna asociación de caridad. Y si es la prometida del fiscal, tiene que tener alguna influencia sobre él.

Evidentemente, no, pensó Leigh. Dawson no había parecido interesado en absoluto en la teoría de Paulie cuando Leigh la había expuesto en aquel almuerzo.

—Usar mi relación con Dawson para influir en el resultado de un juicio sería una grave infracción ética. En lo referente a los procedimientos legales, se supone que los testigos periciales deben ser neutrales. Exponen lo que han descubierto, lo interpretan para el jurado y eso es todo.

La servilleta estrujada de Paulie había caído al suelo, entre las dos.

—Entonces su novio es realmente el fiscal —dijo—. ¿Su nombre es Dawson Reed?

—Sí... ¿por qué?

Paulie miró a Leigh a los ojos y luego bajó la vista, como si tratase de decidir si debía continuar o no.

—¿Sabía que Dawson Reed tuvo una relación con Jennifer Taryn?

—¿Qué? —Si Leigh no se hubiera aferrado al marco

de la puerta, la impresión la habría hecho perder el equilibrio.

—Es la verdad —dijo Paulie—. Se conocían... íntimamente.

—¿Íntimamente? —Ahora Leigh estaba, más que asombrada, irritada—. No es posible.

¿De qué clase de truco se trataba? Paulie sin duda estaba desesperada por encontrar el modo de ayudar a Montera, pero eso no era motivo para que tratase de involucrar a Dawson. Sonaba ridículo.

—Es la verdad —insistió Paulie—. Hace varios años Jennifer y yo compartimos un apartamento durante un tiempo. No podíamos encontrar trabajo suficiente como modelos como para pagar el alquiler, así que conseguimos empleos temporales, buscamos un apartamento en la ciudad y dividimos los gastos.

Leigh la interrumpió con impaciencia.

—Usted ha dicho que ella tuvo una relación con Dawson. ¿Qué fue exactamente?

—Bien, quizá utilicé una palabra equivocada. Realmente nunca la vi con él en el apartamento, pero él dejaba mensajes en su contestador. Yo estaba allí a veces. Incluso la oí devolver una llamada y hacer planes para encontrarse con él.

Leigh estaba dividida entre el impulso de acribillar a Paulie a preguntas y el poderoso deseo de desechar todo el asunto.

—Estoy segura de que mi novio no es el único Dawson Reed en el sur de California.

Paulie se encogió de hombros.

—Es un hombre infrecuente. ¿Cuántos otros podría haber?

—Usted debe de haber entendido mal —dijo Leigh con tono áspero. No iba a permitir que también aquello echara raíces y creciera como las otras semillas que Paulie había sembrado en ella. Lo que realmente quería, se dio cuenta, era que se marchase. Paulie no había hecho más que complicarle la vida.

—Jennifer me contaba sobre todos los hombres con los que estaba —le reveló Paulie—. Incluyendo a Nick y todo el follón con él. Incluso me confesó que había mentido en el juicio y que se sentía culpable por ello. Pero nunca mencionaba a Dawson. Era como si quisiera mantenerlo en secreto por alguna razón.

—No. —Leigh sacudió la cabeza—. Debía de tratarse de otro. Y ahora, debo marcharme.

—Sí, sí. —De mala gana, Paulie empezó a retroceder. Con una rápida sonrisa de desamparo intentó por última vez hacer cambiar de opinión a Leigh—. Están persiguiendo al hombre equivocado, doctora. Hable con su novio, por favor. Dígale que está al corriente de su relación con Jennifer.

Leigh cerró la puerta y se tomó un momento para poner en orden sus ideas, la mano inmóvil en el picaporte y la frente apoyada contra la madera laqueada. Se sentía como arrancada del suelo, de las paredes, de todo lo que la sostenía. El corazón le latía violentamente. Necesitaba un momento, un momento más.

Pero le tomó largo rato volver a respirar con cierta calma. La servilleta que había dejado caer Paulie estaba al lado de su pie, y Leigh se agachó a recogerla, tratando de no pisarla. Tenía el nombre «Nick» garabateado una y otra vez. Se dio cuenta de que Paulie todavía estaba loca por él. Obsesionada.

Mientras miraba el nombre escrito en la servilleta, supo de pronto qué había visto de diferente en Paulie. ¡Sus uñas! Estaban roídas casi hasta las yemas. La vez anterior las llevaba largas, cuidadosamente pintadas del mismo color que su lápiz de labios. Tal vez fueran falsas, pero Leigh habría jurado que eran auténticas.

Ese detalle disonante la condujo a un razonamiento

más perturbador. Desde el principio ella había creído que el motivo por el que Paulie quería ayudar a Montera era la publicidad que obtendría al ver su nombre mezclado con el de él. Nick Montera se había convertido en el héroe oscuro de los medios de comunicación, un misterioso amante latino cuyo supuesto poder sobre las mujeres a las que fotografiaba había sido divulgado hasta el hartazgo. Varios periódicos y publicaciones, incluyendo *Newsweek,* habían recogido la declaración de Paulie sobre «sexo sobrenatural» y la citaban en los títulos y las entradillas. ¿Qué modelo en Los Ángeles no habría estado tentada de sacar ventaja de esa oportunidad de oro para llamar la atención de todo el país?

Leigh quería deshacerse de la condenada servilleta. Las ideas se sucedían a mayor velocidad de lo que podía considerarlas. ¿No era probable que la misma Paulie tuviera un motivo para asesinar a Jennifer Taryn? ¿Envidia, el viejo monstruo de ojos verdes? Había empujado a otras mujeres a cometer actos aún más demenciales que el asesinato, y si Paulie había querido despejar el camino para su relación con Nick...

Mientras Leigh estudiaba la caligrafía intrincada y los trazos exagerados de la modelo, se dio cuenta de que había un problema en esa teoría. Si Paulie quería quitar a Jennifer de en medio para tener a Montera para sí, ¿por qué había dejado rastros que inculpaban a Nick? No tenía sentido si su intención era atraerlo de nuevo hacia ella. No puede gozarse de una relación con un hombre que está en el corredor de la muerte.

Leigh abrió y cerró la mano, apretando la servilleta. Tenía una sensación no muy confortable en el estómago, algo muy parecido a la náusea. El caso Montera se complicaba por momentos. Tenía tentáculos que parecían extenderse hacia todos los costados para atraparla, sin importar cuán decidida estuviese ella a escapar.

Quería lograr pensar en el asunto como algo que pudiera resolver de una vez y para siempre en el recinto de un juzgado. Dar su testimonio y que ése fuera el fin de su compromiso. Pero no era tan sencillo. Había otra gente involucrada, de formas que ella no alcanzaba a comprender, incluido su propio prometido. Si Dawson había tenido en el pasado una relación con Jennifer Taryn, ¿por qué nunca se lo había mencionado?

Hubo un entrechocar de llaves a lo lejos y el ruido de una puerta que se abría. El gimoteo eléctrico de un aspirador le indicó que el servicio de limpieza del edificio había llegado a su piso. Era tarde y ella estaba exhausta. Cuando salió de su despacho pasó por delante del escritorio de su secretaria y se detuvo a tirar la servilleta en la papelera de Nancy. Ese pequeño acto restauró en parte su autocontrol, pero no bastó para desterrar los sombríos pensamientos que se arremolinaban en su mente. ¿Cuánto más sabía Paulie Cooper sobre el caso Montera que no había revelado?

Nick se quitó los guantes desechables y los dejó caer en el cubo de basura del cuarto de revelado. Varias copias en tono sepia, todavía húmedas, colgaban alineadas delante de él. El aire olía a los sulfuros del revelador, pero Nick apenas lo notaba mientras estudiaba las imágenes una por una. Estaba satisfecho con las últimas. La había atrapado en otro momento pensativo, había logrado captar el rayo de luz que ocultaba en sombras la mitad de su cara y hacía que pareciese recelosa y vulnerable, y la leve sombra que nublaba sus ojos grises cuando estaba preocupada. O contemplando gatitos.

Ella llevaba su bicicleta por la acera esa mañana y se había vuelto de repente para mirar directamente al objetivo de su cámara. No podía haberlo visto, por supuesto. Él había estado escondido en el patio desierto de un restaurante frente a la playa, a más de cincuenta metros de distancia. Pero su corazón se había detenido al apoyar el dedo en el disparador.

La quería de ese modo, con ese gesto. Mitad en luz, mitad en sombras. Había sentido el impulso de ir hacia ella y tocar la cara encantadora y solemne, sólo una leve caricia, algo fugaz que habría incrementado el dolor de su deseo. Aquel deseo era el mismísimo infierno, una navaja afilada revolviéndose en su estómago, pero no había hoy ningún otro sentimiento en él. El ansia de castigarla que lo había hostigado ya no estaba allí, o al menos estaba aletargada, y él podía dejarse llevar por esa sensación agónica. Al fin y al cabo, por un instante ella le había hecho olvidar quién era. El día en que, en su despacho, lo había animado a hablar de su trabajo, él se había sentido otra vez como un niño, hambriento pero lleno de esperanzas. Jesús, pensó, eso sólo era razón suficiente para odiarla.

Ahora, contemplando las fotos suspendidas en el mar rojo de su cuarto, sintió que el dolor volvía, dulce y punzante. Con los ojos cerrados, pasó la mano debajo de su camiseta de algodón, frotando distraídamente la línea oscura que dividía el vello de su vientre. Tenía que tocar algo, y si no podía ser ella...

Mientras deslizaba la mano por su abdomen, por el nudo endurecido de su tetilla y por el promontorio de sus bíceps, dejó que el anhelo lo inundara una vez más antes de cortarlo con un suspiro.

—Jesús —resopló abriendo los ojos.

Sabía lo que pasaría ahora que el deseo había cauterizado. La energía reabsorbida se dirigía directamente a la ingle. Lo inflamaría como un fuego y tendría una terrible erección. Dios, las noches que había permanecido despierto boca arriba en la cama, ardiendo de deseo por una mujer pero incapaz de procurarse otra que no fuese ella.

Ella... el placer atormentador, insano... sabía cada mínimo detalle sobre esa clase de locura... los muslos abiertos, los suspiros entrecortados, los pechos pequeños y bien formados... Su cuerpo lo había llamado en sueños, pero cuando despertaba no encontraba más que su miembro vibrando de excitación y debía darle el alivio miserable que clamaba.

Ahora mismo la tentación de deslizar su mano por debajo de los pantalones del chándal era casi irresistible. La tela de algodón gastada por el uso acariciaba su lenta erección tan suavemente como la mano de una mujer. Si su estado de ánimo hubiese sido otro podría haber disfrutado con una sensación así, pero ahora se sentía como un hombre en agonía... muriendo por tocarla, muriendo a causa de ella.

Un agudo alarido arrancó a Nick de sus distracciones eróticas. El estrépito atronador que siguió hizo que volviese por completo a la realidad. La luz en el cuarto de revelado vaciló. Nick encendió la luz de seguridad, que empezó a parpadear fuera de control.

Un espectáculo caótico lo esperaba cuando abrió la puerta. *Marilyn* volaba por la habitación en raudos saltos, las orejas erizadas, las uñas rayando el suelo brillante, que reflejaba cada movimiento como un espejo. Estela trataba de atraparla y corría en círculos afanosamente para ajustar cuentas con la gata. En el otro extremo de la habitación un mueble había sido volcado. Había pedazos de cuerda, tornillos y rollos de cinta aislante dispersos por toda la habitación. Un par de estuches con cámaras viejas había caído también.

—¡Ay, Dios mío! —gritaba Estela maldiciendo a la gata y agitando las manos en el aire.

—Dios mío —murmuró Nick. Evidentemente, *Marilyn* había estado explorando ese mueblecito desvencijado donde él almacenaba objetos de recambio y material sobrante y finalmente había logrado tumbarlo.

Nick se estremeció cuando Estela empezó a ocuparse de los destrozos, tratando de reunir todas las piezas dispersas.

—Qué *pendejada* —gruñó mientras se inclinaba trabajosamente a recoger una Nikon F4—. Mira esto. ¡Qué desastre!

—¡Estela! —ordenó Nick—. ¡Deja esa cámara! ¡Déjalo todo!

Asustada, la mujer dejó caer la cámara y retrocedió espantada.

—¿Está loco? —murmuró—. ¿Se han vuelto todos locos aquí?

—Yo me ocuparé de ordenarlo todo —dijo Nick mientras se acercaba a ella enfatizando cada palabra—. Continúa con lo que estabas haciendo. Vamos, sal de aquí. Debes de tener otras cosas que hacer.

Ella intentó abofetearlo, temerosa de que él fuese a darle un golpe, pero Nick la cogió por el brazo y casi la alzó en el aire, algo más violentamente de lo que se había propuesto.

—¡Bastardo! —gritó ella, corriendo hacia la puerta apenas consiguió zafarse. Sus temblorosos e indignados insultos llenaron la habitación y cuando llegó al umbral se volvió y alzó, desafiante, el dedo medio de la mano derecha. Toda la furia de su moral católica estaba contenida en ese gesto obsceno. Pareció complacida de sí misma y le dirigió una mirada feroz.

Cuando finalmente se hubo marchado, Nick se permitió una sonrisa tan rápida como fría. Escuchó hasta que sus pasos se alejaron por el pasillo y cuando estuvo seguro de que no volvería, cerró la puerta del estudio, echó el cerrojo y fue a recoger la cámara que había caído a los pies de Estela, la que ella había estado a punto de revisar.

La Nikon había resultado algo dañada al caer, pero no era eso lo que preocupaba a Nick. El obturador del zoom de 400 mm colgaba flojo, y se soltó cuando Nick lo tocó. Golpeó la lente en un ángulo agudo y un envoltorio del tamaño aproximado de una caja de cerillas cayó en su palma. La cabeza plateada de una serpiente era claramente visible a través del plástico transparente.

Una luz roja bailó delante de los ojos de Nick, presagiando otro terrible dolor de cabeza. Su mano se cerró, rompiendo una de las lámparas que había recogido. El músculo de su brazo se contrajo mientras cerraba la mano en torno al paquete y maldecía por lo bajo. Aquella era la prueba que todos estaban buscando, la que podía enviarlo a la cámara de gas. Debería encontrar un lugar más seguro donde esconder el anillo.

## 13

Una aguda explosión de estática en el interfono anunció a Leigh que su secretaria la llamaba.

—¿Doctora Rappaport? —dijo Nancy casi sin aliento—. Es el señor Reed en la línea uno, que contesta a su llamada.

—Gracias, Nancy. —El dedo de Leigh se detuvo en el aire sobre el parpadeante botón.

—¡Espere! —la había interrumpido Nancy—. Su paciente también está aquí. Me refiero a Nick Montera. ¿Debo decirle que aguarde?

Leigh no se decidía a pulsar el botón. Era la llamada que había estado esperando. Ella y Dawson necesitaban hablar. Ella había estado cubierta de trabajo —igual que él, sin duda—, pero había algo que debían arreglar. No había podido contactar con él desde su charla con Paulie el día anterior.

La luz parpadeaba con insistencia. Leigh casi podía sentir la impaciencia de Dawson, pero aun así apartó la mano. No era el momento adecuado para una discusión que podía complicarse, no cuando necesitaba toda su concentración y energía para la sesión que se avecinaba.

—Nancy, por favor, pregúntale a Dawson si puede cenar conmigo esta noche, ¿quieres? —pidió—. Si no tiene inconveniente, concierta una cita en la *trattoria* italiana de aquí abajo. Gracias.

—¿Y qué ocurre con su paciente? —preguntó Nancy.

—Dame un minuto más antes de hacerlo pasar.

Cuando el interfono se apagó, Leigh presionó con el dedo meñique la yema de su pulgar, una técnica de autosugestión poshipnótica ideada para restablecer la calma. En segundos sintió que empezaba a respirar más profundamente y que los músculos de los hombros se relajaban. No había usado la técnica en años, pero afortunadamente todavía parecía funcionar. Se sentía preparada para todo ahora, incluso para Nick Montera.

Había reducido la serie de tests a que pensaba someter a Montera a un cuestionario de personalidad y dos tests proyectivos, uno de ellos de diagnóstico que había desarrollado con su director de tesis en Stanford. Nancy podía encargarse del cuestionario de personalidad, ya que era un examen tipo test.

—Psst —susurró Nancy en el interfono—. Preparada o no, allí va.

Leigh apoyó los codos en los brazos del sillón y miró la puerta con expectación, complacida de lo relajada y profesional que se sentía. Apenas sí experimentó sorpresa cuando Montera abrió la puerta y entró. La primera impresión de Leigh fue de altura y poder, de vívidos contrastes. Llevaba puesto un traje oscuro cruzado, de corte elegante, con un jersey de cuello cisne color crema que tocaba la fuerte y angulosa mandíbula.

El traje, que parecía hecho por un modisto europeo, debería haberle dado un aspecto más civilizado, pero en lugar de ello enfatizaba la fuerte estructura ósea, los ojos azules y las largas pestañas negras. Llevaba el pelo flojamente recogido en una coleta, lo que le daba un aspecto afable y siniestro, a la vez, como un gángster con *savoir faire*. Era la clase de hombre por el que una mujer se pondría de rodillas sobre los cristales rotos, reconoció Leigh, aunque nunca jamás lo admitiría ante él ni bajo amenaza de tortura.

Estaba algo intrigada por la elección del vestuario, que parecía de anuncio publicitario. Al parecer, Nick Montera cambiaba de personalidad con la naturalidad de un camaleón, pero en su caso, ¿sería sencillamente por instinto de protección o el indicativo de alguna disfunción más profunda, como sociopatía? Podía ser seductor cuando le convenía y era claramente inteligente. Su temprana conducta criminal parecía dar otra clave, así como su evidente aversión a toda idea de autoridad. Muchos de los rasgos típicos concurrían en él, pero Leigh había decidido no precipitar ninguna conclusión hasta que tuviera los resultados de los tests.

—Si quiere tomar asiento... —dijo al tiempo que deslizaba hacia abajo las gafas de montura de concha para repasar por segunda vez todos los materiales que usaría para el primer test—. Me gustaría empezar cuanto antes.

—Bien... a mí también.

Ella lo miró con recelo, a la espera de detectar una expresión irónica o algo más directamente sexual en su sonrisa. Pero no había nada de eso. Él sonreía con la clase de cortesía civilizada que un adulto muestra a otro en una situación potencialmente embarazosa. Leigh parpadeó, y devolvió la sonrisa. Nick parecía dispuesto a jugar el juego del paciente ideal y la psicóloga reservada. Eso prometía ser un cambio estimulante.

—Voy a mostrarle unas fotografías, señor Montera —le dijo— y me gustaría que usted escribiera una historia sobre cada una de ellas, una historia corta que pueda corresponder a lo que la fotografía muestra...

—Leigh era consciente de que Nick la observaba mientras ella seguía explicándole que debía tratar de relatar los hechos que habían conducido al evento que la foto mostraba, lo que estaba ocurriendo en el instante de hacer la foto y alguna derivación posible—. Escriba lo que acuda a su mente. No se detenga a analizarlo. Necesito su primera reacción, ¿de acuerdo?

—Tu pendiente —dijo él.

—¿Qué? —Un tendón se contrajo en la mano de Leigh.

Nick se echó hacia atrás en su silla para observarla.

—Aún no te has tocado el pendiente. Siempre haces ese gesto cuando te sientes amenazada, como si te diese seguridad. ¿Significa que hoy no necesitas hacerlo para sentirte segura?

Leigh se dio cuenta de que el camaleón había cambiado las ropas, pero no los modos.

—Yo soy el doctor aquí, señor Montera —dijo Leigh—. Por favor, trate de recordarlo, así podremos continuar. —Se quitó las gafas, las dejó sobre el escritorio y luego levantó la primera foto, que mostraba a un niño contemplando un violín en una mesa, delante de él—. ¿Qué viene a su mente cuando mira esta foto?

Nick arqueó las cejas en una cómica expresión de dolor.

—Que podrían haber encontrado un fotógrafo con más imaginación.

—Usted tiene que proveer la imaginación, señor Montera. Tome, escriba sobre lo que ve. —Le entregó una libreta y un lápiz—. Pero no se concentre en consideraciones estéticas. No estoy midiendo su gusto artístico. Describa cómo se siente el niño, qué puede estar pensando.

Él se puso a escribir de inmediato, con una rapidez y una espontaneidad que complacía mirar. No hacía preguntas ni intentó hacer otro comentario sobre lo que veía, sencillamente escribía lo que acudía a su mente, tal como ella le había pedido. Para cuando terminó con el primer grupo de fotos, el penetrante aroma a café recién hecho llegaba hasta el despacho, y Leigh sugirió hacer una pausa.

—¿Qué le parece si tomamos algo antes de empezar con el próximo test? —preguntó—. Creo que Nancy nos ha preparado una taza de café.

Él sonrió.

—Huele a trufas de chocolate.

—Nueces de macadamia, su especialidad.

Leigh se levantó y fue por el café; cuando volvió, Montera estaba de pie al lado de la ventana, observando las tortugas en el terrario.

—Te gustan los animales, doctora, ¿verdad? —le preguntó cuando ella se acercó a él con la taza humeante.

—¿Por qué lo dice? —Leigh tomó precauciones para asegurarse de que los dedos no se tocaran cuando le entregó la taza de café, luego retrocedió de inmediato, regresó a su escritorio. Su idea era mantener la conversación en un registro cordial, pero profesional.

—Sólo un presentimiento —dijo él—. Pareces la clase de persona que recoge animalitos abandonados. ¿Perros o gatos?

Leigh tomó un sorbo de café, no muy segura del giro que él intentaba dar a la conversación.

—No, no tengo animales, excepto estas tortugas —dijo—. Pero sí, me gustan, en eso ha acertado.

—¿Tienes preferencia por alguno en particular?

—Me gustan todos, creo.

Mientras Nick la observaba, su cabello negro absorbía la luz que entraba por la ventana.

—Nombra sólo uno, con eso me basta.

—Bien, déjeme ver... —Mantengamos al paciente contento, pensó Leigh, sobre todo porque aún queda-

ba un test por hacer, y quería preservar esa nueva atmósfera de cooperación y confianza—. Los halcones,
por ejemplo. Sí, los halcones. Me gusta el modo en que
remontan el vuelo. No están ligados a lo terrestre. Son
totalmente libres.

—Curioso... ¿Y los caballos?

—¿Qué pasa con los caballos? —dijo ella con una
sonrisa—. ¿Está haciendo un estudio de mercado para
invertir en forraje?

—No —dijo él, y se encogió de hombros—. No
creo demasiado en los estudios de mercado.

—Me gustan los caballos, sí —dijo Leigh. Se sentó
en el borde de su escritorio y sostuvo la taza de café con
ambas manos, disfrutando del calor que se transmitía a
sus dedos helados—. Pero entre los animales terrestres,
creo que me quedo con la leona.

—¿La reina de la jungla?

Leigh inclinó la cabeza como si se resistiera a revelar un secreto largamente guardado. Pero sólo dijo:

—Nadie se mete con mamá leona.

—Halcones, leonas, y... ¿qué más?

—Creí que había dicho que con uno le bastaba.

—Uno más, hazlo por mí.

—Muy bien —dijo ella suspirando—. Probablemente los topos.

—¿Los topos? ¿Por qué, por amor de Dios?

—Son tan feos y desamparados, los pobrecillos. No
imagino quién puede quererlos... ni siquiera la madre.

La sonrisa de él le reveló que había quedado intrigado.

—¿He aprobado el test? —preguntó ella.

—No lo sé. Dímelo tú. —Él imitó su postura,
apoyándose en una estantería a sus espaldas y rodeando
la taza de café con las dos manos—. Tu primera elección, el halcón, representa cómo querrías que los demás
te vieran. Tu segunda elección, la leona, representa

cómo te ves a ti misma. Y el topo... bien, lo siento, representa lo que realmente eres.

Leigh tironeó de su chaqueta, sólo a medias consciente de que estaba tratando de abotonarla. Su risa sonó algo más aguda de lo que había deseado.

—Ya veo... así que aspiro a ser un halcón, quizá una leona, pero, en realidad, no soy más que un topo.

Nick entrecerró los ojos con una alegre expresión de malicia.

—Es gracioso, porque no te pareces nada a un topo.

—Ahora tengo miedo de preguntar qué parezco.

—No tienes por qué temer nada, doctora.

Leigh advirtió que él estaba mirando el modo en que llevaba el pelo, recogido a los lados con sendas peinetas, dejando sobre la frente unos mechones muy rubios que suavizaban la severidad del peinado. Casi pudo sentir la sutil intensificación de su mirada cuando bajó de las prominentes hombreras de su chaqueta a la longitud de su pierna que revelaba su corta falda negra.

Se había esmerado en resultar especialmente femenina ese día, y por eso había decidido ponerse falda en lugar de pantalones. Se había dicho que era porque esperaba ver más tarde a Dawson, pero ahora empezaba a preguntarse si no había otra razón más acuciante. ¿Se había puesto esa falda tan corta para que Nick Montera la mirara exactamente del modo en que lo estaba haciendo, para que contemplase sus piernas e hiciera lo que cualquier otro hombre haría en las mismas circunstancias: ¿imaginarse entre ellas?

Rápidamente juntó los tobillos, consciente de una sensación de vacío en el estómago. ¿Qué le ocurría? ¿Estaba tan necesitada de recibir las atenciones de un hombre que se rebajaba a tentar a sus pacientes? A pesar de lo que esa idea le incomodaba, no podía negar que los comentarios de Montera sobre su atuendo le habían afectado. No era indiferente a su aprobación, eso estaba claro. De algún modo sus valores masculinos se habían infiltrado en la elección de su vestuario durante las últimas semanas. De una manera sutil, y sin embargo poderosa, el hechizo se había expandido, y ella se había acostumbrado tanto al placer de agradar a un hombre, de agradarle *a él*, que había empezado a esperar ese placer, y a buscarlo.

—Confía en mí, doctora —dijo Nick—. Eres hermosa. Si pudiera fotografiarte... si pudiera disponer libremente de ti, vestirte, peinarte exactamente como quiero... —No terminó la frase; dejó que sus ojos la terminaran por él.

Leigh resistió el impulso de llevarse la mano al pendiente. Se había visto a sí misma como un topo durante la mayor parte de su infancia, y nunca había logrado superar del todo esa imagen, a pesar de su aspecto externo. Ya adulta, había sentido que sencillamente había añadido un disfraz. Hasta hacía muy poco tiempo... hasta que apareció él.

Estar en contacto con Nick Montera la había puesto en un estado de conflicto que nunca antes había experimentado. Nunca había sido objeto de una atención tan intensa, excepto una vez, y eso había ocurrido cuando era una niña. ¿Sería ésa la causa de que se sintiera tan vulnerable ante él? ¿Sería su ansiedad por ser especial a los ojos de alguien? Él la hacía sentir como si existieran cosas en ella que ningún otro podía ver, cualidades invisibles al ojo humano que sólo él tenía la habilidad mágica de descubrir. Ella era una burbuja de plástico con una escena navideña. Únicamente él sabía cómo sacudir la burbuja para hacer que nevase.

Eso estaba muy bien para cualquier otra mujer, se dijo, pero no para ella. Tener un hombre que consiguiera estremecerla era fantástico, pero no cuando una ha sido designada para investigar sus inclinaciones criminales.

—¿Es un test científico? —preguntó, aunque sabía que de ningún modo podía serlo—. ¿Ha hecho estudios previos de fiabilidad?

—Acabo de idearlo para ti. ¿No es suficiente?

Ella se puso de pie, se alisó la chaqueta y rodeó el escritorio para sentarse en su sillón.

—Volvamos al trabajo —dijo, todo con un tono muy tranquilo y profesional, una vez que se acomodó.

Pero Montera no hizo ningún movimiento para seguirla. Permaneció sentado tal como estaba, observándola.

—Estoy esperando a oír lo que piensas de mi test —dijo.

Leigh dejó pasar un instante antes de dar una respuesta que pusiese fin a su expresión irónica.

—Creo que ha logrado un avance crucial en el campo de las ciencias de la conducta.

Sus miradas se encontraron, y aunque Leigh hubiera querido ganar la confrontación, el color de los ojos de Nick era tan intenso que parecía extenderse a todo su campo visual. Cuando ella desvió la vista hacia las paredes empapeladas de su despacho y los objetos que estaban sobre su escritorio, los vio como a través de un filtro azul, y la habitación misma parecía estar bajo el agua.

—De modo que he dado en el clavo —afirmó él con suavidad.

—Si quiere verlo así. —Leigh dejó caer la mano sobre su falda y apretó su pulgar contra su dedo meñique, determinada a detener el malestar que sentía en el estómago. El pulso profundo y alterado que percibía a través de los dedos le hizo comprender que era demasiado tarde. Las técnicas de sosegamiento habían dejado de funcionar.

—Será mejor que prosigamos —dijo abruptamente, al tiempo que señalaba la silla que él había dejado al ponerse de pie—. Tengo algunas otras imágenes que quisiera mostrarle. Éstas son pinturas. Y bastante buenas. Creo que disfrutará de la imaginación de los artistas.

Mientras él se sentaba, Leigh puso en funcionamiento el magnetófono que estaba sobre el escritorio y luego cogió la silla que estaba frente al escritorio y se sentó al lado de Nick. Ese test en particular requería un nivel de confianza e interacción que difícilmente podría conseguir resguardada detrás de su escritorio, pero que al mismo tiempo la exponía a cierto riesgo. Tal vez era por eso que estaba nerviosa.

Leigh ya había probado esta técnica con criminales en prisión. Consistía en mostrarles obras de arte que incluían un grupo de pinturas elegidas especialmente para provocar impulsos inconscientes de violencia sexual hacia mujeres. Esas pinturas eran las que usaría ahora, y muchas de ellas tenían una alta carga erótica.

—Hábleme de estas mujeres —dijo al tiempo que le daba una reproducción de *Caen las hojas,* una obra de finales del siglo XIX que mostraba tres bellezas desnudas tendidas extáticamente en un lecho de hojas caídas. Las espaldas de las mujeres estaban curvadas en tensos arcos, los brazos tendidos hacia atrás, los rostros contorsionados de placer, o tal vez de dolor, era difícil decirlo.

Montera se echó hacia atrás en la silla para estudiarlas, el pulgar presionando contra los labios como para contener una sonrisa.

—¿Dónde está el oso Smokey cuando lo necesitas? —bromeó—. Estas niñas están tan calientes que podrían prender fuego a todo el bosque.

—¿Calientes en un sentido sexual? ¿O como en un acceso de furia?

—Calientes como si fuera a ser una noche larga y dura. —Nick alzó la vista y miró a Leigh con ardor—.

No hay duda de que no tiene nada que ver con el odio. Tiene que ver con follar.

La silla de Leigh crujió como si ella fuera a ponerse de pie. Otra vez había quedado grabada en sus retinas la impresión azul de esos ojos. Sus codos presionaban con fuerza los rígidos brazos de cuero de la silla. Se dijo que la respuesta de él era típica y para nada sorprendente. El test estaba ideado para desinhibir a los pacientes dándoles primero las pinturas más obvias y explícitas. Las respuestas crudas eran las más corrientes, especialmente entre los hombres. Pero lo más revelador era la reacción ante las últimas pinturas, que eran más sutiles en los significados latentes.

Si cualquier otro paciente le hubiera dicho eso mismo, no la hubiera perturbado.

—Si usted apareciese de pronto entre estas mujeres tal como están ahora, ¿qué ocurriría? —le preguntó, presionando algo más—. Describa ese cuadro.

Él emitió un sonido de excitación.

—Si fuera un vendedor de vibradores, haría una subasta entre ellas y me haría rico.

Sus respuestas fueron igualmente sarcásticas en el siguiente grupo de pinturas, que incluía un retrato de una mujer sentada con un perro lobo con la cabeza apoyada en su regazo. El hocico del animal, muy largo, estaba enterrado bajo los pliegues de la tela.

—Me pregunto qué animales habría elegido en segundo y en tercer lugar —murmuró, refiriéndose evidentemente a su test de animales.

No fue hasta que Leigh le enseñó una reproducción de Hermann Moest, *El destino de la Bella,* que él se puso serio. El enigmático cuadro representaba a una maravillosa joven desnuda, tendida sin vida sobre la cama de sábanas blancas y a un hombre, también muy joven, postrado sobre la manta que cubría las piernas de ella.

—¿Qué ha pasado aquí? —preguntó Leigh—. ¿Puede reconstruir la historia?

Él se inclinó para coger la pintura, pero se detuvo cuando vio la escena. Apretó las mandíbulas mientras contemplaba la trágica escena.

—¿Pasa algo malo? —preguntó Leigh.

Los ojos de Nick se habían convertido en dos ranuras, pero algo ardiente y terrible se agitaba en las profundidades de su alma cuando volvió a mirar a Leigh.

—¿Por qué me enseñas esto?

Ella sostuvo con el mayor cuidado posible la pintura en sus manos. Manténla inmóvil, se dijo, pero sus muñecas temblaban. Una vez más podía ver la aterradora oscuridad que anidaba en el interior de Nick Montera, la negra pasión transida de dolor.

—Es parte del test —respondió, controlando el temblor de su voz—. Por favor, trate de darme una respuesta. ¿Qué piensa usted que ha ocurrido entre ellos dos?

Él alzó la cabeza, como si apenas tolerase mirar otra vez la pintura, y aun así no pudo apartar la mirada de la imagen.

—El hombre sufre —dijo.

—¿Por qué?

—Porque cree que la ha matado.

—¿Lo hizo?

Cuando Nick finalmente respondió, su lento asentimiento con la cabeza hizo que el corazón de Leigh latiera con una fuerza tan dolorosa que apenas pudo pensar. No sabía qué significaba ese gesto simple y deliberado. ¿Era únicamente su respuesta a una pintura perturbadora? ¿O estaba confesándose?

—No entiendo —dijo—. Si él sufre, significa que no quiso matarla.

—Y no quiso matarla.

—¿Cómo ocurrió entonces?

—Estupidez.

—¿Estupidez? ¿Fue un accidente acaso? —Leigh deseaba que él asintiera, esperaba ansiosamente que dijera que sí.

—No. Él... perdió la cabeza. Se dejó llevar.

—Se dejó llevar... ¿por qué cosas?

—Odio, resentimientos... su propio ego enfermo.

La pintura pesaba de una manera intolerable en sus brazos. Leigh la apoyó en su falda y guardó silencio por un momento. Sus nervios estaban alterados, pero debía proceder con extremada cautela. Se sentía como si acabara de topar con un arcano del conocimiento capaz de originar un gran poder que ella no supiera cómo manejar, o si el poder era benéfico o maligno.

—Háblme del hombre que aparece en la pintura —dijo—. ¿Cree que siente un gran remordimiento?

—Sí, mucho. Un remordimiento intolerable.

—¿Qué hará ahora? ¿Qué le ocurrirá a él?

—No lo sé. Morirá por sus culpas, supongo. A su modo, morirá.

Había más pinturas. Leigh estaba por llegar a un grupo escogido para despertar respuestas inconscientes, pero se sentía incapaz de continuar. Una guerra se libraba dentro de sí. Se le había informado a Montera desde la primera entrevista que esas sesiones serían grabadas, y a menos que la defensa encontrara algún modo de conseguir que las grabaciones fuesen rechazadas como evidencia, podrían ser usadas en su contra. Un fiscal inteligente se las ingeniaría fácilmente para hacer aparecer sus últimas respuestas como una admisión de culpabilidad, y cualquier jurado sería influido en ese sentido, tal como le había ocurrido a ella. Su impulso era detener a Nick en ese punto, impedirle decir nada más. Ella podría destruir la cinta...

Un frenético repiqueteo le advirtió que, inconscientemente, estaba golpeteando sus gafas contra el papel secante del escritorio, como si ese sonido fuese la solución a su dilema. Destruir la cinta sería tan poco ético como profesional, y aunque la idea de enviarla a las oficinas del fiscal le resultaba insoportable, había otras cosas que debían ser consideradas. Si la sesión contenía respuestas que podían ser interpretadas como una admisión de culpabilidad, ella habría contribuido enormemente a la causa del estado. Más aún, su test sería considerado y difundido bajo las luces más potentes que podría haber imaginado. Todos sus años de esfuerzo y el relegamiento de su vida privada —la esclavitud autoimpuesta de la que su madre la acusaba— cobrarían de pronto sentido. Estaba al borde, por lo que parecía, de o bien arruinar su carrera o darle el giro más brillante.

Cuando alzó la vista, Montera se había vuelto para mirar por la ventana, y Leigh se encontró preguntándose adónde lo llevaba esa mirada de acero cuando dejaba de fijarla en algo.

—Quizá deberíamos detenernos —sugirió ella.

—No —dijo él con firmeza—. Creo que deberíamos seguir. Quiero que vayamos a la próxima pintura.

Leigh había colocado entre ambos la caja que contenía las reproducciones. La pintura a la que él se refería mostraba un jardín en primavera, exuberante de flores, con una mujer de la época victoriana que se desvestía frente a un estanque de aguas espejadas. Claramente, tenía la intención de sumergirse sin ser descubierta; había dejado como custodia a un feroz doberman negro que vigilaba sus ropas caídas y, quizá, su virtud.

—¿Por qué quiere seguir con ésta? —preguntó Leigh.

—Porque ella se parece a ti.

La abundante mata de cabello dorado de la mujer estaba recogida con peinetas y a través de la delicada enagua de encajes se discernía la piel blanquísima y la figura esbelta de pechos turgentes. Pero era sobre todo su expresión al desvestirse, la cauta reserva que se abría paso a un placer culpable, lo que resultaba más incitante. Claramente se disponía a gozar con la deliciosa excitación de su secreto, y este pensamiento hizo que Leigh también se estremeciera.

—No veo en qué —dijo Leigh con firmeza—. Más allá del color del pelo, no se parece en nada a mí.

—¿De verdad? —Nick se inclinó y alzó la pintura, estudiándola con una sonrisa algo irónica—. Quizá sea entonces que me he identificado con la bestia que la custodia.

—¿Qué quiere decir?

—Míralo... está excitado.

Montera le entregó la reproducción, y aunque Leigh sintió cierta renuencia, no le quedaba otra posibilidad que echarle un vistazo. El doberman, de un negro brillante, permanecía alerta, cada músculo en tensión, con la amenaza de una acción inmediata. Parecía fraguado en acero. Los flancos parecían palpitar de sensualidad mientras contemplaba a su ama y esperaba sus órdenes. Y lo que se veía entre esos flancos era claramente masculino.

—Tiene un aspecto feroz —admitió ella—. Pero no del modo que usted dice.

—¿No del modo que yo digo? ¿Tratas de decirme acaso que no está excitado porque no está.... estimulado físicamente?

Leigh enrojeció.

—Sí, eso es exactamente lo que digo.

—Me pregunto cuán diferentes serían las cosas si fuese un hombre, digamos el chófer de esta dama, un hombre joven y musculoso, forzado a permanecer allí de pie custodiándola y observándola mientras se desviste. —Montera se frotó el labio inferior con aire pensativo, clavándole sin darse cuenta la uña del pulgar—. ¿Cuál es su opinión clínica, doctora? ¿Se sentiría un hombre joven estimulado físicamente en una situación así?

Leigh sintió una llamada de alarma en el vientre. El conflicto creciente que sentía en su interior la urgía a no responder. Como mujer, se sentía comprometida y amenazada. Y sin embargo, su experiencia clínica le aconsejaba continuar para ver adónde quería llegar.

—Quizá, pero no todos los hombres tratarían de sacar provecho de esta situación —dijo—. Algunos lo encontrarían moralmente...

—Pero todo hombre querría —la interrumpió él—. Especialmente si la mujer fuera como ésta... como tú.

Leigh se levantó y caminó hacia la ventana, para tratar de que él no advirtiese el efecto que producían sus palabras. Finalmente, se volvió y dijo:

—Realmente quisiera que usted no continuara...

—¿Que no continuara qué, doctora? ¿Hablándole de este modo? ¿No es para eso para lo que estoy aquí?

—No está aquí para hablar de mí.

—¿Por qué no? ¿Por qué no puedo hablar de ti si esa pintura me hace recordarte? —Su voz descendió de tono, como si algo le quitara el aliento—. ¿Te has preguntado alguna vez cómo sería tener a un hombre que te deseara así, doctora? ¿Un hombre que tuviera una erección sólo por mirarte?

Leigh cruzó una mano sobre la otra, la cerró sobre su muñeca y puso el cuerpo rígido mientras se volvía otra vez hacia la ventana y miraba el horizonte de edificios de la ciudad. No contestó. Dejó que el silencio respondiera por ella. Sólo quería ganar tiempo para que la tensión del momento se atenuase mientras trataba de pensar un modo de poner fin a la entrevista.

Pero entonces escuchó el crujido de una silla y un agudo *click* que le hizo comprender lo que había ocurrido. Nick Montera acababa de apagar el magnetófono.

# 14

Leigh no había oído acercarse a Montera por detrás, pero vio su reflejo en el cristal de la ventana, y la imagen era hipnotizadora. Cuando los rasgos se definieron bajo la luz sesgada, los ángulos de su cara parecieron ahondarse hasta darle el aspecto de hechicero sexual que se le atribuía. Incluso se parecía a todo lo que en sus fantasías secretas Leigh había deseado de un hombre... fuego oscuro y pasión demoníaca.

—No has contestado a mi pregunta —dijo él.

—Quisiera que ahora... se marchara. La entrevista ha terminado.

—¿Te has preguntado alguna vez...?

—No siga —gimió ella.

—¿Cómo sería que...?

—¡No!

—¿Un hombre se excitara contigo de ese modo?

—¡Basta, por favor!

Pero él no estaba dispuesto a detenerse.

—Es así como me excitas —dijo él.

Leigh dejó escapar un suspiro ahogado al escuchar su declaración imposible.

—No —imploró suavemente. Finalmente se volvió hacia él y con tono de furia, exclamó—: ¡Soy una profesional! —Vio entonces que él sostenía su bloc de notas en una mano—. ¿Qué hace con eso? —preguntó. Debía de haberlo cogido de su escritorio.

—Ábrelo —dijo él—. En la última página.

Ella contempló el bloc por un instante, indecisa, luego se lo quitó de las manos y empezó a pasar las páginas frenéticamente, desgarrando algunas. Se sentía peligrosamente cerca de perder el control de la situación, y si eso ocurría sabía que había muy pocas posibilidades de recuperarlo. Sus propias palabras habían sonado torpes, y cuando sus dedos empezaron a temblar, se vio forzada a reconocer lo que su cuerpo ya sabía: que algo iba a ocurrir entre ella y Nick Montera hoy. Algo que inexorablemente cambiaría su vida.

—La última página —repitió él.

Ella soltó una maldición cuando encontró la página y vio el dibujo que él había bosquejado con lápiz negro. Era una mujer contra una pared, la cabeza vuelta hacia un lado como si estuviera asustada, o sobreexcitada. El hombre que estaba a su lado era más sombras que carne, pero su mano rodeaba la garganta en una caricia erótica que hizo que Leigh identificara como propia la trémula expresión de la mujer. Ella también habría vuelto la cara hacia otro lado.

Leigh se obligó a seguir contemplando el dibujo que había creado Nick Montera, absorbiendo sus oscuras implicaciones a través de los poros. No había ninguna duda de quién era aquella mujer. Ni quién era el hombre.

—¿Cuándo dibujó esto? —preguntó.

—Tú dejaste el bloc en mi estudio, ¿lo recuerdas? —Tocó la página que se había arrugado en su mano—. Dime quién es la mujer, doctora —le pidió suavemente—. Dime qué siente.

—No. —Leigh trató de cerrar el bloc, pero él se lo impidió, quitándoselo de las manos.

—Entonces te lo diré yo —dijo, dejándolo sobre el escritorio—. Ella nunca ha estado tan excitada. Las emociones que palpitan a través de su cuerpo hacen que se sienta salvaje, libre. Ella podría hacer cualquier cosa. Ella podría elevarse con los dioses. Pero no quiere la inmortalidad, doctora. Quiere la vida, sudorosa y difícil, tal como es. Quiere el fuego, el calor animal. Y lo quiere con él, con el hombre que la aplasta contra la pared.

—Usted no tiene derecho —susurró ella.

—Tengo todo el derecho, porque soy el que hace que esa mujer se sienta así —dijo, y la cogió del brazo, como si hubiera presentido que ella estaba a punto de retroceder. Leigh miró su mano, el modo en que sus largos dedos oscuros rodearon su delgada muñeca. Nunca hubiera creído que el contraste de dos tonos de piel podía ser tan excitante. Era como si por primera vez viese las diferencias que había entre ambos.

Cuando alzó la cara, su mirada luchó con la de él y el mundo entero pareció disolverse en el campo de fuerzas de sus ojos. El mensaje que pasaba a través de ellos era demasiado carnal y a la vez demasiado puro como para que ella pudiera comprender, pero la sobrecogía. Él estaba hablando a cada uno de los impulsos que Leigh siempre se había prohibido. Él personificaba todo lo que siempre la había atemorizado, el mayor riesgo al que jamás se había enfrentado. Intuía que rendirse a ese deseo ante un hombre como Nick Montera era entrar en el dominio de la carne y los sentidos. Y que sería un dulce infierno sexual para el no iniciado.

La otra mano de él subió al cuello de Leigh.

—Deténgase —le advirtió ella, luchando para no volver a mirarlo—. Si no se detiene, no podré continuar con mi trabajo. Deberé retirarme de su caso.

—Hazlo —dijo él, obligándola a mirarlo otra vez y contemplándola tan intensamente a los ojos que ella se sintió desfallecer—. Abandona el caso. Quieres esto mucho más, ¿verdad? Esto que está ocurriéndote en tu propio despacho. Esto que está ocurriéndole a tu vida. —Su voz enronqueció—. Yo también lo quiero, y ya.

—Por favor —rogó ella—. Tiene que irse.

—¿Irme? —Él rió con incredulidad—. ¡Mírame, doctora! Échale un vistazo a mi cara y dime luego que no sabes qué está ocurriendo. Dime que no sabes lo que provocas en mí.

Nick la paralizó con la mirada, venciendo todos los intentos que Leigh hizo por apartarse. Sus ojos estaban ennegrecidos de frustración, deseo, y de súbita angustia. En ellos ardía el odio de un hombre que había nacido marcado, que había sido condenado en el momento de su concepción, un hombre que nunca tendría lo que la salida del sol fingía prometer.

Dos lágrimas aparecieron súbitamente en los ojos de Leigh, rápidas e incontrolables.

—Perdón —dijo.

Él a duras penas logró entender la disculpa y la emoción que esa palabra encerraba, pero de algún modo sabía que Leigh era la causa de su más profunda frustración, de que sólo por el hecho de tener piel blanca y una vida privilegiada, representaba todo lo que había sido inalcanzable para él. No para el fotógrafo, que podía, sin duda, tener a su lado la mujer que quisiera. Pero ella recordaba al Nick Montera del pasado, el ex convicto, el mestizo de la calle. Leigh parpadeó y una lágrima se deslizó por su mejilla. Él detuvo su recorrido con el pulgar y frunció el entrecejo ante el pequeño surco húmedo que dejó al pasar entre sus dedos. Una violencia íntima anudó los músculos de su mandíbula.

—¿Esto es por mí, doctora? ¿He dicho algo que tocó tu corazón? Eso es todo lo que necesito saber. Es todo lo que siempre quise saber... si era capaz de tocar tu corazón.

Los ojos de Nick lanzaron un nuevo destello y Leigh sintió que la angustia de la derrota se apoderaba de ella. No podía luchar contra aquello. No había ningún arma conocida de la que echar mano. Su vulnerabilidad era infinitamente más poderosa que su odio.

—Puedo ayudarlo —dijo ella—. Pero no de este modo.

—Sí, de *este* modo, maldición. Sólo de este modo... Leigh, por favor.

Él acarició su cara y ella cerró por un instante los ojos, presa de una súbita ternura. Podía sentirlo estremecerse, y el deseo que recorría el cuerpo de Nick la hizo ansiar desesperadamente lo que le estaba prohibido. Él. Y esa ansiedad la dejaba sin aliento. La hacía temblar violentamente.

En un impulso, ella rozó los labios de Nick con la punta de los dedos, temiendo lo que él pudiese hacer, pero incapaz de contenerse.

—Oh Dios, me tocas y se me pone tiesa —dijo él con un tono salvaje en la voz—. Pienso en ti y se me pone tiesa.

Leigh no estaba preparada para la ferocidad de su respuesta. Su dolor y su desolación eran sombríos, hermosos en el sentido en que lo eran sus fotos. Sin otro aviso que un suave gruñido, él pasó sus brazos por debajo de los de ella y la atrajo hacia sí, y aunque todos sus instintos sobre lo correcto le pedían a Leigh que resistiera, fue en vano. Él era demasiado rápido, demasiado fuerte. Parecía llevar en su interior una fuerza física capaz de dominarlo todo en su mundo —y en el de ella— y de barrer con cualquier resistencia. Había tomado el control de la manera más salvaje y directa, y no admitiría ser rechazado.

—Lo quiero ahora —susurró—. Lo quiero tanto como ese perro negro de la pintura.

La inmovilizó contra la pared, y ella respondió de un modo casi involuntario. Se echó hacia atrás cuando él intento besarla. La sensación de los dedos de Nick cerrándose sobre su cuello arrancó un gemido de los labios de Leigh, que no pudo evitar abrir la boca y pronunciar su nombre. Los muslos de él se estrecharon, quemantes, contra los de ella. Su boca era la más suave que ella hubiera conocido, y su cuerpo, el más duro. Pero eran sus dedos los que dominaban sus sentidos. Leigh no podía pensar, no podía hacer otra cosa que someterse a la voluntad de acero de las manos de aquel hombre.

Hasta ellos llegaba el ruido del tráfico, que subía de la calle, bocinas y motores. El aroma del café y las nueces de macadamia persistía en el aire, y en la boca de él. Pero Leigh estaba tan absorta en las sensaciones generadas por el contacto de los cuerpos que no habría podido concentrarse en otra cosa.

El ritmo salvaje del corazón de Nick imponía su voluntad. Sus bíceps apretaban y juntaban los pechos de Leigh, que quiso saber —de pronto el impulso fue irresistible— si era posible para la carne humana ponerse tan dura. Cuando lo tocó para averiguarlo, el suave gemido de placer que emitió Nick resonó en la mente de Leigh.

—Toda mi vida he estado esperándote —dijo él. Sus movimientos se volvieron más urgentes mientras deslizaba las manos por debajo de la blusa de ella. El contacto de sus dedos hizo que la piel desnuda se estremeciese, y ella seguía mentalmente el movimiento de aquellas manos, consciente de cada nueva incursión, y cuando él las deslizó por su espalda hasta aferrar sus nalgas, Leigh deseó salvajemente tenerlo dentro de sí. Quería la iniciación que sólo él podía darle. Quería su cielo y su infierno.

—¿Alguna vez lo has hecho de pie, doctora?

Leigh se ruborizó. La pregunta era brutal, pero mientras luchaba por responder, él presionó un dedo sobre sus labios.

—No me lo digas —dijo con la voz ronca—. No quiero saberlo. Apenas puedo soportar pensar que has estado con otro. ¡Oh, Dios!

Leigh se sentía tan confusa que era incapaz de emitir palabra.

—No puedo compartirte —dijo él al tiempo que tomaba el rostro de Leigh entre las manos—. Tengo que ser el único.

Ella sacudió la cabeza, desconcertada.

—Di mi nombre, dime Nick. Dilo.

—Nick. —Leigh se mordió el labio inferior, para no revelar la turbación que sentía expandirse dentro de sí—. ¿Por qué me lo pides? ¿Qué es lo que está mal?

—Nada está mal. Te quiero... siempre te he querido. Desde el momento en que te vi. Dios, tú eras tan hermosa, pero estabas tan lejos de mi alcance. Yo era un niño estúpido, romántico...

Leigh puso sus manos contra los brazos de Nick.

—¿De qué hablas?

—¿Qué he dicho? —preguntó él, confuso—. ¿Qué he dicho?

—Has dicho algo de cuando eras un niño. Pero si sólo me conoces desde hace unas semanas. Nick, ¿cómo podrías haber sido un niño?

Leigh se echó hacia atrás para liberarse, pero él la aferró con mayor fuerza.

—Espera un segundo —dijo, todavía confuso—. No recuerdo haber dicho nada. Quizá por un instante me perdí en el tiempo.

La sonrisa torpe de Nick la conmovió. Y aunque no la expresó en voz alta, la pregunta que la desgarraba era crucial. ¿A qué otra mujer has querido durante todos estos años? ¿A quién, Nick? ¿A Jennifer?

—Espera, Leigh. Hablemos —dijo él, sujetándola de las muñecas. La luz que entraba por la ventana hizo que la pulsera de plata lanzase un destello.

—Suéltame. —Ella torció las muñecas, pero un dolor agudo la hizo tambalear. La pulsera se había quedado entre los dos y la cabeza alzada de la serpiente se había incrustado en su piel mientras luchaba por liberarse—. ¡Mira lo que me has hecho! —exclamó, y él le soltó el brazo. Había una marca roja allí donde la pulsera había presionado contra la muñeca.

—Leigh... —Él tendió la mano, pero ella rechazó su intento de ayuda.

—Estoy bien —dijo, cogiéndose la muñeca y apartándose un poco más de él. Empezaba a darse cuenta de la gravedad de lo que había pasado entre ellos. El dolor de Nick la había conmovido, y había tratado de comportarse de un modo humanitario. Pero luego había ido peligrosamente más allá de los límites de sus obligaciones profesionales. Se suponía que era una terapeuta experimentada, y eso la hacía responsable de lo que ocurriera entre ellos, incluidos los intentos de Nick por seducirla. Era su obligación salvaguardar la integridad de la relación con el paciente, y le habría correspondido desviar cualquier insinuación sexual inapropiada. Nunca debería haber permitido que Nick pensase que respondería a sus insinuaciones. Había transgredido sus deberes como profesional, y si ese incidente llegaba a oídos del Comité de Ética Profesional, podrían quitarle la licencia.

—Vete, por favor —le dijo—. Ya mismo, ¿entiendes? Quiero que te vayas.

—No, Leigh. Ahora, no. No te dejaré esta vez... —comenzó él con voz entrecortada por la emoción, pero el agudo sonido del interfono lo interrumpió.

—¿Doctora Rappaport? —Era la voz de Nancy—. El señor Reed en la línea uno.

Leigh contempló el aparato parpadeante, consciente de que estaba completamente despeinada y de que aún respiraba con dificultad. Sintió un escalofrío mientras volvía a su escritorio.

—Nancy —dijo, pulsando el botón del interfono—. El señor Montera está por marcharse. Si no ha salido de mi despacho en el momento en que cuelgo el auricular, quiero que llames a seguridad.

—¿Se encuentra bien, Leigh? —preguntó Nancy, alarmada.

—Estoy bien, Nancy. Haz lo que te digo, por favor.

Leigh presionaba todavía el botón cuando escuchó la puerta de su despacho abrirse y cerrarse un momento después con un terrible portazo. Se había ido. Debería sentirse aliviada, pero lo único que sentía era una presión en el pecho y que sus piernas apenas si podían sostenerla. Se reprochaba el haberse comportado de modo tan poco profesional. Se daba cuenta de que la pasión de Nick Montera era por otra mujer, una obsesión romántica del pasado. No era a ella, a Leigh Rappaport a quien quería. Ella era, sencillamente, la encarnación de su fantasía, pero probablemente podía reemplazarla con cualquier otra rubia de piel blanca.

Al cabo de un rato, todavía de pie al lado de su escritorio, Leigh se dio cuenta de que su dolor se convertía en enfado, en enfado, sobre todo, consigo misma. Apenas podía creer que él fuera el responsable de su estado de ánimo. Lo había logrado, una vez más, y ella se lo había permitido. La había atraído como se atrae a un niño hambriento a un festín y luego la había hecho caer en la trampa, o a punto había estado de hacerlo. Leigh había sentido desde el principio la profunda hostilidad de Nick Montera, y sin embargo se había abierto a él, había cedido. ¿Cómo pudo dejar que aquello ocurriera? ¿No estaría enferma ella también? ¿No estaba más desquiciada, quizá, que el propio Montera?

Trató de sofocar el temblor en su garganta, e hizo acopio de las pocas reservas de entereza que le quedaban. Tenía que resolver esa situación de inmediato, y sólo había un modo de hacerlo. La luz intermitente en el interfono le recordó que Dawson aún esperaba que respondiese su llamada. Y si estaba molesto por haber tenido que esperar, seguro que le haría mucha menos gracia el tema de conversación que tenía en mente para la cena de esa noche.

¿Cómo se le habla a un hombre desnudo sin mirar hacia abajo? Leigh se hacía esta pregunta mientras se sentaba en el borde de la cama de Dawson, tratando de evitar cualquier contacto visual con sus regiones íntimas mientras él se secaba después de una rápida ducha. No era que no hubiese visto desnudo a su novio antes. Pero con Dawson concentrado en la campaña por la reelección y ella tan ocupada, últimamente la relación había tomado un giro platónico.

Casi había olvidado el aspecto que tenía sin calzoncillos, y era un poco desconcertante que pensasen en ella tan descaradamente, especialmente cuando tenía otras cosas en mente.

—¿Estás seguro de que no tienes tiempo, Dawson? —le preguntó mientras él se secaba el pelo rubio arena con una toalla negra—. ¿Ni siquiera para una taza de café? Me gustaría charlar contigo.

—No puedo, Leigh. Ya sabes que seré el orador principal en la velada de recolección de fondos de esta noche. Y a este paso llegaré tarde. —Arrojó la toalla, que quedó colgando sobre una silla, y se inclinó para buscar el secador de pelo.

Leigh desvió la mirada. Necesitaba un poco de su

atención, ¡no una lección de anatomía! Tenía varias cosas cruciales de las que hablar, una de ellas su conversación con Paulie Cooper; la otra, su perturbador encuentro con Montera. No es que tuviera intención de extenderse mucho acerca de esto último, en especial de la segunda parte de la entrevista, pero Dawson debía saber cuanto antes que ella quería desentenderse del caso Montera para que pudiera buscar un sustituto.

Dejó escapar un suspiro, que reflejaba el cansancio que habían producido en ella los acontecimientos de aquella tarde. Mientras el secador de pelo zumbaba como una colmena de abejas furiosas, echó una mirada a la habitación de Dawson. El baño estaba instalado en una gran alcoba abierta. Tenía un jacuzzi y una ducha que destacaban con estudiada grandiosidad sobre un pedestal de mármol negro, detrás de una imponente pared de cristal.

Leigh deslizó la mano sobre el edredón de la cama, que era de una tela sedosa con un diseño escocés en dorado y negro. Recientemente, Dawson había redecorado el resto del piso en un estilo neomoderno. Había elegido él mismo las telas y diseños de los tapizados y Leigh no podía por menos que admitir que lo había hecho magníficamente. Los muebles eran en negro y crema y aquí y allá había ramos de amapolas rojas y pinturas con cálidos marcos dorados. Tenía un gusto exquisito tratándose de un hombre, mucho más sofisticado y moderno que el de ella. Leigh siempre optaba por plantas de interior que requirieran poca atención y terrarios adquiridos de segunda mano, con tortugas dormilonas.

—¿Cómo va la evaluación de Montera? —preguntó Dawson mientras apagaba el secador y cogía la afeitadora.

—Hoy le he hecho los tests —contestó Leigh.

—¡Muy bien! Espero que dé el perfil de un psicópata consumado. Vamos a necesitar mucha munición para el juicio. La prensa se reirá de nosotros si perdemos otro caso grande, sobre todo estando tan cerca las elecciones. Todavía me están pateando el culo con el caso Menéndez.

—En realidad, quería hablarte de Montera.

—¡Aguarda un minuto, Leigh! —Dawson señaló con su cepillo de dientes el televisor, que estaba encendido pero sin sonido—. Viene el informe de la Bolsa. ¿Podrías ver la cotización de Equinox mientras me cepillo los dientes? Gracias, cariño.

—¿Equinox? —Números y signos se deslizaban por una banda negra en la parte inferior de la pantalla. Leigh entrecerró los ojos—. ¿En qué se supone que debo fijarme?

—El cierre.

—¿Estará abreviado Equinox como E-Q-N-X, Dawson? Creo que es... ¿doce punto cinco? ¿Eso te suena correcto?

Dawson se irguió del lavabo, la boca llena de pasta dentífrica verde.

—¿Doce punto cinco? —exclamó—. ¡Acabo de perder un pastón!

—¿Quizá he leído mal? —dijo Leigh con tono de disculpa.

—Quédate mirando —gruñó él—. Las pasarán otra vez.

Ella volvió a fijar la mirada con impaciencia en el televisor, y de pronto creyó distinguir algo parecido a la lente de una cámara sobresaliendo de un cajón abierto en el mueble donde estaban el televisor y el vídeo. Medianamente curiosa, habría podido acercarse a mirar mejor, si no hubiese sido porque estaba demasiado concentrada en encontrar el modo de hablarle de lo que le preocupaba.

—Dawson, esto es importante —dijo, decidida a

conseguir su atención. Y si Nick Montera no despertaba en él suficiente interés, quizá sí lo lograra el otro
nombre—. Esa mujer, Paulie Cooper, me ha visitado
por segunda vez.

Dawson tomó un sorbo de agua, se enjuagó la boca
y escupió en el lavabo.

—Ya me ocuparé de eso —dijo al tiempo que se llevaba a la boca una toalla—. He ordenado investigar a
Jack Taggart. El hombre está limpio. Tiene una coartada perfecta para la noche del crimen: estaba de servicio.

Leigh se sintió desazonada con la noticia. Evidentemente, había querido creer con demasiada vehemencia
que Taggart era el culpable. No podía negarlo: todo habría sido menos complicado de ese modo. Ella podría
haber abandonado el caso sin sentirse culpable.

Dawson estaba en ese momento afeitándose el mentón, mientras mantenía un ojo en el televisor. A Leigh le
sorprendía bastante que aún estuviese desnudo. Se habían conocido en una fiesta del Consejo de las Artes y
habían empezado a salir juntos seriamente unos tres años
atrás, pero nunca antes lo había visto pasearse desnudo
por la habitación. Quizá fuese porque estaba distraído.

—¿Por qué no te pones algo encima? —le sugirió
ella.

—¿Por qué no te quitas algo de encima? —replicó
él, y le guiñó un ojo—. Ya sabes mi lema. Siempre hay
sitio para un poco de gelatina.

En una ocasión Dawson había equiparado, bro-
meando los sonidos gomosos de la gelatina congelada
con los ruidos del sexo, y desde entonces cualquier referencia a gelatinas tenía para él connotaciones sexuales. No era excesivamente romántico, y Leigh estaba
razonablemente segura de que en ese momento bro-
meaba, pero sólo como precaución llevó su índice a la
nariz y estornudó delicadamente.

—¡De nuevo no, por favor! —dijo él, fingiendo terror y apartando por un instante la mirada del televisor—. Quizá debieras hacerte una prueba de alergia, Leigh.

—Tal vez sea alérgica a ti —murmuró ella, que sabía que él no la escuchaba, pues estaba de nuevo concentrado en las noticias de la Bolsa—. Dawson, no vine aquí para charlar de Jack Taggart —se levantó de la cama y alzó un poco la voz—. Paulie Cooper dijo algo que me ha dejado muy preocupada.

—¿Sí? ¿Qué fue?

Ya había dejado la afeitadora y estaba delante de su galán de noche, donde había dejado colgada su ropa. Se puso los calzoncillos y una camiseta y luego se sentó en un banco con cojín para ponerse los calcetines.

—¿Dónde demonios está Equinox? —gruñó, estudiando detenidamente la pantalla.

Leigh estaba distraída mirando el objeto que había visto asomar por el cajón abierto del mueble del televisor. Ahora que estaba de pie lo veía mejor. Advirtió que no era una cámara fotográfica sino una filmadora. No sabía que Dawson tuviera una.

—Dawson, ¿cuándo has comprado...?

—Por favor, Leigh, espera un segundo.

Leigh aspiró profundamente y avanzó hasta interponerse entre Dawson y su conexión con Wall Street.

—¿Qué estás haciendo? —preguntó él. Estiró el cuello a un lado y a otro, tratando de ver por un costado—. Si estoy a punto de convertirme en un mendigo, al menos déjame ver cuando ocurre.

Leigh no se apartó.

—Paulie Cooper me dijo que en un tiempo estuviste relacionado con Jennifer Taryn. ¿Es verdad?

Dawson se subió ambos calcetines con brusquedad y se levantó para ponerse la camisa. Entonces se detuvo súbitamente y, con un brazo en la manga, se volvió hacia Leigh.

—¿Paulie Cooper dijo qué?

Te felicito, Leigh, pensó ella. Has conseguido que te preste atención. Repitió lo que le había contado Paulie, observando cuidadosamente la reacción de Dawson. Cuando se trataba de lengua gestual, conocía bien los signos evasivos. Y aun cuando no los conociera, su intuición le decía que existía alguna conexión entre Dawson y la mujer asesinada.

—La conocía, es verdad —dijo él, encogiéndose de hombros—. Pero sólo profesionalmente. —Terminó de ponerse la camisa y luego de alisar concienzudamente los faldones comenzó a abotonarla—. Estaba trabajando para la oficina del fiscal cuando ella testificó contra Montera. Tuve varias entrevistas con ella.

—No sabía que hubieses trabajado en ese caso. ¿Por qué nunca me lo contaste?

—No me di cuenta de que no lo había hecho. De eso hace más de veinte años, y no pretenderás que te hable de todos los casos. —Terminó con su camisa, cogió los pantalones del esmoquin y se apartó de Leigh para ponérselos—. Ahora, si no te importa, me gustaría saber si mañana por la mañana tendré que salir a pedir limosna por la calle.

Pero a Leigh sí que le importaba.

—Paulie vivía con Jennifer, Dawson —dijo, desplazándose otra vez para ponerse delante de él—. Compartían piso. Ella me dijo que tú le telefoneabas a su apartamento.

—Tal vez lo haya hecho. ¿Y qué? No hubiera sido nada extraño, ya que ella era testigo presencial de un crimen.

—No, esto tiene que haber ocurrido varios años después del juicio. Jennifer estaba trabajando como modelo de fotógrafos. ¿Por qué la telefoneabas en esa época?

Él se puso los pantalones, tirando bruscamente de

ellos, y los abrochó antes de mirar otra vez a Leigh.

—No pude haberle telefoneado en esa época —dijo con vehemencia—. No la llamé en esa época. ¿Qué estás sugiriendo, Leigh?

—No estoy sugiriendo nada. Sólo estoy tratando de entender por qué Paulie Cooper cree que tuviste una relación con Jennifer.

—Paulie Cooper es una mujer desesperada por conseguir publicidad.

—Sí, quizá.

—¿Prefieres su palabra a la mía?

—No prefiero nada, Dawson. Sólo trato de entender qué ocurrió.

—No ocurrió nada. ¡Mierda, Leigh, apártate de una vez! ¡Ahí está! Equinox, veinticuatro y medio. —Dawson se había agachado para leer y dejó escapar un suspiro de alivio—. ¡Todavía soy solvente! Debes de haber leído mal; Equintex, quizá. —Fue hacia el galán de noche, descolgó la chaqueta del esmoquin y se la puso. Sonriendo con despreocupación se calzó un par de zapatos de charol y dándose una mirada en el espejo, tendió un brazo hacia ella—. ¿Qué hemos aprendido de esta pequeña indagación, Leigh? Que no debemos precipitarnos a sacar conclusiones antes de tener toda la información, ¿verdad?

Lo que hemos aprendido de esta pequeña indagación, pensó Leigh, es que Dawson Reed no ha dicho todo lo que sabe acerca de Jennifer Taryn.

Él se abotonó la chaqueta, se acercó a ella, y con una expresión de afecto en el rostro, le dijo:

—¿Puedes quedarte aquí hasta que vuelva? Te he echado de menos, Leigh. De verdad. No hemos pasado mucho tiempo juntos últimamente.

Ella lo miró con sorpresa y se sintió conmovida, pero los acontecimientos de ese día la habían extenuado.

—No creo, Dawson. Estoy agotada.

Una de las peinetas que sujetaban su pelo se había aflojado. Él le dio un ligero toque para asegurarla y luego acarició su cara.

—Perdóname por no cenar contigo —dijo—. Hay algo de *sushi* en la nevera. Sírvete lo que quieras. También he comprado un poco de ese helado de menta que tanto te gusta. Ahora, debo irme.

Mientras él se ponía el abrigo y se dirigía hacia la puerta, Leigh sonrió sombríamente. Ése era Dawson, siempre con prisas, pero meticuloso. Leigh no podía creer que él le estuviese ocultando algo serio, aunque por otro lado estaba bastante segura de que no le había contado todo. Y si aún no se sentía tranquila por el modo en que había desestimado los comentarios de Paulie, le preocupaba mucho más la otra noticia que tenía que darle.

Leigh encontró el mando a distancia sobre la mesita de noche de Dawson y apagó con satisfacción el televisor. Al salir de la habitación no bajó la vista hacia el cajón abierto del que asomaba aquel objeto curioso. El helado de menta que la esperaba en la nevera ocupaba todos sus pensamientos.

# 15

«La vida es dura y después te mueres.»

Filosofía profunda, pensó Nick mientras contemplaba una de las muchas inscripciones que rodeaban el cartel de neón con forma de jarra de cerveza que había detrás de la barra de la taberna Goat Hill. El local de Reseda era un verdadero compendio de sabiduría en forma de grafitos. El café era sencillamente tóxico. Nick llevaba casi toda la tarde ocupando el mismo taburete, sin decidirse a beberse el café, que tenía el aspecto y el sabor del alquitrán.

Al menos lo reconfortaba en algo saber que estaba en el lugar correcto. Si uno buscaba el sentido de su desgraciada existencia o por un momento quería mantenerse al margen, el Goat Hill era el lugar ideal.

Esa noche Nick no daba el culo de una rata por el significado de la existencia, pero la idea de permanecer al margen sí que le resultaba más atractiva. Se sentía como si le estuvieran machacando el cerebro. Como siempre, el dolor había empezado en la base del cráneo, pero se había extendido y rebotaba ahora como una pelota de fútbol por toda la cabeza. En ocasiones se volvía tan intenso que le hacía perder el conocimiento.

Con una mueca hundió el pulgar en los doloridos

tendones de la base del cuello, y agradeció a Los Coyotes, fantasmas de su torturada juventud, por el dolor. Cuando él tenía seis años sus padres se habían mudado de Reseda a San Ramone, y desde el día en que habían llegado, había sido hostigado por Los Coyotes, la banda más cruel de la zona. El orgullo de borracho de su padre sobre la supuesta ascendencia de los Montera, que hacía remontar a los conquistadores españoles, el cabello rubio de su madre y los ojos azules del propio Nick los había convertido en una familia sospechosa, y más tarde odiada, en el barrio. Nick se había llevado la peor parte de esto.

Todo había ocurrido poco después de la trágica muerte de su madre. El dolor y la culpa habían empujado a Nick a enfrentarse a la banda, un acto insensato que a punto estuvo de costarle la vida. En realidad habría muerto en las calles de San Ramone si no hubiese sido por un misterioso anciano que había llamado una ambulancia. Cuando Nick despertó en el hospital, estaba apretando en la mano una pulsera de plata con forma de serpiente y las palabras que le había escuchado decir al anciano todavía resonaban en su cabeza: «La serpiente te salvará.»

Nick había recibido varias patadas en la cabeza durante la pelea, y una casi le había quebrado el cuello. Su padre le había dicho que aquel anciano había sido una alucinación, que el brazalete debía de pertenecer a uno de los miembros de la banda. Pero Nick había creído que la serpiente de plata era un talismán. En cierto modo, todavía lo creía. Desde entonces, siempre la llevaba puesta.

Miró con cierta ironía la hermosa y diabólica cabeza, la larga cola enroscada en la muñeca. ¿La serpiente lo había salvado? Quizá había sido su billete de entrada al infierno, donde estaría aguardándolo aquel anciano, el mismísimo Satán.

—¿Otro poco? —preguntó el camarero, sosteniendo en la mano la jarra que contenía el fatídico brebaje.

—Por supuesto. —Nick acercó su taza—. Pero desinféctalo con un poco de Gold, ¿eh, Harvey?

A esas alturas Nick estaba en condiciones de tomarse toda una botella de tequila Cuervo Gold, y probablemente lo habría hecho, si no hubiese sido una de las condiciones de su fianza. Le habían prohibido que bebiera. El juez no se había molestado en explicarle las razones, pero Nick sospechaba que tenía más que ver con su procedencia que con sus antecedentes criminales. Para la mayoría de los representantes del sistema judicial, alguien que hubiera vivido en el barrio era automáticamente un homicida, un ladrón o un borracho. O las tres cosas a la vez.

Un antiguo televisor Motorola estaba encendido detrás de la barra, a la altura de la cabeza del barman. Estaban dando las noticias de las once; la atención de Nick fue atraída por el sonido de un tumulto en el televisor; un ruidoso grupo de reporteros se apiñaba en el vestíbulo del hotel Biltmore. Se empujaban los unos a los otros para acercar sus micrófonos a un hombre de cabello color arena y mandíbula cuadrada, que se parecía al fiscal del distrito.

—¡Señor Reed! —escuchó que gritaba uno de los reporteros—. ¿Tiene algún asidero el rumor de que pedirá la pena de muerte en el caso Montera?

Así que allí estaba el estimado fiscal de distrito, se dijo Nick. Dawson Reed hizo relampaguear una sonrisa cosmética que parecía reflejar desesperación bajo una máscara de suprema confianza. Otro político corrupto luchando por su reelección, pensó Nick. El pobre diablo no quería dejar de ser un servidor del estado, evidentemente.

—Nunca comento rumores —dijo Reed con su característica frialdad—. Pero puedo decirles que si el juicio empezara hoy, tendríamos evidencias más que suficientes para una condena. Nick Montera es tan culpable como el pecado original, muchachos, y el estado puede probarlo y va a probarlo.

—Su proporción de casos ganados ha descendido últimamente —dijo un reportero—. ¿Qué nos dice del fiasco Michael Jackson?

—¿Y de los hermanos Menéndez? —gritó otro—. No convertirá este caso en una maniobra política, ¿verdad? ¿Está persiguiendo a Montera para salvar las apariencias y recuperar votos?

La sonrisa de Reed perdió todo calor.

—El sistema judicial no es en absoluto un concurso de popularidad, señoras y señores. La fiscalía trata cada caso de acuerdo con sus características específicas. Aun cuando hubiéramos perdido los últimos diez casos o ganado los últimos veinte, nuestra opinión seguiría siendo que el señor Montera merece un castigo ejemplar.

Los periodistas habían mencionado un par de casos muy conocidos de juicios a celebridades en que la oficina de Reed había perdido sonoramente. Si las circunstancias hubieran sido otras, Nick se habría sentido complacido de ver a Dawson Reed contra las cuerdas, pero no quería un derramamiento de sangre a sus expensas. Obviamente, el fiscal estaba bajo una tremenda presión para conseguir su condena, pero a Nick no le hacía gracia ser el chivo expiatorio en el altar de la carrera de Dawson Reed.

El grupo de periodistas gritaba de nuevo. Las cabezas miraban en otra dirección. Los gritos subieron de tono.

—¡Señor Satterfield! ¡Aquí!

Nick observó cómo su propio abogado era abordado por la horda de reporteros. El que Satterfield y el fiscal frecuentaran los mismos círculos sociales era muy interesante, pensó Nick. Interesante, pero no del todo sorprendente.

Los micrófonos se dispararon como misiles hacia el abogado defensor.

—El fiscal de distrito dice que el caso de Montera será un paseo. ¿Qué nos puede decir usted?

Alec Satterfield examinó detenidamente sus uñas inmaculadas antes de contestar al anhelante grupo. Era una táctica dilatoria para que la turba arrojara al aire más preguntas ensordecedoras, de las que él contestaría sólo las que quisiera. Totalmente frío en medio del caos, parecía haber nacido impecablemente vestido, con su ondulado cabello negro pulcramente peinado.

Nick deseó que el hombre fuera la mitad de bueno de lo que parecía.

—Con el debido respeto —dijo Satterfield finalmente—. He visto la munición del fiscal y todas sus balas son de fogueo. Su evidencia es circunstancial, a su testigo presencial le han retirado el permiso por conducir en estado de ebriedad. No estoy preocupado. Estoy ansioso por empezar.

Nick sacudió la cabeza. Era evidente que Satterfield disfrutaba con la oportunidad que se le presentaba de ridiculizar la estrategia de la fiscalía. Pero en opinión de Nick, esa actitud reflejaba debilidad, echar mano del último recurso cuando uno no tiene una buena defensa. Si sobre tu evidencia llueven piedras, arroja piedras sobre la de ellos; si tus testigos son borrachos, arroja botellas sobre los de ellos.

No lo convencía ese plan, pero al menos los mantenía dentro del juego. Frotó el pulgar contra la taza de café y se preguntó qué diablos habría echado el barman dentro. ¿Aguarrás, quizá?

—¿Por qué lo llaman el Vampiro, señor Satterfield? —preguntó un reportero.

Nick volvió a alzar la vista justo a tiempo para ver cómo los ojos de Satterfield relumbraban maliciosamente.

—Quizá deberían preguntárselo al señor Reed. Nos hemos enfrentado otras veces antes. Mi cliente es inocente, eso es todo lo que importa. Y lo probaremos sin dejar sombra de duda.

La leve sonrisa de Satterfield se desvaneció de la pantalla, como si de un fantasma se tratase, y a continuación Nick vio una imagen de sí mismo. Era parte de una filmación de vídeo tomada la noche de su arresto. Estaba dentro del coche patrulla, mirando por la ventanilla en dirección a la cámara. Sus ojos tenían un brillo metálico y parecían reflejar todo el odio que sentía hacia el mundo. Su cabello, negro y revuelto, caía en torno a su cara como un río fuera de cauce.

Dios, murmuró con incredulidad. Entornó los ojos y estudió su imagen como si fuera alguien a quien veía por primera vez. La criatura en la pantalla parecía tener alguna clase de terrorífica vida interior, un aura que lo hacía capaz de todo. Aun la gente verdaderamente maligna rara vez pensaba en sí misma en esos términos. Charlie Manson no creía ser un monstruo, y ciertamente Nick nunca se había visto así. Pero por un instante sintió la presencia del mal. Había visto el monstruo dentro de sí, y cualquiera que estuviese mirando el programa lo vería también. Si esa filmación seguía circulando, era hombre muerto. No tendría la menor posibilidad en el juicio.

Afortunadamente, ninguno de los pocos clientes que había en el local parecía preocupado por lo que echaban en la tele, ni siquiera el barman, advirtió Nick después de echar un vistazo alrededor. Siempre había conseguido sentirse anónimo en el Goat Hill, y ésa era la razón por la que había recalado en él en lugar de volver a su casa. Su estudio parecía un parque de atracciones desde que los *paparazzi* habían averiguado dónde vivía.

Tomó un sorbo de café y tuvo que apelar a un esfuerzo de voluntad para tragarlo. Agua sucia, pero ése era también el estado de su cabeza. Los condenados tienen pocos motivos para ser encantadores, pensó. Y aún menos para estar encantados. La vida es dura y después te mueres, de acuerdo con el grafito escrito en la pared. Pero si realmente iba a morir, primero debía hacer ciertas cosas. Nunca se había bañado desnudo en el mar, ni había comido una granada. Y diablos, por una vez quería sentirse capaz de enfrentarse a la luz del amanecer.

Sintió una ola de nostalgia que lo dejó sin aliento. Cristo, había tantas cosas que quería hacer. Quería correr un maratón y cantar ópera bajo la ducha. Cosas absurdas. Pero sólo había una realmente importante: quería robar el corazón de una mujer.

A sus espaldas, alguien encendió la gramola. Sintió el sonido del disco al caer y luego una canción de los años ochenta que siempre lo había hecho pensar en una mujer perseguida por su amante. El cantante juraba vigilar cada movimiento que la mujer hiciera, cada bocanada de aire que respirase. Cada corazón que enamores, pensó Nick, parafraseando la canción, estaré allí, vigilándote.

Ella había pensado que él estaba hablándole a otra mujer, una mujer anterior en su vida. Quizá había hecho algo así, sin querer. Quizá ella era más una fantasía que algo real, una mezcla de Blancanieves, Cenicienta y Claudia Schiffer. Pero había sido el cabello rubio de Leigh el que se había deslizado como seda entre sus dedos. Y era el sabor de Leigh el que todavía podía sentir en sus labios. Ella era café y nueces de macadamia, y una mujer para hacer el amor dulcemente. Lo desesperaba el no haberla tenido desnuda en sus brazos, el no haber sentido sus hermosas piernas en torno a su cintura, el no haber fundido su cuerpo con el de ella.

Mientras inclinaba la cabeza y se acariciaba la frente con la punta de los dedos, advirtió que alguien se había sentado en un taburete a su lado. No necesitó mirar para saber que se trataba de una mujer. Había olido su fragancia, había percibido el susurro de la ropa y un ruido de uñas tamborileando sobre la barra. Por lo menos la serpiente seguía siendo infalible en eso. Todavía conservaba intactos sus poderes de percepción cuando se trataba de mujeres. Tenía un sexto sentido para ellas. Absorbía su presencia como si estuvieran hechas de esencias más que de carne y hueso, entendía lo que querían como señales de empatía directa y respondía con la intuición y las vísceras más que con la razón. Sí, las conocía del derecho y del revés. Y conocía mucho mejor aún a la mujer que acaba de acercarse. Había muchas pistas. El perfume que usaba; olía a geranio. Él lo había escogido para ella. Pero no era el perfume lo que le había revelado su identidad, sino el que todavía no le hubiera hablado. Y, más importante aún, no había tratado de tocarlo. Sabía cómo era capaz de reaccionar cuando alguien se acercaba a él por detrás, cuando alguien lo tocaba imprevistamente. Sabía de qué era capaz aquel monstruo.

Ella esperó hasta que él le hizo una seña de reconocimiento, lo que significaba que no podía atribuir su presencia en el bar a algo fortuito.

La primera impresión que tuvo cuando se volvió hacia ella fue que su cabello era de otro color. Después se dio cuenta de que la luz mortecina hacía que el rojo oscuro de sus trenzas pareciese negro.

—Pensé que habíamos acordado que no haríamos esto, Paulie —dijo.

Ella esbozó una sonrisa que más parecía una expresión de pena.

—Tenía que verte, Nick. Sólo para asegurarme de que estabas bien.

—¿Te has asegurado ya?

—No, tienes una pinta terrible.

Paulie Cooper se levantó y le pasó los dedos por el pelo, descubriéndole la frente. En su expresión había ternura, vulnerabilidad desnuda y especulación femenina. Él sabía que ella estaba dispuesta a hacer lo que fuera para salvarlo. También sabía que no tenía ninguna intención de respetar el acuerdo que habían hecho de guardar distancia entre los dos. Había cruzado la línea. En realidad, ya la había cruzado de muchas maneras. Y eso significaba una sola cosa. Que no podía confiar en ella.

Ese hombre es peligroso, Leigh. Si ese test sirve de algo, Montera no sólo asesinó a Jennifer Taryn; probablemente mató a diez más.

Nancy Mahoney se había sentado delante de Leigh. Tenía las piernas cruzadas y recogidas sobre la silla en una postura digna de los yoguis más expertos.

Leigh estaba demasiado ocupada caminando arriba y abajo por su pequeño despacho para apreciar lo flexibles que eran las piernas de su secretaria. Esa mañana había llegado con una sola idea en mente: resolver su dilema sobre Nick Montera. No había podido dormir en toda la noche, reviviendo el incidente del día anterior y torturándose con la necesidad de encontrar una explicación para su comportamiento. La infracción en su conducta profesional podía ser humana, pero indicaba, a la vez, una grave irresponsabilidad. Ella era una terapeuta, pero últimamente no lo parecía. El único recurso que le quedaba era determinar cuál era su responsabilidad profesional en ese caso y actuar en consecuencia.

Afortunadamente, Nancy era una ayuda extraordinaria. Su cooperación había sido invalorable. Era estudiante graduada en psicología y estaba familiarizada con muchas técnicas de diagnóstico. Pero aun cuando Leigh se sentía contenta de poder discutir los resultados del test de Nick con ella, no le había revelado el giro que había tomado su relación con él a partir del último encuentro. Por el momento, esa confesión era demasiado explosiva para compartirla con nadie.

El despacho se hacía cada vez más pequeño para sus pasos y el dibujo de la alfombra parecía retorcerse como un nudo de serpientes bajo sus pies.

—Ya sé lo que indican los tests —dijo, volviéndose hacia Nancy—. Pero los tests son falibles, especialmente las técnicas proyectivas.

Nancy alzó la mirada y enarcó una ceja con gesto burlón.

—¿Falibles? No te referirás al Johnson-Rappaport, ¿verdad?

Leigh sonrió, consciente de que era la primera vez que dejaba caer la guardia en días. La intención de su trabajo con Carl Johnson era establecer parámetros cuantitativos como una base para la interpretación. El objetivo último era diseñar una técnica de diagnóstico que pudiera distinguir entre fantasías latentes y la potencialidad de expresión abierta de esos deseos reprimidos. Querían lograr lo que ningún otro test psicométrico había logrado con cierto grado de exactitud: establecer niveles de conducta y predecir comportamientos. Habían tenido éxito en la clasificación de conductas, de acuerdo con el consenso de sus colegas en el mismo campo de investigación. Si el test lograba o no predicciones precisas era todavía materia de debate, pero la técnica que habían desarrollado ya estaba ampliamente considerada como el patrón contra el que debía medirse cualquier otro test.

—Muy bien, pero ¿qué me dices del cuestionario de

personalidad? —preguntó Nancy—. Se trata de un test objetivo. Está estandarizado y el puntaje es automático, así que no hay posibilidad de error ni de que el intérprete introduzca desviaciones. Y él obtuvo puntajes elevados en todos los registros, paranoia, sociopatología, y en dos de las tres escalas de valoración. Eso es casi la máxima desviación que puede conseguirse, Leigh.

—Es verdad, pero esos puntajes pueden ser superados con experiencias vitales. —Leigh estaba respondiendo con mayor pasión de lo que habría deseado, pero no podía evitar experimentar una sensación de injusticia—. Nick creció en un barrio. Pasó un tiempo en la cárcel, que no es el mejor ambiente para el desarrollo de conductas sociales. Un convicto sobrevive por su astucia, y en él la paranoia está absolutamente justificada. Había gente que trataba de matarlo.

Nancy apoyó la espalda en el respaldo de la silla.

—Es posible, Leigh. Pero yo creo que ese hombre es tremendamente peligroso.

Leigh se detuvo y su mirada fue atraída otra vez al diseño hipnótico de la alfombra. «Víbora», pensó, recordando la palabra en español. Podría atravesar un mar de víboras y aún así, seguiría sintiendo una extraña atracción hacia ese poder enroscado. Algunas cosas en la vida eran irresistiblemente atrayentes, signos y símbolos eróticos, hombres arquetípicos. ¿A qué oscuras regiones del ser humano llamaban?, se preguntó. Y ¿por qué era tan difícil no responder?

Finalmente, suspiró, incapaz de seguir negando lo que se había tornado dolorosamente evidente.

—Yo soy de la misma opinión, Nancy.

Nancy se desanudó por completo.

—¡También crees que es peligroso? Entonces, ¿cómo puedes resistirte a testificar? Es tu obligación ética.

—Por la razón que precisamente estábamos discutiendo. Ya no confío en mi objetividad en lo que concierne a Nick Montera. Me temo que estoy sintiéndome... emocionalmente involucrada.

Una sonrisa furtiva se abrió paso en la expresión condolida de Nancy.

—Te comprendo; es fatalmente atractivo.

Leigh se recogió las mangas de su cardigan azul y el dolor en la muñeca le hizo recordar la marca cárdena que le había quedado.

—Sí, lo es —murmuró—, y probablemente está muy enfermo.

—¿Qué piensas hacer entonces?

—No lo sé. —La intuición de Leigh estaba en conflicto con la aplastante evidencia de su culpabilidad. Los jurados preferían las evidencias a las corazonadas. Y ella también. Luego, hablando más para sí que para Nancy, añadió—: No es un psicótico. No tiene dificultad en distinguir lo correcto de lo equivocado, pero todos los tests indican que es un sociópata potencial. ¿Y quién sino un sociópata se propondría algo tan obvio como disponer al cuerpo de su víctima del modo en que lo hizo él? —Respiró hondo—. Y entonces, ¿por qué no lo creo?

—¿Qué dices?

—Que no lo creo, Nancy, nunca lo creí. A pesar de los tests, a pesar de las evidencias, a pesar de todo.

Nancy la contemplaba extrañada.

—¿Estás... segura?

—Sí... ¿por qué?

—¿No te has oído a ti misma? Acabas de decir que sólo un sociópata podría disponer el cuerpo del modo en que él lo hizo. Eso es lo que has dicho ¿verdad?

Leigh apartó la mirada de la alfombra, pero sus ojos siguieron nadando en el ondulante diseño. Se sentía como si flotara. De pronto tuvo una aguda necesidad de salir de esa habitación pequeña y sofocante. Necesitaba aire.

—¿Estás bien, Leigh? —Nancy se levantó con la intención de ayudarla—. ¿Te sientes bien? Pareces a punto de desmayarte.

—Exactamente —dijo Leigh, presionando las puntas de los dedos contra su frente perlada de sudor—. Y es por eso que me retiraré del caso. Está destruyéndome.

—¿Se lo has dicho a Dawson?

—¿Decirle qué? —preguntó una voz de hombre.

Sobresaltada por el sonido de la voz de su novio, Leigh miró en dirección a la puerta. Dawson estaba de pie en el umbral, con el abrigo echado sobre los hombros, como si se lo hubiera puesto con prisa. ¿Cuánto habría oído?, se preguntó Leigh. No podía decidir si se lo veía enfadado o si era sencillamente la proyección de su propia culpa.

—¿Qué haces aquí? —preguntó.

—Íbamos a almorzar juntos, ¿lo recuerdas?

Leigh miró su reloj, asombrada de lo rápido que había pasado el tiempo.

—¿He oído bien, Leigh? —preguntó Dawson—. ¿Quieres retirarte del caso? ¿Por qué has tardado tanto en decidirlo?

—Bien... —Nancy saludó del modo en que lo haría un niño en medio de una disputa entre sus padres—. Será mejor que me vaya y os deje conversando solos.

—No, Nancy, ¡quédate! —pidió Leigh, y sonrió a Dawson como pidiéndole perdón—. Nancy y yo aún no hemos terminado.

Dawson la miró detenidamente, reparando en la piel pálida y sudorosa y el modo en que abría y cerraba nerviosamente las manos.

—¿Ocurre algo malo? —preguntó—. ¿Has tenido dificultades con la evaluación? ¿Montera te está dando problemas?

—No, no es eso. Justamente estábamos discutiendo los resultados de sus tests. Y creo que pueden reflejar más su infancia de privaciones que cualquier conducta potencialmente criminal.

—¿Su infancia de privaciones? —Dawson la miró boquiabierto, como si ella hubiera perdido el juicio—. ¿Hablas en serio?

—Sí —respondió Leigh—. Muy en serio.

—¿Y ése sería tu testimonio?

—Sí, probablemente. No lo sé, Dawson. —Leigh se apoyó en la librería que tenía detrás; sintió que la falta de sueño la estaba dominando. Se sentía exhausta y nerviosa—. Tú necesitas alguien que pueda testificar con convicción. Alguien que crea en su interpretación, y no soy yo esa persona.

—¿Y qué ocurre con tu propio test? ¿Lo has sometido a él?

Ella asintió, aunque no era del todo cierto. No podía decirle cómo había perdido el control de la situación antes de acabar con la prueba.

—Señala núcleos temáticos fuertemente erotizados.

—¿Erotizados? ¿Eso es todo?

—Bueno, había algunos indicadores de problemas con el control de los impulsos.

—Control de los impulsos... ¿Qué significa eso? ¿Tendencias violentas?

—Sí, quizá. —¿Quizá? Estuvo a punto de soltar una carcajada. Ella había presenciado directamente las tendencias violentas de Montera. Había sido víctima de ellas. ¿Por qué ocultaba ese hecho?

Miró hacia abajo y la alfombra le hizo pensar en una enorme serpiente enrollada en torno a sus piernas, que ascendía por su cuerpo, asfixiándola. Sintió el cuello cubierto de un sudor frío, y un estremecimiento recorrió sus hombros.

—Dawson —dijo abruptamente—, ¿no podríamos

posponer nuestro almuerzo? Nancy y yo realmente necesitamos terminar con esto ahora. Ella tiene exámenes esta tarde y ha de retirarse temprano.

Leigh sintió un momento de zozobra mientras Dawson miraba a Nancy en busca de confirmación. Acababa de mentirle a su novio y, sin consultarla, había convertido a su secretaria en cómplice. Afortunadamente, la expresión de inocencia de Nancy pareció convencer a Dawson, que se quitó el abrigo y lo alisó sobre su brazo. Su mano, apenas visible bajo la tela, estaba fuertemente cerrada.

—De todos modos —dijo él—, creo que he perdido el apetito.

—Dawson, lo siento —dijo Leigh.

—No te preocupes. Además, no debería perder el tiempo en cosas como comer. Tengo que encontrar otro testigo pericial, ¿verdad? —Su sonrisa era crispada y sarcástica.

Ella no supo qué responder. Él miró a ambas mujeres como si de algún modo lo hubieran traicionado, y cerró la puerta. Nancy, que se había desplomado en una silla y volvía a su posición yogui, también parecía turbada.

Leigh se volvió hacia la ventana y observó el terrario. Sus animalitos, como Montera había llamado a las tortugas, tenían una habilidad asombrosa para retirarse a tiempo y protegerse. Tal vez fuese una estrategia poco imaginativa, pero daba resultado la mayor parte de las veces... siempre que nadie las volviera sobre la espalda.

Has hecho lo correcto, se dijo Leigh.

# 16

Un vaso de vino rosado y el mando a distancia de su televisión. Ésa era la única compañía de Leigh a las dos de la madrugada en aquella noche larga y solitaria. Y tendrían de algún modo que ayudarla a soportar las horas que quedaban hasta la mañana. Arrellanada en su «cómoda cama victoriana, cuatro columnas, madera torneada», que era como el anticuario había descrito la única concesión al lujo en su dormitorio, había optado por *En un lugar solitario,* una de sus películas favoritas, con Humphrey Bogart y Gloria Grahame.

Exhausta como estaba, el filme debería haberla arrullado hasta que conciliase el sueño. Tenía la cabeza apoyada en unos almohadones de terciopelo rojo que venían con la cama. Pero ni la postura cómoda, ni el vino, ni la película de Bogart conseguían hacerla dormir esa noche.

El mando a distancia descansaba en la palma abierta de su mano y su pulgar pulsaba los botones sin descanso. Durante la última hora había hecho *zapping* entre la película y el canal de noticias, pero acababa de ordenarse a sí misma que debía contenerse. A ella le daba igual que en la CNN estuviesen hablando o no del juicio Montera. Se había retirado del caso y lo que debía hacer ahora era dejarse llevar por esa excelente película. Siempre había adorado el momento en que la Grahame encendía dos cigarrillos con la misma cerilla y le entregaba uno a Bogart. ¿O eso era en *Ahora, viajero,* con Bette Davis y Paul Henreid?

Evidentemente, no tenía claro a qué película correspondía la escena. Razón de más para volver a verla, se dijo. Acomodó otra vez los almohadones detrás de su cabeza y buscó con los pies un rincón más frío bajo la sábana. Hablaba bien de su edredón nuevo, suponía, el que la cama estuviera casi demasiado tibia, especialmente cuando se sentía como si hubiera pasado la mayor parte de su vida en estado de hibernación.

Justo cuando se sentía perfectamente cómoda y razonablemente a gusto, la emisión se interrumpió con una tanda de anuncios comerciales. Primero un trío de chicas desvestidas del modo más persuasivo la invitaron a llamar a un número 900, y luego Slim Whitman empezó a entonar trozos de su último disco de grandes éxitos.

Leigh apuntó a Slim con el mando a distancia y la voz del cantante se desvaneció para dar paso a la CNN.

—¿Qué esfuerzos se están haciendo para localizar a Paula Cooper? —preguntaba desde el estudio el comentarista mientras la cámara volvía a posarse sobre un hombre fornido de unos cuarenta años que Leigh reconoció como uno de los ayudantes de Dawson.

—No se está haciendo ningún esfuerzo formal por localizarla —respondió el abogado—. Sencillamente nos gustaría que se presentara a testificar voluntariamente. Por supuesto, la buscaremos y la citaremos formalmente si es necesario.

Leigh subió el volumen con el pulgar. ¿Le había pasado algo a Paulie Cooper? Por el momento no tenía modo de saberlo, ya que había pillado la entrevista por la mitad. Pero estaba claro que la oficina de Dawson quería ahora que Paulie testificara, cuando antes no se habían mostrado interesados en que lo hiciera.

—¿Qué ocurrirá si no pueden localizarla? —insistió el reportero.

El abogado desestimó la pregunta con una blanda sonrisa.

—La encontraremos.

Leigh escuchó el rápido resumen del periodista, pero todo lo que pudo averiguar fue que la oficina del fiscal había tratado de encontrar a Paulie Cooper pero no lo había conseguido. Leigh se dio cuenta de que la entrevista había sido grabada más temprano, porque había luz diurna y algunos empleados subían por las escaleras del palacio de Justicia.

Apartó el edredón y se sentó en la cama, sorprendida. Sería del todo inútil que tratase de dormir, pues la noticia había tenido sobre ella el mismo efecto que una ducha helada. No necesariamente tenía que ser algo siniestro, razonó, al tiempo que se levantaba en busca de su bata. Paulie podía haber decidido hacer un viaje de unos pocos días sin contárselo a nadie. Era posible, aunque Leigh lo consideraba improbable. Paulie estaba demasiado involucrada en el inminente juicio, y lo había hecho notar. ¿Quizá había alguien que no quería que testificara? En ese caso, la situación sí que era siniestra.

Estoy fuera del caso, se recordó Leigh mientras se ponía la bata. Era de una tela blanca, tan tenue y transparente como su camisón, pero había decidido bajar a su despacho a trabajar —si iba a permanecer despierta, mejor sería que avanzase con su trabajo— y vestirse le pareció excesivo.

Cuando se instaló en su despacho, su preocupación por Paulie había sido reemplazada por un problema más inmediato. Durante todo el día había tratado de comunicarse con Dawson, pero él no había contestado ninguno de sus mensajes. Lamentaba el modo en que Dawson se había enterado de su decisión de no testificar; sabía que él estaba profundamente decepcionado, pero su decisión había sido la de una profesional y él, pensó, debería respetarla. Por lo menos, estaba convencida de que había hecho lo correcto. Y cualquier otro testigo pericial sería más útil que ella.

Una vez que se sentó detrás del escritorio se enfrentó al problema de por dónde empezar. Su vida profesional y su vida personal se habían mezclado irremisiblemente y esta confusión lo había afectado todo, aun su manuscrito. Su editora la había instado a que centrase el libro en Nick, pero eso tampoco parecía ya posible.

Empezó a hojear distraídamente su bloc de notas hasta que se encontró mirando la página que él había escrito en la primera entrevista. Sus notas le hicieron recordar vívidamente aquel momento.

«¿A qué clase de juego estás jugando?», le había preguntado él. Ella no había comprendido, y Nick había dibujado entonces ese círculo con forma de serpiente alrededor de la pregunta que ella misma había escrito sin darse cuenta.

El dibujo la había perturbado profundamente ese día y ahora, mientras lo contemplaba, hizo girar su brazo para ver la marca que el brazalete había dejado en su muñeca. Rosa y morada en su piel pálida, se veía curiosamente bella, más parecida ahora a una flor que a una serpiente.

Un temor la sobrecogió, y no pudo evitar estremecerse. Él la había marcado del mismo modo en que había marcado a Jennifer Taryn. Era una huella tan característica como una firma. Es su firma, pensó. Casi perdió el aliento mientras se concentraba en la débil línea sobre su piel. Estaba recordando algo... ¿una pintura, un grabado? La respuesta le arrancó un súbito gesto de reconocimiento. ¿No era la tarjeta que ella y Carl Johnson habían decidido no incluir en el test porque no conseguían ponerse de acuerdo en el simbolismo?

Se levantó y se dirigió a sus archivos. Las tarjetas que habían desechado estaban en una caja en la parte de atrás de uno de los cajones, y encontró la que buscaba casi de inmediato. Era un dibujo al carboncillo de una mujer suspendida en el espacio, la cabeza cayendo hacia adelante, como si estuviera inconsciente, el cuerpo desnudo circundado por una serpiente plateada que devoraba su propia cola. El dibujo databa de 1896, el artista era desconocido, y el título rezaba *Mujer*.

A primera vista la imagen era etérea, encantadora incluso, y sin embargo había algo perturbador en ella. Leigh se sentía extraña al mirarla. Un detalle en particular hizo que su pulso se acelerase: la serpiente era casi idéntica a la del brazalete de Nick Montera.

Dejó caer la tarjeta en la caja, cerró el cajón y retrocedió un paso. Tenía que ser una coincidencia. No había otra explicación, pero aun así no conseguía girar sobre los talones y volver a su escritorio. La agitación que se había apoderado de ella era familiar, como el suave murmullo de la lluvia en el tejado, que se convertía de pronto en un feroz aguacero.

Vio su reflejo fantasmal en las ventanas que ocupaban una de las paredes del despacho. Un fantasma en una bata ligerísima. Empezó a caminar hacia la imagen, vacilante y sin embargo ansiosa por verse más claramente, para que su imagen se definiera más. Pero mientras se acercaba a la superficie espejada del cristal, tuvo la premonición de que había alguien del otro lado, alguien que estaba mirándola.

Su corazón comenzó a latir tan fuertemente que la obligó a detenerse. No se atrevía a acercarse más. Ya otras veces había tenido la sensación de que la miraban delante de esas ventanas. Muchos años atrás. La conciencia y el temor de una presencia oculta la habían perseguido por años, desde su infancia. Pero se había convertido en una fantasía cada vez más poderosa desde que había conocido a Nick Montera. Era una fantasía, por supuesto, sólo su imaginación, pero sus mecanismos de defensa no dejaban de actuar como si la amenaza fuera real.

Dio la espalda a la ventana, con la esperanza de detener las sensaciones físicas que la asolaban, sabiendo exactamente qué había en la raíz de esas sensaciones. Esa pulsación erótica provenía de una época muy temprana. Ella no debía de tener mucho más de trece años, era una adolescente en ciernes, cuando descubrió a uno de los protegidos de su madre —un joven artesano sudamericano por quien Leigh se había sentido secretamente atraída— espiándola una mañana mientras se quitaba el camisón para tomar una ducha.

La puerta del cuarto de baño era corredera y no cerraba del todo; ella se dio cuenta de que debía de llevar rato espiándola, y de que quizá no era la primera vez que lo hacía. Su primera reacción fue una sorpresa paralizadora, pero cuando atinó a entrar en la bañera para esconderse, se dio cuenta de que en su temblor había también una extraña e irresistible excitación. Cuando abrió el grifo, sintió que los cálidos hilos de agua que recorrían su cuerpo la acariciaban de una manera nueva, íntima.

Lo había visto detrás de la puerta varias veces durante las siguientes semanas y su presencia allí siempre la dejaba temblando de confusión y de un deseo turbulento. Su mirada despertaba su imaginación, hasta una mañana en que finalmente se atrevió a mirarlo a su vez. Casi inmovilizada por la timidez, alzó la cabeza y vio lo que él estaba haciendo, el modo en que se tocaba, la salvaje ansiedad que brillaba en sus ojos.

Toda su excitación se convirtió en un estado de terrible turbación. Nunca antes había contemplado a un hombre excitado, y la visión de su pene fue demasiado para ella. El frágil florecimiento de su sensualidad fue reemplazado por una sensación chocante de culpa y vergüenza. Su grito atrajo a su madre, que llegó a la carrera, y el joven artesano fue despedido sin ceremonias del apartamento de Kate.

—¿Por qué demonios se le ocurriría espiar a una niña desgarbada de trece años cuando había en la casa una mujer hecha y derecha? —había dicho Kate más tarde, riendo con sus amigos artistas. Sin duda, estaba más condolida por las preferencias de él que por el modo en que había violado la privacidad de su hija.

Leigh había tratado de desterrar aquel incidente al fondo de su memoria, pero nunca había conseguido bloquear del todo las llamaradas eróticas que todavía cruzaban por sus pensamientos en las ocasiones más impensadas. En el instituto decidió que estudiaría psicología en un principio para conocer más de sí misma, pero pronto encontró que era más fácil y seguro dedicarse al análisis de los problemas de los demás.

En las clases teóricas le habían enseñado que el sistema nervioso era inteligente para procurarse equilibrio y descargaba los impulsos potencialmente excesivos como si fueran agua que desbordaba una presa. Había razonado entonces que esas llamaradas de su libido eran una especie de energía atrapada que buscaba un cauce para liberarse, y había pretendido desembarazarse de todo el incidente de mero juego de niños que comienzan a descubrir el sexo. Eso la había tranquilizado en parte, pero no podía negar que aquellos pensamientos se apoderaban ahora de ella con una fuerza obsesiva que nunca antes había conocido.

Un escalofrío la hizo reparar en que permanecía inmóvil con la espalda vuelta hacia la ventana. Sus pies estaban abiertos en ángulo y su mano estaba cruzada sobre su vientre; la imagen que se reflejaba hacía pensar en una criatura angelical a punto de iniciar vuelo. Basta de posar, que no está el fotógrafo, se dijo irónicamente.

Se obligó a volver a su escritorio. Lo primero que hizo fue cerrar el bloc que contenía las notas del caso y dejarlo a un lado. Una vez que hubo terminado con esto, respiró hondo, abrió el último cajón y sacó su manuscrito abandonado. Nick Montera ya no estaba bajo observación, de modo que no había ninguna razón que justificara el que el libro se centrara en su caso.

Su única opción ahora era volver al enfoque original, que consistía en hacer que su trabajo de tesis fuese accesible para el gran público a través de una versión simplificada del test. En un principio Leigh se había opuesto a esta idea, porque temía que todos los esfuerzos y cuidados que se habían tomado Carl Johnson y ella derivaran en alguna clase de juego social de preguntas y respuestas, pero su editora le había asegurado que el libro sería una herramienta invalorable para aquellos que buscaban dentro de sí respuestas a impulsos que no entendían y que no disponían de la habilidad o los conocimientos suficientes para acceder a textos académicos de psicología.

Empezó a pasar las hojas del manuscrito en busca del lugar al que había llegado con sus correcciones. Pero aun cuando encontró la página y se puso a trabajar, no podía librarse de la sensación de otra presencia. Y ahora era algo más que la sensación de ser espiada. Sentía que el aire transmitía señales casi físicas, como si esa mirada ejerciese una presión directa sobre su piel, como si su calor pudiera abrasarla a pesar de la distancia. Y podía sentir algo más, algo familiar. De algún modo, sabía que él no era un extraño. Incluso lo sabía, con la misma clase de certidumbre de niña que había tenido a los trece años, que sus instintos eran completamente puros y que no habían sido tocados por las prevenciones de los adultos.

En aquel entonces ella lo había mirado. Había cedido al impulso y como la mujer de Lot se había convertido en una estatua de sal. Esta vez no dejaría que el hechizo se rompiera.

Cerró los ojos e imaginó que se ponía de pie, se inclinaba y se desabotonaba la bata para dejarla caer sobre la silla. El aire fresco de la noche atravesaría la leve tela de su camisón y acariciaría su piel desnuda con dedos pequeños, calmos y excitantes. La tela también la acariciaría al moverse con la brisa haciendo que toda su piel se erizase.

Sintió un escalofrío en la base de la columna vertebral, que se extendía en abanico hacia todo su cuerpo y hacía que sus pezones se pusiesen duros y erectos. Cuando las sensaciones se hicieron más profundas e intensas, Leigh dejó escapar el aliento que estaba reteniendo y abrió los ojos. Se dio cuenta de que imaginarlo no bastaba; quería hacerlo. Quería vivir esa fantasía, experimentar todas aquellas sensaciones ante la mirada de otro. El impulso era tan poderoso que no estaba segura de poder resistirlo. Se inclinó sobre el manuscrito como si fuera una tabla de salvación, sintiendo que las páginas pasaban ciegamente bajo sus dedos torpes. Tenía el cuello cubierto de sudor y la boca completamente reseca. Era como si hubiera olvidado cómo moverse, y aun si hubiera querido hacerlo, sus vértebras estaban tan rígidas que no lo habría logrado.

Se sentía tan paralizada como el día en que Nick Montera se le había acercado por detrás en su despacho... el día en que le había susurrado esas obscenidades provocativas, como un lazo que le tendía, esperando a que ella cayera. Él no podía estar al corriente de su antiguo trauma erótico, pero aunque lo hubiera sabido nada habría cambiado. También aquel artesano era poco más que un adolescente. No era un hombre, un hombre como el que la miraba.

«Te has preguntado alguna vez cómo sería tener a un hombre que se excitara sólo con mirarte, Leigh.»

¿Le había dicho Leigh? ¿La había llamado por su nombre? No podía recordarlo. Pero sí, se lo había preguntado... toda su vida.

«¿Que se excitara tanto que se le pusiese tiesa sólo de mirarte?»

¡No! No quería eso. ¿Por qué él utilizaba esa clase de lenguaje? ¿Para turbarla? No quería provocar eso en *cualquier* hombre. Sólo existía un hombre al que quería excitar de ese modo. Sólo uno.

Oh Dios, pensó. A pesar de que sentía sus miembros entumecidos, consiguió ponerse de pie. Le faltaba el aliento y cada fibra de su cuerpo temblaba, pero los pequeños botones de su bata finalmente cedieron a la torpe insistencia de sus dedos. Cuando soltó el último, la bata se deslizó por sus brazos y cayó grácilmente sobre la silla.

Las sensaciones eran exactamente como las había imaginado, sólo que mucho más intensas. Nunca había imaginado que su cuerpo pudiera contener tanto calor. El aire fresco a través de la fina tela del camisón erizaba su piel ardiente y despertaba sus sentidos. El ligero tejido de algodón la acariciaba suavemente, rozando sus pechos grávidos, sus pezones erectos. En las partes más sensibles de su cuerpo sentía como si finísimas agujas le estuvieran inoculando una droga afrodisíaca. Sí, podría haber sido esa clase de sensación, sólo que era mucho más profunda, mucho más absorbente. Con cada jadeo la intensidad de su deseo crecía, hasta que sintió que estaba llegando a la cima que separaba el placer del sufrimiento.

Otro impulso culpable la dominó y una de sus manos descendió como si fuera a tocarse. No haré nada, pensó, mientras se recogía el camisón y sus dedos fríos entraban en contacto con la piel caliente de los muslos. Sólo quería saber cuál era el límite de esa sensación, dejarse llevar por la exquisita cresta de placer que se alzaba desde su cuerpo como una ola. Su mano se deslizó furtivamente hacia el vello rubio del pubis, los dedos buscaron y encontraron. Y cuando lo supo, el agudo placer hizo que su cabeza se echara bruscamente hacia atrás. Apenas habría podido reconocer como suyo el sonido que surgió de su garganta. Sus piernas se negaron a seguir sosteniéndola y una acuciante orden en el centro de su ser la instaba a que hiciera algo más, lo que fuera, para aplacar ese reclamo. Sus dedos se clavaron contra su palma y se dobló sobre su mano en una dulce agonía. Si había un umbral que separaba al placer del sufrimiento, acababa de cruzarlo.

Esto es una locura, se dijo. Estaba sudando como un corredor de maratón, temblaba incontroladamente y no atinaba a entender qué le ocurría. Estaba familiarizada con la fisiología del sexo, pero por el modo en que reaccionaba sintió que había algo más profundo. La adrenalina fluía por sus venas como si acabara de evitar un accidente. No era posible que todo se debiese al recuerdo de Montera; no tenía sentido. Después de todo, apenas lo conocía. Debía de tratarse de una respuesta a un trauma irresuelto. Nick Montera sólo era un símbolo. Representaba un rito de pasaje al que debía someterse.

Mientras su respiración se serenaba trató de analizar lo que le había ocurrido. Si lo comprendía, pensó, tal vez lograse dejar de sentirse así. En muchos aspectos todavía era la adolescente desgarbada de trece años, congelada en el tiempo, y su sexualidad había quedado como rehén de ese episodio en que se había enfrentado al deseo sobreexcitado de un muchacho.

Su fantasía con Montera volvía a enfrentarla con ese recuerdo bloqueado, la obligaba a admitir que había allí algo más que energía sin liberar. Estaba experimentando nuevamente el febril despertar sexual de una adolescente, porque Leigh, la mujer, tenía que concluir ese episodio abortado antes de poder abrirse a una sexualidad más adulta.

No era él. Era lo que él representaba, alguien tan oscuro como los impulsos que la atemorizaban. Todo cobraba sentido, todo encajaba a la perfección. Debía ser capaz de olvidarlo todo, pensó, pero ninguno de esos brillantes razonamientos tenía el poder suficiente, porque ese hombre y las cosas que ese hombre le había dicho seguían dominando sus sentidos.

«Mírame, Leigh. Mira mi cara y dime que no sabes lo que estás haciéndome.»

¿Qué le había hecho? ¿Qué podía hacerle una mujer cuya sexualidad se había detenido a la edad de trece años? Todo lo que podía recordar era lo que él le había hecho a ella, cómo había buscado sus labios con la boca, cómo la habían apretado sus manos. Todo lo que podía ver en su mente era el dibujo que él había hecho, su mano acariciando su cuello, los labios en su oído, susurrándole, haciendo que sus sentidos ardiesen con la descripción anticipada de todo lo que le haría.

Sus piernas empezaron a temblar y la humedad en su piel se condensaba en pequeñas gotas. Un hilo de sudor descendía por su cuello, se alimentaba de calor entre sus pechos y rodaba por su vientre.

Mientras despegaba la tela húmeda del camisón y la separaba de su piel, tuvo que admitir que lo que decían los periódicos sobre Montera era cierto. Era un hechicero. Era capaz de subyugar por completo a una mujer con una mezcla de sensibilidad y maestría sexual. Eso era lo que había hecho con ella.

Un escalofrío recorrió su cuerpo, que estaba tan húmedo como su camisón. Dejó escapar un gemido de desconsuelo por el estado en que había quedado; el sonido le arrancó una sonrisa. ¿Qué demonio la había poseído? ¿Cómo estaba tan empapada?

Sin pensarlo, se quitó el camisón, lo arrojó a un costado y dio un paso para recoger de la silla su bata. Mientras la alzaba escuchó un golpeteo en la ventana, como si las ramas de un árbol estuvieran tocando el cristal. Alzó la cabeza y alcanzó a distinguir algo que la dejó paralizada. Detrás de las ventanas había un hombre de pie, contemplándola.

Leigh cubrió su desnudez con la bata, sin poder creer todavía lo que veía. Tenía que ser una ilusión. Su fantasía había sido tan vívida que había logrado confundir a sus sentidos. Pero el hombre se movió, acercando la cara al cristal, y cuando Leigh advirtió quién era gritó, involuntariamente:

—¡Dawson!


—Estaré bien en un minuto. —Leigh temblaba, envuelta en un mantón de lana. Había alcanzado a ponerse la bata antes de hacer pasar a Dawson por la puerta principal, pero aún no había conseguido dejar de temblar. Él había ido a visitarla pensando que tal vez todavía estuviese despierta y que podrían hablar. Leigh sabía que tenían pendiente una conversación, pero su único objetivo en ese momento era convencerlo lo más amablemente posible de que se fuera.

—¿Cómo puedes decir eso? —dijo Dawson, preocupado, al tiempo que se quitaba la bufanda blanca para ofrecérsela. Estaba de pie, luciendo el esmoquin que seguramente había usado para asistir a alguna celebración esa noche—. Estás empapada de sudor y tienes los ojos brillantes de fiebre. Puedo oír cómo te castañetean los dientes.

¿De modo que él pensaba que estaba enferma? ¿No había visto nada de lo que había hecho? Gracias a Dios.

—No te acerques —le advirtió—. Si estoy enferma no quisiera contagiarte.

—¿No quieres que te lleve a una clínica?

—Sólo me dirían que tome una aspirina y que vuelva a la cama, que es exactamente lo que pensaba hacer. —Leigh se arrebujó en el mantón—. ¿Me prepararías un poco de cacao caliente antes de marcharte, Dawson? Eso y un baño de agua caliente me repondrán.

Mientras él se dirigía a la cocina, Leigh se hundió, aliviada, en los cojines del sillón. Estaba exhausta. Con ésa, Dawson ya la había pillado desprevenida en dos ocasiones. Y su buena suerte debía de tener un límite.


Nick Montera estaba a punto de hacer algo que podía significar su suicidio o su salvación. Mientras contemplaba a través de las ventanas de su estudio el circo que se había instalado con sus carromatos dentro de su propiedad, la analogía del circo le hizo pensar en otras jaulas. De pronto entendió por qué los animales caminaban detrás de los barrotes con esa mirada borrosa. Y por qué en ocasiones enloquecían y atacaban a sus guardianes.

Sintió una caricia cálida en la piel desnuda de los tobillos: *Marilyn* restregaba la cabeza contra sus pantorrillas. Un agudo maullido brotó de la garganta de la gata y por la intensidad vehemente Nick supo que debía de estar hambrienta. A pesar de sus intentos por disculparse, Estela no había querido volver desde el día en que había estado tan rudo con ella, y sin su presencia estabilizadora todo en la casa se había ido al demonio. Nick apenas recordaba que debía prepararse la comida.

—Estás interrumpiendo mi misión suicida —le dijo a la gata, alzándola en brazos y encaminándose hacia la cocina—. Pero qué diablos, lo primero es lo primero.

Depositó a *Marilyn* sobre el mostrador y le buscó algo de comer abriendo armarios y cajones al tiempo que se quitaba de los pantalones cortos los pelos rubios de la gata. ¿Dónde había escondido Estela la comida para gatos?

En la nevera había algunas presas de pollo para freír, pero Nick no estaba seguro de si su quisquillosa gata las aprobaría. *Marilyn* golpeaba con las uñas la cerámica del mostrador mientras se limpiaba tranquilamente las patas preparándose para su almuerzo.

Unos momentos más tarde, después de haber separado la carne de los huesos, Nick depositó el plato con pequeños trocitos de pollo delante de *Marilyn,* que se dispuso a comer con avidez, pero sin perder su delicadeza, como si quisiera recordarle que los gatos eran criaturas complicadas.

Mientras la miraba comer, evitando la grasa y la salsa picante en favor de los bocados de carne, no pudo evitar compararla con varias de las mujeres que había conocido. Hermosas y absortas en sí mismas muchas de ellas se acostumbraban pronto a los bocados más deliciosos hasta el punto de depender de ellos, y sin embargo él jamás tomaba esa dependencia por definitiva. Pensaba en una mujer en particular. La aparición de Paulie Cooper la última noche lo había sorprendido, aunque probablemente era de esperar.

Ella representaba extraordinariamente bien su papel de mujer vulnerable, pero al mismo tiempo en su caso parte de la vulnerabilidad era real y su instinto de autoconservación estaba demasiado agudizado en esos días como para involucrarse en nada que no contribuyera directamente a ganar su caso. No quería torbellinos emocionales. Su prioridad ahora era dar pasos seguros, eliminar obstáculos, y Paulie Cooper, se lo había prometido, no se convertiría en uno.

El breve encuentro clandestino que habían mantenido le había dado una idea a Nick, una perspectiva absolutamente nueva desde la cual enfrentarse al cargo de asesinato. Era una idea insensata en cierto modo, pero como solía decirle a Estela, «el que no arriesga no gana».

Madre de Dios. Nick se llevó una mano a la cabeza y contempló el desastre en que se había convertido su vida desde que Estela había dejado de acudir a su casa. Los platos sucios estaban apilados en el fregadero formando una alta columna, el cubo de la basura estaba repleto y los periódicos viejos amontonados en uno de los rincones empezaban a cobijar arañas. La ropa que tenía puesta era la última que le quedaba limpia. Tenía que conseguir que Estela volviera. Ésa sería su prioridad esa mañana, se ocuparía de ello apenas tomase una taza de café e hiciera la llamada telefónica que sellaría su suerte.

El café empezó a filtrarse. Con el teléfono portátil en la mano y un hombro apoyado en la nevera, pulsó el número de Satterfield. La recepcionista lo comunicó de inmediato con el abogado.

—¿Nick? —La voz de Satterfield sonó calida y cordial—. ¿Qué puedo hacer por usted?

—Gracioso que lo pregunte. —Montera hizo una pausa, no tanto por efecto, sino para estar seguro de que su voz sonaba absolutamente átona. No quería que se filtrara nada que el abogado pudiera usar en contra de él en la discusión que se avecinaba—. Quiero que convoque a Leigh Rappaport como testigo de la defensa.

Le llegó por la línea el inconfundible sonido de una aspiración contenida.

—¿Se ha vuelto loco?

—Por supuesto, pregúntele a los médicos.

—¡Ella es la psicóloga de la fiscalía! ¿Por qué quiere que convoque a un testigo hostil?

—Se lo explicaré cuando llegue el momento. —Nick no estaba seguro de que su teléfono no estuviera intervenido, o que el propio Satterfield estuviera grabando la conversación—. Hay informaciones que es mejor transmitir en persona.

—Explíquemelo ahora o no lo haré.

—Hágalo —respondió Nick fríamente—. O perderá el caso.

Sonrió con la respuesta que le llegó después de un largo silencio, y mientras colgaba el auricular vio que *Marilyn* había terminado su plato y lo miraba como si esperase que él agitara mágicamente una mano y volviera a llenarlo.

—Soy bueno, *Marilyn* —dijo con una sonrisa—. Pero no tan bueno.

Se inclinó sobre la gata y acarició su pelaje dorado. Olía a pollo y a salsa, y cuando se arqueó bajo su mano un ronroneo de placer subió por su garganta. Nick pensó que ahora todo lo que le quedaba por hacer era recuperar a Estela.

## 17

Tres semanas más tarde...

Los gurús de los servicios meteorológicos de la televisión la llamaron la ola de calor de febrero, pero el intransigente Angelenos se mofaba de esa prudente calificación. El sol caía a plomo y no corría una gota de aire. La ciudad de los «ángeles perdidos» se convertía en una incubadora. Puestos a elegir, la mayoría de los ángeles que la habitaban habrían preferido desayunar en el infierno.

La mañana del juicio la temperatura fuera del palacio de Justicia ascendía rápidamente y la muchedumbre que entorpecía a la entrada mostraba ya los signos del calor. Los miembros del cuarto poder empezaban a desvestirse: mangas de camisa, blusas desabotonadas y en algunos casos camisetas. Los simpatizantes de Nick Montera apretaban contra sus caras enrojecidas enormes vasos de plástico que goteaban con la condensación, o se abanicaban con los carteles que rezaban LIBERTAD PARA NICKY. Todos estaban ansiosos por ver aparecer a su muchacho, y mientras Leigh se abría paso entre la muchedumbre de periodistas y reporteros de televisión, se sentía por una vez contenta de permanecer en el anonimato.

Llevaba en consideración a la temperatura un traje

ligero de lino, de color azul, pero aun así sudaba, tanto a causa del calor como del estado de nerviosismo en que se encontraba.

Había sido convocada como testigo de la defensa y la oficina de Dawson había interpuesto una reclamación, argumentando que el resultado de los tests a que había sido sometido Montera era información reservada. La defensa había acusado entonces a la fiscalía de querer suprimir revelaciones importantes para la defensa de Montera, y la jueza había fallado finalmente a favor de Satterfield. De modo que ahí estaba Leigh, una testigo «reticente», como la llamaban en la jerga legal. Sólo que no tenían idea de cuán reticente.

El abogado de Nick parecía creer que su testimonio sería de alguna ayuda para ellos, aunque Leigh no podía imaginar cómo. Los tests psicológicos habían indicado que Montera era capaz de cometer el crimen de que se lo acusaba. Si la presionaban, Leigh tendría que reconocer que, en efecto, Nick Montera tenía los atributos emocionales de un asesino. Sólo podía decir en su beneficio que prácticamente cualquier persona, si se daban las circunstancias apropiadas, era capaz de cometer un crimen violento en un estado de pasión. ¿Sería eso lo que Satterfield quería oír?

Se sorprendió al ver que Dawson se acercaba a ella cuando entraba en el edificio. Había supuesto que él intentaría evitar encontrarse con ella, sobre todo porque no llevaría el juicio y parecía querer mantenerse lo más apartado posible de toda asociación directa con el nombre de Montera. Si la fiscalía ganaba, sin embargo, estaba segura de que él reaparecería de inmediato en el centro de la escena para aceptar la responsabilidad y la gloria.

Se lo veía estupendo con su traje gris de corte clásico y su elegante corbata color burdeos, e incluso parecía sonreír mientras se acercaba a ella. Leigh no deseaba un encuentro con él. Dawson se había puesto furioso al enterarse de que la defensa la había convocado como testigo. No había podido contener una increíble sarta de recriminaciones. Había insinuado que ella estaba conspirando contra él y le había advertido que se estaba comportando de un modo insensato, como si ella fuese en parte responsable de la estrategia de Satterfield. Había llegado a amenazarla con romper la relación. Leigh había encontrado su comportamiento tan indignante que apenas le había hablado desde entonces.

—¿Cómo estás? —le preguntó al llegar hasta ella, con genuina preocupación en la voz—. ¿Tienes tiempo para un café antes de que se reúna el tribunal?

Ella alzó su maletín.

—Gracias, pero quisiera tener un momento para revisar mis notas.

Él retrocedió un paso, como para mirarla mejor, y ella se ruborizó, consciente de su obvia aprobación.

—Luces maravillosa —le dijo.

Ella trató de cambiar de tema.

—Ha llegado el gran día.

—Creo que deberíamos conversar, Leigh.

—Me han convocado contra mi voluntad, Dawson —dijo ella rápidamente, decidida a impedir cualquier discusión—. No tengo otra opción que testificar. ¿O habrías preferido que me trajeran por la fuerza?

Él le tocó el hombro y murmuró:

—Sólo te pido que vayas con cuidado, Leigh, por favor. Una vez que los periodistas se enteren de que eres una testigo hostil, estarán pendientes de cada una de tus palabras. Sé que cuidarás lo que es importante, nuestro compromiso, por supuesto, y... las elecciones. Están muy cerca.

—No te preocupes. No podría de ningún modo olvidar que te presentas a la reelección.

Mientras ella echaba ya un vistazo a su reloj, él le tironeó con afecto la manga de su chaqueta.

—Sólo quiero que no te dejes intimidar allí dentro, ¿de acuerdo? Los muchachos van a por todas; no te lo harán fácil, Leigh. Ni siquiera nuestra relación puede ayudar. En realidad, empeora las cosas, ya que la fiscalía siente la necesidad de ser especialmente dura contigo para que no se la acuse de favoritismo.

—Correré el riesgo. Mi testimonio será exactamente el mismo que si me hubierais convocado vosotros.

—Pero ellos harán que suene diferente. Le darán la vuelta y tratarán de hacerte decir que Montera es casi un boy-scout, que ayuda a las ancianas y a los niños a cruzar la calle.

—Y quizá es lo que hace, Dawson.

—¡Por el amor de Dios, Leigh —dijo Dawson entre dientes—. Ese hombre es un monstruo. La sola idea de que tu testimonio pueda dejarlo en libertad para que caiga sobre otras mujeres inocentes me horroriza.

Leigh luchó contra el impulso de salir en defensa de Nick. Sabía adónde quería llegar Dawson. Más allá de los tests y los perfiles psicológicos ella jamás había creído que Montera fuera culpable. Dawson lo sabía, pero no quería que ella lo reconociera en el estrado. Ahora la agitación de él parecía tan acuciante que Leigh sintió una necesidad casi piadosa de asegurarle que no haría nada que pudiera perjudicarlo. Dawson era su novio, al fin y al cabo, y hasta hacía muy poco la relación entre ellos había sido grata y casi siempre feliz. Dawson había sido invariablemente amable y cariñoso, y ella había retribuido sin reservas sus sentimientos. Hasta hacía muy poco podía haberlo apostado todo a que pasarían el resto de la vida juntos. Por lo general, él era una roca, sólido y confiable, y por eso la desconcertaba ahora su repentina paranoia. Parecía un hombre amenazado, tanto en lo personal como en lo profesional.

Ella había pensado durante un tiempo que quizá estuviera celoso de Nick Montera, pero había otras señales preocupantes. Leigh no había olvidado el modo en que Dawson había reaccionado cuando ella le preguntó sobre Jennifer Taryn.

Un súbito estallido de actividad la hizo volverse justo cuando las puertas del palacio de Justicia se abrían y la multitud que se había apiñado fuera empezaba a entrar. Los reporteros luchaban por obtener una buena posición, acercando sus micrófonos a la media docena de protagonistas pillados en el ojo de la tormenta.

Uno de ellos era Nick Montera.

Leigh cerró con fuerza los dedos en torno a la manija de su maletín; involuntariamente lo alzó a la altura del pecho. Él había aparecido en los noticiarios, por supuesto, pero siempre habían sido grabaciones, en general antiguas. Ahora en cambio era real e inmediato. Ése era Nick Montera, el acusado de asesinato en el momento mismo en que entraba en el palacio de Justicia, donde se decidiría su destino. Leigh no estaba preparada para el impacto que significaba verlo. Llevaba un traje cruzado color burdeos y una camisa verde mar que contrastaba maravillosamente con los tonos bronceados de su piel. No se había preocupado de recortarse el pelo, como habrían hecho la mayoría de los potenciales condenados a la pena capital, pero el efecto de su larga coleta era magníficamente seductor. Parecía un artista herido y ensombrecido, un hombre especial. Era una combinación poderosa si en el jurado predominaban las mujeres, como Leigh había oído.

Alec Satterfield caminaba a su derecha. Leigh no reconoció a la atractiva mujer de unos treinta años que iba a su izquierda, pero su reacción instintiva fue de competencia. La mujer tenía piernas largas y esbeltas, cabello oscuro, y llevaba un vestido seductor de corte francés, muy ceñido. En opinión de Leigh se la veía demasiado sexy para ser abogada, pero aun así parecía totalmente profesional, y asumió que Satterfield, sabiamente, había decidido que una colega femenina llevara adelante parte de la argumentación.

Leigh advirtió que Nick adoptaba una actitud protectora con aquella mujer, defendiéndola de la embestida de los periodistas y atrayéndola hacia él. La idea de que Nick estuviese iniciando una relación con otra mujer era mucho más dolorosa de lo que Leigh hubiera creído. La hería terriblemente que él pudiera estar sincerándose con esa mujer, contándole las cosas que le había revelado a Leigh durante las entrevistas: que había sido su fascinación por los contrastes de luces y sombras lo que lo había inclinado a la fotografía, que aun así nunca había sido capaz de enfrentarse a la salida del sol. Ni siquiera quería pensar en la posibilidad de que pudiera haber algo más que confesiones entre los dos.

En un impulso, se volvió hacia Dawson y vio que él también estaba observando la entrada de la defensa. Pero lo que la impresionó fue la expresión que transfiguró el rostro de Dawson mientras contemplaba a Montera. Sus ojos ardían con indisimulada maldad.


—Es él. —La voz del anciano vibró mientras señalaba al acusado delante de todos los reunidos en la sala—. Ése es el hombre que vi entrar en el apartamento de Jennifer Taryn esa noche. —El dedo se mantuvo firme, apuntando a Nick Montera.

Carla Sánchez, la imponente abogada de la fiscalía, señaló a su vez a Nick mientras caminaba hacia el estrado.

—¿Es éste el hombre, señor Washington? ¿Está usted absolutamente seguro?

—Sí, señora, lo estoy.

—¿Y cómo puede estar tan seguro? ¿No podría estar cometiendo un error? Usted dijo que era tarde, cerca de las seis. Debía estar oscuro fuera.

El testigo, un hombre larguirucho que parecía tener unos setenta años, negó enérgicamente con la cabeza, dejando caer un mechón de pelo que parecía fijado con goma laca sobre el cráneo calvo.

—No era tan tarde. Aún no había oscurecido. Me gusta sentarme en mi porche a hacer la digestión después de la cena. Lo hago todas las noches. Así fue como lo vi a él. —Con una sonrisa, añadió—: Había comido chuletas de cerdo esa noche, con salsa de manzana y ciruelas. Mi memoria es probablemente mejor que la suya, señora.

Un coro de risas resonó en la sala.

—No lo dudo —dijo Sánchez, riendo—. Pero a menudo los testigos oculares cometen errores.

—No hay posibilidad de error —insistió el hombre con tono de indignación—. Lo había visto antes. Muchas veces. Era el novio de Jennifer, ella me lo dijo. Me dijo que tenía un temperamento del demonio. Que era cruel con ella. Ésa es la palabra que usó: cruel.

—¡Objeción, su señoría! —exclamó Alec Satterfield—. Eso es testimonio basado en lo que ha dicho otro. Lo que Jennifer Taryn dijo o no dijo al señor Washington no es asunto de este tribunal. Solicito que se retire de las actas esta parte del testimonio.

—Su señoría —contraatacó Sánchez—, es obvio que las declaraciones del señor Washington arrojan luz sobre lo que pensaba la víctima con respecto al hombre que se acusa de asesinato. Eso debería merecer una excepción a la regla sobre testimonios de oídas.

La jueza, una esbelta mujer negra con unos modales cuidadosamente delicados, reflexionó por un instante y finalmente dijo:

—El testimonio quedará reflejado en actas. La fiscalía puede proseguir.

—Gracias, su señoría, ya he terminado.

Carla Sánchez se veía decididamente triunfante mientras caminaba hacia su mesa y se sentaba. Hizo una pausa efectista antes de volverse hacia Satterfield.

—Su turno.

Todos los ojos se posaron en Satterfield, que se puso de pie, cogió una foto que había sobre la mesa y caminó hacia el estrado. Un abogado de su reputación no sólo atraía la atención del público sino también su curiosidad. Todos se preguntaban qué haría el Vampiro a continuación. ¿Cómo podría desacreditar a un anciano encantador sin hacerse odioso y, por asociación, perjudicar a su cliente?

—Señor Washington... ¿usted bebe? —preguntó Satterfield al llegar junto al estrado.

—¿Perdón?

Satterfield le entregó la foto al testigo.

—¿No es usted acaso el que aparece en esta fotografía? Y si efectivamente lo es, ¿tendría la amabilidad de explicarle a este tribunal qué estaba haciendo en el momento en que se hizo esta fotografía?

Washington palideció al ver la foto. Al cabo de varios segundos de denso silencio, Satterfield volvió a hablar.

—Quizá yo pueda ayudarlo, señor Washington —dijo—. Esta fotografía lo muestra sentado en la mecedora de su porche bebiendo de una botella de vodka Popeye, ¿verdad?

Washington asintió, al tiempo que se pasaba la lengua por los labios resecos y devolvía la foto.

Con un rápido movimiento Satterfield le dio la fotografía a la jueza, y pidió que se la calificara como la evidencia «A» de la defensa.

—Usted bebe, señor Washington —dijo, volviéndose otra vez hacia el testigo—. Bebe cada noche. Prácticamente una botella entera de vodka, ¿no es verdad?

Sánchez se puso de pie de un salto.

—¡Objeción! Está induciendo al testigo a dar una respuesta.

—¡Aceptada! —dijo la jueza—. Señor Satterfield, ¿puede limitarse a preguntar, por favor?

—Su señoría —explicó Satterfield—, estaba tratando de establecer que los hábitos alcohólicos del señor Washington son de una naturaleza lo bastante severa como para interferir seriamente en su capacidad de identificar a nadie. Su señoría, afirmo ante este tribunal que el señor Washington es perdidamente alcohólico. —Se acercó al testigo, y con tono suave preguntó—: ¿No es verdad, señor Washington, que usted es un alcohólico?

Washington inclinó la cabeza y otro poco de su pelo lacio cayó hacia adelante. Su gesto de asentimiento fue casi imperceptible.

En el rostro de Satterfield apareció el esbozo de una sonrisa.

—Y cada noche, cuando se sienta en su mecedora «a hacer la digestión», se bebe usted una botella de vodka. —Sin esperar una respuesta el abogado se dirigió a la jueza—. Gracias, su señoría, no tengo más preguntas que hacer al testigo.

Satterfield retornó a su asiento entre los murmullos de admiración del público. Obviamente complacido consigo mismo, aceptó las felicitaciones de sus compañeros de mesa, un golpecito en el brazo de su joven abogada y una sonrisa de su cliente, Nick Montera.

—Ya no... ya no —dijo Washington con voz entrecortada mientras luchaba por sostenerse en pie en el estrado.

Los murmullos cesaron. Las cabezas se volvieron otra vez hacia el anciano, que se dirigía a la jueza con tono implorante.

—¿Le ocurre algo, señor Washington? —preguntó la mujer.

—Ya no bebo —dijo el anciano, claramente mortificado por tener que hablar públicamente de sus defectos—. Sólo me gusta fingir que estoy bebiendo, eso es todo. Es una actitud estúpida, ¿verdad? Pero de vez en cuando lleno la botella con agua del grifo y tomo unos tragos. A veces husmeo en la basura del vecino los tapones de vino, también —admitió con mansedumbre.

La jueza se inclinó, escrutando la cara del anciano.

—¿Está diciéndole a este tribunal que no bebe alcohol, señor Washington?

—Correcto. Estoy limpio y sobrio, señora. Hace seis meses ya.

—¿Y esta foto? —La jueza alzó la instantánea que Satterfield había presentado como evidencia y la sostuvo de modo que el hombre pudiera verla.

Él hizo un gesto de orgullo.

—Soy yo, pero con la botella llena de agua. No bebo alcohol desde hace ciento ochenta y dos días y... —miró su reloj— diez horas. Y estaba completamente sobrio la noche que mataron a Jennifer. —Empezó a rebuscar en los bolsillos interiores de su chaqueta—. ¿Quiere ver el alfiler de los seis meses de Alcohólicos Anónimos? Me lo dieron la semana pasada.

La jueza volvió a echarse hacia atrás y sonrió.

—No, gracias, señor Washington, le creo... y mis felicitaciones más sinceras por su recuperación.

La sala rompió en un estruendo de aplausos y el señor Washington saludó a sus admiradores antes de descender con cuidado del estrado. La gente había encontrado un héroe y Alec Satterfield acababa de perder el primer asalto.

Nick Montera era noticia de primera plana. Su nombre figuraba en los titulares de todo el mundo y su rostro garantizaba automáticamente los artículos y los comentarios, no sólo en el noticiario local de las cinco sino en las cuatro cadenas principales, en las emisoras independientes, en los canales por cable. La CNN había preparado un perfil completo del personaje, que incluía una entrevista con su ama de llaves, que recientemente había retornado al cuidado del estudio, y que hablaba con emoción en su defensa. Es un hombre terco pero de gran corazón, decía con los ojos arrasados en lágrimas mientras mostraba un crucifijo con una cadena de oro que él le había regalado. El canal de noticias también había hecho algunas tomas de la gata rubia trepada en un gran sicomoro en el jardín.

La cadena Fox había contratado a un prominente psicólogo para que analizara el poder de seducción del «matamujeres», uno de los tantos apodos inventados por los periodistas. La comunidad hispana había cerrado filas para dar apoyo al «hermano con problemas». Los hombres sentían curiosidad sobre su «atractivo fatal». A lo largo y ancho del país las mujeres estaban fascinadas por él: habían encontrado a su príncipe oscuro, un hombre cuya redención se convertía en sueño personal y fantasía privada.

Mientras el caso Montera se debatía en el tribunal, y cada vez parecía más evidente que sería hallado culpable, el debate público cobraba proporciones inauditas. Aquellos que lo consideraban culpable clamaban por la pena de muerte. Los grupos religiosos en particular lo denunciaban como «discípulo de Satán», señalando como evidencia su mirada fría y su pulsera en forma de serpiente. Sus seguidores pedían justicia o, al menos, clemencia. El tribunal había tenido que contratar guardaespaldas para protegerlo de la multitud que quería echar un vistazo o alargar una mano para tocar al hombre condenado.

Leigh no podía hacer otra cosa que mirar todo a distancia. La habían aislado hasta tanto no testificara, y hasta tanto no le estaba permitido el ingreso en la sala. En condiciones normales, la habrían dejado permanecer en una sala contigua, pero a causa del enorme interés de los periodistas se había decidido recluirla en una habitación no más grande que una celda, donde su sensación de aislamiento crecía con cada hora de cada día de audiencia. Era difícil no imaginar lo peor. Paulie Cooper había predicho que Nick nunca podría conseguir un juicio justo, y ahora esas advertencias parecían convertirse en realidad. Si lo encontraban culpable y lo enviaban al corredor de la muerte, ¿cómo reaccionaría ella? ¿Qué podía hacer?

Cuando por la noche regresaba a su casa leía los periódicos y miraba la televisión ávidamente, pendiente de cada palabra, consciente de que estaba convirtiéndose en lo que Dawson la acusaba de ser, una partidaria de Nick Montera.

Pero tenía pocas opciones. La actitud sensacionalista de los medios de comunicación alimentaba sus temores, pero no tenía otra fuente de información. No podía confiar en lo que Dawson quisiera decirle, y no le habría gustado recurrir a Satterfield, especialmente después de la entrevista preliminar a la que la había sometido.

En lo personal, sus conflictos con respecto a Nick permanecían irresueltos. Él todavía la asustaba y perturbaba, pero no podía pensar en otra cosa que no fuese él. Había tratado de apartar esos pensamientos que la invadían, pero se sentía bajo el influjo de un extraño sortilegio, un sueño recurrente que siempre empezaba del mismo modo, con la imagen que él había bosquejado. La espalda de ella contra la pared, la mano de él en su cuello. El contacto de esa mano era fatal, una fuerza irresistible que succionaba el aire de sus pulmones y la arrastraba hacia profundidades de sensaciones demasiado poderosas para resistirse a ellas. Él la sujetaba allí abajo. La ahogaba en una excitación oscura, turbia. Siempre despertaba luchando por respirar.

Sus reacciones estaban agudizadas por anhelos físicos que deberían haberla alertado sobre lo profundamente involucrada que se encontraba. En lugar de ello, la poderosa energía de los sueños alimentaba sus temores por Nick más que de él. Había llegado a comprender que el hecho de que pendiera sobre él una condena a muerte hacía que se sintiese suficientemente segura para reconocer sus fantasías con él. Si Montera fuese un hombre libre, Leigh se habría resistido a cualquiera de esos pensamientos. O lo habría intentado al menos. Pero él no estaba libre. Estaba siendo sometido a un juicio del que dependía su vida, y ella no podía eludir su parte de responsabilidad ni su preocupación por el fallo. Para ella Nick Montera era mucho más que el fetiche de los medios de comunicación, una atracción fascinante pero pasajera. Él era su cruz personal, el hombre a quien intuitivamente había creído inocente a pesar de todas las evidencias en su contra, el hombre al que podría salvar... si le dieran la oportunidad de hablar.

Ella nunca había querido testificar y ahora, irónicamente, cuando el juicio ya llevaba tres semanas, comenzaba a pensar que tal vez no la llamasen a declarar. La oficina del fiscal ya había presentado a sus testigos periciales, entre ellos un criminalista que había hecho un retrato devastador de Nick, describiéndolo como asesino ritual. Leigh había seguido el testimonio en las noticias, y se había sentido profundamente frustrada por no poder contrarrestar la impresión que había provocado ese testimonio. No podía defender a Nick de esos ataques, excepto en silencio, dentro de su cabeza. Y de su corazón.

Tanto la defensa como la fiscalía seguían buscando a Paulie Cooper, que se había desvanecido sin dejar huellas. Leigh también había intentado dar con ella después de conseguir su número de teléfono a través de la oficina del fiscal. Le había dejado varios mensajes en el contestador automático con la esperanza de que Paulie quisiera, quizá, confiar en ella, pero aún no había obtenido ninguna respuesta.

Sobre este punto la fiscalía estaba hablando ya de juego sucio, y Leigh sospechaba que la desaparición de Paulie no era voluntaria. Ya no parecía posible que se hubiera ido de vacaciones. El juicio a Montera era demasiado espectacular y ella no podría haberle dado la espalda. En opinión de Leigh, alguien no quería que Paulie testificara.

En los últimos días del juicio, mientras la defensa estaba atando los últimos cabos con vistas al alegato final, Leigh aprovechó una oportunidad inesperada para echar un vistazo a la sala. La jueza había concedido un intervalo justo cuando ella había acudido al lavabo de damas. Varias de las mujeres del público habían entrado en ese momento, discutiendo las últimas alternativas del juicio. Leigh eludió participar en esa discusión, pero cuando las vio regresar a la sala se escurrió entre ellas, sin que nadie lo advirtiese.

Ahora, de pie en el fondo de la sala, se daba cuenta de lo caro que podía resultarle su impulso. Si la jueza la descubría la descalificaría como testigo. Incluso podía iniciarle un proceso por desacato. Mientras miraba sobre las cabezas el perfil de Nick, su corazón latía violentamente y la forzaba a reconocer muchas cosas, incluyendo su compromiso con el caso y con él. Había abandonado su libro por completo y estaba eludiendo a su editora, a riesgo de dañar irreparablemente esa relación. Su vínculo con Dawson también se había deteriorado, al punto de que sólo se habían visto dos veces en esas tres semanas, una de ellas por intermediación de Kate, la madre de Leigh, quien de repente parecía preocupada ahora que el compromiso entre ellos tambaleaba.

Leigh se preguntaba qué le ocurría. ¿Estaba por tener una crisis nerviosa? ¿Estaba convirtiéndose en una de esas mujeres que se unen emocionalmente a hombres dominantes y peligrosos? Nick Montera podía ser ambas cosas a la vez cuando se lo proponía, y de la manera más cautivadora, como las fotografías que tomaba. Era capaz de arrastrar a una mujer hasta los rincones más oscuros y acallados de la imaginación, lo quisiera ella o no.

El mazo de la jueza llamó al orden, arrancando a Leigh de sus cavilaciones. El oficial de justicia se adelantó para hacer su siguiente anuncio. Leigh sintió que se le erizaba el pelo y salió con sigilo de la sala, cerrando la puerta detrás de sí, como si de algún modo hubiera presentido lo que oiría. La voz potente del oficial atronó en el micrófono.

—La defensa llama al estrado a la doctora W. Rappaport.

## 18

Nick Montera contempló a Leigh prestar juramento con una concentración que bordeaba lo sobrehumano. Se la veía tranquila en su elegante traje negro. A él no le gustaba aquello. Quería pensar que ella estaba sufriendo, que debajo de esa chaqueta maravillosamente elegante su corazón estaba herido, que todo ese apestoso asunto de algún modo la conmocionaba.

Sufre, nena, pensó, y sintió la garganta reseca cuando la vio ocupar su sitio en el estrado. Había una gracia en sus movimientos, una delicadeza que lo hacía pensar en candelabros, largos y esbeltos candelabros de cristal. No estoy pidiendo tanto, Leigh. Sufre sólo un poco para que yo sepa que te preocupas.

Alec Satterfield se levantó y caminó hacia ella. Nick le había advertido a su abogado sobre el modo de interrogarla, y si Satterfield cometía un error, Nick estaba dispuesto a suplantarlo de inmediato, aun cuando eso significara que tuviera que terminar el juicio defendiéndose solo.

—Doctora Rappaport —dijo el abogado, haciendo girar en su meñique su anillo de oro—, podría por favor mencionar sus títulos a este tribunal.

Leigh describió brevemente su currículum académico, su paso por las universidades de Los Ángeles y Stanford, su experiencia clínica, incluyendo el trabajo aplicado que había hecho y los artículos científicos que había publicado. Mencionó finalmente el test psicológico que había desarrollado con Carl Johnson.

—Muy bien, doctora —dijo Satterfield—. Y ahora, ¿podría contarnos algo más sobre este test que acaba de mencionar? El informe Johnson-Rappaport, creo que se llama.

—Sí, claro —dijo ella, y describió los aspectos esenciales de su técnica, con un lenguaje lo bastante sencillo para que el jurado entendiese. Parecía la representación perfecta del comportamiento profesional. Había sólo un pequeño desliz en su impecable puesta en escena. Nick sonrió al ver que se llevaba distraídamente la mano a la oreja para tocar su pendiente de oro. Un día, pensó, le iba a sacar esos pendientes y le daría otra cosa para jugar... si vivía lo suficiente.

Ella prosiguió explicando las características del informe. Había dicho que era un test de evaluación que requería de los pacientes que inventaran historias a partir de obras de arte elegidas por su contenido simbólico.

—Se trata en realidad de un test proyectivo —continuó—, lo que significa que en gran medida es desestructurado. Eso le permite al paciente dar libre juego a sus fantasías, a sus conflictos internos, a sus temores, y a «proyectarlos» en las imágenes que observa.

Satterfield la interrumpió.

—Usted ha utilizado la palabra «desestructurado». ¿Cómo puede obtener conclusiones válidas de un test así?

—El test es desestructurado, pero el sistema de evaluación no. Es a la vez objetivo y estandarizado. El doctor Johnson y yo desarrollamos escalas de medición y parámetros cuantitativos que nos permite comparar las reacciones del paciente con un grupo base de más de mil personas.

—¿El test fue especialmente ideado para valorar tendencias violentas?

—Tiene varias aplicaciones. Una de las versiones fue ideada específicamente para evaluar impulsos agresivos o sexuales, o ambas cosas. Los parámetros fueron ajustados en base a las reacciones de más de quinientos reclusos, todos con condenas por conductas violentas.

—¿Y es ése el test a que usted sometió a Nick Montera?

—Sí.

Nick había puesto una mano sobre el brazalete en forma de serpiente y ahora lo hacía girar en su muñeca. Ella había olvidado mencionar que nunca lo había sometido a la totalidad del famoso test. Habían quedado detenidos en un paisaje con un pintoresco perro guardián. ¿No es verdad, doctora?, pensó, mirándola fijamente con la esperanza de que ella lo mirara, aunque sólo fuera por una vez. ¿No nos quedamos allí?

—¿Bajo qué autoridad? —le preguntó Satterfield a Leigh.

Ella pareció sobresaltada.

—¿Perdón?

—¿Quién le daba directivas para aplicar el test?

—Ah, la oficina del fiscal de distrito. Ellos se pusieron en contacto conmigo y me pidieron que evaluara al señor Montera.

—Ya veo. ¿Y cómo es entonces que usted no figura entre los testigos de la fiscalía?

Leigh levantó la mano como si fuera a tocarse el pendiente, pero no lo hizo.

—Porque pedí que me retiraran del caso.

—¿Usted pidió que la retirasen del caso? —Satterfield miró sobre el hombro en dirección a Carla Sánchez y al resto del equipo de la fiscalía como si dijera: Oíd con atención, estimados colegas. Están a punto de daros por culo y no quiero que os perdáis la experiencia.— Qué interesante, doctora. De modo que usted se retiró por su cuenta del caso. ¿Por qué lo hizo?

Leigh tomó aliento, revelando una mínima vacilación. ¿Acaso estaba cediendo?, se preguntó Nick. Sintió deseos de aplaudir. En ese momento pocas cosas podrían darle más placer que ver deshecha esa imagen de compostura.

Ella respondió, hablando un poco más rápido y con menos aplomo.

—Por razones de comparación clínica, sometí al señor Montera a una serie completa de tests, incluyendo el que ideamos con el doctor Johnson. En su mayor parte, los resultados fueron suficientemente uniformes como para extraer conclusiones preliminares, pero había algunas discrepancias, y después de tomar en cuenta la historia personal de Montera empecé a cuestionarme la validez de algunos resultados.

—¿Discrepancias? ¿Puede decirnos cuáles? De manera sencilla, doctora. —Satterfield dirigió una brillante sonrisa a los doce miembros del jurado—. Estoy seguro de que los señores del jurado la siguen a usted perfectamente, pero yo soy algo más lento, me temo.

Los miembros del jurado reaccionaron con risas y gestos de asentimiento, tal como Satterfield esperaba que hicieran.

—Por supuesto —dijo Leigh—. Los puntajes de Montera eran elevados en varias de las escalas e indicaban tendencias antisociales, agresividad descontrolada y paranoia, pero nada de eso es para nada inusual en alguien que, como Montera, creció en medio de guerras de pandillas. Su medio prácticamente lo obligada a desarrollar todas esas tendencias sencillamente para sobrevivir.

—Ya veo. De modo que si uno vive bajo constante amenaza de ataques, su personalidad desarrolla rasgos de paranoia y de violencia descontrolada, ¿es eso lo que trata de decirnos?

—Exactamente. En los tests Montera también se reveló como muy inteligente, lo que mitiga las tendencias a la acción violenta en individuos con coeficientes elevados de sociopatologías.

—¿Coeficientes elevados en sociopatologías?

—Me refiero a individuos con tendencias antisociales. Los estudios han demostrado que las personas que tienen inteligencia media o menor de la normal están más predispuestos a las conductas violentas. Aparte de esto, el señor Montera es un artista, y los individuos creativos tienden a ver el mundo de un modo algo diferente que el resto de nosotros. Ese factor puede, por sí solo, invalidar los parámetros en los cuales se basan todos los tests, incluido el nuestro.

—Todo esto es muy interesante, doctora, pero me temo que está todavía algo fuera de mi alcance. Veamos si podemos hacerlo más simple. —Satterfield hizo una pausa, recorriendo con una mirada a los miembros del jurado—. Doctora Rappaport, basándose en su evaluación de Nick Montera, ¿cree usted que él mató a Jennifer Taryn de modo premeditado tal como sostiene la fiscalía?

—Objeción. ¡Su señoría! —Carla Sánchez agitó la mano en el aire—. Se trata de una testigo pericial; no está aquí para dar sus opiniones.

Satterfield se acercó a la jueza.

—Señoría, estoy pidiendo una opinión basada en la evaluación que llevó a cabo la doctora con mi defendido.

La jueza asintió y dijo:

—La testigo puede contestar la pregunta.

Los hermosos ojos grises de Leigh se ensombrecieron. Miró por un instante a Nick y eso bastó para que él se sintiese completamente tenso. Los músculos de su estómago se convirtieron en cientos de nudos, su cuello se endureció como una roca.

—Es una pregunta difícil —dijo Leigh al fin—. Si lo que usted me pregunta es si yo pienso que él es capaz de cometer un crimen así...

—No. Lo que le pregunto es si usted cree que él la mató —le aclaró Satterfield—. De acuerdo con su opinión profesional, doctora Rappaport, ¿cree usted que Nick Montera mató a Jennifer Taryn?

Ella enrojeció ligeramente y desvió la mirada.

—No, no lo creo.

—¡Objeción! —exclamó Carla Sánchez, consternada—. ¡Las creencias de la testigo no forman parte del testimonio pericial!

—Denegada —dijo la jueza firmemente—. La defensa le ha preguntado acerca de su opinión profesional, y eso es lo que la testigo ha respondido.

La tensión se disolvió como agua en la base del cuello de Nick. Dulce Madre de Dios, pensó, deseando echarse a reír con todas sus fuerzas. Había acertado con ella. Una mujer que se preocupa por rescatar gatitos recién nacidos se conmoverá también por los derechos de los oprimidos, los desclasados, los indefensos. Leigh Rappaport había hecho exactamente lo que él había esperado de ella. Se había puesto inmediatamente de su parte.

Satterfield se volvió hacia Carla Sánchez, con una sonrisa en los labios.

—Su testigo.

Sánchez dudó por un instante, como si estudiase la posibilidad de no hacer preguntas. Dio un golpe con el lápiz en los papeles que tenía delante, suspiró, dejó el lápiz a un lado y se puso de pie.

—Doctora Rappaport, ¿está usted enamorada de Nick Montera?

Las toses y los murmullos se alzaron en la sala.

—¡Objeción, su señoría! —Satterfield saltó de su silla—. La pregunta de la abogada no sólo es irrelevante, ¡es un insulto!

Sánchez miró fríamente a Satterfield y después se acercó al estrado de la jueza.

—Su señoría, hay razones para creer que la testigo puede haber establecido con el acusado una relación que supera los límites de sus obligaciones profesionales. Sobre esta base la pregunta es totalmente relevante, y le pido formalmente permiso para continuar en esta dirección.

—¡Objeción! —protestó Satterfield—. ¡No es a la doctora Rappaport a quien se juzga aquí!

—Pero sí su opinión profesional —insistió Sánchez—. Los ciudadanos tienen el derecho de establecer la credibilidad de la doctora como testigo pericial.

La jueza dudó por un instante como si estuviera digiriendo algo que le sabía amargo.

—No me gusta el giro que ha tomado el interrogatorio —dijo—. No me gusta en absoluto. Le permitiré una pregunta más, o dos, pero establezca su punto rápidamente.

A Sánchez la situación tampoco parecía hacerle demasiada gracia. Se mordió el labio inferior, estudiando a Leigh por un momento.

—Doctora Rappaport, ¿cuántas horas insumió en la evaluación del acusado?

Leigh alzó ligeramente los hombros.

—No lo sé con exactitud. Traté de ser minuciosa. De hecho, en su momento le hice saber a su oficina que no tomaría el caso a menos que pudiera dar a las evaluaciones todo el tiempo necesario. Después de todo, es la vida de un hombre lo que está en juego.

Sánchez asintió.

—Sí, eso es cierto. Y a usted le preocupa, especialmente si se trata de la vida de Nick Montera, ¿verdad, doctora?

Leigh sintió una vez más que se ruborizaba.

—Por supuesto que sí. Como terapeuta profesional me tomo con mucha seriedad la responsabilidad de evaluar las condiciones mentales de un paciente, no importa quién sea. Y si una vida está en juego, no me detengo ante nada para llegar a la verdad. No estaría sentada en este estrado si no hubiera llevado a cabo una investigación completa y minuciosa del señor Montera. Esa investigación fue la que me condujo a retirarme del caso, doctora.

Nick sintió que la indignación de Leigh era cautivante. La fiscal, sin embargo, parecía como si recién hubiera empezado a abrir fuego.

—Eso está muy bien, doctora. Muy impresionante. Pero tengo curiosidad por saber cuán minuciosa y completa fue al investigar a Montera. Creo que usted hizo varios viajes a la casa particular del acusado, ¿verdad?

—Su casa particular también es su estudio. Sí, fui allí para examinar sus fotografías y sus hábitos de trabajo.

—¿Cuántas veces?

—Dos, tal vez tres.

—En contra de las advertencias de la fiscalía, ¿verdad?

—Creí que era necesario...

Sánchez la interrumpió, insistiendo en que contestara la pregunta, y cuando Leigh finalmente admitió que así había sido, la abogada se preparó para la estocada final. Mencionó la reticencia inicial de Leigh a someter a Montera a los tests, a pesar de los repetidos recordatorios de la fiscalía, y luego, una vez realizados, su abrupta decisión de retirarse del caso. Entonces, dejó caer su bomba.

—Doctora Rappaport, ¿no admitió usted acaso a su propia secretaria que Nick Montera le resultaba muy atractivo? ¿Y no le dijo que temía que pudiera estar involucrándose emocionalmente con él?

—¡No! No con esas palabras, yo...

—¡Objeción! —gritó Satterfield—. ¡Trata de inducir al testigo!

—Denegada. —La jueza se dirigió a Leigh—. Conteste la pregunta, por favor.

Mientras Leigh trataba torpemente de explicarse, Nick luchó con el poderoso deseo de acudir en su ayuda. La expresión de desconcierto de Leigh le reveló que había sido traicionada por alguien, y él estaba razonablemente seguro de que no había sido su secretaria. De algún modo, su propio novio debió de dar a su gente aquella información y el visto bueno para usarla. Dawson Reed estaba desesperado por ganar ese caso y no había vacilado en humillar públicamente a Leigh.

—Doctora —continuó Sánchez—. Recuerde que usted está bajo juramento y debe decirnos la verdad. ¿Puede afirmar honestamente que la única razón por la que decidió apartarse del caso fue porque no estaba convencida de la culpabilidad del acusado? ¿O fue en realidad porque usted se involucró emocionalmente con Montera en el curso de su evaluación?

Era evidente que en el interior de Leigh se estaba librando una batalla terrible. Parecía buscar a tientas en su conciencia las respuestas. Al mirarla, Nick se sentía desgarrado. Por un lado, nunca había deseado tanto oír a una mujer admitir sus sentimientos. Por otro lado, si lo hacía, podía fácilmente destruir la vida de los dos.

—Eso depende de qué signifique para usted «involucrarse emocionalmente» —dijo Leigh—. Mis vínculos con el señor Montera no son mayores que los que suelo tener con cualquier paciente con el que he trabajado a fondo. Una no puede evitar preocuparse por el bienestar de sus pacientes.

Una mentirijilla en defensa propia, pensó Nick. Sólo esperaba que no llegara con los demás a todo lo que había llegado con él.

—Una no puede evitar preocuparse —repitió Sánchez lentamente—. Interesante elección de palabras, doctora. La usaré también, si no le importa. Díganos ahora, cuando no pudo evitar preocuparse por Nick Montera, ¿pensaba todavía que podía ser objetiva al evaluarlo? ¿No está todo lo que ha dicho hoy aquí distorsionado e invalidado por sus sentimientos hacia él?

—No —respondió Leigh enfáticamente—. Mi evaluación está basada en muchas horas de entrevistas y pruebas, no en mis sentimientos...

—Gracias, doctora Rappaport.

La fiscal la había interrumpido, pero Leigh se volvió hacia la jueza, implorante.

—Su señoría, ¿puedo continuar? No es sólo mi credibilidad lo que está en cuestión aquí, sino mi reputación profesional.

—Su señoría...

La jueza alzó una mano, silenciando a Carla Sánchez.

—Puede proseguir, doctora Rappaport.

Leigh habló para la sala con tono apasionado.

—Mis largos años de trabajo con el doctor Johnson estuvieron dedicados por completo a convertir el asesoramiento psicológico en un campo científico confiable. Actualmente estoy escribiendo un libro que documenta el informe y pone el test al alcance del público no especializado. Pero más que nada, soy una terapeuta experimentada. Me avalan muchos años de aprendizaje y horas de tutorías y supervisiones que me enseñaron a ser objetiva y humana al mismo tiempo. Sé cómo separar mis sentimientos de mis opiniones clínicas. Es algo que tengo que hacer a diario.

Se detuvo abruptamente y Nick pensó que la sala iba a romper en un aplauso cerrado otra vez. Se la veía magnífica, valiente e irreprochable. Su corazón latió al mirarla. Pero desgraciadamente para los dos nadie parecía dispuesto a creer en las palabras de Leigh. Cuando miró alrededor, Nick vio las expresiones de los miembros del jurado. Querían creerle, pero no le creían.

Nick Montera no sabía si reír o llorar. Al negar tan apasionadamente que estaba enamorada de él, Leigh lo había admitido a los cuatro vientos. Había estremecido hasta los cimientos su mundo. Pero probablemente, también había sellado su suerte.

—¡Doctora Rappaport, aquí!

—¡Doctora! ¿Es usted otra de las víctimas de Nick Montera?

—¿Qué le dirá a su prometido? ¿Qué piensa de todo esto el fiscal de distrito?

Una muchedumbre se reunió en el vestíbulo del palacio de Justicia cuando Leigh trató de salir del edificio. No estaba preparada para la embestida de la prensa. Venían hacia ella desde todos los ángulos, una granizada de caras anónimas, hombros, brazos, que se empujaban brutalmente para tratar de llegar hasta ella. El espectáculo era aterrador.

—¡Por favor! —imploró Leigh, abrazando su maletín—. Déjenme pasar. No tengo nada más que decir.

Una mujer le acercó un micrófono a la boca.

—¿Tiene un romance con Montera, doctora?

—¿Ha roto ya su compromiso? —gritó alguien desde atrás.

—Sin comentarios —dijo Leigh. La puerta de salida estaba a menos de veinte pasos, ¡pero era imposible llegar! Un guardia de seguridad estaba de pie al lado de la puerta. Usando su maletín como escudo, bajó la cabeza y empujó entre los cuerpos. Si lograba llegar hasta él, pensó, quizá la ayudara.

—Por aquí, doctora.

Alguien apretó firmemente el brazo de Leigh y la alejó del tumulto, llevándola en la dirección opuesta. Ella no pudo ver quién era, pero la voz y la firme mano en su brazo correspondían indudablemente a un hombre corpulento. Estaba guiándola fuera de la conmoción, como si conociera una puerta alternativa de salida.

—¿Adónde vamos? —preguntó Leigh. La cara de su salvador no le resultaba conocida y su largo impermeable y las gafas de sol no le daban mucha tranquilidad. Menos aún la mandíbula de hierro que no dejaba traslucir ninguna emoción.

—Tengo instrucciones de sacarla sana y salva de aquí. Sígame, por favor.

De dos males, el menor, decidió Leigh cuando se volvió a mirar la turba que la seguía. Tenía más probabilidades contra uno que contra cien, pensó. El hombre abrió la puerta y la urgió a pasar, cerrándola inmediatamente antes de que los periodistas llenaran el estrecho corredor. El portazo cortó de raíz el griterío y si hubiera habido tiempo suficiente, Leigh habría dejado escapar un suspiro de alivio: había olvidado cuán magnífico podía ser el silencio.

El pequeño pasillo que los separaba de la salida estaba en penumbras. Cuando el hombre abrió la puerta en el otro extremo, la luz del sol la cegó. Salió al calor de la tarde, que la golpeó con la solidez de una pared.

—Aquel taxi, doctora —dijo el hombre, al tiempo que señalaba un coche amarillo aparcado junto al bordillo. La puerta trasera se abrió. Leigh vio un puñado de reporteros que ya se acercaban. Corrió hacia el coche y cuando estuvo dentro se dio cuenta de que su cara estaba cubierta de sudor.

—¡Doctora! —exclamó alguien al lado de la ventanilla—. ¿Se ha acostado con Montera?

Leigh apenas pudo meter sus piernas y su maletín antes de que el chófer pusiera en marcha el coche. Con las prisas, una de las asas de su maletín había quedado atrapada en la puerta, pero el coche ya iba a demasiada velocidad como para que pudiera abrir y liberarla. Peor, en el momento en que se volvió y vio quién era su acompañante, ya era demasiado tarde. Estaban acelerando en la bajada de Hill Street, y el último hombre al que habría deseado ver en ese momento —ni tampoco después— estaba con ella en el asiento de atrás.

—Lo siento, Leigh —dijo Dawson—. Traté de advertirte lo que podría pasarte allí dentro.

Si Leigh hubiera podido soltar en ese momento su maletín, lo habría golpeado con él en la cara. El taxi apestaba a alfombras sucias y sudor, pero no podía oler peor que ese hombre. La cara de Dawson estaba pálida y húmeda, los ojos agrandados detrás de sus gafas redondas de Armani. La cara de Leigh enrojeció de furia.

—¿Trataste de advertirme que ibas a convertirme en el hazmerreír de la ciudad? —le preguntó—. ¿De que ibas a arrastrar por el lodo mi reputación profesional? Dawson, ¡esto será la primera plana de todos los periódicos! Todo Los Ángeles se burlará de mí. ¡Mi editora seguramente rescindirá el contrato!

Con un gesto de caballerosidad totalmente impropio de él, Dawson se inclinó y su mano volvió del suelo bajo el asiento con un ramo de flores que le extendió como ofrenda de paz.

Leigh lo rechazó con un gesto despectivo.

—¿Te has vuelto loco? ¿Crees que puedes arreglarlo con un ramo de flores? Me tendiste una trampa, Dawson. ¡Mi propio novio!

—No fue así, Leigh. Le pedí a Carla que no usara esa táctica.

—¡Pero bien que la usó! Ahí tienes un motivo perfecto para despedirla. Ha desobedecido tus órdenes.

En algún rincón de su cerebro, Leigh sabía que estaba siendo mezquina y vengativa, pero no le importaba. Dejarla sin trabajo era lo mínimo que le gustaría hacerle a Carla Sánchez.

Dawson a duras penas podía sostener su mirada. Leigh vio que él trabajaba con dificultad y comprendió que aún no había oído lo peor.

—Dímelo, Dawson —lo conminó, eludiendo la mano de él, que buscaba la suya—. ¿Cómo ha sido?

—Le pedí a Carla que no utilizara esa táctica a menos que fuese absolutamente necesario, que se llegase a una situación de matar o morir, ¿entiendes? Le dije que no la usara bajo ninguna circunstancia a menos que fuera el fin del mundo. No sé qué ha ocurrido. Tu testimonio debe de haber sido tan persuasivo que ella sintió que debía arrojar la bomba.

Una gota de sudor rodó por la sien de Dawson.

Leigh estaba demasiado furiosa como para hablar. Tenía los ojos llenos de lágrimas y por un segundo sintió el impulso de saltar del coche en movimiento. Cuando finalmente encontró las palabras, salieron de su boca temblorosas a causa de la cólera y la incredulidad.

—De modo que fue eso... Mi carrera y mi nombre a cambio de un clavo para el ataúd de Nick Montera.

—Salvemos nuestra relación, Leigh. Te diré lo que haremos. Convocaremos una conferencia de prensa, tú y yo, para mostrar que seguimos juntos. Yo iniciaré una investigación sobre las tácticas de Carla. Diré, categóricamente, que no creo nada de eso, ni una sola de sus insinuaciones. Anunciaremos una fecha para la boda...

—No habrá ninguna boda, Dawson.

Él la miró como si hubiera recibido un golpe inesperado.

—Leigh, por favor, no puedes estar hablando en serio.

De pronto Leigh comprendió cuál era el problema con Dawson. En sus ojos vio pesar, pero ni una sombra de culpa o remordimientos por lo que había hecho. No estaba buscando su perdón sino tratando de eludir su propio dolor, el dolor de perderla y el deterioro de su imagen pública que produciría la ruptura. Los sociópatas actuaban dirigidos siempre por su propio interés, sin ninguna conciencia ni contemplación por los sentimientos de los demás. Al menos en el caso de Nick Montera su infancia servía de excusa. Leigh se preguntó cuál sería la justificación de Dawson.

—Por supuesto que hablo en serio. —Su tono se hizo más suave y triste al sentir cuán hondamente estaba herida—. Aunque alguna vez pudiera perdonarte por esto, nunca podríamos vivir juntos. No estoy hecha para ser la mujer de un fiscal de distrito. No tengo tus prioridades. No estoy dispuesta a sacrificarlo todo por tu carrera.

Una súbita cólera encendió los ojos de Dawson.

—Pero sí estás dispuesta a dejarlo todo por él, ¿verdad?

Leigh comprendió de pronto que Dawson actuaba como lo hacía movido por los celos.

—No he dejado nada por él. Acepté el caso porque tú me presionaste. Ése fue mi primer error, y fue fatal. Debería haber adivinado el resto. ¡Pare, por favor! —le pidió al taxista—. Quiero bajar.

Leigh abrió la puerta del coche antes de que el taxi se arrimara al bordillo. Dawson trató de retenerla cogiéndola del bolsillo de la chaqueta, como si quisiera atraerla hacia sus brazos. El tono de su voz denotaba que estaba alterado.

—No dejaré que me hagas esto, Leigh.

—Ya está hecho, Dawson. Y has sido tú quien lo ha hecho. —Cogió su maletín y bajó precipitadamente del taxi, mirando aturdida alrededor. No estaba muy segura de dónde se hallaba.

—Leigh...

Ella cerró la puerta de una patada, cortando su voz. Resuelta a escapar de él, corrió hacia lo que parecía una zona comercial. Llegó a un gran patio al aire libre y se detuvo delante de una pequeña fuente que se alzaba en el centro. Dos palomas se arrullaban amorosamente en el borde. Sacudió la cabeza al verlas y volvió a sentir las lágrimas correr por sus mejillas. ¡Ni siquiera eso podía hacer bien! Ni siquiera podía romper fríamente con el mayor cretino del mundo.

Se sintió miserable mientras rodeaba la fuente hasta quedar frente al camino por el que había venido. Estaba aguardando por él, se dio cuenta, esperando para ver si la había seguido. Lo peor era que se sentía tan perdida y vulnerable que podría haber capitulado si Dawson hubiera aparecido. Su carrera y su vida privada estaban destruidas. Todo en lo que ella había puesto sus esperanzas y sus sueños —su nombre, su reputación—, las cosas que más valoraba en la vida, habían sido barridas en apenas una tarde.

Un momento después, subida a uno de los escalones de la fuente, vio que el taxi de Dawson se alejaba y desaparecía.

## 19

La sala de su apartamento estaba oscura y sombría como un depósito de cadáveres, y así lo quería Leigh. Había apagado adrede las luces, el televisor y todo lo que pudiera recordarle que la vida fluía como siempre más allá de su puerta. Incluso había desconectado su reloj de péndulo porque quería sentir que el mundo entero se había detenido ese día... el día en que su mundo se había detenido.

Había vuelto a casa cuando anochecía, después de aquellas horas de locura ante el tribunal, de la traición de Dawson. Su único pensamiento era hacer desaparecer el horror, borrar hasta donde fuera posible sus terribles errores y empezar de nuevo. Pero el resto del mundo parecía complacerse en su desgracia, y después de ver su propia cara reproducida en todos los canales y de escuchar las predicciones sombrías sobre el fallo, había arrancado el enchufe de la pared.

Lo declararían culpable y lo condenarían a muerte.

¿Por qué se sentía como si fuera ella la que moriría?

Hacía más de una hora que estaba sentada en camisón sobre la alfombra, la espalda apoyada en el sofá, los pies descalzos extendidos al frente. Para entretenerse había estado escuchando los mensajes en su contestador automático. La cinta ya estaba llena de llamadas y la perilla del volumen se rompió cuando intentó silenciarlo. No era la clase de aparato que uno pudiera desconectar tan fácilmente. Tendría que arrancarlo a la fuerza, o cortar el cable.

El pensamiento la complació. Ya había contado trece llamadas. Dos más, se prometió, y la máquina infernal de Bell iría a parar al cubo de basura.

—Uno —dijo, poniéndose trabajosamente de pie. El teléfono sonó dos veces más antes de que llegara a la mesita, y mientras buscaba el cable a tientas en la oscuridad, derribó el auricular de la mesa.

—¡Leigh! —gritó alguien mientras el auricular rebotaba y caía al suelo—. Leigh, ¿estás ahí?

Leigh se estremeció. Había cobrado tanta aversión al incesante sonido del teléfono que no quería tocar el auricular. Se puso de rodillas, se inclinó y acercó su oreja. Cuando la mujer volvió a hablar, se dio cuenta de que era su secretaria.

—¿Nancy? ¿Qué ocurre?

—¡Leigh! ¡Oh Dios mío, Leigh! Llevo horas telefoneándote. ¿Has mirado la televisión? ¿Estabas mirando el juicio?

¡El juicio! Leigh se acurrucó en una posición fetal. Si los procedimientos habían terminado y lo habían hallado culpable, no quería saberlo.

—Está libre, Leigh. ¡Nick Montera ha quedado en libertad!

Leigh permaneció en la misma posición, incapaz de asimilar todavía lo que estaba oyendo. No lo creía. ¡Tenía miedo de creerlo!

—Leigh, ¿estás ahí? Enciende el televisor, están repitiendo una grabación con el testimonio de Paulie Cooper. ¡Ella fue la testigo sorpresa de la defensa que logró la absolución!

Leigh se puso de pie. No pudo encontrar el mando

a distancia en la oscuridad, pero alcanzó a abrir el panel del aparato y probó los botones hasta que la pantalla se iluminó. En silencio, estupefacta, y con la voz de Nancy todavía gritándole desde el auricular, Leigh vio aparecer la imagen de una Paulie Cooper con huellas de lágrimas en la cara. Estaba en el estrado. Alec Satterfield la interrogaba.

—Otra mujer estuvo a punto de morir la noche en que Jennifer Taryn fue asesinada —estaba diciendo Satterfield—. ¿Puede decirnos quién era esa mujer, señorita Cooper?

—Era yo. —Paulie palideció; sus ojos parecían más hundidos en las órbitas—. Aquella noche traté de suicidarme.

Explicó que su novio la había dejado y que se había sentido desesperada. Se había cortado las muñecas, pero luego, presa del pánico, había llamado a Montera, que había ido a buscarla a su apartamento y la había llevado a una clínica. Después se había quedado con ella en su estudio el resto de la noche, velando mientras dormía.

—Le había hecho prometer a Nick que nunca lo contaría a nadie —dijo Paulie—. Mi carrera de modelo estaba encarrilándose después de muchos años de esfuerzo. Acababa de firmar un contrato importante con una compañía de cosméticos para un nuevo champú y tenía miedo de que lo rescindieran si se producía un escándalo. —Se echó hacia atrás la larga y roja cabellera, como si estuviera promocionando el champú allí mismo.

—Yo sabía que Nick no mató a Jennifer. Que no podía haberla matado. Ellos discutieron, pero él se fue del apartamento de ella mucho antes de que la asesinaran. Estaba conmigo a la hora estimada de la muerte. —Se volvió hacia el jurado y con una expresión implorante, añadió—: Yo esperaba que Nick fuera absuelto sin necesidad de mi testimonio, pero cuando vi que las cosas se ponían mal para él...

La filmación se interrumpía y la voz del presentador del noticiario explicó que el siguiente testigo de la defensa había sido un empleado de la clínica, un hombre joven que había confirmado la historia de Paulie y la había reconocido como la mujer a quien habían hecho ingresar esa noche en la sala de urgencias. También había identificado a Nick como el hombre que estaba con ella.

—Y este testimonio ha convertido a Nick Montera en un hombre libre. Cuando lo entrevistamos a la salida de la sala del tribunal una vez concluido el juicio, esto fue lo que nos dijo.

La pantalla mostró a Nick y a su equipo de abogados tratando de abrirse paso entre una multitud de periodistas. Un reportero gritó:

—¿Qué es lo primero que hará ahora, señor Montera?

Nick esbozó una triste sonrisa.

—No ir a Disneyworld —dijo—. Me alegra el que me hayan absuelto, pero todavía no sabemos quién mató a Jennifer. Yo averiguaré quién lo hizo.

La cámara mostró un primer plano de su cara y sus ojos brillaron como dos estrellas de cobalto. Leigh habría querido poder apartar la mirada, pero era como si esos ojos tuvieran una cualidad telepática y estuviesen mirándola directamente a ella. Cuando por fin desaparecieron, la oscuridad de la sala parecía teñida de azul. Estaba libre.


Sonaba como el fragor distante de un helicóptero a punto de aterrizar. Despertándose de un sueño profundo Leigh luchó por sentarse en la cama mientras los difusos sonidos vibraban en sus sienes. El ruido era sordo pero persistente, como de tambores de bronce, o quizá de una tormenta.

Volvió a rodar sobre la cama, todavía apresada por el sueño, pero consciente sin embargo del sudor que cubría su cuerpo. Sintió en las piernas y los brazos desnudos un escalofrío que le erizó la piel. Evidentemente, había apartado las mantas mientras dormía a causa del calor. Los días de perro habían probado su reputación en Los Ángeles y la noche había sido sofocante.

A Leigh no se le ocurrió que hubiera nada que temer cuando se incorporó en la cama; estaba demasiado ocupada tratando de recuperar la lucidez. Las persianas estaban cerradas, de manera que no tenía modo de saber si era de día o de noche, pero la habitación olía deliciosamente al té helado de hierbas que había dejado sin terminar sobre la mesa de noche.

El murmullo se había detenido cuando abrió la puerta de la habitación y salió al pasillo, pero aún sentía curiosidad. Se puso la bata y decidió bajar a investigar. Eran las cuatro de la madrugada, de acuerdo con el reloj de su dormitorio. La casa estaba en sombras y hacía mucho calor, pero era sobre todo el silencio lo que la inquietaba. ¿Habría imaginado el ruido? Era posible, pero no lo creía.

La lámpara que había sobre su carrito del té proyectó una suave luz ambarina cuando la encendió para iluminar la sala. Nada parecía fuera de su sitio. El perro negro de porcelana que su madre le había traído de un viaje a Oriente estaba en su lugar en el recibidor, como un guardián inmóvil apostado bajo una palma. En una bandeja de plata sobre la mesita del centro estaban las licoreras con brandy y amaretto. Incluso los cojines rojos sobre el tapizado escocés de su sofá estaban alineados exactamente como los había dejado.

Sintió de pronto otro ruido, un golpeteo suave que la hizo dirigirse a la puerta de entrada. Sonaba como si alguien estuviera golpeando débilmente. Dejó la cadena puesta y abrió apenas la puerta para mirar hacia afuera. Una densa llovizna caía mansamente confiriendo a la noche primaveral un lustre inesperado.

De modo que había sido eso, pensó, sonriendo. En aquella época del año las tormentas eléctricas solían ser tan violentas como fugaces. Satisfecha de haber resuelto el misterio, cerró la puerta, pero vaciló antes de echar la traba. Un presentimiento la hizo detenerse y reflexionar sobre lo que acababa de ver. Algo había quedado irresuelto en su mente, una imagen más intuida que vista.

Se acercó a la ventana y miró hacia afuera. Los reflejos de la luna entre los sicomoros que bordeaban el sendero de entrada dificultaban la visión, pero le pareció distinguir la figura de un hombre de pie en el camino. Sus dedos se helaron con el contacto frío de los cristales.

Había alguien allí fuera. Estaba reclinado contra un vehículo aparcado, las manos hundidas en los bolsillos de su impermeable y la cara vuelta hacia la puerta principal de su casa.

De pie bajo la lluvia... Acechando su puerta. ¿Desde cuándo estaría allí?

Los árboles ocultaban los rasgos, pero Leigh no necesitaba ver nada más para saber quién era. Cada detalle de su cara estaba forjado a fuego en su mente. Leigh apretó las mandíbulas con una tensión dolorosa. Nick Montera estaba de pie bajo la lluvia frente a la puerta de su casa a las cuatro de la madrugada. Podía parecer incomprensible, pero no para ella: desde el primer encuentro brutal que había tenido con aquel hombre en el aparcamiento, había presentido una cualidad inexorable en su relación que ningún test psicológico podría explicar. Era algo puramente intuitivo, primitivo y poderoso.

Leigh sabía todo lo que como terapeuta profesional podía saber sobre Nick Montera. Él era la encarnación de todos sus sueños oscuros, una aberración sexual profundamente atrayente, alimentada por pensamientos que siempre había reprimido. Ninguna otra cosa podría explicar su obsesión por él. Leigh, la mujer, sólo sabía una cosa: él era un hombre. Masculino, viril, animal. Esa certeza gravitaba en sus centros femeninos con una fuerza irresistible. Ninguna otra cosa importaba... y allí residía el peligro. Su obsesión era más que un sueño misterioso. Era una desconocida alquimia sexual. Él estaba allí fuera. Y todo la arrastraba a su encuentro, a pesar de sus temores.

La puerta crujió suavemente cuando la abrió y el sonido bajó por su estómago, quejumbroso, como una advertencia. La lluvia había amainado hasta convertirse en un brillante rocío que envolvió a Leigh como una telaraña mientras bajaba del porche. Vaciló, pero sólo el tiempo suficiente para aspirar profundamente antes de pisar el sendero. Tuvo un estremecimiento al hundirse sus pies desnudos en un charco de agua fría. La noche era calurosa, y aun así sintió que se le erizaba la piel de la nuca y de los muslos.

Mientras ella se acercaba, él la contemplaba inmóvil. Su actitud era inquietante, y Leigh se sintió otra vez atemorizada. Había una parte herida en Nick Montera que pugnaba por desatarse con violencia, y ella temía que ése fuese el motivo por el que él estaba allí a esas horas. Sus estallidos de violencia siempre habían estado dirigidos contra ella, y a Leigh no dejaba de parecerle arriesgado ir a su encuentro. Pero a la vez algo dentro de ella, quizá ese mismo temor, la empujaba a continuar.

Él llevaba puestos un impermeable negro, tejanos y una camiseta blanca. Calzaba botas vaqueras con punteras de plata que brillaban como estrellas cuando la luz se reflejaba en ellas. Estaba empapado. A medida que se acercaba, Leigh podía verlo mejor. Cuando él alzó un poco la cabeza para mirarla las gotas de lluvia resbalaron por sus mejillas y cayeron desde el mentón. Tenía también los labios perlados y su pelo mojado era de color azabache con extraños reflejos.

Parecía un místico, un moderno convocador de diluvios.

Leigh nunca había visto nada tan hermoso como esa lluvia sobre su cara y su pelo, que destacaba sus rasgos confiriéndoles una cualidad pura y precisa. Sus largas pestañas proyectaban sombras sobre sus mejillas. Leigh se detuvo, vacilante, a unos cinco metros de él. Nick había hecho un ligero movimiento, una mínima inclinación de la cabeza, pero ese solo gesto bastó para sacarla de su trance. De pronto estaba otra vez llena de temores, de él, de la situación en que se encontraba, de la noche. El aire olía a tierra húmeda y a césped recién cortado. La noche era tan silenciosa como una cripta después de una tormenta. Y todo lo que llevaba puesto era un camisón de algodón y su bata. Estaba húmeda. Húmeda y temblorosa bajo la luz de la luna.

—¿Qué haces aquí? —le preguntó.

—¿Además de hacer llover? —Dos llamas cruzaron los ojos azules de Nick: ni siquiera el tono irónico de su voz pudo apagar ese resplandor—. Recuperando la sobriedad, creo.

—¿Has estado bebiendo?

Él se mesó el cabello y volvió a meter la mano en el bolsillo del impermeable.

—Celebrando, diría yo.

—Entonces, estás...

—No, no exactamente borracho. No del modo en que piensas.

Él la contempló y sus ojos se detuvieron en el azogue de la lluvia sobre la cara de Leigh y los arroyuelos que resbalaban por su cuello hacia los lazos entreabiertos de su camisón. Su bata dejaba ver la tela del camisón pegada a su cuerpo. Leight sintió que el contacto de la tela húmeda inflamaba sus pechos. Sintió que la tela se tensaba incómodamente, y cuando alzó una mano para separarla de su piel los ojos de él llamearon, ávidos. Había sido visible, aun en la oscuridad.

—Me iré si eso es lo que quieres —dijo él—. Sólo dímelo y me iré. —Sonó como si él estuviera esperando que ella se lo pidiera.

Nick apretó con fuerza las mandíbulas. Las gotas de lluvia en sus mejillas y los largos mechones húmedos hacían que pareciese que había estado llorando.

Leigh sintió que su corazón cedía. No quería abandonarse a un acceso de emoción, pero verlo la aliviaba enormemente, y agradeció al cielo que estuviera en libertad. Tuvo un impulso alocado de secarle la cara, de tocarle la boca y arrancarle una sonrisa. Todo en ella clamaba por hacer algo así.

—Nick, ¿qué haces aquí a las cuatro de la madrugada? —le preguntó por fin, incapaz de decir algo más sutil—. ¿Qué quieres?

—Dios... —Su risa fue rápida y breve—. Muchas cosas. Quiero comer granadas y... veamos, ¿qué más? Quiero cantar ópera bajo la ducha y nadar desnudo en el mar. —Volvió a apretar las mandíbulas—. Y hay algo más, Leigh. Una cosa más que quisiera...

Ella no pudo mirarlo.

El agua resplandecía sobre el suelo entre ambos y goteaba en hilillos desde la bata de Leigh, formando charcos a sus pies. Cuando movía la punta de los dedos, ella sentía un estremecimiento delicioso. Estaba asombrada por la intensidad con que sentía la presencia de Nick, de un modo penetrante, sensual y terriblemente incitante. Dentro de ella todo se fundía como esa agua de lluvia, deslizándose en líquidos destellos, inundándola de energía.

Un escalofrío más prolongado recorrió sus brazos. El rocío se había vuelto de pronto más frío, pero la noche todavía estaba tibia. Sus pensamientos volaban, rápidos, a grandes saltos.

—Leigh... —dijo él.

Ella se sobresaltó al verlo sacar las manos de los bolsillos y apartarse del coche.

—No —dijo, tratando de pensar en el modo de detenerlo. Él empezó a caminar hacia ella, cuyo cuerpo reaccionó como si se hallase frente a una amenaza. Leigh quedó sin aliento, con la boca seca, demasiado seca incluso como para volver a tragar. Las señales fueron instantáneas; todos sus sentidos se ponían en guardia cada vez que Nick se acercaba a ella, pero en esta ocasión estaban solos, fuera de su casa. Y ella ya no era su terapeuta. No quedaban barreras éticas ni legales, nada que pudiera detenerlo de lo que fuera que tuviera en mente, a menos que ella pudiera encontrar una salida. La ironía de la situación interrumpió sus pensamientos: sabía bien que no quería escapar.

Una extraña sensación de inexorabilidad la paralizó mientras lo miraba fijamente a los ojos. ¿Qué era lo que él tenía en mente? Leigh imaginó varias posibilidades, pero no quedaba tiempo para adivinar. Una sensación cálida subió por su pecho cuando oyó su voz otra vez.

—Estuvieron duros contigo en el juicio —dijo él.

—Sí —fue todo lo que consiguió responder.

Él estaba tocándola. Las puntas de sus dedos rozaban su cuello a través de la delgada tela del camisón.

—Pero fuiste... muy valiente.

—No me desmoroné.

Si hubiera sido en cualquier otro lugar, si él hubiera intentado algo más que aquel leve roce, ella quizá habría tratado de frenarlo. Pero su roce era casual, como el de un artista explorando una línea en un boceto, y al fin y al cabo el gesto de Nick era bastante inocente.

Ella permanecía atenta a los cambios casi imperceptibles de la presión que ejercía sobre su cuello. Los registraba con la precisión de todo su sistema nervioso en alerta máxima. Contaba incluso los segundos entre un toque y otro... esperando el siguiente.

Pero cuando los dedos de él se detuvieron y se deslizaron para cerrarse sobre su garganta, Leigh no pudo evitar soltar un gemido. El furor con que parecía a punto de reaccionar la desorientaba; no había modo de dar un paso atrás y estudiar lo que le estaba ocurriendo. La cabeza le daba vueltas. Su corazón había enloquecido. Todo en su mundo inmediato, aun su próximo latido, parecía encadenado al destino último de esa mano.

Se volvió... y sintió que él la rodeaba con sus brazos.

—Leigh. —Su voz descendió un tono, enronquecida de pasión—. No me des la espalda. Nunca hagas eso.

Ella cerró los ojos y un escalofrío recorrió su columna vertebral. El sudor se mezcló con la lluvia en su cuello. Estaba empapada de la cabeza a los pies. Y no había un rincón en su cuerpo que no hubiera sido invadido por otra dulce humedad, que se volvía más caliente entre las piernas.

¿Por qué no puedo volverme hacia ti?, se preguntó. ¿Qué me harás si lo hago, Nick? ¿Asesinarme? Un temor que no era miedo por su vida se alzó dentro de ella. Había detectado algo en la voz de él, un eco de la misma ansiedad que crecía en ella. Por alguna razón le asustaba pensar que él podía sentir el mismo dolor que ella, que podía necesitarla como ella lo necesitaba. Quizá porque todavía no estaba segura de a quién necesitaba él realmente, si a ella o a una inalcanzable mujer de su pasado. ¿Era a Leigh Rappaport a quién quería? ¿O cualquier rubia podía colmar sus fantasías?

—Leigh... vuélvete. Mírame.

Los dedos de él tocaron su brazo desnudo, como una descarga de electricidad. Aunque ella trató de detenerlo, tuvo una visión de los dos haciendo el amor, del torso poderoso de Nick moviéndose sobre ella. Era una imagen muda y confusa, pero encendía igualmente su imaginación. Había una pasión hambrienta y animal en el acoplamiento. Su desnudez era terriblemente excitante y totalmente explícita. De algún modo ella sabía exactamente cómo sería él desnudo, cómo lo sentiría. Y ese conocimiento se hacía sentir hondamente dentro de sí. La fundía en líquidos y lluvia otra vez. Una lluvia quemante, llena de fulgores.

Quiso girar sobre sus talones, pero ahora era él quien se lo impedía.

—No te muevas —le dijo—. Sólo echa hacia atrás la cabeza.

Leigh se sintió confusa por un instante, hasta que advirtió que él le separaba el pelo húmedo del cuello. El tacto de sus manos era fresco y suave sobre su piel ardiente. Mientras Leigh se inclinaba ligeramente hacia atrás un roce como de plumas acarició su nuca. No estaba segura de si era la lluvia o los dedos de Nick, pero resultaba maravillosamente agradable. Inclinó un poco más la cabeza.

Mientras los dedos subían y bajaban por su piel, ella fue consciente de que la respiración de él se ahondaba y del calor húmedo del aliento contra su pelo. Nick olía débilmente a menta y a humo, y también a alguna bebida cara, whisky, supuso. Sus pensamientos se volvían laxos y lánguidos, como sus músculos. Lo que fuera que él estuviese haciéndole, vencía todas sus defensas. Pronto estaría ronroneando como una gatita.

—¡Ay! —Un dolor agudo le hizo dar un respingo.

El pinchazo le quitó el aliento, y si Nick no la hubiera sostenido, habría caído al suelo. Se sentía como si algo la hubiese herido —unas agujas o unos colmillos— y el dolor le hizo pensar en la leyenda de su camiseta. «Si esta víbora te pica no hay antídoto en la botica.»

—¿Qué ha sido? —preguntó, sosteniéndose algo mareada en sus brazos.

Él bloqueaba la luz y el brillo de la luna proyectaba sombras alrededor de sus ojos y tornaba más afilados los contornos de su cara. Ella no podía distinguir su expresión, pero imaginó que sería tan hiriente como la punzada que acababa de recibir. ¿Qué le había hecho? Se sentía aturdida y mareada.

El cuello todavía le ardía. Se tocó, pero no sintió ninguna marca de heridas.

—¿Has sido tú?

—No, ha sido... la víbora.

Él la sujetaba de un brazo, y el brazalete de plata brillaba en su muñeca. Una extraña aura circundaba la cabeza de la serpiente. ¿Era aquello lo que la había mordido? Leigh se sentía como si le hubieran inoculado algo que lentamente intoxicaba su sistema nervioso y afectaba sus sentidos. Le costaba enfocar la mirada y las piernas le flaqueaban. ¿O era sólo parte de su reacción ante las caricias y la proximidad de él?

Debía apartarse. Debo apartarme, pensó.

—Quédate. Quieta —dijo él, y su voz sonó como la orden de un hechicero.

—No puedo. Me siento mal. Mareada.

—Sólo estás excitada.

—¿Excitada? —dijo ella, y lo miró a los ojos.

—Sí —dijo él, y cerró la mano sobre su cara como si Leigh fuese una criatura salvaje a la que podía dominar con una caricia. Ella entornó los ojos, pesados de languidez. Las piernas apenas si la sostenían. Muchas veces había soñado con que Nick Montera la dominaba, con que su corazón palpitaba al ritmo de su mano experta. Había soñado también con otras cosas más temibles; que él era capaz de matar, por ejemplo. Que podía incluso matarla *a ella*. Y en ese caso ella tal vez no se resistiría, sintió, mientras sus pensamientos se deslizaban soñolientos de una cosa a la otra. Estaba lista para morir.

—Me gustas así —dijo él—. Mareada a causa de la excitación.

Nick hundió el pulgar en la mejilla de Leigh al tiempo que atraía su cuerpo hacia él. La presión de esa mano debajo de su mentón le habría impedido apartar la mirada aunque se lo hubiera propuesto. Pero no se lo proponía. Se estrechó a su vez contra él y con un abandono que era infrecuente en ella, le ofreció su boca, todo lo que estuviera en su poder darle. Cuando él la besó en los labios, Leigh reprimió un gemido. En cambio, dejó escapar un suspiro, suave, dulce, exánime.

La primera presión de esos labios fue quizá la unión más íntima que había tenido jamás con otro ser humano. Fue tan elemental como el trueno que la había despertado unos minutos antes. Leve y sin embargo profunda. Él había hundido la mano en su pelo y le apretaba la cabeza. Su otra mano cerraba la muñeca de Leigh por atrás. La había aprisionado y el juego de sus labios sobre los de ella era tan excitante y tierno como un suspiro en la oscuridad. Se sentía como si la estuviera besando el rocío. Era insoportablemente excitante, como dientes de león sobre sus labios entreabiertos, incitadores, deslizándose sobre sus mejillas, respirando en sus oídos. Pero ella quería más. Quería su boca entera. Dentro de la suya.

Él pasó lentamente los dedos por sus labios temblorosos.

—Ahora que tengo esto —dijo—, quiero el resto. Quiero estar en tu boca.

Sí, ella también lo deseaba, aunque no estaba del todo segura de que se refiriesen a lo mismo.

—No me lo hagas fácil —dijo él.

Ella cerró los labios, arrancándole una sonrisa.

Deslizando las manos por su cuello, él la obligó con suavidad a mirarlo. Recorrió entonces sus labios con la yema de los dedos, levantando oleadas de placer dentro de ella. Leigh apenas podía resistir ese roce, pero mantuvo los labios apretados. Trató de resistirse todavía cuando él empezó a besarla suavemente, probando y buscando hasta que encontró una abertura. La forzó entonces con la lengua, y ella sintió que invadía todo su cuerpo. Se sintió vibrar en lo más profundo de su ser. Pero él no había acabado con ella, sino que apenas empezaba. Envolvió y hostigó la lengua rosada de Leigh y ahondó en su garganta en una búsqueda quemante. Cuando salió de su boca ella estaba casi exhausta de placer, inerme ante esos labios que se concentraban ahora en succionar y morder la carne blanda de su labio inferior.

—¡Ay! —Su mordisco le había provocado el mismo dolor agudo que el pinchazo de la serpiente. Las lágrimas afloraron a sus ojos y se llevó los dedos a los labios. Comprendió que al morderla él había dejado su marca en ella, como si pretendiese de ese modo advertir que su cuerpo le pertenecía. De seguir así, toda su piel quedaría morada, pero Leigh no podía resistir la fascinación que producía en ella esa idea.

Sintió otra vez aquel extraño mareo.

Él le sostuvo la cara para mirarla y la intensidad de sus ojos le hizo desear poder apartar la cabeza.

—¿Qué me has hecho? —preguntó con un hilo de voz—. Apenas puedo tenerme en pie.

—Mejor —susurró él—. Yo impediré que te caigas.

—Bésame otra vez —rogó ella. Sentía que podía besarlo eternamente, y que le bastaría con eso. Pero ¿sería suficiente para él? La mirada de Nick parecía decir que sí, pero cuando ella estrechó sus muslos contra los de él, se dio cuenta de que tenía una formidable erección.

—Ya sabes el efecto que produces en mí —dijo él.

Leigh no sólo sabía eso, sino también lo que ella misma quería que le hicieran. Y quién. Él no tenía que hacer ni decir nada más. Esa erección hablaba por sí sola. Un segundo antes sus besos lo eran todo, el placer consumado. Ahora ninguna otra cosa la satisfaría excepto que él la penetrara. Necesitaba tener aquel miembro dentro de sí. Era tan imperioso como respirar.

Nick deslizó la mano por debajo de su bata.

—Quiero follarte bajo la lluvia —dijo él mientras acariciaba aquella piel tan tibia—. Y luego quiero beber cada gota de tu cuerpo.

Leigh enrojeció de placer y un impulso demencial se adueñó en ese instante de ella. Dio un par de pasos vacilantes hacia atrás y lentamente empezó a recoger la delicada tela de algodón de su camisón, revelándole poco a poco su cuerpo. Sus muslos esbeltos brillaban a causa de la lluvia, y cuando recogió la tela aún más para revelar las hebras doradas de su pubis, se sintió mojada por una humedad distinta.

Él la estudió por un momento, contemplando su desnudez como si quisiera capturarla en una foto. El deseo que se reflejaba en sus ojos había empezado a arder con llamas altas, y justo entonces Leigh entendió la clase de incendio que había iniciado. Agitó un poco el camisón, adoptando poses aún más provocativas.

Él inclinó la cabeza hacia un costado. Otro ángulo.

—No es para que me hagas fotos —dijo ella.

—¿Por qué no? —replicó él—. Te tengo bien enfocada, y en mi mente estoy disparando.

—¿Con una cámara?

Él sonrió, y su mano bajó al botón de sus tejanos.

—No exactamente.

—Espera —dijo ella—. ¿Qué estás haciendo?

Pero él ya se acercaba, y el lento y sensual balanceo de su andar hizo que Leigh comprendiese que el juego había terminado. Dejó caer la punta del camisón y retrocedió con rapidez para mantener la distancia que los separaba. Caminó hacia atrás en dirección a la casa, algunos pasos más, eludiéndolo, hasta que su espalda dio contra la pared del porche y no pudo retroceder más.

Él bajó entonces la cremallera de sus tejanos.

—¿Qué estás haciendo? —repitió ella.

—La estoy poniendo tiesa para ti. No le hace falta mucho... sólo tú.

Leigh sintió un nudo en el estómago. ¿Sólo yo?, pensó. ¿Era verdad que era a ella a quien quería? Por mucho que ansiara saber la respuesta, no habría podido preguntarle nada. Estaba tan excitada y deseaba tanto que la cogiese entre sus brazos que no le importaba a quién quisiera.

Él la aplastó contra la pared y le pasó una mano por detrás de la cabeza. No parecía un hechicero en ese momento, ni nadie con poderes sobrenaturales. Aun con su impermeable negro flameando alrededor de él, Leigh no dudó ni por un instante de lo que tenía frente a ella. Era un hombre absolutamente viril, con una tremenda erección.

Leigh se dio cuenta de que Nick movía la mano dentro de su bragueta, pero decidió no mirar. Dios, sólo confiaba en que no se hiciese daño con la cremallera ni se demorara demasiado. Era una espera angustiosa.

—¿Por qué no le echas un vistazo a lo que le has hecho, Leigh? Quizá podrías incluirlo en tu test. —La ironía daba a su voz el filo de una cuchilla de afeitar—. Piensa una historia que vaya con la imagen. Dime qué está haciendo este buen hombre, cómo llegó a tener esta erección y qué es lo que hará a continuación. —Sin dejar de mirarla a los ojos, se inclinó con deliberada lentitud para bajarse los pantalones. No quedaba ninguna duda de lo que iba a hacer.

La curiosidad, quizá el más primario de los impulsos humanos, hizo que Leigh se arriesgara a mirar. Echó sólo un vistazo, pero fue más que suficiente. Su impresión había sido de negrura y potencia, de energía en ebullición, de músculo tenso.

Con un gemido, Leigh apoyó otra vez la cabeza en la pared. Mirar aquel pene ferozmente erecto era como contemplar un eclipse de sol. Un segundo más y podría haber quedado ciega. Tal vez fuera su historia personal, el trauma que había sufrido a los trece años al enfrentarse con la sexualidad masculina antes de estar preparada. Lo cierto es que nunca se había sentido tranquila al mirar a un hombre excitado. Fascinada, sí, pero nunca tranquila. En absoluto.

—No es sólo para mirar —susurró él, y las palabras parecían estrangularse en su garganta—. Puedes tocarla. Todo esto es para ti, Leigh. Sólo para ti.

Leigh comprendió que la víbora estaba por morderla una vez más. Era el único modo en que ella podía soportar aquello; necesitaba sentirse aturdida, excitada hasta perder el control sobre sí. Cerró los ojos y sintió que él acariciaba su mejilla y rozaba sus labios de una manera invitadora. Y si su mente trataba de resistirse, la respuesta de su cuerpo fue ardiente e inmediata. Su boca se abrió ansiosamente, rodeando al dedo y succionándolo mientras él lo introducía en su boca. Era como un caramelo duro, dulce y caliente, que le hacía agua la boca. Cuando él retiró el dedo, Leigh abrió los ojos, desconcertada.

Ya está bien, pequeña, decía su expresión. Basta de jugar.

Leigh respondió extendiendo su mano y comprobando con la yema de los dedos la longitud y el grosor del miembro ansioso que sobresalía de sus muslos.

—Es tan grande... —consiguió articular mientras volvía a recorrer con el índice su miembro erecto, duro como una piedra. Las proporciones eran ciertamente generosas, pero lo más notable era cómo cambiaban sus ojos cuando ella lo tocaba. Se habían dilatado hasta volverse casi negros, pero cuando ella lo ciñó en su palma y lo estiró suavemente hacia sí, las pupilas destellaron y su mirada recobró un maravilloso y vibrante azul.

Su sonrisa reflejó un deseo casi doloroso.

—Oh, Dios, podría devorarte. Podría lamerte y chuparte y comerte viva y nunca tener bastante.

Leigh apenas lo había soltado cuando él la alzó por las axilas y la apoyó en la pared. La sostuvo allí como a un juguete, bajo la feroz llama de sus ojos, y ella creyó que su calor la derretiría. Las aletas de su nariz se dilataron mientras se inclinaba hacia ella. Pero de pronto se detuvo, como si vacilara.

¡La estaba haciendo esperar demasiado! Leigh echó la cabeza hacia atrás mientras pronunciaba su nombre; sentía los pezones erguidos y los pechos palpitantes.

Advirtió que Nick se estremecía y la sujetaba con fuerza. Una palabra escapó entonces de la garganta de Leigh, tan apasionada y obscena que quebró su control.

—¡Fóllame!

Él la estrechó salvajemente y, ya sin reparo alguno, buscó su boca con un ávido ardor, devorándola. Leigh nunca había sido embestida con tanta pasión. Él estaba dando rienda suelta a su antiguo resentimiento y, al mismo tiempo, a su deseo incontrolable. La quería a la vez muerta y en su cama, fuera de su vida y en todas y cada una de sus noches, suya para siempre. Ella gimió, pero no era dolor ni miedo. Gimió desde lo más profundo de su ser, desde ese lugar que reconoce al igual en la vida y lo llama instintivamente. Gimió con la necesidad más desnuda y elemental.

Nick jadeaba y se estremecía con la misma violencia que ella.

—Quiero esto —dijo, oprimiendo el sexo de ella a través de la tela humedecida—. He venido por esto, existo por esto.

—Ven entonces —susurró Leigh—. Apresúrate.

Él le alzó uno de los muslos, sujetándolo entre su brazo y su pecho mojado. El camisón de Leigh se deslizó hacia atrás, exponiendo todo el pubis. Él juró suavemente y lo cubrió con una mano, presionando sobre los delicados rizos y hundió dos dedos, haciéndolos girar con lenta deliberación hasta que ella le rogó que la hiciera correr de esa manera.

Evidentemente, aquello era lo que Nick quería de Leigh, que le rogara, que se retorciera suplicando. Él sabía, sin duda, que a ella le gustaba aquel tormento. Hundió aún más los dedos y al mismo tiempo empezó a acariciarla con el pulgar, deslizándolo sobre los labios abiertos e inflamados, presionando sobre el clítoris, hasta que ella se contorsionó y gimió a causa de la locura que se apoderó de su cuerpo y de su mente. Estaba tan excitada que cuando él por fin retiró la mano, sus dedos estaban brillantes, completamente empapados. Esa visión pareció enardecerlo.

—Ahora... esto —dijo, y alzó hacia ella su miembro.

—Sí —rogó Leigh.

Lo quería rápido y hasta lo más hondo, todo al mismo tiempo. Pero a pesar de que lo necesitaba desesperadamente, su sexo todavía estaba contraído a causa de la incursión de los dedos de Nick y no permitía una penetración violenta. Él no pudo hacer otra cosa que darle suaves y calientes golpes en un intento por forzar a sus músculos temblorosos a que lo admitieran poco a poco. Leigh gritó cuando finalmente él la penetró por completo. Gritó como si fuera a morir. Y cuando él llegó hasta lo más profundo de su sexo, allí donde ella lo quería, Leigh se sintió otra vez al borde del orgasmo. Pero él sólo le consintió una maravillosa arremetida más antes de detenerse súbitamente y retirar el miembro.

Leigh sintió que su cuerpo se contraía dolorosamente, y echó las manos hacia adelante, como si quisiera evitar la pérdida, para aferrarse finalmente a sus hombros.

—¿Qué estás haciendo?

—Vamos dentro.

—¿Dentro de la casa? ¿Por qué?

Él le acarició el pelo y le dio un suave beso en los labios, sonriendo a pesar de la ansiedad y la frustración.

—Porque eres una putita muy ruidosa, Leigh, y en la comisaría no nos permitirán seguir follando.

Ella había empezado a sollozar, aunque apenas entendía por qué. ¿La prestigiosa terapeuta se había convertido en una puta ruidosa? ¿Era acaso alguna de esas cosas? ¿Quién era la mujer a la que él había enloquecido? ¿Quién era Leigh Rappaport? Se enjugó las copiosas lágrimas con el impermeable de Nick mientras él la alzaba en brazos y la conducía a la casa.

Pero apenas cerró la puerta y mientras el impermeable caía blandamente al suelo, ella lo envolvió en sus brazos.

—Acaba de una vez —imploró—. Acaba de una vez, maldición.

—¿Una puta impaciente, también?

La condujo hasta la mesa de la sala, delante del sofá. Se tomó el tiempo necesario para dejar en el suelo la bandeja de plata y las licoreras, pero vació de revistas y pequeños adornos el resto de la superficie con una sola barrida poderosa del brazo.

—Estoy loca por ti —murmuró Leigh mientras él la hacía acostar sobre la madera pulida, que los reflejaba como un espejo—. Loca. Lo sabes, ¿verdad?

Él le recogió el camisón hasta el vientre y le abrió las piernas. Su piel oscura y brillante contrastaba con la de ella y en la mente de Leigh cruzó la imagen de un hombre sin cara, arrodillándose delante de su cuerpo, abriéndola con un dedo.

El olor penetrante de la ropa mojada la envolvía. Quiso cerrar los ojos cuando él hundió su cabeza entre sus piernas, pero el contraste de los colores todavía la fascinaba. El cabello negro de Nick caía sobre ella con reflejos azabache. Su piel tenía un tono uniforme y brillaba a causa del sudor. Pero cuando la lengua de él se introdujo en su vello pubiano, cuando apartó los labios y buscó el interior de su sexo, Leigh olvidó todos los contrastes y sólo pudo gemir.

—No, por favor —rogó al tiempo que trataba de apartarle la cabeza de allí—. ¡Tú me prometiste...!

Él la cogió de las muñecas, sujetándolas fuertemente. Su mirada la hería como un rayo láser.

—No te prometí nada.

—Sí, me prometiste.

—Nada. —Un músculo se tensó en su mandíbula, endureciendo su voz—. Pero te daré todo lo que necesitas; todo lo que necesitas y todavía más. Y tú a cambio me darás una sola cosa... sólo una cosa.

Repentinamente ella entendió y el terror la atenazó.

—No —susurró—. ¡No!

Sus manos eran grilletes de hierro. Él sujetaba sus muñecas tan firmemente que ella no podía moverlas, y cuando trató de cerrar las piernas él las forzó con los hombros. Avanzando contra sus ruegos, él llevó su boca dentro de ella otra vez hasta hacerla gritar con un insano placer. Estaba forzando en su cuerpo el placer. Si ésa era su venganza —volver loco a quien se ocupa de los locos— lo estaba consiguiendo.

Nick succionaba y avanzaba con su lengua como

ningún dedo habría podido hacerlo, obligándola a elevar las caderas. Su cuerpo se tensaba bajo la succión de los labios. El dolor sensual que invadía los músculos rígidos de sus muslos le quitaba todas las fuerzas. Leigh sintió que otro grito salvaje surgía de su garganta, sintió la presión que subía como una ola, pero en vez de gritar se estremeció y cayó hacia atrás, derrotada por su poder, dándole lo que él quería.

—Todo —gimió—. Te lo daré todo.

Él lamió, hundiendo la lengua tan profundamente que Leigh no pudo hacer otra cosa que balancearse sobre ella, muda de asombro. El agudo aguijón de sus dientes la hizo contraerse. Él la había marcado otra vez. También allí.

En segundos Nick la había conducido con su boca a un clímax tan explosivo que Leigh sintió que perdía todo contacto con el mundo. La dulce y digna terapeuta, que apenas sabía quién era ni dónde estaba, se elevó hasta cimas que nunca había alcanzado, y volvió a caer, como si fuese víctima de un hechizo. En algún lado un mago celestial agitaba su mano. Apenas podía creer que tal intensidad existiera. Nunca había sido parte de su existencia. Nunca. Sólo había algo que no estaba bien, algo que aún faltaba. Quería su miembro una vez más.

Leigh empezó a temblar y se estrechó contra él.

—Nick...

Y de pronto, antes de que dijera nada, él estaba allí, moviéndose dentro de ella, llenándola con el profundo placer que necesitaba para cerrar el círculo de su éxtasis. Ella se mecía hacia él y él hacia ella, una y otra vez, los dos un solo cuerpo, una sola alma, el grito agudo de un mismo corazón. Él estaba allí, sujetándola, amándola, susurrando su nombre con una solemnidad que la hizo llorar. Estaba dándole todo lo que le había prometido y más. Todo y más. Había hecho realidad su fantasía, y todo lo que quería a cambio, todo lo que quería en su vida... era a ella.

Leigh agonizó en sus brazos.

De algún modo, en lo profundo de su alma, había respondido al llamado de su igual en el mundo. Esa unión era su destino, pero ¿había hecho el amor con un hombre o con un hechicero, con un oscuro cazador de almas? Fuera quién fuera, Nick Montera se había apoderado completamente de ella, y Leigh tenía las marcas de su dueño. Fuera y dentro.

## 20

La sala estaba apenas iluminada por la lánguida ondulación de las llamas en el hogar. El suave repiqueteo de la lluvia en el tejado era el único sonido que quebraba el silencio, y las sombras que se proyectaban contra las paredes hacían que la habitación pareciese sumergida bajo una cascada de ámbar.

Yacían en el suelo, sus cuerpos todavía entrelazados. Nick estaba boca abajo, con la espalda desnuda, los ojos cerrados, la cara y el cuerpo iluminados por el fuego. Leigh, que se estrechaba contra él, observaba el modo en que las llamas realzaban el color de la piel de Nick con reflejos dorados. Habían quitado la colcha que cubría el sofá para taparse con ella, pero mientras dormían Leigh había tirado de ella hasta quedarse con la mayor parte.

Evidentemente, pensó mientras contemplaba a Nick, cada vez sentía menos aprensión por los cuerpos masculinos desnudos. No sólo eso: no había estornudado ni una vez. Su ex novio podía estar orgulloso. Bien, quizá no, admitió. Era la primera vez que pensaba en Dawson desde la noche anterior. Era también el primer recordatorio de un mundo que ella había tratado de apartar de su mente.

Todavía no se sentía capaz de asimilar todo lo que le

había ocurrido en tan pocos días, tanto en su vida privada como en su vida profesional. Era demasiado pronto para saber qué efectos tendría sobre su carrera, aunque ya había recibido varios mensajes ansiosos de su editora y uno del comité de ética de la Asociación de Psicólogos, informándole que se había presentado una denuncia contra ella.

No había respondido ninguno de los mensajes. Después del naufragio de su vida personal había sido incapaz de pensar con claridad. ¿Era posible que ella y Dawson ya no estuvieran juntos y que en cambio ella estuviera con Nick? Y lo que era más sorprendente: se sentía bien con él. ¿Cómo era posible? No alcanzaba a entenderlo, quizá debido a lo contradictorios que habían sido en un principio sus sentimientos hacia él. Ese conflicto no podía ser cancelado como la reserva de una mesa en un restaurante, ni siquiera por una increíble noche de sexo. Desde el juicio, el mundo de Leigh se había reducido a una población de un habitante. La noche anterior había expandido el frágil círculo para incluir a Nick, pero el encuentro entre ellos le había resultado más una ensoñación que realidad, y aún lo sentía así, especialmente ahora, que estaba en aquella habitación con su «príncipe de las tinieblas».

Sonrió. Ése era uno de los últimos nombres que le habían dado en los periódicos. Incluso un cómico se había quejado en un programa televisivo porque su novia estaba obsesionada con aquel «maldito príncipe de la oscuridad».

Más de una vez Leigh había reflexionado acerca del precio emocional que suponía rendirse a sus sentimientos por Nick Montera, en que sería un dulce infierno sexual para la no iniciada. Nunca había sentido una excitación tan salvaje ni había experimentado un placer tan brutal. Las pequeñas marcas que había dejado en su cuerpo todavía le ardían. Por una vez la prensa no había exagerado. Era un príncipe de las tinieblas. Era todo lo que la gente pensaba, excepto un asesino.

Un suspiro la trajo de nuevo al presente. Nick parecía a punto de despertar. Todavía más dormido que consciente, recorrió con la mano su propio cuerpo del pecho a la ingle. Era un movimiento inconsciente, sin duda heredado de algún atávico impulso de conectar con su carne. Se rascó ligeramente el vello ensortijado del pecho, antes de seguir la línea de vello que se prolongaba hacia el vientre, donde una cicatriz de cuchillo resaltaba en la piel cobriza. La mano, finalmente, se había posado en el miembro antes de que el cuerpo se moviera otra vez.

Al mirarlo, Leigh sintió un estremecimiento sexual que casi le erizó el cabello. Era algo espontáneo, lo sabía, el más natural de los gestos, pero la caricia había dejado sus tetillas duras y su pene había aumentado de tamaño. Ella trató de fijar la vista en la pulsera de plata, que brillaba en un gélido contraste sobre la cálida piel.

Todavía estaba contemplándolo cuando él se volvió hacia ella y abrió los ojos.

—He tenido un sueño fantástico —dijo con voz pastosa—. Pero esto es mejor. —Levantó una mano para tocarle el pelo, y ella inclinó la cabeza, acercando su melena. Cerró los ojos y se dejó llevar por la caricia de los dedos que se movían a través de las madejas rubias, por la tierna posesión de su mano. Él sostuvo su cabeza y empezó a friccionar su cuello. Dar placer, o recibirlo, era igual para él. A ella también le habría gustado ser así.

—¿Quieres mi servicio de masaje completo? —preguntó Nick al tiempo que se sentaba—. Antes que nada, ¿me dejarás compartir algo de esto? —preguntó, y cogió el extremo de la manta que ella había acaparado—. Me siento algo... desnudo.

Pero no había modo de que la manta los cubriera a los dos. Leigh trató de extenderla para cubrirlo al menos desde los hombros a los muslos. No tenía intención de que sus pechos rozasen la boca de él al inclinarse, pero eso fue exactamente lo que ocurrió.

Sintió una punzante sensación de placer, y cuando lo miró, alcanzó a ver la sonrisa que curvó sus labios antes de que la boca se cerrara sobre la punta rosada del pezón. Él no había succionado ni siquiera dos veces y ella ya se sentía húmeda entre las piernas y lista para montar sobre él, para hundir su miembro en su sexo sin esperarlo, con su propia mano. Se sintió tan excitada que deslizó la mano desde el torso de él hasta su entrepierna, acariciándolo exactamente del modo en que él se había tocado antes.

—Eres muy mala —dijo Nick, mordiendo las palabras.

—Tú me has hecho así.

—Sí, te quiero así.

Ella retrocedió como si fuera a levantarse; una súbita malicia la hacía desear prolongar aún más el momento, forzarlo a acorralarla con la magnífica fuerza de su cuerpo, a castigarla por no ceder de inmediato. Era un impulso que nunca antes había experimentado, al que jamás se habría abandonado.

De pronto, él la cogió de las muñecas y la atrajo hacia sí, manteniéndola inmovilizada mientras estudiaba su mirada brillante.

—¿Adónde diablos crees que vas, Leigh?

—Hay algo que necesito hacer —dijo ella con una sonrisa.

—Que necesitamos hacer juntos, en todo caso.

—No, no, machote, guárdalo para más tarde.

—¿Machote? Ya verás.

Ella sintió que ya lo había conducido hasta el límite; se lo decía su mirada ardiente. Pero de todos modos hizo el ademán de levantarse, echándose el pelo hacia atrás, desafiándolo descaradamente a que tratara de impedírselo.

—Puta —dijo él suavemente. Y la bajó de un solo tirón de su brazo, con una fuerza que podía rivalizar con la de un atleta profesional. Con otro furioso movimiento la obligó a rodar boca abajo y se echó encima de ella—. Voy a follarte ahora mismo, putita. Porque eso es exactamente lo que quieres, ¿verdad?

Leigh no tuvo necesidad de responder. Estaba palpitando de deseo. Comenzó a restregar las nalgas contra los músculos de acero de sus muslos, y el sonido que subió de su garganta era como un ronroneo de pura ansiedad sexual.

Cuando él la penetró Leigh tuvo que luchar para contener un orgasmo demasiado prematuro. Nunca había deseado tanto a un hombre. La unión de sus cuerpos le hizo pensar en la espiritualidad feroz de un bautismo o algún otro rito ancestral de iniciación. Llegó al clímax varias veces, una ascensión salvaje, en series cada vez más intensas, mientras él se movía con una furia animal dentro de ella, y cada pequeña explosión la dejaba inerme debajo de él, anhelando la próxima embestida. Si el acoplamiento entre ellos tenía cierto aspecto espiritual, era también primitivo. Leigh se sentía como si hubiera sido arrastrada hasta las profundidades del mundo misteriosamente erótico que reflejaban sus fotografías.

Estaba emocional y físicamente exhausta cuando él se tendió a su lado. Ese cansancio era su protección, su capullo. La lasitud era tan dulce como profunda, como si emergiera de un coma. Cuando finalmente abrió los ojos al mundo, él estaba inclinado junto a la cama, con el impermeable sobre los hombros, y una copa de coñac para ella en la mano.

—¿No has llamado un San Bernardo?

Leigh se sentía demasiado fatigada para responder a su sonrisa.

—No puedo moverme —dijo, y suspiró cuando él la alzó en sus brazos. Trató de sentarse, sin lograrlo. Apoyándose en su cuerpo, dejó que Nick la cobijara contra su pecho y la envolviera con una manta. Nunca se había sentido abrazada tan tibiamente por un hombre. Él le acariciaba el pelo, murmuraba palabras dulces a su oído. Era su padre, su amante, su médico, su confesor, todo por lo que su ávido corazón siempre había implorado. Dejó que su cabeza reposara en el hueco de su hombro y se permitió sentirse amada como nunca desde que era una niña. Un suspiro inflamó su pecho. Esa ternura era una experiencia nueva para ella. Y la emocionaba tanto como la asustaba.

—¿Cómo te sientes ahora? —preguntó él, llevando la copa a sus labios—. ¿Puedes tomar un sorbo?

Mientras Leigh tomaba un sorbo del coñac, notó que una luz rosada se filtraba por las cortinas. Amanecía, y estaba despierta, con el hombre que no podía enfrentar la salida del sol. Si conseguía mantenerlo ocupado, tal vez él no lo advirtiera.

—¿Cómo has conseguido encontrar la botella de coñac? —le preguntó—. Estaba guardada en un mueblecito en el pasillo.

—Y ahora me lo dices —dijo él con un tono mordaz. Luego, con una sonrisa, añadió—: Tienes suerte de que sea tan empecinado. He buscado en cada rincón de la casa. Al menos ya conozco todos tus secretos culinarios. Por ejemplo, esta licorera estaba escondida en el último sitio en que alguien podría buscarla: tu lavavajillas.

—El orden no es lo mío —admitió ella, absorbiendo el calor que irradiaba de sus brazos y su torso. Era un maravilloso calefactor humano.

—Tal vez pueda perdonarte que seas desordenada,

pero deberás permanecer desnuda en la cama todo el fin de semana.

—No hay problema, si te quedas conmigo.

Lo miró sobre el hombro, esperando una sonrisa procaz. Pero en la cara de él había una seriedad burlona. Nick la besó en los labios y ella sintió que los músculos de su vientre se ponían rígidos. Otra vez, no, pensó atemorizada. ¡Su cuerpo no lo resistiría! Un suave gemido escapó de su garganta.

Él rió, la acarició levemente y le mordió el lóbulo de la oreja.

—Vaya una putita incansable. No puedo creer lo cachonda que eres.

—¡Yo tampoco!

A Leigh ya no le resultaba gracioso. Los muslos le ardían como si hubiera estado haciendo calistenia, y una región particularmente sensitiva de su cuerpo palpitaba dolorosamente. Se sentía como si toda su piel estuviera en carne viva.

—No me beses más, por favor. Sólo acaríciame fraternalmente.

Él le apartó el pelo y rozó con los labios la pequeña marca que había dejado en su cuello.

—Esto es lo más fraternal que tendrás conmigo.

Leigh suspiró, decidida a no ceder a la lenta espiral de placer que volvía a alzarse en su interior.

—Entonces espero que no tengas hermanas.

Él empezó a acunarla y a cantarle una nana, como si ella fuera una niña desgraciada, acariciándola y murmurándole al oído hasta que Leigh se abandonó en la cálida muralla de sus brazos. Mientras su agitación cedía, otras preocupaciones empezaron a llenar el vacío. Se habían dicho tantas cosas durante la noche en el calor de la pasión. Nick la había hecho sentir como si fuese la única mujer en el mundo, el centro de su existencia, y por mucho que ella quisiera creerle, no podía olvidar que Paulie Cooper le había contado que Nick le había hecho exactamente lo mismo.

Leigh no se resignaba a ser otra de las conquistas de Nick Montera. No quería ser relegada a la pared de su estudio, una mujer semidesnuda y melancólica en su harén fotográfico. Tampoco quería ser la mera encarnación de una fantasía adolescente.

—¿Por qué viniste anoche? —le preguntó, la voz delatoramente tensa.

Él deslizó sus dedos entre su pelo como si sopesase las hebras doradas.

—Creía que ya habíamos hablado de eso.

—Tú dijiste algo de comer granadas, pero recuerdo que querías hacer algo más.

—Estar contigo, Leigh. Pensé que había quedado claro, pero si tienes alguna duda...

Ella se echó hacia atrás cuando él hizo avanzar su cuerpo sobre la cama.

—Eso está bien claro —dijo, arrebujándose en la manta y sentándose en la cama. No quería mirarlo directamente a los ojos. Aún quería averiguar muchas cosas acerca de él y sentía que sería mucho más fácil si lograba evitar los ojos azules más seductores que había mirado jamás.

Lo oyó levantarse y ponerse los tejanos. Oyó el ruido delator de la cremallera, antes de que él volviera a sentarse en la cama.

—¿Por qué yo, Nick? Eso es lo que quiero saber. ¿Qué te ha atraído de mí?

—Tú eres poca cosa, eso es verdad, pero creo que Groucho lo habría dicho mejor: nunca encontré un topo que no me gustara.

—En serio, Nick. ¿Es porque soy rubia?

—¿Tengo otras alternativas?

Estaba decidido a tomarla a broma.

—¿Es porque soy terapeuta? ¿Es eso lo que te

atrae? ¿O es porque creías que era inaccesible para ti?

—¿Y si fueran todas esas cosas a la vez?

Él rió.

—Eres una terapeuta rubia, inaccesible y puta. ¿Qué más podría querer cualquier hombre?

Ella bajó la cabeza, herida por su insensibilidad.

—¿Cuánto de esto tiene que ver conmigo, Nick? ¿Puedes al menos responder a eso?

El dolor debió de reflejarse en el tono de su voz, porque la sonrisa de él se desvaneció. Como si se sintiera castigado, tendió una mano para alzarle la barbilla.

—No tiene nada que ver con cabelleras rubias o títulos académicos, sino sólo conmigo.

—¿Ni con Jennifer Taryn ni con ninguna otra mujer de tu pasado?

—¿Crees que eres eso para mí? ¿La realización de alguna vieja fantasía? —La miró asombrado—. Es probable que la primera vez me recordaras cosas que pensé que nunca tendría en la vida, pero es mucho más profundo que eso, Leigh. Te has arriesgado increíblemente por mí. Echaste por la borda tu carrera, rompiste tu compromiso. Sé lo mucho que significaba todo eso para ti, y aun así no dudaste. Yo soy el que debería preguntarte por qué. —Se aproximó, y empezó a acariciarle un brazo—. ¿Por qué hiciste todo eso, Leigh?

—Temía que no tuvieras un juicio justo.

—¿Nada que ver entonces conmigo? ¿Fue sólo una cuestión de... justicia?

Ella desvió la mirada, porque la respuesta estaba en sus ojos. Él guardó silencio por un segundo y aspiró profundamente.

—No eres la encarnación de un deseo de la adolescencia, Leigh. Mis sueños de adolescente no habrían podido hacerte justicia. No estaban ni remotamente cerca.

Supiera o no lo que su corazón ansiaba oír, él acababa de decirlo. Sus dedos se entrelazaron con los de ella
y Leigh apretó la mano, pero sin dejar que él la tomase
entre sus brazos. Había demasiada emoción contenida
en ella. Si se acercaba a él un centímetro más, podía deshacerse en llanto y revelarle cuán vulnerable era en realidad. Incluso podía decirle cosas que nunca habría
imaginado decir.

—Gracias a Dios que Paulie Cooper llegó a tiempo
—dijo—. Si no hubiera sido por ella... ahora no estarías
aquí.

—Es verdad. —Nick cerró firmemente los dedos
sobre los de ella—. Gracias a Dios.

Por el tono de voz Nick parecía reticente a conti-
nuar con ese tema, pero había demasiadas cosas que
Leigh aún no entendía sobre el juicio y la relación de
Nick con Paulie. Decidió hacer otro intento.

—En uno de los noticiarios te oí decir que te habían
tendido una trampa. ¿Quién crees que lo hizo?

El silencio de él la invitó a presionar un poco más.

—¿O no debería preguntarte? —dijo, subiendo un
poco más la manta para cubrirse los pechos. Le resultaba difícil de aceptar que él no quisiera compartir sus
pensamientos con ella después de los momentos que
habían pasado y la charla que acababan de mantener,
pero los hombres, lo sabía, a menudo eran reticentes a
tratar temas a los que las mujeres se abrían espontánea-
mente. El factor clave era, por lo general, el dolor.
A menudo el modo que tenían los hombres de defenderse de los recuerdos dolorosos era evitarlos por completo.

—Jennifer tenía un novio —dijo él finalmente.

—Sí —dijo Leigh, y añadió lo que sabía con la
esperanza de que él continuase—: Paulie me habló
de él. Es un policía, Jack Taggart. ¿Crees que él la
mató?

Los labios de Nick se cerraron en una mueca de frustración.

—Sé que fue ese hijo de puta. Pero no se me ocurre cómo probarlo.

—Tal vez yo pueda ayudar; he hablado una vez con Taggart.

La reacción de él fue instantánea.

—¿Para qué diablos...? —Sus dedos se cerraron como si en ese mismo momento ella estuviera por hacer algo arriesgado—. Ese hombre es un maníaco, Leigh. No quiero que vuelvas a acercarte a él.

—Está bien, está bien. No lo veré más —prometió ella para tranquilizarlo—. De todos modos, creo que es más inteligente dejar que la policía tome esto a su cargo.

—¿La policía? Él es la policía.

Leigh empezaba a lamentar haber sacado el tema a colación. Sintió que amenazaba con arruinar lo que de otro modo habría sido un hermoso interludio. La intimidad que había sentido entre ambos se esfumaba, y la realidad se interponía como una intrusa otra vez, trayendo todos los problemas irresueltos: su carrera, su editora, su madre. ¿Qué dirían todos cuando descubrieran con quién estaba? ¿Qué diría Dawson? Estaba razonablemente segura de que él aún no se había convencido de que todo había terminado entre ellos.

El súbito cambio de humor de Nick la confundía. Evidentemente, el juicio era un tema tabú, pero no podía entender cómo el suceso que había hecho que ambos se conociesen y que tanto había cambiado sus vidas pudiera estar fuera de discusión. A ella le habría gustado insistir una vez más, pero aún era pronto para poner a prueba sus sentimientos. Si ella lo presionaba, él podría hacer algo drástico, como cerrarse por completo, o peor aún, apartarse de ella. Esto último, pensó Leigh, haría que muchas cosas fueran más fáciles, pero sólo pensar en ello la hacía estremecer. No quería arriesgarse todavía. Quizá en uno o dos días, pero no ahora, no cuando ella aún recordaba cada detalle de la noche que habían pasado juntos, cada palabra de la dulce declaración que él le había hecho.

Leigh apartó su mano de la de él, tratando desesperadamente de encontrar un modo de cerrar la brecha abierta entre ellos. Había otra razón que le impedía pensar en el futuro. Las probabilidades de un futuro feliz con Nick Montera parecían prácticamente nulas. No era sólo que la reacción de la sociedad dificultase la relación entre ellos. Era también el propio Nick. Impredecible, indescifrable, violento, arrogante y, tal vez, dominante.

Un suspiro escapó de sus labios. Ah, Leigh, Leigh, pensó. ¡Ésas eran exactamente las razones por las que no podía quitarle las manos de encima! Había tenido la rara y dudosa suerte de enamorarse de un lanzador de cuchillos, de un ex presidiario irascible. El condenado príncipe de la oscuridad, había dicho acertadamente aquel cómico.

Leigh recogió las piernas y metió una de las manos bajo la manta. Se envolvió aún más con ésta, hasta sentirse como una momia lista para volver al sarcófago. Lo único que se veía ahora de ella era su melena rubia y las puntas de los dedos de los pies.

—Qué frío hace de pronto, ¿verdad? —dijo, por decir algo—. ¿Quién entiende este tiempo?

Él no contestó, pero evidentemente había algo en su apariencia de momia que parecía atraer su atención. Estaba contemplando las puntas expuestas de sus dedos como si estuvieran entre las cosas más maravillosas que jamás hubiera visto. El meñique era, sin duda, el que más lo fascinaba, porque tendió el índice para tocarlo y examinarlo mejor.

Leigh miró incrédula cómo él lo movía hacia atrás y hacia adelante como si estuviera poniendo a prueba su flexibilidad. Siguió luego con los demás dedos, hasta arrancarle a Leigh una sonrisa. Sus manos se detuvieron.

—¿Leigh? ¿Estás ahí arriba todavía? ¿Te sientes bien?

Ella lo miró implorante, sin ocultar su preocupación.

—Sólo prométeme una cosa, Nick. Una.

Él la contempló a través de sus pestañas oscuras, sorprendido por su vehemencia. Si estaba a punto de decir algo, la pasión que ella había puesto lo enmudeció por completo.

—No quiero que vayas detrás de Taggart por tu cuenta —le dijo, decidida a llegar al fondo de todos modos—. Piensa en otras maneras. Contrata a un detective o algo así. Lo que sea. Pero no corras riesgos.

Él advirtió que estaba sinceramente preocupada y la distancia entre ellos desapareció.

—De verdad, Nick, ¿no puedes olvidarte de todo este asunto? Perseguir a ese hombre puede ser muy peligroso.

La sonrisa de Nick apareció lentamente, pero bien valió la espera.

—¿Qué piensas que soy, Leigh? ¿Un loco? —dijo—. No, no me lo digas.

Los dos rieron.

La luz entraba en la habitación y Nick parecía tener una nueva lucidez en la mirada, como si hubiera entendido algo por primera vez.

—Me has pedido una promesa. Nunca te había hecho una promesa antes, ¿verdad?

—No, nunca.

—Bien, vaya, eso debe de significar algo. —Nick le dio un golpecito en los dedos, como si fueran un xilófón—. Te doy mi palabra, Leigh. No haré nada que pueda ponerme en peligro. —Vaciló, y los dedos dejaron de tamborilear cuando la miró. Había un rastro de melancolía en su sonrisa—. No ahora —murmuró—. No después de nuestra noche... después de ti.

Ella sintió que se quedaba sin aliento. Tenía la garganta reseca y el corazón le latía con tanta fuerza que le pareció oírlo. Al mirar a Nick, casi tuvo miedo de sonreír. Una emoción cruzaba su cara, pero no logró decidir qué era. ¿Esperanza? ¿Sería posible que hubiera visto en esos ojos un destello de esperanza? ¿O sólo se imaginaba aquello que quería ver? Que Dios la ayudara. Él le había hecho una promesa, un juramento solemne. Si lo quebrantaba, si era capaz de hacer algo así, Leigh sabía que no podría resistirlo.


—No pareces la misma, no eres tú, querida. Siempre has sido tan sensata.

Los cubitos de hielo entrechocaron ruidosamente cuando Leigh revolvió el té helado. No debería sentirse de tan buen humor, pero realmente ese almuerzo con Kate podría pasar a la historia. Su madre estaba advirtiéndole que tuviera una conducta más prudente. En los anales de su relación era sin duda un hito absoluto.

—Creía que mi problema residía en que era demasiado sensata. —Leigh tomó un sorbo de té y arrugó la nariz. Añadió una rodaja de limón para atenuar el dulzor—. ¿No me habías dicho que lo que yo necesitaba era sacudir mi vida como si fuera una alfombra?

—Sí, pero tú has arrojado la alfombra por la ventana.

Leigh estaba intrigada por la reacción de su madre. No quería llamarlo una borrachera, pero Kate acababa de dar cuenta de una botella de vino blanco y acababa de llenar otra vez su vaso con Poully-Fuissé. Por sugerencia de Kate, para no causar un revuelo público, estaban almorzando en el porche de la casa de Kate, la mansión de Pasadena en la que Leigh había crecido.

—Por este Nick Montera —siguió Kate— no sólo te has expuesto al escándalo sino al ridículo. ¿No tuviste bastante con el juicio? ¿Es necesario que ahora juguéis a los novios?

Leigh se echó hacia atrás en su mecedora y miró más allá de su madre, hacia la glorieta, su lugar de juego favorito cuando era niña. El aire olía a tiernos brotes y a tierra húmeda y fértil. La primavera ya se acercaba, con su frenesí de crecimiento y procreación.

—Decidí hacerte caso y probar con un hombre de gustos eclécticos —dijo finalmente—. Tenías razón, debo reconocer que no es nada aburrido.

Kate sacudió la cabeza.

—Ya sé que Montera no debe de ser aburrido. Pero cuando yo recomendé un hombre con gustos eclécticos, no estaba pensando en alguien con gustos criminales.

—Fue sobreseído —dijo Leigh con tono calmo.

—Sí, ya lo sé. —Kate agitó la mano para atraer la atención de su hija—. Pero ¿no crees que fue muy curioso el modo en que apareció repentinamente esa ex novia suya? Demasiado oportuno, me pareció a mí. Dawson debería investigar eso, si no lo está haciendo ya.

Leigh se volvió y miró indignada a su madre.

—¿Investigar qué? —quiso saber—. ¿No te parece que la fiscalía ya ha acosado bastante a Nick? Un jurado lo declaró inocente. Fue un proceso transparente. Su único crimen es acostarse conmigo, tu hija.

Leigh había estado recibiendo últimamente llamadas anónimas, aunque no quería atemorizar a su madre hablándole sobre ello. La mayor parte de las veces todo lo que había oído era una ominosa respiración al otro lado de la línea, pero una vez Dawson había hablado para preguntarle cómo estaba. Antes de que la conversación terminara, él le había pedido que reanudasen su relación. Luego le había dejado mensajes en su contestador, y advertencias sobre Nick, como si estuviera decidido a convencerla de que había cometido un error.

—Bien, todo eso puede ser cierto —dijo Kate—. Pero no puedes negar que Nick Montera tiene una reputación peligrosa con las mujeres. —Se inclinó y apretó los labios mientras escudriñaba la cara de Leigh—. ¿Qué es esa marca debajo de tu boca? No te habrá golpeado, ¿verdad?

—Sí, mamá. Lo has descubierto. Nick Montera me pega. Y a mí me encanta.

—¡Leigh! ¿Te has vuelto loca?

Leigh tocó el pequeño cardenal junto a su boca, y sintió que sus labios se estremecían como si los atravesara una corriente eléctrica. Dejó a un lado su té. Lo que necesitaba era un poco de vino. Quería olvidarse de todos sus temores y preocupaciones, quería reír. Ya era casi primavera, «la más cruel y la más justa de las estaciones», y el hombre con el que estaba tenía una reputación peligrosa con las mujeres. ¿No era perfecto? ¿O se había vuelto loca, como decía su madre?


Las llamadas anónimas persistieron en los días siguientes. Cada vez que el teléfono sonaba, se encendían señales de alarma en la mente de Leigh, enturbiando lo que de otro modo habría sido una etapa idílica de su vida. Tampoco había querido hablarle a Nick de las llamadas. No quería perturbar la intimidad que se afianzaba entre ellos ni alimentar sus sospechas contra Jack Taggart. Había llegado a la conclusión de que sólo Dawson o Taggart podían ser los responsables de aquellas llamadas, y estaba segura de que Nick se echaría sobre cualquiera de ellos.

Trató de sobrellevar la situación dejando que los

mensajes se amontonaran en su contestador. Era una técnica de distracción que le permitía ignorar al que llamaba y también a todo aquello a lo que todavía no estaba en condiciones de enfrentarse. Había hecho sólo unas brevísimas llamadas a su madre y a su editora para decirles que estaba trabajando duro en su «proyecto» y que les hablaría con más tranquilidad cuando se tomara un descanso. No explicó que su «proyecto» era Nick Montera.

Entretanto, ella y Nick se habían convertido en amantes fugitivos, y ambos sabían que los días idílicos estaban contados. Los periodistas aún no habían descubierto su paradero y ellos trataban de aprovechar al máximo esa libertad temporal, a sabiendas de que no duraría. Para salir, se ponían gafas de sol y gorras, andaban en bicicleta por el paseo que corría junto a la playa y a veces se arriesgaban a ir al cine.

Leigh introdujo a Nick en las delicias del helado de menta y él en retribución la llevó de incógnito a su estudio una noche y le preparó cócteles margarita y langostinos frescos con lima, su plato preferido. Estela, a quién Nick admitió haber sobornado con una ofrenda de cirios decorados y promesas de buena conducta, les había dejado un flan en la nevera, con una delicada crema de caramelo. Leigh comió hasta hartarse, bebió demasiado y después le hizo el amor a Nick sobre la mesa de la cocina, bajo la mirada de *Marilyn*. Si lo que quería era irritar a la gata, lo consiguió. *Marilyn* había desaparecido con la cola en alto y no habían vuelto a verla en toda la noche.

Leigh no sabía a ciencia cierta qué otras cosas habían hecho con Nick esa noche. Su memoria confundía los detalles, pero sí recordaba haber girado locamente en sus brazos en una escenografía de carnaval que él estaba preparando, haber atravesado una fantástica combinación de espejos y cristales y haber aterrizado sobre su colchón de agua, donde se había sumido, exhausta, en un sueño largo y profundo.

A la mañana siguiente los días paradisíacos habían acabado. Al regresar a la casa de Leigh, estaba esperándolos una multitud de reporteros y camarógrafos. Los periodistas los habían encontrado. En las siguientes veinticuatro horas los rostros de ambos aparecieron en todos los noticiarios en la primera plana de todos los periódicos de California, incluyendo el *Los Angeles Times*. TESTIGO PERICIAL INICIA IDILIO CON EL HECHICERO SEXUAL, clamaba el titular.

—¡Nick! —lo llamó Leigh la tarde siguiente, después de escuchar uno de los mensajes de su contestador—. ¡Nick! ¡Acaban de telefonear de *Vanity Fair*!

Lo encontró bajo la ducha y lo arrastró, desnudo y chorreante. Mientras él se secaba con una toalla, ella escuchó los demás mensajes que había en el contestador, una catarata increíble de pedidos y preguntas sobre sus obras. Leigh había temido que la publicidad significase el tiro de gracia para su carrera profesional, pero irónicamente era una catapulta para la de Nick.

—Ya puedes echarte a dormir —le dijo ella alegremente.

—Durmamos juntos. —Él le pasó la toalla por detrás del cuerpo, la cogió por ambos extremos y la hizo balancearse.

En los días siguientes le llovieron ofertas de propietarios de galerías de arte de todo el país que parloteaban sobre «la potencia oscura» y «la emoción catártica» de sus trabajos. Hablaban de lanzarlo a escala nacional, de muestras en las galerías más prestigiosas, y de exponer su obra en el extranjero.

Todos querían un pedazo de Nick Montera. Recibió llamadas de *Vogue* y *Gentlemen Quarterly*. Hollywood estaba interesado en la historia de su vida y la MTV quería incluir sus fotos en sus videoclips. Leigh estaba atónita ante ese acoso. Era la oportunidad de su vida para Nick, y aunque a ella le preocupaban las llamadas, estaba tan contenta y excitada como él, y en cierto modo agradecida, porque todo ese revuelo parecía haberle hecho olvidar a Taggart. Aun así, no podía evitar preguntarse cómo afectaría la relación entre ambos el éxito fenomenal de Nick.

Cuando ella le confesó ese temor, él trató de tranquilizarla. La llevó en brazos hasta la cama, le confesó lo mucho que la necesitaba, le juró que ella siempre estaría por encima de cualquier otra consideración en su vida. Leigh no pudo resistirse a esas palabras, e hicieron el amor como en un sueño afiebrado en cámara lenta. El sexo con él se había convertido en una droga inyectada directamente en la vena. Leigh ya era una adicta a Nick Montera.

Pronto, demasiado pronto, llegó para él el momento de tomar decisiones cruciales para su carrera. Los precios de sus fotografías se habían cuadruplicado y se predecía que podían alcanzar sumas astronómicas. En vista de esto, él contrató a un agente de primera línea para que lo ayudara a enfrentar el aluvión de propuestas.

La noche en que él concertó la primera entrevista con su agente, Leigh se sintió increíblemente nerviosa mientras aguardaba su regreso. Guisó un maravilloso pavo, y cuando se dio cuenta de que Nick llegaría tarde, decidió abrir la botella de vino que había comprado para la cena.

—Hace menos de una semana que lo conozco en el sentido bíblico —murmuró para sí—, y su carrera me ha convertido en viuda.

Estaba sentada a la mesa de la cocina, y sólo iba vestida con una de las holgadas camisas tejanas de Nick. Tenía las piernas cruzadas, daba golpecitos con el pie en el suelo, impaciente, y miraba fijamente el vaso de vino vacío. Cuando estaba por servirse un segundo vaso de chardonnay, oyó que la puerta principal se abría.

—¿Llego tarde? —preguntó Nick desde la puerta.

Llevaba tejanos, una chaqueta de ante que a Leigh le gustaba particularmente, y una camisa blanca abierta. A veces, Leigh deseaba que Nick no luciese tan condenadamente atractivo. Cada vez más, a decir verdad.

—¿Qué ha ocurrido? —preguntó. Quería ir al grano cuanto antes. No podía hacer mucho con su vida últimamente. Los medios la obligaban a permanecer recluida. Hacía varios días que no iba a su despacho y se sentía algo claustrofóbica. Además, había mucho en juego, o al menos ella lo sentía así.

—Debo marcharme por unos días —respondió él.

—Dios, no. —Leigh dejó escapar un gemido. No podía retener tanta emoción acumulada. Trató de mirar hacia otro lado y se llevó una mano a la boca temblorosa.

—Todo saldrá bien —dijo él—. Sólo serán unos días. Les he dicho cinco, ni uno más.

—¿Adónde irás?

—A la costa Este, a Nueva York. Haré un par de exposiciones y concederé algunas entrevistas para revistas y televisión. ¿Por qué no vienes conmigo?

—No —respondió Leigh. Él parecía querer que lo acompañara, pero ya habían acordado que no alimentarían la histeria de los medios de comunicación dejándose ver en público. Habría sido fatal para la carrera de ella.

—Leigh, no te preocupes —la tranquilizó Nick—. Sólo serán unos días, y te he traído algo para que te haga compañía. Míralo.

El tono insistente de su voz la hizo volverse finalmente.

—¡Oh, Nick!

Él sostenía en sus brazos un gatito gris recién nacido; verlo acunar esa cosa pequeñita en los brazos hizo que a Leigh se le llenasen los ojos de lágrimas. Supo entonces que algo más había ocurrido en ella, que había sobrepasado una cima y estaba asomada a ese vacío insondable, cuando uno descubre que ya no es dueño de su alma. Estaba locamente enamorada de los dos. Del gatito y del hombre.

## 21

El teléfono estaba sonando pero Leigh no conseguía abrir la puerta de su casa para contestar. Ya no había periodistas junto a la entrada; habían preferido seguir a Nick a Nueva York, de modo que ella había decidido ir a una tienda abierta toda la noche para comprar comida para gatos. Afortunadamente, no la habían reconocido, pero de pronto parecía haber olvidado cómo abrir la puerta de su propia casa. Por supuesto, debía de ser Nick quién telefoneaba. Sabía que era Nick.

Las latas que había comprado resbalaron de la bolsa y rodaron por el escalón de entrada con un ruido metálico. Leigh forzó la llave furiosamente, crispándose al sentir las muescas hundidas en sus dedos. Si no lograba contestar a tiempo esa llamada jamás se lo perdonaría. Hacía tres días que él se había ido y no había tenido noticias suyas desde entonces. Eran casi las nueve de la noche, de modo que debía de ser medianoche en Nueva York, pero Leigh sabía que la agenda de Nick era apretadísima. Probablemente aquélla era la primera oportunidad que había tenido de llamar.

Dejó escapar un grito, a medias de dolor, a medias de alivio, cuando la llave giró por fin en la cerradura. Abrió de un empellón y lo primero que vio fue a *Bash-*

*ful,* el gatito gris y blanco, que había recibido su nombre en honor al enanito tímido. Pareció asustarse al verla entrar a la carrera.

—*Bashful,* ¡soy yo! —Leigh se arrojó sobre el teléfono y levantó el auricular un segundo antes de que empezara a funcionar el contestador automático.

—¿Hola? —Su voz sonó en el vacío, como si al otro lado hubiera un túnel. ¿Sería otra llamada anónima? Normalmente, ella habría colgado el auricular sin esperar más, pero lo mantuvo contra el oído por un momento, con la esperanza de que fuese Nick. Quizá él hubiera colgado justo en el instante en que ella levantaba el auricular, dejándola atrapada en ese vacío silencioso.

—¿Hola? ¿Quién habla?

Desilusionada, apretó el botón de desconexión, pero la línea persistió en ese limbo de silencio.

—¿Doctora Leigh Rappaport?

Leigh casi saltó de sorpresa.

—¿Sí? —La voz del hombre era susurrante y aun así clara como el cristal, como si estuviera allí mismo, en la habitación con ella. Miró alrededor, tratando de no asustarse. No era Nick, pero tal vez fuese su agente.

—¿Quién es?

—Doctora, usted está en peligro.

Leigh permaneció en silencio, escuchando. No creía que Dawson pudiera disfrazar tanto su voz. Quizá hubiera escuchado esa voz antes, aun así le resultaba la de un extraño. Era como si estuviera detrás de ella, susurrándole al oído.

—Si no me cree —dijo el hombre— vaya al estudio de Montera y mire en su cuarto de revelado.

—¿Quién es? —Las sospechas de Leigh se multiplicaban. La referencia a Nick era, sin duda, para que sintiese curiosidad. Podía ser un reportero con alguna argucia para inventar una historia sensacionalista, o quizá alguien a quien Dawson había pedido que le telefonease para amedrentarla.

—Usted no quiere morir como Jennifer Taryn, ¿verdad, doctora?

Leigh no disimuló su enfado.

—Si no se identifica de inmediato, colgaré el auricular ya mismo.

Él siguió hablando como si no la hubiera oído.

—El estudio tiene una puerta lateral. La llave está en el farol del porche. Vaya, doctora. Vaya y vea lo que ha hecho su amante.

De pronto, la línea quedó en silencio.

—Debe de ser un maniático —se dijo Leigh, sin darse cuenta de que hablaba en voz baja—. Algún chiflado que no tiene otra cosa que hacer que tratar de asustar a otras personas. O bien un periodista desesperado por una historia.

Pero cuando miró hacia el corredor y vio que *Bashful* la observaba, todavía inseguro, sintió que compartía algo del temor que hacía parpadear los ojos del gato.


No había ninguna llave en el farol del porche. En realidad, no había siquiera un farol en el porche. Leigh avanzó a tientas en la oscuridad, buscando el modo de abrir la puerta lateral del estudio de Nick y sintiéndose algo estúpida por haber mordido el anzuelo de la llamada. Por lo menos no había periodistas apostados cuando llegó. Los *paparazzi* habían desaparecido desde el día en que Nick había emprendido viaje, pero no podía descartar que hubiera alguno escondido entre los árboles para filmar su entrada en el estudio.

Iba a ser una entrada por la fuerza, se dio cuenta cuando probó el picaporte. La puerta no estaba muy firmemente asegurada. Ni siquiera pendía derecha de los goznes; podría forzarla con facilidad. Hacía algo de frío y Leigh llevaba un abrigo con forro de piel. Mientras daba violentos empellones contra la madera, agradeció haber elegido justamente ése, que tenía hombreras mullidas. El primer golpe fue tentativo, para probar su propia fuerza y la resistencia de la puerta. Dio dos o tres más, cada vez más firmes, hasta que oyó que algo cedía en el marco. Después de ese ruido el resto fue mucho más fácil: aferró fuertemente el picaporte con ambas manos, puso un pie para hacer palanca en el intersticio abierto y empujó hasta que la puerta cedió por completo.

Cuando se abrió, Leigh se encontró rodeada por la más impenetrable oscuridad. Maldiciéndose por no haber llevado al menos una linterna, avanzó a tientas tocando las paredes en busca de un interruptor. No encontró ninguno, pero siguiendo los estantes de lo que parecía un depósito, llegó a otra puerta. Para su alivio, ésta no estaba cerrada y conducía al estudio.

El área estaba apenas iluminada por focos intermitentes en el techo. En el centro de la estancia se amontonaban extraños objetos suspendidos del aire. Había andamios y redes con formas de telarañas, que hacían recordar vagamente los laberintos de pesadilla de un parque de atracciones. Espejos de todas las clases imaginables dominaban el enorme e inquietante escenario. Flotaban suspendidos del techo e impedían el paso. Ella y Nick habían bailado en ese estudio cuando empezaba a preparar la escenografía, la noche en que la había llevado allí a comer langostinos y tomar cócteles margarita. Se daba cuenta ahora de que estaba casi terminada y que él debió de haber trabajado en ello en cada momento libre, con vistas a una futura sesión.

Había luz suficiente para que Leigh avanzara más

allá, pero se detuvo un momento para mirar alrededor y asegurarse de que estaba sola. Nick le había dicho que Estela iba allí sólo durante el día, y no había visto a nadie en las inmediaciones cuando aparcó su coche. Las demás habitaciones estaban a oscuras. Estela probablemente había vuelto a su casa varias horas antes.

Leigh encontró casi de inmediato el cuarto de revelado. La luz roja inundó la habitación con un resplandor rojizo que la intranquilizó, pero era una precaución que le pareció inevitable. Sabía muy poco sobre los procesos de revelado, y no quería arriesgarse a dañar las películas expuestas.

Alguien había estado trabajando allí, colgando copias para secar. Nick le había dicho que estaba ansioso por volver a trabajar, pero ella no sabía que hubiera estado tomando fotos en los últimos días. El primer grupo parecía corresponder a una serie de cándidas tomas externas más que a un trabajo cuidadoso de estudio, pero había algo perturbador en las fotos.

Se acercó para mirarlas mejor y en un primer momento creyó que debía ser la luz lo que les daba un tinte sanguinolento. Pero un instante después se convenció de que la sangre estaba en las fotos, una serie increíblemente cruenta. Un hombre, que parecía haber sido apuñalado varias veces, yacía en el cruce de dos avenidas. Un niño gritaba sobre otro niño muerto, quizá un hermano mayor. Un conductor tenía la cabeza destrozada, caída de costado sobre el volante de su coche. Un perro famélico miraba la cámara con los ojos abiertos y un agujero de bala en la cabeza.

Leigh sintió náuseas. ¿Era a eso a lo que se refería la llamada? Las fotos eran terribles, pero no entendía por qué debía asociarlas con un peligro inminente para ella. Se volvió hacia una segunda serie expuesta a sus espaldas. Parecían todas la misma mujer en acercamientos progresivos. Una mujer tendida en una cama, desnuda, con los brazos abiertos. Aunque parecía dormir serenamente, las sombras que cruzaban su cuerpo daban la sensación de que estaba cruelmente maniatada.

Las tomas eran atemorizadoras, y Leigh se aproximó a inspeccionarlas una a una.

—Dios mío —murmuró en voz alta cuando se dio cuenta de lo que estaba mirando. ¡La mujer desnuda en la cama era ella! La primera toma era de cuerpo entero, pero él había aislado el torso en los disparos siguientes, que eran progresivamente más próximos. En la última foto sólo aparecían su cabeza y su cuello, y las sombras que envolvían este último daban la ilusión de que había sido estrangulada.

Bajo la turbia luz rojiza, la imagen era particularmente horrenda. La mujer, claramente, parecía muerta. Leigh retrocedió; quería salir corriendo de allí. Derribó sin darse cuenta una bandeja al suelo. Se volvió, sobresaltada, y chocó contra una de las mesas. Entonces golpeó con un brazo un vaso de precipitación, que estalló contra el mosaico del suelo. ¡Toda la habitación se desplomaba alrededor! Las sombras rojizas creaban un paisaje extraterrestre y el olor del amoníaco derramado estuvo a punto de hacerle perder el conocimiento.

Descolgó una de las fotografías del cordel y escapó del cuarto, arrugando la copia sin darse cuenta en su puño crispado. Le costó varios segundos recobrar la respiración, aun en el calmo silencio entre los espejos del estudio.

¿Cuándo le había hecho él aquellas fotografías? Sólo podía ser la noche en que la había llevado allí. La noche en que ella se había emborrachado de cócteles margarita y sexo.

Se sentía como si hubiera sido violada. No podía creerlo. No era posible. Él no podía ser capaz de algo tan obsceno como fotografiarla desnuda sin decirle nada. Nunca hubiera debido invadir su intimidad de esa manera, aprovechándose de su relación de un modo tan ruin.

La penumbra del estudio le impedía ver detalles, pero empezó a buscar un teléfono. Se sentía mareada, como si tuviera otra borrachera, mientras deambulaba por aquel espacio fantasmagórico. Telefonearía a Nick y le diría lo que había encontrado para que él le diera una explicación. Tenía que ser algún truco fotográfico.

Había un pequeño despacho junto al depósito por donde había entrado. El cubículo estaba apenas amueblado y no parecía usarse a menudo, pero había un teléfono sobre el escritorio, y ella había memorizado el itinerario de Nick. Si no había habido modificaciones, debía de estar en el Meridien, un hotel de Manhattan.

Unos segundos después la operadora le comunicó con la habitación de Nick. La voz que le respondió era soñolienta, pero escucharla supuso un gran alivio para Leigh. El tono de voz de Nick parecía tan normal que los temores de ella empezaron a disiparse.

—Te hablo desde tu estudio —le dijo, y dejando sobre el escritorio la fotografía arrugada le explicó a toda prisa lo ocurrido—. ¿Cuándo hiciste esas fotos, Nick? ¿Por qué no me dijiste nada?

El silencio se alargó al otro lado de la línea de un modo atemorizante.

—Nick, ¿estás ahí?

—¿Qué estás haciendo ahí, Leigh? —preguntó él—. ¿Cómo mierda has entrado en mi estudio?

La voz de él era tan dura, tan brutalmente fría, que Leigh no pudo responder. Un dolor subió por su mano, que se había crispado sobre el auricular mientras volvía a mirar la foto sobre el escritorio, el primer plano de su propia estrangulación. Sollozando, colgó lentamente el auricular.

Leigh no conseguía beber más de un trago o dos de la taza de tila que se había preparado para calmar sus nervios. Hacía más de una hora que había regresado a su casa, pero la agitación dentro de sí no cedía. Se sentía débil, enferma, y no podía apartar de sus pensamientos lo que había visto en el estudio de Nick, la breve conversación telefónica. Era como si él la hubiera golpeado físicamente: así había sentido el impacto de su fría cólera.

El teléfono sonó mientras se levantaba de la mesa para volcar el contenido de la taza en el fregadero. La tetera y la taza sonaron contra el acero inoxidable, pero las abandonó en sus prisas por llegar al teléfono que había sobre la repisa. Debía de ser Nick quien llamaba, para explicarle que todo había sido un malentendido.

—¿Doctora Rappaport?

—¿Sí? —Los dedos de Leigh aferraron el borde de la mesada. Muy cuidadosamente se sentó en uno de los taburetes de la cocina. Era él, el hombre que le había advertido sobre Nick. Su primer impulso fue colgar de inmediato, pero se daba cuenta de que había algo vagamente familiar en la voz. Si él estaba tratando de disfrazarla, tal vez se descubriera al hablar un poco más. O quizá dijera algo que pudiera ayudarla a identificarlo.

—¿Me cree ahora? —preguntó él—. Le advertí que su vida corre peligro. Él intentará algo contra usted muy pronto, quizá esta misma noche.

—¿Quién?

—Nick Montera.

—¡Nick está ahora en Nueva York! Acabo de hablar con él.

—Está de regreso.

—Eso es absurdo.

—Usted será la siguiente, doctora. Sabe demasiado.

—¿La siguiente? ¿Qué...?

Él había colgado, y Leigh no pudo completar la pregunta. Contempló el auricular como si se hubiera transformado en un arma peligrosa. Y de hecho, lo era. Durante las últimas semanas el teléfono y el contestador la habían acosado. Ahora le transmitían amenazas contra su vida. Colgó el auricular y cruzó firmemente los brazos contra el pecho, como si quisiera sujetarse a sí misma. Se sentía en el ojo de un huracán. Cada vínculo de su vida había sido dañado en unas pocas semanas. Y ahora el último, Nick, acababa de ser destruido también. No le quedaba nada.

Su experiencia en situaciones críticas no parecía servirle de mucho ahora. No sólo se había convertido en víctima, sino que había perdido contacto con lo real y, más terrible aún, con *quién* era real. Todo lo que estaba ocurriéndole sobrepasaba los límites del comportamiento racional. Era un terremoto psíquico que la dejaba sin asideros y sin nadie a quién acudir en busca de ayuda.

No podía telefonear a Nick. Él se había convertido en uno de sus tormentos. Tampoco a Dawson, por razones obvias. Quedaba su madre, pero Kate probablemente insistiría en que fuese a la policía, y Leigh no quería inmiscuir a la ley en todo aquello, no con los periodistas pendientes de todos sus actos.

Si sólo consiguiera identificar a quien la llamaba. Un suave maullido a sus pies atrajo su atención.

—¡*Bashful*!

Se arrodilló para alzar al gatito. Conteniendo el llanto, apretó ese montoncito de calor contra su cuerpo.

—Gracias a Dios que te tengo a ti —dijo. Sus dedos acariciaron con torpeza las sedosas orejas grises y las manchas blancas de la frente.

El cuerpo del gatito empezó a vibrar suavemente y Leigh sintió que las lágrimas acudían a sus ojos. El dolor contenido en su garganta dio paso a una sonrisa de alivio. Gracias a Dios, algo todavía era normal: ¡los gatitos todavía ronroneaban!

Mientras daba de comer a *Bashful* el contenido de una lata de atún, se le ocurrió una idea: ella había dejado que los mensajes telefónicos se acumularan en su contestador durante algún tiempo, especialmente los días anteriores a la partida de Nick. En su momento se había sentido culpable por ello, pero ahora estaba contenta de haberlo hecho. Se proponía escuchar cada mensaje dejado por un hombre antes del de aquella noche. Quizá alguno le proporcionase una clave sobre la identidad del hombre que llamaba, o tal vez un ruido característico al otro lado de la línea le permitiera detectar el lugar desde donde telefoneaba.

Rebobinó toda la cinta, frunciendo el entrecejo ante algunos de los burdos intentos de los periodistas por concertar una entrevista. Los mensajes de su madre la hicieron sentir culpable y los de su editora le hicieron preguntarse si su contrato seguiría vigente cuando todo aquello terminara. Había también largos lapsos en los que todo lo que se escuchaba era una respiración acechante. Pero fue una llamada de Paulie lo que atrajo su atención. Había urgencia en la voz de la modelo.

—Doctora Rappaport, necesito hablar con usted —era el mensaje. Desgraciadamente no había dejado la fecha de la llamada, pero sí un número telefónico.

Era un número de la ciudad, pero Leigh no estaba lo bastante familiarizada con los prefijos como para identificar el área. Marcó el número varias veces, pero no respondió nadie ni había un contestador automático en funcionamiento. Finalmente Leigh llamó a la operadora, quien le confirmó que el número no estaba dado de baja y que se trataba de un teléfono de Hollywood Oeste. No había ningún otro número a nombre de Paulie Cooper, de modo que Leigh continuó intentando con aquél toda la noche. Finalmente se dio por vencida, prometiéndose que empezaría de nuevo por la mañana.

Su cansancio avanzaba con la noche, pero Leigh sabía que le resultaría imposible dormir. No estaba preocupada por la amenaza telefónica. No importaba lo que Nick hubiera hecho con las fotografías, ella no creía que quisiera hacerle daño. No tenía sentido. En todo caso, él podía salir de su vida sin más. No los unía ningún compromiso. Y ella no sabía ningún secreto que pudiera usar en contra de él. Por lo menos nada de lo que fuera consciente.

Cerca de la madrugada volvió a su manuscrito, y la decisión le hizo sentir por un momento que estaba recuperando el control sobre su vida. Para evitar la sensación de ser observada que había tenido en su despacho, llevó el libro y todo lo que se le ocurrió que podía necesitar a su dormitorio y cerró las persianas. Una vez que se acomodó en la cama, con el gatito entibiándole los pies, se forzó a concentrarse en su trabajo.

No era fácil, pero pudo avanzar razonablemente bien hasta que el sol empezó a brillar a través de las rendijas de las persianas. Su primer pensamiento cuando vio la luz del sol fue que quien fuera el autor de las llamadas anónimas, se había equivocado. Le habían advertido de un ataque esa misma noche y, aunque ella no lo había creído, la posibilidad había rondado su mente todo el tiempo.

Se quitó las gafas, las dejó sobre la mesa de noche y fue a abrir las persianas con una profunda sensación de alivio. Después de tomar una rápida ducha, dio de comer al gatito e intentó una vez más comunicarse con Paulie Cooper. No obtuvo respuesta, pero apenas hubo colgado el auricular, su propio teléfono sonó. No se decidió a contestar.

La cinta del contestador automático se puso en funcionamiento. Un largo y tenso silencio revelaba que alguien aguardaba en la línea.

—Doctora —susurró por fin la voz—. Estaba equivocado. El ataque será esta noche.

La respiración de Leigh fue el único sonido que rompió el silencio que siguió. Escuchó el mensaje varias veces, atenta a posibles pistas. Aunque el volumen era bajo, la resonancia y la claridad en la voz del hombre le hicieron pensar que tal vez hablara con un micrófono. ¿Había oído antes esa voz?

Cuando por fin se dio por vencida y trató de retornar al trabajo, sintió que ya no podía recuperar la concentración. Esa segunda llamada la había asustado. Sus pensamientos regresaron a las macabras imágenes de las fotografías. Las recordaba bañadas por la luz roja del cuarto de revelado. ¿Era posible que él estuviera sublimando fantasías de agresión para reprimir sus impulsos reales? ¿O esas fotos eran, sencillamente, lo que parecían ser: imágenes precursoras de un comportamiento violento?

Quizá lo que ocurría era que estaba exhausta, pero sólo acudían a su mente los recuerdos más atemorizantes: el modo explosivo en que él había reaccionado cuando se había acercado a tocarlo por detrás en su despacho, la fría determinación a matar que había observado el día en que había acudido en su ayuda en el aparcamiento. Era, innegablemente, un hombre voluble, peligroso. Nunca había cerrado los ojos a esto, pero tampoco había creído que esa violencia pudiera volverse contra ella adoptando una forma criminal.

Pero ¿por qué no?, se preguntaba ahora. Ser una terapeuta no la exceptuaba como un blanco posible. Los terapeutas se convertían a menudo en víctimas de pacientes hostiles o paranoicos, y el historial de violencia de Nick bastaba para que cualquier médico tomara precauciones. Y sin embargo ella siempre se había preocupado más por buscar el modo de excusarlo, incluyendo una interpretación benévola de los resultados de los tests.

Se sintió mareada cuando intentó salir de la cama para ir hacia las ventanas. Estaba demasiado fatigada, pensó. Se restregó los ojos, pero sólo consiguió que su visión se nublase. Tenía náuseas. No había comido nada excepto un tazón de cereales en el desayuno, y ya estaba avanzada la tarde. Aun así, apenas podía tolerar pensar siquiera en comida.

*Bashful* maulló desde el borde de la cama. Evidentemente, ella lo había despertado y necesitaba una caricia de saludo. Pero ni siquiera se sentía con fuerzas para hacer eso. ¿Cómo podía estar ocurriéndole algo así?, se preguntó. Era una profesional con años de experiencia. Su especialidad era la evaluación psicológica para predecir y prevenir desviaciones de conducta, y aun así había dejado de lado los parámetros cuantitativos en favor de sus intuiciones. Le había parecido lo acertado en su momento. Ahora empezaba a temer que hubiera cometido un drástico error de juicio.

El gatito maulló otra vez, sobresaltándola. Leigh apenas si podía tenerse en pie. Debía descansar, aunque sólo fuera unas horas.

—Sólo necesito una siesta —le dijo a *Bashful* mientras se echaba en la cama.

Con un suspiro que sonó casi humano, el gatito apoyó su cabeza sobre las patas y se unió a ella en el sueño.

Leigh cayó de inmediato en un estado de semiinconsciencia, y aunque se dijo que sólo cerraría los ojos por un minuto, se sentía como si le hubiesen dado anestesia. Flotaba en un extraño sueño con destellos en los que tenía una vaga conciencia de lo que ocurría alrededor, pero se sentía incapaz de reaccionar ante nada.

En un momento dado advirtió que la habitación se oscurecía, pero no tenía las fuerzas necesarias para levantarse y cerrar las persianas. Escuchó el sonido de un golpe amortiguado y pensó mientras volvía a cerrar los ojos que el gatito seguramente habría saltado de la cama. En su ensueño luchaba por recordar todo lo que sabía sobre crímenes rituales. En una ocasión se había preguntado si Nick no habría matado a Jennifer Taryn con una intención simbólica, si no habría dispuesto su cuerpo sin vida en la misma pose de vulnerabilidad en que la había fotografiado para crear la ilusión de que ella no podía escapar de él. ¿No habría acertado entonces?

—¿Doctora?

—¿Qué? ¿Quién es? —Leigh trató de incorporarse. No podía decidir si alguien estaba hablándole o si sólo soñaba.

—El ataque será esta noche.

El teléfono... ¿Había sonado el teléfono? Era el contestador, tomando un mensaje. Alzó la cabeza y se dio cuenta de que toda la casa estaba a oscuras. Presa aún del sopor, sacudió la cabeza, luchando por reunir sus fuerzas. Debía despertar y encender algunas luces. Debía encontrar al gato.

—¿Leigh?

Ésa era la voz de Nick, pero sonaba muy lejos. Intentó incorporarse por segunda vez cuando un terrible golpe se descargó sobre su hombro. El estallido de dolor la derribó otra vez sobre la cama. El dolor la inmovilizaba como garras y un grito se alzó en la oscuridad. ¿Era ella la que gritaba? ¿Acaso eso también era un sueño?

Echó la cabeza hacia atrás y un peso sofocante oprimió su cara. No podía respirar. Una almohada, ¡alguien estaba tratando de asfixiarla! Agitó los brazos, dando golpes inútiles a la forma humana que estaba echada sobre ella. No podía moverse. No podía respirar. Su atacante le había inmovilizado las piernas apoyando sus rodillas sobre ellas.

La almohada presionaba su cabeza contra el colchón con una fuerza letal. Leigh luchó instintivamente para aspirar algo de aire, pero su garganta respondió con espasmos secos y dolorosos. Sus pulmones estaban vacíos, y quemaban. Se estaba asfixiando irremediablemente.

Colores de arco iris explotaron detrás de sus párpados cerrados. Se sintió presa de un terror pánico. En su desesperación se retorció, tratando de que su atacante perdiera el equilibrio. Sintió de pronto que uno de sus brazos quedaba libre. Buscando en el aire hacia adelante y hacia atrás, aferró lo primero que encontró, la pesada lámpara de bronce sobre su mesa de noche, y la descargó salvajemente hacia abajo tratando de acertar en el cráneo del atacante. El golpe del metal contra el hueso le llegó sofocado a través de la almohada, pero Leigh escuchó un quejido de dolor. La presión de la almohada cedió por un momento y ella se la arrancó de la cara y se puso de pie en la oscuridad. Corrió frenéticamente para escapar de la habitación, mientras escuchaba que su atacante la seguía. Su único pensamiento era conseguir ayuda, pero mientras bajaba por las escaleras y franqueaba la puerta de entrada de la casa, se dio cuenta de que todo el vecindario estaba dormido y que no podía correr el riesgo de detenerse delante de una puerta. Tenía que conseguir llegar a su coche.

Ella guardaba una llave adicional del coche en un estuche magnético oculto bajo uno de los guardabarros. En los seis años que conducía el Acura no había tenido que recurrir a ella, y se preguntó si todavía estaría allí. Cuando llegó al coche se volvió para ver si todavía la perseguían. No había signos de su atacante, de modo que se puso en cuclillas. La garganta y los pulmones le ardían, pero cuando sus dedos tocaron el estuche oxidado casi lloró de alivio.

El olor de la gasolina penetró en su nariz mientras

hacía retroceder al Acura para salir del garaje. El motor casi se había calado con las prisas por ponerlo en marcha. Sin prestar atención a nada más bajó la calle a toda velocidad, pero sólo pudo disfrutar unos pocos segundos la sensación de haberse liberado. Las luces de otro coche aparecieron en su espejo retrovisor cuando llegó a la primera esquina.

Miró hacia atrás y el terror volvió a atenazarla. ¿La estaban siguiendo? Sólo había un modo de averiguarlo: tratar de perder de vista al coche. Conduciría como si su vida dependiera de ello, y si el coche aquel permanecía detrás, significaría que se trataba de la policía o de su atacante.

Cinco minutos más tarde Leigh tomó la autopista 405 a una velocidad de ciento treinta kilómetros por hora. Ya no tenía ninguna duda de que la seguían. Aquellas luces habían estado detrás de ella todo el tiempo. Y no era un coche patrulla, pues en ese caso ya habría hecho sonar la sirena para que se detuviera por superar la velocidad máxima permitida. El coche mantenía las luces largas, enceguecedoras como las de un camión.

Un claxon sonó detrás de ella. Miró por el espejo y advirtió que su perseguidor se acercaba rápidamente. El sudor de sus manos empapó la superficie del volante, forzándola a cogerlo con mayor fuerza. Vio la señal de una salida de la autopista, pero no podría cogerla a esa velocidad. Aminoró, pensando que podría encontrar en aquella salida una gasolinera o una tienda de comestibles donde conseguir ayuda. El otro coche se puso estrechamente detrás aun antes de que intentara tomar el desvío. Estremecida por el sonido atronador de su claxon y por las luces enceguecedoras, disminuyó todavía más la velocidad y sintió una embestida por detrás. Su cabeza se sacudió y se preparó temblando para una segunda embestida fatal, pero vio de pronto que el otro coche se ponía a la par por la izquierda, para cerrarle el paso y forzarla a desviarse al carril de seguridad. Leigh frenó con desesperación, tratando frenéticamente de cerrar al mismo tiempo las puertas del coche. Pero la puerta se abrió violentamente antes de que sus dedos llegaran al seguro. Se echó hacia atrás en el asiento y gritó cuando vio la cara de su perseguidor.

—¿Qué mierda estás haciendo? —exclamó Nick.

—¡No! —volvió a gritar Leigh cuando él se inclinó sobre ella. Pero sus fuerzas nada podían contra las de él, y Nick la sacó del coche.

## 22

Leigh trató de refugiarse contra la puerta del acompañante del jeep de Nick y la manija se clavó en uno de sus muslos. Él conducía con una cólera fría, a una velocidad aterradora. Probablemente acabarían por estrellarse, pero aun así ella quería guardar tanta distancia como fuera posible. Había intentado luchar cuando él la había arrastrado hasta el jeep, e incluso le había dado una patada brutal en la espinilla. Nick entonces la alzó por los tobillos, se la echó como un fardo al hombro y la obligó a entrar en el coche. Después de depositarla en el asiento, le advirtió que si intentaba escapar la amarraría y la amordazaría. Leigh se lo tomó al pie de la letra.

Luego él le preguntó por qué no había querido detenerse en la carretera. Leigh no respondió; no quería decir nada que pudiera irritarlo aún más, especialmente porque ni siquiera sabía adónde la llevaba. Parecía como si estuvieran yendo hacia su estudio en Coldwater Canyon, y no se le ocurría cómo detenerlo. Mentalmente desechaba un plan de escape tras otro. No había modo de saltar del coche en movimiento sin matarse, ni tampoco podía apoderarse del volante sin que murieran los dos.

Se aferró a la correa de la puerta mientras él recorría el serpenteante camino hacia el cañón. Leigh comenzó a sentirse mareada a causa de las curvas y bajó la cabeza tratando de contener sus náuseas. Los árboles parecían precipitarse hacia ellos, las casas aparecían y desaparecían raudamente.

Tenía los ojos cerrados cuando él aparcó delante de la casa y apagó el motor. Oyó que se apeaba y sus pasos furiosos sobre la grava mientras rodeaba el jeep para abrir la puerta de su lado. Trató de aferrarse al salpicadero, pero él abrió la puerta y de un tirón la sacó del coche. Esta vez Leigh no intentó oponer resistencia. Había decidido tratar de mantener la calma, temiendo que cualquier asomo de resistencia pudiera desencadenar en él una respuesta desproporcionada. Se llevó las manos al cuello y se dejó arrastrar dentro de la casa como si fuera una inválida. Él la dejó sobre un sofá en su amplia sala.

La estancia estaba apenas iluminada por dos lámparas hexagonales —una a cada lado del hogar— que daban una luz tenue. Cerca de la puerta había un panel de bronce con varias hileras de lo que parecían botones de un intercomunicador. Nick pulsó uno de ellos y se encendió una lámpara colgante, derramando en abanico una suave luz amarilla. Leigh registró inconscientemente las influencias españolas en el decorado de la habitación, en las vasijas pintadas y en los tapices artesanales que cubrían las paredes.

Nick la contemplaba a través de la superficie espejada de los mosaicos negros del suelo, con una expresión de furia en el rostro. Llevaba tejanos y un abrigo largo de color caqui sobre una camisa negra; más allá de la lenta llama azul de sus ojos, parecía tener poco que ver con un asesino ritual.

—¿Me dirás ahora qué diablos te pasa? —preguntó Nick.

Ella se encogió y alzó las rodillas en un movimiento instintivo de protección.

—¿De qué hablas?

—¿Por qué querías escapar de mí? Conducías a más de ciento veinte kilómetros por hora. ¿Por qué?

—¿Y por qué me perseguías?

—¿Perseguirte? Sólo trataba de hacerte salir de la carretera antes de que te mataras.

Leigh se llevó una mano a la boca, mirándolo mientras él se frotaba los labios con los nudillos. Parecía no saber absolutamente nada de lo que le había ocurrido. ¿Debía creerle Leigh? ¿Se atrevería a creerle?

—Se suponía que estabas en Nueva York —dijo.

—Decidí adelantar mi regreso. Cuando hablé contigo por teléfono parecías preocupada.

Al recordar las fotos que él le había tomado, Leigh volvió a ponerse súbitamente furiosa. Había pasado veinticuatro horas de angustia por culpa de él. Se había visto obligada a buscar respuestas imposibles.

—Alguien me atacó... en mi habitación —dijo con voz átona.

—¿Alguien... qué?

Leigh trató de ponerse de pie, pero no pudo. Un dolor quemante atravesó su hombro y le impidió incorporarse. La manga de su blusa estaba rasgada, advirtió, y había un tajo abierto y sangrante en su brazo. En su desesperación por escapar había olvidado el dolor en el hombro.

La herida le ardía, pero fue sobre todo el súbito pesar en su corazón lo que la hizo soltar un gemido.

—Alguien me atacó. —Sintió que se debilitaba. Las reservas de adrenalina se estaban consumiendo y se sentía desfallecer—. Manténte lejos de mí —rogó, cayendo hacia atrás en el sofá.

—¿Leigh? ¿Qué te pasa?

—¡No te acerques! —Alzó una mano cuando él se dispuso a aproximarse—. El hombre que me telefoneó dijo que querías matarme.

Una expresión de incredulidad apareció en el rostro de Nick, como si hubiera recibido una trompada en el estómago.

—¿Alguien te dijo que yo quería matarte?

Ella contempló la herida en su brazo.

—¿Quién te atacó, quién fue, Leigh? —El tono de voz de Nick subió hasta convertirse en un grito—. ¿Quién te hizo eso?

No dejó esta vez que ella lo detuviera. Se arrodilló a su lado a examinar el corte en su brazo. Había dejado de sangrar, pero los bordes estaban inflamados.

—Por favor —dijo al tiempo que abría con los dedos la tela rasgada de la blusa—, ¡dímelo!

—No pude verlo.

—¿Pudiste intuir al menos quién era?

Ella no conseguía entender qué impulso lo llevaba a él a insistir. Quizá fuera el mismo impulso por hacer daño que la dominaba a ella. Algo le hizo decir lo que llevaba pensando la noche entera, la acusación que él ya debía de presentir.

—Tú. —Su boca se torció en una mueca de angustia—. ¡Pensé que eras tú!

La mano de él aferró el brazo del sofá como si aquellas palabras lo hubiesen desgarrado por dentro. Pero de inmediato una ola de furor lo inundó y lo hizo poner de pie en un arrebato.

—¡No me dedico a acuchillar mujeres! —exclamó.

Se apartó de ella, los hombros rígidos, mirando alrededor como si buscara algo que romper. Su pelo negro brilló y se sacudió bajo la luz. Era sobrecogedor mirarlo. El reflejo de su cuerpo atravesó el mosaico brillante como algo vivo, la encarnación del hechicero, invocando fuerzas aún más oscuras.

No había relojes en la habitación para que ella pudiera comprobarlo, pero un tictac se aceleraba dentro de su pecho, y Leigh podía sentir el retumbo de lo inminente. Cada movimiento de Nick, cada estremecimiento de su energía desbocada era ahora peligroso y podía llevarlos a ambos a una catástrofe.

—No, por favor —murmuró.

Él había alzado un jarrón de cerámica de un pedestal, que parecía una antigüedad de valor. Pensó que lo arrojaría contra los cristales, porque se aproximó a grandes zancadas a la ventana. Pero en vez de eso lo retuvo en la mano varios segundos y luego abruptamente lo depositó en el suelo y se volvió hacia ella.

Leigh creyó que él había recuperado la calma, pero su alivio duró muy poco. La miró con una expresión aterradora en los ojos. Había en ellos una fiereza animal, y reflejaban un conflicto que ella no podía penetrar. Y también había dolor en ellos, una infinita pesadumbre. Pero era sobre todo el brillo lo que la mantuvo inmóvil.

—A la mierda con todo —murmuró él de pronto, y volvió a alzar el jarrón. Su brazo trazó un vertiginoso arco en el aire, su ansia de destrucción pareció tomar posesión de todo su ser. El jarrón voló a través del cuarto y se estrelló contra una licorera, deshaciéndose en nubes de polvo y fragmentos de arcilla. En el mismo impulso, él descolgó una de las pinturas de la pared y la destrozó contra una lámpara. El sonido de vidrios destrozados y tela desgarrada era estremecedor, y Leigh tembló, incapaz del menor movimiento.

Él empezó a volverse a un lado y a otro como si buscara algo de más valor para romper, irreemplazable. Pero ya no había nada al alcance de su mano, nada... excepto ella. Alzó una silla a su paso y la arrojó tan lejos como pudo.

La violencia tenía un sonido propio, pensó Leigh. Un sonido agudo y reverberante que se elevaba desde su herida. La melodía era el dolor, el ritmo era el miedo. Y ese sonido traía ecos ahora: el rodar de la silla sobre el suelo, el líquido derramado de las botellas rotas.

Nick Montera estaba de pie, en silencio y tembloroso, la cabeza vuelta a un lado. Toda su furia parecía haberse aplacado.

Leigh sintió deseos de decirle algo, pero estaba demasiado atemorizada.

—No fui yo —dijo él por fin. Parecía hablarle a su propio reflejo en el suelo—. Una muerte en mi conciencia ya es bastante.

¿Una muerte? ¿Se refería a Jennifer? El jurado lo había declarado inocente, pero Leigh ya no estaba segura de nada. Se lo preguntó.

—No —dijo él—. Jennifer no, por Dios. Por el amor de Dios, nunca toqué a Jennifer. Ella...

Leigh siguió la dirección de su mirada hacia una foto enmarcada que había en el suelo cerca del hogar. La foto estaba en realidad vuelta contra la pared y Leigh no alcanzaba a verla, pero podía adivinar de quién se trataba. Al contemplar otra vez a Nick y ver la muda desolación en su expresión se dio cuenta de que no podía ser otra cosa. En esa foto estaba la raíz de todo, de su odio y su resentimiento, de su pena más honda.

Un momento después Leigh estaba de rodillas al lado del hogar con la fotografía en sus manos. Era el retrato que la había subyugado la primera vez que entró en el estudio, la mujer de ojos soñadores y tristes que estaba en el centro del vestíbulo.

Pero alguien había destrozado el delicado momento de vulnerabilidad de la mujer; la foto mostraba un tajo en diagonal, hecho con una navaja o un cuchillo. Leigh no tenía dudas de que lo había hecho el propio Nick. Por alguna razón había querido destruir la foto. Quizá la había dejado junto al hogar porque había tenido la intención de quemarla y había comprendido que no podía hacerlo.

—Ésta es Jennifer, ¿verdad? —preguntó ella, todavía sin entender.

—No, se llamaba Faith. Era mi madre.

—¿Tu madre? —Leigh apartó la vista del retrato y miró a Nick—. ¿Tú hiciste esta foto?

Él no debió intentar sonreír, pues lo que consiguió fue una mueca de pena y amargura. Leigh apartó la vista, pero la imagen la había encandilado como una luz demasiado intensa. Supo que recordaría esa expresión de tristeza por un largo tiempo.

En el silencio que siguió, el único sonido que oyó fue el péndulo lejano de un reloj omnipresente.

—Cuando estaba en la escuela primaria —dijo él finalmente— un fabricante de cámaras patrocinó un programa de becas para niños desvalidos. Yo era uno de esos niños.

—Ya eras bueno entonces —dijo ella. La foto era memorable por la expresión de melancolía que Nick había sabido captar en el rostro de la mujer, pero, además, él demostraba una habilidad sorprendente para un niño.

—Tu madre murió cuando tenías diez años, ¿verdad? —Leigh mencionó el tema con mucho cuidado, tratando de mantener el tono casual de una conversación.

—No murió; la asesinaron —respondió él, y luego de respirar hondo, añadió—: Le dispararon.

A Leigh aquella información le pareció tremenda. Él había admitido que era responsable de la muerte de su madre. ¿Qué quería decir ahora? ¿Que cuando no era más que un niño de diez años había disparado contra su propia madre? Debió de ser un accidente. Pero aun en ese caso había dejado en Nick unas secuelas terribles. Ella comenzó a entender la raíz de los traumas de Nick. Si él había sido la causa de la muerte de su madre, debía de sentir la necesidad de castigarse por algo que consideraba imperdonable. El sentimiento de culpabilidad debió de perseguirlo durante toda su vida.

—¿Puedes hablar de eso? —le preguntó.

—No hay nada que decir.

Está todo por decir, quiso replicar ella. Tu madre está muerta, pero también tú estás muriendo, muriendo cada día, consumido por la culpa, a causa de lo que quiera que hayas hecho.

—¿Cómo ocurrió?

—Fue poco más que otro asesinato a sangre fría cometido un domingo por la tarde en la fiesta de cumpleaños de un niño. Ella estaba sirviendo torta y helados en nuestro jardín delantero. Yo cumplía diez años. Estaba contento. Había sido uno de los pocos días felices de mi vida.

—Pero has dicho que le dispararon.

Él hundió el pulgar en el mentón.

—Los Coyotes la mataron. *Vatos* locos del barrio de San Ramone. Era a mí a quien buscaban.

—¿A ti? ¿Por qué?

—Descubrí dónde escondían la droga y las armas. Yo estaba desesperado por demostrar de lo que era capaz a los Alley Boys, una banda local. Imaginé que si les robaba a los Coyotes y les daba la droga y las armas a ellos, tendrían que aceptarme.

—Pero te descubrieron.

—Mi madre los vio llegar en motocicletas y me ordenó que me metiera en la casa. Si yo hubiera obedecido tal vez ella aún estaría viva. Pero reaccioné demasiado tarde y los Coyotes empezaron a dispararme. Cuando ella escuchó los disparos, me cubrió con su cuerpo.

—¿Y así fue como murió?

—La mató la segunda bala. —Se tocó el pecho—. Le partió el corazón.

Leigh contempló con impotencia cómo Nick apretaba las mandíbulas y reprimía el deseo de llorar. Ahora podía entenderlo. Faith Montera había arriesgado todo por su hijo. Era un impulso tan antiguo e instintivo como la naturaleza. Pero cuando le dio su vida, el niño de diez años cargó con una deuda que nunca podría pagar. Ese día había perdido algo más que a su madre; había perdido para siempre la paz.

—Caí al suelo con ella —continuó él—. Murió en mis brazos, en medio de un charco de sangre.

Leigh ya no quería oír más, pero él siguió hablando con tono monocorde, como si lo aplastara el peso de los recuerdos. Le contó el resto: que el último deseo de su madre había sido que él abandonara ese barrio y que luchara por tener una vida diferente.

—Yo pude escapar —dijo Nick, y alzó la cabeza—. Ella no.

Su dolor era tan intenso que Leigh lo sentía como una corriente que también la tocaba.

—Tú no podías entender todas las consecuencias de tus actos. Sólo tenías diez años.

Él pareció no escucharla. Había hundido las manos en los bolsillos de su abrigo, como si de algún modo esas manos simbolizaran sus crímenes.

—Después de eso, nada me importó —dijo—. Enloquecí por un tiempo, traté de suicidarme.

Leigh se incorporó.

—¿Es por eso que iniciaste una relación con Jennifer, la novia del jefe de una banda?

—Eso fue mucho después; pero sí, lo que estaba detrás de cada cosa era el deseo de morir. Incluso la cárcel, ese agujero inmundo, no era castigo suficiente. —Alzó los ojos hacia ella, y estaban vacíos de toda luz—. No hay castigo suficiente.

Leigh no supo qué decir. Nick Montera, el fotógrafo, ya pertenecía, de algún modo, a las leyendas contemporáneas. Todo su aspecto era poderoso, invulnerable. Ella había sentido la fuerza de acero de sus manos, y de su voluntad. Era casi intolerable verlo sufrir de ese modo. El dolorido niño de diez años aún vivía dentro de él, y Leigh sintió que era su deber hacer algo, decir algo, hablarle a esa tristeza. En eso consistía su profesión, pero en ese momento no podía actuar como una profesional. Estaba a merced de los instintos humanos más básicos cuando se enfrentaba a él; siempre había sido así.

—¿Qué ocurre? —le preguntó. Leigh había captado una dolorosa señal de reconocimiento en la mirada de Nick.

—A veces me recuerdas a ella —dijo él—. Incluso físicamente. Ella era distante y hermosa como tú. Y eres compasiva, también. Pero no puedo tocarte. No puedo alcanzarte. Ella era también así, siempre se reservaba una parte de sí.

Leigh podía oír su propia respiración. Había contenido un inaudible murmullo de sorpresa.

—Déjame que te toque entonces —dijo, conmovida.

Nick levantó la cabeza y sus ojos azules se ensombrecieron. No parecía dispuesto a que Leigh se aproximara a él, pero eso sólo instigó más la naturaleza compasiva de ella, que se sentía vacilar, conmovida ante el hecho de que él luchara con sus sentimientos. Nick Montera siempre había controlado su relación, y quizá por esa razón le gratificaba sentir que ella podía alterar su respiración del mismo modo que él había alterado la suya, que podía hacerlo temblar de anhelo.

La mirada de él era tan intensa y salvaje que Leigh muy bien podría haber olvidado lo que estaba haciendo. Pero cuando alzó una mano para tocarle la cara, él cerró los ojos. Un estremecimiento recorrió su cuerpo. Leigh sintió el aliento cálido de su respiración y los músculos que se endurecían como nudos debajo de sus dedos.

Leigh estaba fascinada por la transformación que estaba teniendo lugar en él. Fascinada y temerosa. No quería herirlo más.

—Hay ternura en tu boca —le dijo, aunque no lo tocó, pues le parecía una invasión prematura—. Es como una parte de tu belleza masculina... de tu sensualidad.

El mentón de él estaba cubierto de una barba incipiente, pero a ella le agradaba esa aspereza contra su piel. Sus pestañas estaban húmedas y Leigh deseó besarle tiernamente los ojos para consolarlo. Ignoraba qué sabor tenían las lágrimas de un hombre. Nunca había reaccionado tan intensamente ante el dolor de un hombre. Su corazón parecía registrar como propio cada matiz de ese dolor.

Él echó la cabeza hacia atrás mientras ella le acariciaba el cuello y dejó escapar una palabra casi inaudible. Leigh sabía que debía de ser una obscenidad, pero le sonó celestial.

Los tendones de su cuello sobresalieron como filos bajo su caricia. Su nuez de Adán era dura como una piedra.

—Déjame ser tierna —se oyó susurrar a sí misma. Vio cómo las manos de él sobresalían en los bolsillos del abrigo al crisparse, y sintió como si en lo más profundo de su ser ella estuviese haciendo exactamente lo mismo, curvándose tan incontrolablemente como esos dedos. Sí, estaba acariciando a Nick Montera; sí, estaba derribando sus barreras, pero ¿qué se estaba haciendo a sí misma?

El deseo la encendió. Como la violencia, tenía sus propios sonidos, sólo que en este caso traía un lejano y solitario tañido de campanas que la llamaban dulcemente. En la confusión de aquella noche, había olvidado cuán poderosos y profundos eran sus sentimientos.

De pronto, las caricias adquirieron una nueva cualidad. Leigh podía sentir ahora la tensión en la punta de los dedos y un cosquilleo en el centro de las palmas. Su mano acariciaba ahora la mejilla de Nick. Resistió el impulso de pasar el pulgar sobre el labio inferior, pero no por mucho tiempo. De pronto su mano estuvo allí, sobre su boca. La humedad hacía brillar la doble curva de los labios bajo la temblorosa caricia de sus dedos. Él cogió uno de los dedos entre los dientes y cuando lo mordió, el deseo la estremeció otra vez, como una melodía irresistible.

—No quiero reservarme nada —murmuró ella—. No quiero herirte como te hería tu madre.

Nick abrió los ojos, y fue como si los pálidos iris palpitaran bajo el terciopelo negro de las pestañas. Una nueva clase de dolor quemaba en su aliento ahora: el dolor del deseo. Pero aun así, no trató de tocarla. No sacó siquiera las manos de su abrigo. Sencillamente la observaba; la observaba mirarlo.

Leigh temió continuar con aquello. Pero a pesar de ello introdujo una mano por la cintura de sus tejanos, avanzando hacia el calor protegido por el algodón de su calzoncillo, buscando en lo más íntimo. La piel suave la incitaba a explorar, y deslizó suavemente la mano hacia su espalda. La línea fuerte de su columna vertebral estaba casi perdida entre la masa de músculos, pero ella la recorrió hacia abajo y sintió cómo él se arqueaba bajo sus dedos cuando llegó al lugar donde el elástico de los calzoncillos le impedía proseguir.

—Cristo —dijo él—. ¿Qué estás haciendo?

—No lo sé... ¿ser tierna? —El sonido de su propia voz la sobresaltó. Estaba cargado de deseo y delataba su excitación. Esperaba que él la detuviera en cualquier momento mientras subía la mano hacia su tórax. Los músculos vibraron y se ensancharon bajo sus dedos, pero él no la interrumpió. Dejó sus manos donde estaban para que ella pudiera proseguir.

—Sólo ser tierna —repitió ella.

Él aspiró profundamente cuando ella apoyó la palma en su vientre, y soltó un gemido cuando esa mano subió hacia las tetillas, que se endurecieron como diamantes. Su cuerpo se tensó como si sintiese un dolor intolerable.

Ella estaba sobrecogida por las reacciones que despertaba en él, por su inesperada habilidad para excitarlo. Su experiencia de causa y efecto rara vez había sido tan inmediata, o contundente. Y jamás ningún hombre se había entregado a ella de aquel modo. Cada roce de sus dedos lo hacía temblar, el filo de sus uñas le cortaba la respiración. Estaba rígido, como si experimentase una clase de dolor muy diferente del que producían en él sus recuerdos de infancia.

Una larga cicatriz bajaba en espiral desde su tórax hasta perderse en las profundidades de sus tejanos. La línea irregular atraía irresistiblemente hacia abajo la mano de Leigh. Carne orgullosa. Algo se contrajo en el interior de Leigh mientras tocaba aquella herida mágica. Algo que la hizo apretarse más contra ese cuerpo, ansiosa por estremecerse a la par de él. Podía sentir el relieve de la herida bajo sus dedos, los bordes rugosos, el calor en esa carne arrugada. Era como si al explorarla palpase algo en el interior de ella misma, algo igualmente tierno, que arrastraba sus sentidos inexorablemente hacia el tormento, una ansiedad dulce, como si tuviera los nervios a flor de piel. Y si seguía el camino trazado por esa herida, llegaría a la fuente de su agonía. ¿Él se lo permitiría? Su cara arrebatada por el deseo le decía que todo era posible, y que esa herida sólo había esperado el momento de que sus dedos la descubrieran, para que de ese modo conociera el orgullo y el dolor que había en él. La cicatriz era también, a su modo, un símbolo, una serpiente grabada en la piel que la llevaba hacia los misterios de la vida.

La respiración de él se detuvo cuando los dedos llegaron al límite del elástico del calzoncillo. Ella deslizó los dedos por debajo de la tela de algodón y antes de que él pudiera detenerla, empezó a abrirle la bragueta. Con cada botón ella se preguntaba si él sacaría las manos de los bolsillos para abrazarla. Se daba cuenta de que él había cedido una parte del control. Quizá por eso era tan importante que la dejase continuar. Él se estaba rindiendo a ella, cada vez más excitado. Cuando terminó con el último botón, Leigh estaba de rodillas ante sus piernas.

Notó que los huesos de la cadera se contraían y que la pelvis se erguía. Leigh lo escuchó soltar otro gemido cuando le bajó el calzoncillo, pero apenas sí lo advirtió. Nick Montera estaba excitado, su miembro tremendamente duro. Todo su cuerpo era ahora una extensión del músculo palpitante que sobresalía del centro de su ser. Horrible y hermoso a la vez, ese miembro tenía sobre ella casi tanto poder como sobre él. Pero en lugar de sentirse repelida, Leigh estaba fascinada por esa afloración en su cuerpo, por ese don que proporcionaba a un hombre placer y dolor a la vez, y que alteraba su conciencia con urgencias sexuales fuera de toda razón. El corazón de Leigh galopaba, sus muslos estaban húmedos y tensos. Sintió su boca súbitamente llena de saliva, anhelante.

Primero tocó el pene con las manos, acariciando suavemente su superficie nervada, maravillada por las poderosas vibraciones que lo recorrían de la base a la punta. La cabeza era extremadamente sensible, descubrió. Todo el cuerpo de Nick pareció ponerse en guardia cuando ella posó por un momento los dedos.

Cuando finalmente se lo llevó a la boca, miró hacia arriba. Él la estaba mirando, con las manos todavía inmóviles en los bolsillos, contemplando en silencio como ella se lo introducía cada vez más profundamente en la boca.

Leigh se preguntó por un instante si Nick se correría de ese modo, si sería capaz de estallar con las manos hundidas en los bolsillos. El pensamiento de alguna manera la excitaba, pero cuando exploraba con la lengua los relieves de los bordes sintió, por fin, las manos de él sobre su cabeza. Se enredaron en su pelo, sujetándole la cabeza, obligándola a metérsela todavía más profundo.

—Sé tierna con ella —susurró con voz entrecortada por la ansiedad. Sus manos aferraban rígidas los lados de su cabeza, sujetándola mientras ponía a prueba los límites de su boca y su garganta. Leigh podía sentir cómo el pene vibraba en lo más hondo de su garganta y el placer abrumador de esa caricia la instigaba. Nunca se había sentido particularmente atraída por el sexo oral ni había querido que un hombre le llenara la boca con sus fluidos, que se vaciara en su garganta. Pero eso era exactamente lo que deseaba ahora.

Quería tocarlo al mismo tiempo en todos lados, acariciarle los huevos hinchados, sentir cómo se flexionaban sus nalgas. Quería hacerle gritar de placer, dejarlo vacío por completo. Pero cuando creyó que estaba a punto de lograrlo sintió que él la apartaba y sacaba el pene de su boca.

—¿Qué pasa? —preguntó ella mientras él la alzaba. El dolor afilaba sus rasgos.

—Podrías matar a un hombre con tanta ternura.

Él todavía temblaba cuando llevó una mano al cuello de Leigh y la atrajo hacia sí. La acarició lentamente, echando hacia atrás su cabeza hasta que todo lo que pudo ver de él fue el brillo salvaje de sus ojos, la fuerza de sus mandíbulas apretadas. Habría vacilado ante esa mirada y ese rostro contraído si él no la hubiese sostenido pasándole un brazo que descendió por su espalda.

—Ahora es mi turno de ser tierno —murmuró.

Ella cerró los ojos mientras el aliento caliente de Nick le quemaba la boca. Pasó tan suavemente los labios sobre los suyos que Leigh no estaba segura de si estaba besándola. Él deslizó su boca, tocando y murmurando, creando una suavísima fricción, pero sin besarla de lleno, y la espera la exasperaba de excitación. Finalmente ella abrió la boca, ávida de deseo.

—No te guardes nada, Leigh —le advirtió él, al tiempo que cerraba los dedos en torno a su cuello.

—Nada... —respondió ella débilmente.

Cuando él la besó ella sintió un nudo en el estómago. Aquel beso, profundo y poderoso, venció todas sus defensas. Nick le mordisqueó los labios e introdujo la totalidad de la lengua en su boca, y ella recordó, cómo le había llenado la boca antes. Leigh tuvo que aferrarse a las mangas de su abrigo para resistir el avance de esa boca, pero nada había podido aminorar el impacto de calor que la golpeó. Él la inflamaba. Lo quería ya, de inmediato, en todo su cuerpo, en su boca y entre las piernas. Estaba mojada. Ardía.

—Sé tierno —dijo ella, librándose por un momento de sus brazos para deshacerse de sus tejanos. Se echó hacia atrás en el sofá para quitárselos, implorándole con los ojos mientras se desvestía. Tenía tanta prisa que decidió no sacarse la blusa. Fue una decisión oportuna. Antes de que pudiera echarse hacia atrás Nick Montera —el hombre, el fotógrafo, el hechicero— ya estaba entre sus piernas.

Cayó sobre ella sujetándole la cabeza con las manos mientras la penetraba con un largo y profundo envión. Leigh dejó escapar un grito de placer y se estrechó contra él, trepando casi de inmediato hacia un glorioso clímax. ¡No podía controlarse con ese hombre! Bastaba que entrase en ella para que se sintiese perdida. Su espalda se arqueó y se estremeció incontrolablemente mientras los enviones irrumpían en ella en una cadena interminable de sensaciones.

Su vaivén era intenso y perfecto, como una flecha que una y otra vez acertaba en la diana. Echada hacia atrás en el sofá, Leigh se abandonó con las piernas abiertas, los brazos extendidos detrás de la cabeza, completamente entregada al terrible embrujo del hechicero. Nunca había sentido nada tan intenso como las arremetidas de ese cuerpo. El dolor que sentía era el tormento más dulce: crecía y se elevaba como una fabulosa marea interna a la que no había poder terreno que se le opusiera. ¿Descendería alguna vez?

Y entonces, súbitamente, sintió que se avecinaban los últimos golpes y aferró los hombros poderosos. Él la elevó en otro largo vaivén mientras la besaba en la boca. Ella se contrajo en un nudo, cerrando con sus piernas las de él, acoplándose a él en una vibrante descarga de placer. El goce que la atravesaba era extraño y salvaje. Primitivo. Y la tensión no cesó por completo hasta que sintió que él se vaciaba dentro de ella, que la llenaba con su semen hirviente. Entonces quedaron exhaustos uno sobre el otro, entrelazados, satisfechos.

Exuberante. Ésa era la sensación, la palabra que rondaba en la cabeza de Leigh mientras unos momentos después reposaba en sus brazos. Se sentía exuberante en ese tibio y fuerte abrazo, como si estuviera en un baño de inmersión. Una nueva tibieza se expandía por su interior y penetraba en sus huesos, como una promesa de que ya nunca más tendría frío. La llenaba tan hondamente, era un bálsamo tan maravilloso para su espíritu, que se abandonó a esa sensación por un momento, con la cabeza apoyada en el hueco de su hombro.

Nunca antes había amado ni se había entregado de ese modo.

Un poco más tarde, cuando se incorporó soñolienta, se dio cuenta de que él había encendido un fuego en el hogar y que le estaba ofreciendo una copa de calvados. En la otra mano traía una manta para que se envolvieran juntos.

Ella estiró la mano y cogió el vaso con una sonrisa todavía soñolienta.

—Eres casi tan bueno como un baño caliente —le dijo—. Estoy tan relajada que creo que ya nunca me moveré de aquí.

La habitación estaba impregnada con el olor de los leños que ardían y con la fragancia del licor. Él se dejó caer en el sofá y la arropó con la manta luego de tomarla entre sus brazos. Quedaron así recostados en silencio durante un largo tiempo, tomando calvados y mirando los leños arder. De pronto, Leigh advirtió que el retrato de la madre había desaparecido. Seguramente él lo había guardado mientras ella dormitaba.

Recordó entonces algo que la hizo apartarse abruptamente de él. Las fotos de su cuerpo desnudo que había encontrado en el cuarto de revelado. No pudo evitar preguntarle por qué las había tomado.

Él pareció sorprenderse por su enfado.

—Soy un fotógrafo, Leigh. Cuando veo algo hermoso, o cautivante, hago una fotografía. Acabábamos de hacer el amor. Te quedaste dormida sobre mi colchón de agua, recuerda, y sentí que nunca había visto nada tan hermoso. Al ver la luz de la lámpara inundándote como un río... pues instintivamente quise captar ese momento.

Si bien sus palabras hacían que ella se sintiese orgullosa, no habían disipado toda su irritación. Nick no parecía darse cuenta de que había invadido su privacidad.

—Has ampliado algunas de las copias. ¿Por qué?

—No reparé en las sombras hasta que revelé los negativos. Me fascinaron y amplié esas copias para ver qué eran.

—¿Y qué eran?

Él sonrió, como pidiéndole disculpas.

—Sombras.

—¿De verdad? ¿Nada más siniestro? —Aún no se sentía satisfecha—. ¿Y todas las demás fotos? —le preguntó—. ¿Ésas tan violentas?

Por un instante, Nick pareció perplejo.

—Debes de referirte a las fotos de Manny. Es una especie de protegido mío.

—¿Un estudiante de fotografía?

—No, es un niño, una rata del barrio que trató de robar en mi estudio de San Ramone. Hice un trato con él. Si tomaba fotos del barrio para mí, les pagaría por las que pudieran servirme. Lo que encontraste fue su primer carrete.

Ella dejó su vaso en una esquina de la mesa.

—Pero... toda esa carnicería. Un niño no debería ser expuesto a algo así.

—Leigh, él vive en esa carnicería. Es mejor que se ocupe de tomar fotos antes de que se enrede con las bandas. Sus trabajos son algo toscos todavía, no tiene ninguna técnica, por supuesto, pero es *real*.

—¿Y podrás hacer algo con ellas?

—Quizá. —Nick se encogió de hombros y tomó un trago de su vaso—. He pensado en montar una exposición. Todavía no sé cómo la llamaré: *Diario de un niño en el barrio*. Algo así.

Contemplándolo mientras sorbía su calvados, Leigh volvió a preguntarse quién era en realidad Nick Montera. Todos sus años de estudio, todos los libros que pudiera consultar no la ayudarían a ahondar lo suficiente para resolver ese misterio. Tenía la complejidad de un artista y el resentimiento de un marginal. Pero no era un asesino. Estaba tratando de ayudar a un niño desvalido. Sobre todo, parecía más preocupado por exponer hechos violentos que por cometerlos.

Nick dejó su vaso y le preguntó:

—¿Realmente te molestan tanto esas fotografías que te hice sin que lo supieras? Discúlpame, Leigh. No pensé que... sólo cogí la cámara y empecé a disparar.

Ella se humedeció los labios, vacilante.

—Está bien —dijo, finalmente.

—Sé que todavía no, pero de todos modos hay algo mucho más importante de lo que deberíamos ocuparnos. Alguien te atacó anoche. —Buscó su mano por debajo de la manta que los cubría, entrelazando sus dedos con los de ella—. ¿Quién podría querer hacer algo así?

—Se me ocurre una sola persona.

—¿Dawson?

—No... Jack Taggart. Creo que fue Taggart —dijo ella súbitamente, recordando algo que le había dicho el policía.

—¿Pudiste verlo?

—No, pero el día en que almorcé con él me dijo que querría volarte la cabeza, y enseguida se corrigió. Dijo que mejor sería apuntarle a la mujer que tú amaras y volarle la cabeza delante de ti.

—Cristo, está totalmente loco.

—Piénsalo, Nick —insistió ella—. Todo encaja. Si Taggart cree que le robaste a su novia, esta idea de venganza podría haberlo impulsado a matarme para que te acusasen a ti del crimen.

Todo parecía empezar a aclararse dentro de la cabeza de Leigh. Los pensamientos bullían a tal velocidad que no oyó el sonido de unas uñas arañando el suelo, ni el agudo maullido en el corredor. Pero cuando *Marilyn* entró en la habitación, Leigh se llevó la mano a la cabeza. ¡Se había olvidado de *Bashful*!

—¡El gatito! Dios, Nick, el gatito. Tenemos que volver a mi casa. ¡Lo dejé solo allí!

## 23

De pie, tan cerca de las llamas como era posible, Leigh se calentaba las manos heladas. Nick había sido terminante y no le había permitido acompañarlo a buscar el gatito. Ella había argumentado que *Bashful* no lo conocía y que se escondía de los extraños, pero las razones de Nick habían sido más persuasivas.

—No sabemos qué podría ocurrir allí —dijo—. Quienquiera que te haya atacado sabe cómo entrar y podría estar esperándote. Estarás más segura en mi casa.

Leigh había sugerido que llamaran a la policía, pero no había querido insistir. Ahora se arrepentía. Habían transcurrido dos horas y Nick aún no había regresado. La espera era angustiante; no se sentía preocupada por ella, sino por él. Si alguien estaba acechándola allí, quizá intentara hacerle daño a Nick también.

Un teléfono sonó en algún lugar de la casa. Leigh lo buscó. Recordaba haber visto un teléfono en la cocina, pero no estaba segura de cómo llegar allí. Sólo había ido una vez, la noche en que habían bebido tanto. Siguiendo el sonido del teléfono al sonar, cruzó la sala y entró en el comedor, que estaba a oscuras. Cuando llegó a la cocina, el contestador ya se había puesto en marcha, dispuesto a grabar el mensaje.

—¿Nick? —preguntó una voz suplicante y enojada—. No podrás eludirme para siempre. He corrido un gran riesgo por ti. Mentí por ti, Nick. ¡Por lo menos podrías levantar el auricular!

Leigh contempló al contestador con estupor. Era Paulie Cooper. Leigh estaba segura de haber reconocido su voz. Pero al mismo tiempo no entendía por qué Paulie llamaba a Nick, ni qué significaba que hubiera mentido por él.

Súbitamente se dio cuenta de que aquello tenía sentido: el testimonio de Paulie en el juicio había sido falso. Leigh levantó el auricular pero al otro lado de la línea sólo se escuchaba silencio. Volvió a colgar con una sensación de temor creciente. Paulie también había estado tratando de comunicarse con ella, pero Leigh no sabía para qué, y algo le decía que era mejor que no lo supiera, pues esa llamada sólo parecía la punta del iceberg. Paulie había declarado que Nick estaba con ella la noche en que Jennifer murió. Si había mentido, entonces Nick no tenía coartada para aquella noche, lo que significaba que *él* podía ser el asesino.

¿Era por eso que la había llamado? ¿Había tratado de advertirle sobre Nick? Leigh retrocedió y se volvió, escudriñando la oscuridad. Sus pensamientos galopaban en dos direcciones a la vez: su seguridad inmediata y el retorno inminente de Nick.

Paulie no había dejado su número, lo que hizo suponer a Leigh que Nick sabía cómo localizarla. Esto volvió a originar en su mente varias alternativas aterradoras, entre otras, que la relación entre Nick y Paulie aún perdurara. Él lo había negado, pero ninguna mujer tomaría esa clase de riesgos por un hombre desinteresadamente. Tenía que haber en juego algo de terrible importancia para Paulie.

De pie, helada, con los ojos vagando en la penumbra de la cocina, Leigh se sentía sumida en una pesadilla. Hasta donde sabía, Paulie y Nick habían tenido una larga relación. Quizá habían cruzado juntos la línea para convertirse en cómplices. ¿Era posible que se hubieran confabulado para deshacerse por alguna razón de Jennifer, y que Paulie hubiera fraguado una coartada para Nick? En ese caso, la utilización de la fotografía de Jennifer era una jugada maestra, ya que la fama de Nick se había centuplicado; ahora era una celebridad, un héroe para los medios de comunicación.

Leigh trató de apartar esos pensamientos de su mente. Se daba cuenta de que un sudor frío le corría por el cuello, humedeciéndole la blusa. ¡Cada vez sentía más terror! Salió con paso rápido de la cocina y volvió a la sala. Intentó tranquilizarse. Los últimos días habían sido agotadores. Estaba emocionalmente exhausta, y ésa debía de ser la causa de que dejara desbocar así su imaginación. Acaba de inventar una pesadilla a partir de unas pocas palabras oídas en el contestador.

Su vaso de calvados seguía en la mesa, allí donde lo había dejado. Lo cogió con ambas manos y bebió un gran trago. El olor del alcohol penetró profundamente en su nariz y el líquido quemó su garganta. Se sentó en el sofá y dejó el vaso mientras parpadeaba para contener las lágrimas. Debía recuperar el control sobre sí. Debía decidir qué hacer antes de que Nick estuviese de regreso.

Una burbuja de resina estalló en el fuego y Leigh dio un respingo. Un fuerte aroma a pino impregnaba el aire. Sintió que se le aclaraban las ideas. No tenía su coche, pero podía llamar un taxi que la llevara a un lugar seguro. Pero entonces, ¿qué haría? ¿Adónde iría? El pensamiento de quedar a solas con Nick cuando él retornara la asustaba, pero si le importaba él en algo, si estaba enamorada de él, entonces lo mínimo que podía hacer era darle una oportunidad para que se explicara.

Un gozne chirrió suavemente y ella volvió la cabeza hacia la entrada.

—¿Nick?

Volvió a pronunciar su nombre, el corazón le latía furiosamente. ¿Era realmente el ruido de una puerta lo que había oído? Buscó alrededor algo con que defenderse y entró con cautela en el vestíbulo.

La entrada estaba envuelta en sombras, silenciosa. No parecía haber nadie allí. Las mujeres que Nick había fotografiado la contemplaban desde las paredes con una expresión triste en el rostro, como si supieran lo que le esperaba. ¿Se convertiría en una de ellas, la próxima víctima que él colgaría en la pared? Él ya había tomado la foto adecuada, la foto en que yacía como si la hubieran estrangulado mientras dormía.

Leigh caminó hacia el estudio, alertada por un débil maullido. *¡Marilyn!* Debía de ser la gata la que había hecho los ruidos.

—¿*Marilyn*? ¿Dónde estás?

Leigh buscó alrededor y encontró el panel de bronce con diferentes interruptores. Los primeros que pulsó iluminaron las fotografías, pero el pasillo permaneció a oscuras. Decidió ir igualmente en busca de la gata.

El estudio lucía exactamente como la noche en que había entrado en el cuarto de revelado. Estaba apenas iluminado, con espejos en todas las posiciones, algunos suspendidos del techo, otros con cristales cóncavos o convexos que, como en los parques de atracciones, creaban extrañas distorsiones. Leigh Rappaport estaba en todas partes, incluso mirando hacia abajo ansiosamente desde la altura. Nick había ideado cada detalle de la escenografía, desde el diseño hasta el acabado final: siempre necesitaba sentir el control total sobre su trabajo, y parecía haberse superado a sí mismo.

Un sonido ahogado llegó desde el sector donde se hallaba el cuarto de revelado.

—¿*Marilyn?* —Leigh cogió un martillo de una mesa en la que había diversas herramientas. Su voz levantó ecos en la habitación cuando pronunció otra vez en voz más alta el nombre de la gata.

La puerta crujió cuando la entreabrió. El corazón de Leigh latió alocadamente. Se sintió como una niña asustada esperando a que el coco saltara sobre ella. Pero al asomarse todo lo que vio fue más oscuridad. Parecía fluir, densa, por el hueco de la puerta, como si detrás hubiera un insondable agujero negro.

—¿*Marilyn?* —Leigh abrió un poco más la puerta, apenas lo suficiente para tantear con la mano en busca del interruptor que encendía la luz roja. El olor a amoníaco de las botellas derramadas todavía no se había disipado del todo.

—¿Quién está ahí? —preguntó.

Había oído que algo se movía en la oscuridad y rogó que fuese la gata. Encontró entonces el interruptor y cuando encendió la luz vio a través de la bruma rojiza a *Marilyn* en uno de los rincones, arqueada sobre algo en el suelo. La gata parecía estar jugando con un pequeño objeto brillante.

Leigh se sintió aliviada; nunca se había alegrado tanto de ver a la gata de Nick.

—¿Qué es eso? —murmuró.

Era un anillo, y parecía absorber toda la luz del cuarto. Brillaba tan intensamente que Leigh no pudo distinguirlo bien hasta que se agachó junto a la gata. Tendió la mano para tocarlo y de pronto quedó inmóvil, con la mano suspendida en el aire. *Marilyn* la miró con orgullo y movió con una de sus patas el anillo hacia ella. Leigh se echó hacia atrás, como si el anillo pudiera envenenarla. Era una serpiente de plata con la cola enroscada alrededor de la cabeza. El anillo de Nick. El anillo que él había jurado que le habían robado. Se encogió con un involuntario estremecimiento de terror.

Su primer pensamiento fue huir. Tenía que huir de allí, buscar un lugar seguro. Se puso de pie, con una sensación de mareo, mirando cómo *Marilyn* jugueteaba con el anillo entre las patas. Leigh no quería tocarlo, pero no podía dejarlo ahí. Con un rápido movimiento de la mano, lo cogió y lo introdujo en uno de los bolsillos de sus tejanos.

La luz de un flash explotó en la cara de Leigh cuando salió del cuarto de revelado, obligándole a echarse hacia atrás, encandilada. El *click* del disparador de una cámara empezó a sonar como el gatillo de un arma de fuego empuñada por un demente. Uno tras otro, los brillantes flashes caían sobre ella como bombas enceguecedoras.

—¿Quién es? —gritó, protegiéndose los ojos. La luz incandescente atravesaba sus manos como rayos X. Apoyó la espalda en la pared y se volvió para protegerse.

—Mira al frente, bonita, y sonríe para mí.

—¿Nick? —preguntó Leigh. No podía volverse, la luz era demasiado intensa, pero había reconocido la voz de él—. Nick, ¿qué quieres hacerme?

Caminó a tientas tocando la pared, tratando de escapar de los flashes. El disparador seguía sonando frenéticamente y había un horrible sonido de cinta estirada, como si un magnetófono estuviera funcionando a una velocidad equivocada. Sonaba como un risa demoníaca.

—Sí que eres hermosa, cariño. Sobre todo cuando follas.

Era la voz de Nick, pero ¿qué se proponía hacerle? ¿Sabría que había encontrado el anillo? ¿Querría matarla?

—No, basta Nick, ¡por favor!

400

Vio que él se acercaba a ella sin dejar de disparar la cámara y echó a correr hacia la entrada, pero no pudo llegar a la puerta. Él la interceptó antes, cerrándole el paso. Leigh giró sobre sus talones y corrió enloquecidamente entre los espejos.

Su reflejo rebotó y se deshizo en un millón de imágenes que huían en todas las direcciones. Se vio a sí misma yendo y viniendo, corriendo locamente en círculos, precipitándose hacia su propia imagen, retrocediendo. Cada vez que volvía la cabeza cientos de cabezas imitaban su movimiento. Se detuvo, tratando de pensar y encontrar una salida en ese torbellino.

Pero no podía detener a las demás imágenes. Un simple parpadeo se reproducía al infinito, la caída de un mechón de pelo se multiplicaba en una cadena vertiginosa. Se sentía a la deriva, perdida en un mar de imágenes. No parecía haber salida. La luz de un nuevo flash estalló y su visión se fragmentó como si estuviera contemplando una reacción en cadena de lámparas encendidas. Cada superficie se iluminó, haciendo rebotar el haz de luz y descomponiéndolo en miríadas de destellos.

—¡Quédate quieta, puta! Quieta o mueres... mueres... mueres...

La amenaza resonó en sus oídos, levantando ecos en las paredes del estudio. Leigh se apretó contra una de las paredes, aterrada. ¡Era Nick! ¡Iba a matarla! Sus gafas oscuras se movían salvajemente en los espejos reflejando la luz. Su pañuelo a cuadros rojos se multiplicaba en veloces manchas.

Leigh giró sobre sí misma, buscando una salida. En algún sitio se encendió un panel de luces, y luego otro y otro. El estudio se iluminó como en un dantesco espectáculo de fuegos artificiales. Las luces herían sus ojos y el olor ácido del sulfuro penetraba en su nariz, pero Leigh quería mirar hacia el lugar donde él se encontraba. Parecía venir hacia ella desde todas las direcciones. Su pañuelo rojo y las gafas de sol estaban en todos los espejos.

—¡Y tenía un revólver!

—¡No! Nick, ¡no! —exclamó Leigh—. El arma relumbró en todos los espejos. Pudo ver el brillo frío de metal, la curva del tambor, la culata de madera asomando bajo la mano enguantada. El revólver trazó un arco para apuntarla. Paralizada, Leigh contempló el tambor de un millón de revólveres y el orificio negro de donde vendría la muerte.

—Fue divertido, cariño —dijo la suave voz de Nick—. No creas que no lo he pasado bien.

Un sonido metálico anunció que el seguro había sido descorrido. Leigh se echó al suelo, desesperada por hacer desaparecer su imagen de los espejos. Si no levantaba la vista, pensó, quizá pudiera encontrar una salida. Si ella estaba enceguecida por las luces, quizá a él también le costara distinguirla. La superficie áspera del suelo quemaba su piel, mientras se arrastraba sobre las manos y las rodillas buscando la salida que había usado la noche anterior, a través del depósito. Era un intento frenético, y en su desesperación derribó uno de los espejos. Cuando se desplomó sobre el suelo partiéndose en mil pedazos, Leigh dio contra algo sólido que estaba detrás: las piernas de un hombre.

Lo golpeó con todas sus fuerzas y trató de escapar. La voz de él se oyó desde todas las direcciones.

—¡Ya estás muerta! ¡Ya estás muerta!

Al advertir que se arrojaba sobre ella, Leigh cogió lo primero que encontró al alcance de su mano, un pequeño taburete. Lo descargó sobre él y oyó que el revólver caía al suelo. Leigh lo buscó frenéticamente, tratando de que no la confundieran los espejos. Había golpeado en la base de metal de una tarima y rebotado cerca de ella.

—¡Leigh! ¿Dónde estás? ¿Leigh?

Leigh cogió el revólver y se volvió con estupor. Era la voz de Nick, pero provenía de otra dirección. Vio su propia cara en el espejo, confusa, desencajada. Estaba perdida otra vez, sin esperanza, su sentido de la orientación había desaparecido.

El pañuelo rojo y las gafas se cernían sobre ella en cada plano y en cada superficie, pero había otra cara asomada allí también. La cara de Nick, su pelo negro, sus ojos azules. Eran dos imágenes separadas, pero ambas siluetas parecían perseguirla, y Leigh no podía distinguir una de la otra.

—¡Puta! —oyó de pronto.

Leigh sintió que él se abalanzaba por detrás. No sabía cómo usar el revólver, pero se volvió mientras la silueta corría hacia ella y apretó el gatillo sin apuntar. Un cuerpo cayó a sus pies y una risa demoníaca llenó el estudio. El brillo de las gafas oscuras se multiplicó en los espejos en una danza salvaje.

—Estúpida, estúpida puta —gritó la voz—. ¡Acabas de matar al hombre equivocado!

Leigh se puso de rodillas con horror, contemplando al hombre que yacía de espaldas, con el impermeable abierto. No llevaba gafas ni pañuelo rojo. Era Nick, el hombre con el que había hecho el amor toda la noche, el hombre que había ido a buscar a su gatito. La sangre se escurría en hilillos de su boca.

—Ahora sí que estás muerta —gritó la voz—. ¡Estás muerta!

Un fragmento de espejo rasgó la manga de la blusa de Leigh, arañando su piel. Otro fragmento rozó su cara y pasó muy cerca de su ojo. Al ver su imagen sangrante en el espejo gritó aterrorizada. Estaba arrojándole los fragmentos de cristal como si fuesen cuchillos.

—¡Te rajaré la garganta!

Un estilete brillante se abatió sobre ella, desgarrando su ropa y buscando su piel. Un agónico gritó escapó de la garganta de Leigh cuando vio el arma alzarse sobre su cabeza. Con sus últimas fuerzas sostuvo en alto el revólver con ambas manos y cerró los ojos, haciendo fuego una y otra vez. Los espejos se desplomaron en una cacofonía atronadora de cristales rotos. El alma de Leigh se fragmentó con ellos. Había matado y estaba muriendo por dentro, tan irrevocablemente como el cuerpo que yacía a sus pies.

Oyó un grito, pero no pudo abrir los ojos; oyó a continuación el impacto de alguien que caía al suelo, y volvió a estremecerse. El revólver cayó de sus manos y ella se arrodilló lentamente, sintiendo que sólo había muerte a su alrededor.

Cuando por fin abrió los ojos, vio las gafas oscuras en el suelo. El cuerpo de su atormentador estaba doblado junto a ellas. Leigh dejó escapar un grito de sorpresa. ¿Qué clase de broma cruel y sádica era aquélla?

La criatura demoníaca que la había atacado estaba desplomada sobre el suelo del estudio tan graciosamente como una bailarina. Así, inmóvil, la cara de Paulie Cooper parecía un estudio sobre belleza femenina y serenidad. Lucía más hermosa de lo que Leigh la había visto nunca. Una imagen perfecta para una fotografía de Nick Montera.


—¡Dawson!

Leigh corrió hacia su ex novio cuando lo vio aparecer en la puerta de la sala de espera del hospital.

—¿Cómo está él? —preguntó Dawson.

—Aún no se sabe. —Leigh tomó la mano que él le ofrecía y la aferró con fuerza, tratando de controlar sus temblores. Su voz se quebró a causa de la emoción—. Está en cirugía. Llevan horas operándolo.

Dawson la sostuvo con una ligera presión en el

codo, como si advirtiera su profunda fatiga. Curiosamente, lucía desaseado, con una barba rubia crecida cubriéndole el mentón, pero su chandal azul Nike y la colonia Canoe que se había puesto eran tan familiares que significaban un bálsamo para los nervios destrozados de Leigh.

—¿Quieres saber las novedades sobre Paulie? —preguntó él—. O quizá no es momento de hablar de ello.

Pero Leigh insistió.

—Cuéntamelo todo, por favor, me distraerá de... —Había estado a punto de pronunciar el nombre de Nick. Miró con turbación a su ex novio, que dejó la frase sin terminar.

Dawson trató de leer en su cara, con una expresión dolorida. Sin duda, él debía de querer decirle muchas cosas, pero todo lo que hizo fue respirar hondo y conducir a Leigh a un rincón más silencioso.

Una madre atribulada acababa de entrar con sus tres hijos pequeños en la sala de espera, pero no parecía tener mucho éxito en controlar al más pequeño, que logró escurrirse para ir directamente hacia la máquina expendedora de dulces.

—Paulie está en el hospital del condado, con custodia policial —le dijo Dawson—. No podrá hacer anuncios de champú por un tiempo, pero se recuperará. Una de tus balas entró por el tórax y rozó uno de los pulmones, pero no afectó ningún órgano vital.

Leigh apretó con alivio la mano de Dawson. La muerte de Paulie en su conciencia habría sido más de lo que hubiera podido soportar, no importaba lo que aquella mujer hubiese intentado hacerle. Leigh ya tenía suficiente con saber que había disparado sobre dos personas y que una de ellas —la que amaba— podía morir.

Uno de los sillones se desocupó. Era verde, como todo lo que había en aquella sala, pero en ese momento lo que menos le preocupaba era la decoración del lugar. Se sentía demasiado temblorosa como para permanecer de pie.

—¿Por qué me atacó Paulie? —preguntó mientras los dos se sentaban. Soltó la mano de él, agradecida por su consuelo—. ¿Fue a causa de Nick?

Dawson se quitó las gafas y limpió los cristales con el forro interior de su traje.

—Quería que él volviera a su lado —respondió—, y su plan para recuperarlo fue digno de Maquiavelo. En un principio tú no eras uno de sus objetivos. Te atacó sencillamente porque echaste a perder su gran plan. Pero Jennifer Taryn sí estaba en su mira.

El llanto de un niño los distrajo por un instante. El pequeño explorador estaba siendo arrastrado lejos de la máquina expendedora de dulces por una de sus hermanas mayores.

—¿Entonces fue Paulie quien mató a Jennifer? —preguntó Leigh, estupefacta.

—No sólo asesinó a Jennifer sino que hizo que las sospechas recayeran sobre Nick.

—Pero acabas de decirme que ella quería que volviese a su lado...

—Eso es lo que quería, sí. Pero su plan era retorcido. Estaba convencida de que Nick la amaba, sólo que no se daba cuenta de ello. Pensó que si le salvaba la vida corriendo un gran riesgo él se sentiría tan agradecido que por fin aceptaría sus verdaderos sentimientos.

Leigh empezaba a entender los aterradores alcances de la obsesión de Paulie.

—Dios mío —dijo—. Debía de estar completamente desequilibrada. ¿Estás diciéndome que mató a Jennifer e hizo que sospecharan de Nick sólo para llegar en el último minuto y salvarlo?

Dawson asintió.

—Pensó que Nick no sabía que ella era la mujer de

su vida, y que por lo tanto debía demostrarle que habían nacido el uno para el otro. La gente puede llegar a hacer cosas muy extrañas por amor.

—¿Mintió entonces sobre la coartada?

—Cuando has matado a alguien, una mentira no significa nada, aun cuando estés bajo juramento. Fue cierto que Nick la llevó a una clínica después de un intento frustrado de suicidio, pero ocurrió algunas semanas después de la muerte de Jennifer. Aparentemente, Nick quiso apartarse de ella y el intento de suicidio fue una argucia para retenerlo. Cuando eso no funcionó, puso en marcha su segundo plan, que incluyó la seducción del no muy avispado muchacho de la clínica. Le compró un coche, se acostó con él, y Dios sabe qué más.

—Pero ¿crees que de verdad hizo todo eso por amor? —Leigh se llevó la mano al pendiente—. Eso no es amor, es una obsesión claramente patológica. Esa chica necesita ayuda.

—No temas —dijo Dawson, recobrando su tono de cinismo habitual—. Apenas se vio fuera de peligro empezó a movilizar sus fuerzas. Estoy seguro de que habría ofrecido una conferencia de prensa desde la cama del hospital si se lo hubieran permitido. Lo que sí anunció es quién será su abogado defensor.

Leigh esperó a que él siguiera.

—Satterfield —dijo Dawson con una sonrisa—. El Vampiro vuelve a la carga.

—¡Dios! Apuesto a que deseas tomar el caso en tus manos.

—Esta vez, no.

Leigh se dio cuenta de que había algo irrevocable en el tono de Dawson, pero decidió no preguntarle más sobre aquel tema. Había demasiadas cosas que aún le intrigaban.

—¿Era Paulie la que estaba detrás de las llamadas anónimas?

—¡Era ella quien las hacía! —exclamó Dawson—. Hemos registrado su apartamento. Tenía centenares de grabaciones, cintas de sus sesiones fotográficas con Nick y muchas más sobre casi todo lo que ha hecho en los últimos años. También encontramos un dispositivo electrónico que baja el registro de la voz femenina y la hace sonar tan grave como la de un hombre.

—Ya veo por qué me resultaba familiar. —Leigh pensaba en voz alta ahora—. Y todo el tiempo escuché la voz de Nick mientras ella me atacaba. Debía de llevar encima las cintas con la voz de él.

—Es diabólicamente inteligente —reconoció Dawson—. Y estaba loca por él. —Guardó silencio, estudiando a Leigh como si tratara de leer en su rostro—. ¿Y tú, Leigh? ¿También estás loca por él?

Leigh había presentido que le haría aquella pregunta, pero hubiera deseado tener algo más de tiempo para responder. No había olvidado el modo en que él la había traicionado, pero tampoco quería herirlo ahora.

—No te preocupes —le dijo con una sonrisa—. No llegaré tan lejos como Paulie. Pero ¿loca por él? Me temo que sí.

Él no respondió a su sonrisa de disculpas.

—¿Estás segura, Leigh? ¿Realmente segura? Porque si existiese una posibilidad de que nosotros...

—Estoy segura —murmuró—. Si Nick sobrevive y aún me quiere, soy enteramente de él.

Pasó un momento antes de que Dawson pudiera volver a hablar.

—Si ese hijo de puta no se porta bien contigo, si alguna vez te engaña o lastima de cualquier modo, saldré de mi retiro y lo aniquilaré.

La pasión en su voz la sorprendió, pero no tanto como la información que había dejado escapar.

—¿Piensas retirarte?

Él se frotó el puente de la nariz. Sin las gafas, se le veía pálido y aniñado.

—Creo que ha llegado el momento —dijo—. He hecho cosas de las que me avergüenzo, especialmente a ti.

—Pero, Dawson...

—Es peor de lo que piensas, Leigh. Cuando supe que era Paulie quien había asesinado a Jennifer comprendí cuán lejos había llegado. Lo habría sacrificado todo para ganar el caso Montera. De hecho, eso hice: te sacrifiqué a ti. —Vaciló, como si luchara contra sí mismo. Por fin, con tono de emoción, añadió—: Te amo. Hasta hoy no sabía lo mucho que te amaba.

Leigh no sabía qué responder. Quería detenerlo, pero era evidente que él necesitaba seguir hablando.

—Dawson, perdóname...

—No, no hay nada que perdonar. Esto es lo menos que me merezco por haber sido tan imbécil. Lo he arruinado todo, nuestra relación, el caso Montera... En un momento incluso ordené vigilar a Paulie Cooper, pero no porque sospechase que ella era la asesina. Lo que en realidad me preocupaba era la amenaza que ella representaba para mí por lo que Jennifer pudiera haberle contado. Todo el tiempo tuve bajo mis ojos a la asesina, y no supe verlo.

—¿Jennifer Taryn? —Leigh acababa de recordar el comentario de Paulie sobre la relación entre Dawson y Jennifer.

Él vaciló, claramente dudando sobre si debía seguir o no.

—Creo que debes saberlo todo —dijo finalmente—. Sería un mentiroso si fingiera que lo que ocurrió me ha pesado en la conciencia durante veinte años. No fue así. En aquel momento creí estar haciendo lo correcto. Ahora ya no lo sé. Mierda, ahora ya no sé nada.

—¿Hace veinte años? ¿Te refieres al primer juicio a que sometieron a Nick?

—Sí —respondió Dawson, y volvió a ajustarse las gafas sobre la nariz—. Yo comenzaba mi carrera de abogado en la fiscalía cuando Montera fue acusado de homicidio y violación. Se me asignó como tarea entrevistar a Jennifer Taryn, que era, según descubrimos, la oveja negra de una familia con muchas conexiones importantes. Los Taryn eran amigos del entonces fiscal de distrito, y mientras yo apuntaba su testimonio, nos llegó una advertencia de que la banda podía tomar represalias si Jennifer contaba la historia verdadera en el estrado.

Leigh quería estar segura de haber entendido

—La verdadera historia —aventuró— era que ella y Nick habían sido sorprendidos juntos por el jefe de la banda, que entonces atacó a Nick.

—Exacto. Ella iba a declarar que Nick había matado al jefe de los Coyotes en defensa propia, pero me aseguré de que entendiera lo que podía ocurrirle si hacía eso. Le expliqué, tal como me pidieron, que la banda la culparía por la muerte del jefe, porque lo había engañado y había provocado la lucha con Nick. Y ella sabía de lo que eran capaces aquellos tipos. Los había visto en acción, y cuando subió al estrado contó una versión totalmente diferente.

—¿Y todos le creyeron?

—Todos, excepto Montera, claro, y entonces nadie se preocupó por él, un *vato* más del barrio que quedó triturado. Estábamos protegiendo a una familia inocente de las posibles represalias de la banda, una familia con amigos muy influyentes. Era lo correcto, o al menos eso fue lo que consideré entonces.

Un grito agudo sonó en la sala de espera: el niñito había logrado escapar otra vez. Pero Dawson no parecía ser consciente de nada de lo que ocurría a su alrededor, ni siquiera la presencia de Leigh. Estaba completamente absorto en ese recuerdo lejano.

—Después de aquello —continuó— me mantuve en contacto con Jennifer. La ayudé dándole algún dinero. Me interesaba que guardase silencio sobre aquello. Todo parecía solucionado hasta hace unos meses, cuando me dijo que ya no podía seguir viviendo con esa mentira en la conciencia. Iba a confesarle a Nick por qué había mentido y a pedirle que la perdonara. Me aseguró que no mencionaría mi nombre, y que no me vería involucrado. Sólo quería tranquilizar su conciencia. —Suspiró, fatigado, y se frotó el mentón—. Creí que la había convencido de que no lo hiciera, pero evidentemente no fue así. Por eso, cuando apareció muerta, realmente creí que esta vez Nick era el culpable, sobre todo cuando vi la posición del cuerpo.

Leigh se preguntó si una parte de los motivos de Dawson para perseguir a Nick con tanta saña no había sido protegerse a sí mismo; él sabía que Jennifer podía haberle contado a Nick la historia completa, incluyendo su responsabilidad en el caso, lo que significaba que Dawson había tenido una buena razón para querer librarse de ambos.

—He retirado mi nombre de la candidatura —dijo—. Y ya he presentado mi dimisión a la fiscalía. Cuando acabe mi mandato, lo dejaré todo.

—¿Y qué harás después? —preguntó Leigh. Sentía por él lo mismo que había sentido por Paulie. No importaba lo que le hubieran hecho, no quería que sufriesen.

—No lo sé. Estoy cansado de perseguir ratas. Quizá me vaya a una cabaña en las montañas, a pescar. Quizá me convierta en un vendedor de coches.

Dejó escapar un sonido que pretendió ser una risa, pero Leigh sintió el dolor que lo desgarraba por dentro. Estaba dejando atrás todo lo que había sido su mundo. Quizá fuese cierto que acababa de darse cuenta de lo mucho que amaba a Leigh, pero también había amado su carrera política. Ella se sentía triste por él, pero al mismo tiempo sentía que había tomado la decisión correcta. Él siempre había estado hambriento de poder y prestigio, y esa ansiedad habría contaminado irremisiblemente su criterio, a merced del mejor postor.

—¿Quieres comer algo? —le preguntó Dawson. Acababa de advertir que en la máquina de dulces los tres niños estaban apiñados ahora y clamaban por más. La madre los miraba como si estuviera a punto de rendirse.

Dawson se incorporó.

—¿Quieres algo de la cafetería? Probablemente tengan bocadillos.

El cansancio se abatió sobre Leigh, quien se recostó en el sillón.

—Gracias, pero no tengo fuerzas ni para comer.

El agotamiento le hacía pasar por alto incluso la necesidad de comer. Cerró los ojos y dejó que Dawson se marchase. El paraíso tal vez no sea sino un sillón en una sala de espera, pensó. Si sólo pudiera dormir un poco quizá cuando despertara encontraría que todo había sido un sueño y que Nick estaba perfectamente bien.

Dios, pensó, haz que se ponga bien. Si no sobrevive, yo tampoco podré continuar.

Un grito ahogado hizo que Leigh abriese los ojos.

Se enderezó en el sillón a tiempo para ver el gesto de estupor de su madre delante del sillón al encontrarla tan abatida. A ella le encanta la histeria, pensó Leigh. No sabía, de todos modos, que su aspecto fuese tan malo.

Un segundo después, Kate estaba sacudiéndola y alisándole la ropa. Era su modo de enfrentar una crisis: como no podía proceder de una manera maternal, se limitaba a restablecer el orden.

Mientras Leigh le contaba la pesadilla de los últimos días, Kate trataba de arreglarle el cabello.

—Pareces la víctima de un terremoto —murmu...
Kate ...onrió. ...que nunca imaginaste que tendrías una

miró fijamente a su hija ...que tuviese una hija tan ...ocada.
su madre estaba preocupada. Advirtió su angustió que do le cogió las manos y se las apretó con fuerza. Muchas veces se habían tocado y abrazado, pero no con esa clase de sentimiento.

Una cálida corriente de afecto las unió tanto física como emocionalmente. La conciencia de ese momento maravilloso hizo que Leigh sonriera. Sintió un cosquilleo en los dedos, como si ella volviera de un lugar muy frío y los hubiera acercado al fuego.

—¿Leigh Rappaport?

Leigh vio entrar al doctor en la sala y detenerse exactamente en el centro, con las manos en jarras.

—El hombre al que usted disparó va a sobrevivir.

Leigh soltó las manos de su madre y se inclinó, sintiendo un inmenso alivio. Habría caído al suelo de rodillas si Kate no hubiera estado allí para sostenerla.


—Ay, Señor, Señor —suspiraba dramáticamente María Estela Inconsolata Torres—. ¡El destino! Sabía que algún día una mujer iba a dispararle al corazón.

Leigh, algo apartada de la pequeña multitud congregada alrededor de la cama de Nick, miraba divertida cómo María abrazaba al guerrero herido.

En realidad, el disparo de Leigh no había afectado al corazón, sino el plexo solar. Pero Estela no estaba muy al corriente de los detalles técnicos; prefería elevar sus

manos al cielo, agradeciéndole a Di- el desayuno.
aceptado en el cielo a ese pecad- y había
Leigh sonrió, divertida.rmeras que se apiñaban
ñana. Era el primer dí-
desfilado una ver.mas ansiosa que la otra, por aten-
Cuando no reportero en busca de una entrevista. In-
alrededo. .n reportero en busca de una entrevista. In-
.u.so Alec Satterfield había hecho una breve visita y le
había regalado a Nick una botella de vodka ruso antes
de correr a hablar con los periodistas que montaban
guardia en la entrada del hospital. Ahora le tocaba el
turno al pequeño Manny Ortega.

—¡Sí que eres un bandido, tío! —exclamó Manny—. Ahora tienes una herida de cuchillo y una de
bala.

—¿Bandido? ¿De qué estáis hablando? —Estela ignoró a Manny, que era quien había pronunciado la palabra, y miró fijamente a Nick—. ¿Qué clase de ejemplo estás dándole al muchacho? —lo retó—. Ahora
oiga lo que Estela tiene que decirle, señor Montera. Es
su oportunidad de emplear el talento que Dios le ha
dado para fotografiar la naturaleza, las flores, los árboles... ¿lo oye? Debe ser un buen ejemplo para el pequeño muchacho.

—No soy un pequeño —protestó Manny.

Nick sacudió la cabeza.

—No discutas con ella, muchacho. Tiene al Gran
Viejo de su lado. Estela, en realidad mi próximo
proyecto es una serie de halcones, leonas y topos. ¿Qué
te parece eso?

Nick miró a Leigh y le guiñó un ojo.

Una sonrisa se dibujó en el rostro de ella, aunque
consiguió mantenerse imperturbable. Eran tantas las
cosas que quería decirle que le quemaban en la garganta. Las retenía dentro de sí desde que esa mañana había

entrado en la habitación y había visto sentado en cama al hombre que había estado a punto de perde curado prácticamente por completo, tan vital, cálido y fuerte como lo recordaba. Llevaba el cabello recogido en una coleta, pero un mechón caía sobre sus ojos, forzándolo a sacudir la cabeza de vez en cuando para apartárselo. ¿Quién habría pensado que alguien pudiera verse tan seductor y vulnerable en ropa de hospital? Leigh tenía que refrenarse para no echarse sobre él y besarlo.

Estela, que no había entendido la broma, lo miró dubitativa.

—¿Dónde le dio la bala? ¿En la cabeza?

—No —la tranquilizó Nick, sin dejar de mirar fijamente a Leigh—. En el corazón. Acertaste de pleno la primera vez, Estela. Me han dado de lleno en el corazón.

Leigh no pudo evitar una amplia sonrisa.

Estela parpadeó, ruborizada. Manny frunció la nariz.

—Qué empalagoso —dijo.

—Oídme todos —dijo Nick al tiempo que tendía los brazos hacia los presentes en la habitación—. ¿Qué os parece si me dejáis un momento a solas con la mujer que me disparó? Hay ciertas cosas de las que quiero hablarle.

Uno por uno, todos salieron. Manny se demoró y al llegar a la puerta se volvió hacia Nick.

—De modo que también eres un gran amante o algo así —dijo—. Por lo que veo, las mujeres se vuelven locas contigo.

Nick extrajo de la cintura un revólver imaginario y apuntó con él al muchacho.

—Escúchame bien —dijo—. Sólo te diré una palabra sobre las mujeres: aprende a escabullirte.

—Ésas son tres —lo corrigió Manny, fingiendo que esquivaba la bala de Nick.

Estela fue la siguiente en salir.

—Si le da mucho problema, dispárele otra vez —le susurró a Leigh al pasar.

Leigh aguardó hasta que todos desaparecieron por el pasillo antes de cerrar la puerta. No tenía pestillo, pero la aseguró poniendo una silla debajo del picaporte. Luego se volvió y empezó a caminar lentamente hacia la cama de Nick.

Él contempló su andar provocativo con interés.

—Así que... no eres un asesino —susurró ella.

—¿Desilusionada?

Leigh se llevó una mano al pendiente y respondió:

—Bueno, era bastante excitante no saber si ibas a besarme o a matarme —admitió.

—Empezaré por besarte —dijo Nick con voz ronca de deseo mientras miraba el dedo de ella sobre el pendiente de oro—. Especialmente si sigues tocando ese maldito pendiente.

Ella rió, feliz de tener por una vez ventaja sobre él. No se habría animado a provocarlo de ese modo si no estuviera confinado en una cama de hospital, pero incluso así la expresión que el deseo moldeaba en su rostro lo hacía parecer realmente peligroso. Se dio cuenta de que le gustaba tener a Nick Montera atrapado, como un prisionero de guerra a merced de su voluntad.

—Siempre que no termines por matarme, quiero que sigas besándome.

La llama que se encendió en los ojos de él parecía decirle que había muchas clases de muertes y de resurrecciones.

Nick tendió una mano para tocarla, pero ella se mantuvo fuera de su alcance. Todavía había algo que debía decirle y no sabía cómo empezar.

—¿Has terminado con el libro? —le preguntó él.

Había querido romper aquel incómodo silencio, supuso Leigh, pero igualmente agradecía su preocupación.

—He tenido mucho tiempo para trabajar desde que te internaron —respondió—. Lo envié ayer. También recibí una llamada de la comisión de ética; han desestimado la denuncia contra mí. Opinan que actué de un modo a la vez ético y profesional al retirarme del caso cuando me di cuenta de que me estaba involucrando emocionalmente contigo.

—Ha sido una suerte que lo hicieras.

—¿Retirarme del caso?

—Involucrarte emocionalmente conmigo. Ven aquí.

Sonrió y la llamó con un movimiento del índice. Leigh sintió que todo su cuerpo reaccionaba, pero aún no podía bajar la guardia.

—Tengo algo tuyo —dijo al tiempo que extraía de uno de los bolsillos el anillo de plata. Advirtió que el rostro de Nick se ensombrecía.

—¿Dónde has encontrado eso? —preguntó él.

—En el cuarto de revelado de tu estudio, la noche en que Paulie me atacó. Es lo único que aún no consigo entender.

Nick le explicó que todavía llevaba ese anillo la noche en que la policía lo interrogó por primera vez. Los oficiales que le habían tomado declaración le habían mostrado una foto del cuerpo de Jennifer que lucía exactamente como una de las fotografías que él le había tomado. Le habían preguntado si reconocía la foto, con la intención evidente de incriminarlo o de hacerle decir algo que lo comprometiera. Al principio él había pensado que la foto era suya, o al menos una reproducción, pero al mirar más atentamente había detectado las marcas en el cuello de Jennifer, sobre todo una de ellas. Hasta ese momento la policía había confundido la marca dejada por la cabeza de la serpiente con un simple cardenal, pero su ojo de fotógrafo le había hecho reconocer de inmediato la marca y sospechó entonces que alguien trataba de incriminarlo. Afortunadamente no lo arrestaron hasta algunos días más tarde, lo que le dio tiempo para esconder el anillo.

—Fue un regalo de Paulie —dijo, cogiendo el anillo de las manos de Leigh.

Leigh contempló desde el borde de la cama cómo lo hacía girar entre los dedos. Había algo de amargura en su voz cuando volvió a hablar.

—Me dijo que lo había hecho fabricar adrede para que hiciera juego con mi pulsera, y recuerdo que pensé en lo mucho que se preocupaba por mí. Ya en ese entonces lo tenía todo planeado. Seguramente hizo fabricar otro idéntico a éste para dejar la marca.

—Quería desesperadamente que volvieras a su lado, Nick. Me dijo que tenías alguna clase de poder sobre ella, que la habías esclavizado sexualmente.

Él la miró, sorprendido.

—Paulie y yo nunca tuvimos una relación sexual. Éramos amigos, sí, pero nunca me acosté con ella.

Leigh lo miró, estupefacta. Paulie había sido tan convincente en sus declaraciones sobre Nick que Leigh a menudo se había excitado al pensar en ellos dos juntos.

—Supongo que eso me alegra —dijo, y en un impulso abrió el cajón junto a la mesita de Nick, le quitó el anillo de las manos y lo arrojó dentro—. Debería advertirte —le dijo— que tengo una característica en común con *Marilyn*.

—¿Cuál es? —preguntó Nick, expectante.

—Soy muy posesiva.

—Eso no suena tan terrible. ¿Y podré contar contigo para que me muerdas el talón como lo hace *Marilyn*?

—Eso es lo mínimo que haré, porque tú me has llenado el cuerpo de mordeduras —dijo, y levantó las sábanas de la cama como si quisiera espiar el cuerpo que cubrían.

—¿Qué buscas? —preguntó él.

—Quiero tocar tu cicatriz —respondió Leigh, y metió las manos bajo las sábanas hasta que sus dedos entraron en contacto con el calor de su carne, pero no estaba segura de qué parte del cuerpo de Nick estaba tocando—. Tú has dejado tus marcas en mí —le dijo, con voz temblorosa por la excitación—. Ahora yo te he dejado la mía.

—¡Ay! —se quejó él cuando ella tocó sobre los esparadrapos que cubrían la herida de bala—. Mis marcas son menos dolorosas.

—Y mucho más placenteras —reconoció ella—. Pero la mía es permanente. —Pasó la mano suavemente sobre la herida y puso una cara de firme determinación—. Significa que eres mío, Nick Montera. Que nadie más puede tocarte.

Él rió de buena gana y metió sus manos bajo las sábanas para coger las de ella. Lentamente, pero con una fuerza sorprendente para un hombre herido, la obligó a tenderse en la cama a su lado. La expresión sensual de su rostro alertó a Leigh de que, herido o no, Nick volvía a controlar la situación.

—Me has marcado y me has cambiado —dijo él.

Ella negó con la cabeza.

—Pero yo no quiero que cambies, Nick. Eres todo lo que quiero, exactamente lo que quiero. Así, tal como eres.

—Eso es lo que quiero decir —insistió él—. Tú has visto mi otro costado, el más oscuro, cargado de resentimiento y de odio. Y todavía estás aquí. No escapaste corriendo. En mi vida sólo hubo otra persona que no huyó de mi lado, aunque estoy seguro de que muchas veces habría querido hacerlo, y esa persona ya no está porque no supe cuidarla. —Su voz se ensombreció de tristeza—.

—Nunca dejaré de cuidarte, Leigh. Y nunca querrás escaparte. —Hundió las manos en su cabellera, luego cogió su cara entre las manos y con la temblorosa reverencia de un asceta, la besó en la boca. Sus dedos se curvaron en los contornos de su cabeza y susurró su nombre.

Leigh se estremeció, conmovida, casi temerosa de esa pasión tan intensa que él le inspiraba. Él la había hecho sentir como si fuera la cosa más frágil y preciosa de la tierra, la dulce niña asustada a quien sus propios padres nunca habían hecho caso. Y él la tocaba como si conociera tan íntimamente a esa niña como a la mujer en que se había convertido... la mujer que todavía necesitaba ser mimada.

—Perdona que te haya disparado —susurró ella de pronto.

Él rió.

—Estoy contento —dijo. Sus ojos llamearon en un brillante azul cuando se echó hacia atrás para mirarla—. Es el signo de que lo peor ya ha pasado. Y que nunca más nos heriremos el uno al otro. Eso es lo que significa para mí.

Las palabras levantaron un eco en la mente de Leigh, como si un juramento hubiera sido pronunciado.

«Nunca más nos heriremos el uno al otro.»

Nick sonrió y ella le acarició la boca. Él atrapó uno de sus dedos entre los labios y lo mordió dejándole una tenue marca rosada.

—Excepto en pequeñas dosis como ésta —dijo Nick, y añadió—: ¿Sabes qué es lo que más deseo en el mundo?

—Creo que podría adivinar.

—Además de eso —dijo él. Una sonrisa curvó sus labios, pero la emoción asomó a sus ojos. Era clara y transparente como agua de lluvia e infundía a su mirada

una expresión de dolor y esperanza, de todos los sentimientos que él siempre se había prohibido—. Quiero
quedarme despierto toda la noche. Y mirar contigo la
salida del sol.